KNAUR

Von Susanne Morel sind bereits folgende Titel bei Knaur erschienen:
Die Pfirsichblütenschwestern

Über die Autorin:
Aufgewachsen in einer österreichischen Kleinstadt, verspürte Susanne Morel früh den Drang, das Land ihrer Vorfahren zu erkunden: Frankreich. In den Weinbergen ihres Großvaters findet sie immer wieder ganz zu sich und verspürt dort eine ungemeine Quelle an Schaffenskraft, die sich in ihren Geschichten widerspiegelt. Bevor sie sich mit der Verwirklichung ihres ersten Buches auseinandersetzte, lebte sie ihre Kreativität als Kostümbildnerin an namhaften Opernhäusern Wiens aus. Heute wohnt sie mit ihrem Mann und ihren beiden Kindern auf dem Land, wo sie die stete Ruhe und die Nähe zur Natur genießt.

SUSANNE MOREL

Unter der SOMMERLINDE von GOURDON

ROMAN

KNAUR

Besuchen Sie uns im Internet:
www.knaur.de

MIX
Papier | Fördert gute Waldnutzung
FSC® C083411

Originalausgabe Mai 2024

Ein Imprint der Verlagsgruppe
Droemer Knaur GmbH & Co. KG, München

Redaktion: Silvia Kuttny-Walser
Covergestaltung: Guter Punkt, München
Coverabbildung: Guter Punkt unter Verwendung verschiedener Motive von Getty Images und Arcangel
Satz: Sandra Hacke, Dachau
Druck und Bindung: CPI books GmbH, Leck
ISBN 978-3-426-53041-2

2 4 5 3 1

Prolog

Gourdon, Oktober 1921.

Es war dunkel, und eigentlich durfte Manon zu dieser Zeit nicht allein in den Park. Aber heute ließ sie sämtliche Verbote hinter sich und konzentrierte sich auf die Suche nach Heilkräutern.

Sie glaubte, sich zu erinnern, in einem Lehrbuch aus der Schulbibliothek von den Heilkräften des Rosmarins gelesen zu haben.

»Entzündungshemmend, schmerzstillend, anregend«, zählte sie die aufgeführten Wirkungsbereiche auf und hielt dabei ihre Laterne hoch, um den schwachen Schein der Kerze bestmöglich zu nutzen.

»Verwendung als Heilkraut«, fuhr sie fort, »bei Herzschwäche, Atemnot, Kreislaufschwäche.«

Dann schloss sie die Augen und versuchte, sich jedes Detail der farbigen Skizze in Erinnerung zu rufen. Die Nadeln der Pflanze waren an der Oberfläche dunkelgrün und an der Unterseite grau. Rosmarin wuchs als immergrüner Strauch und gedieh an sonnigen, warmen Plätzen.

Manon blickte hoch zu den Baumwipfeln, die sich im Mondlicht scheinbar sanft in den Schlaf wiegten. Hier würde sie keinen Rosmarin finden, nicht mitten im Park. Ein schwerer Seufzer kam aus ihrer Kehle und verklang zwischen den nachtschwarzen Baumstämmen. Warum nur hatte sie sich nicht bei Tageslicht auf die Suche gemacht?

Großmutter war krank, lag im Bett und fand seit Tagen nicht die Kraft, um aufzustehen. Der Arzt hatte mit bedrückter Miene den Kopf geschüttelt und seine Hand auf Vaters Schulter gelegt.

Ihr, Manon, hatte man nichts gesagt. Wie immer. Sie war ja schließlich ein Kind, gerade einmal acht Jahre alt, zu jung, um das Leben zu verstehen – oder den Tod.

Manon ließ den Park hinter sich und hastete über die mondbeschienene Wiese, die sich silbrig schimmernd vor ihr ausbreitete. Kurz dachte sie an die vielen Schmuckstücke, die die Großmutter in einer Schatulle verwahrte wie einen Schatz, und die sie ihr nur an ganz besonderen Tagen zeigte oder ihr sogar erlaubte, etwas anzuprobieren. Dann standen sie gemeinsam vor dem Spiegel und bewunderten die schweren Ketten an Manons zierlichem Hals.

Für einen Moment glaubte Manon, das herzhafte Lachen ihrer Großmutter zu hören, und hielt inne. Nein, da war nichts. Nur der schaurige Ruf eines Waldkauzes, der aus den Tiefen des Parks zu ihr herüberklang. Sie schüttelte den Kopf und machte sich weiter auf die Suche nach dem Rosmarin. Ihre Schritte wurden länger, als der kleine Gemüsegarten in ihr Blickfeld rückte.

Die Haut der letzten Kürbisse glänzte im Schein der Laterne. Hinter den Blättern von Sellerie und Roter Bete entdeckte sie, an eine kleine Steinmauer geschmiegt, wonach sie suchte. Vom langen Sommer und der Ernte ausgezehrt, waren es nur noch ein paar dürre Zweige, die auf sie warteten. Aber die würden bestimmt genügen. Hastig brach sie ein paar davon ab und rannte erleichtert zurück ins Haus. Den Rosmarin trug sie wie eine Trophäe in ihrer Linken und strahlte dabei, als hätte sie Großmutters Krankheit bereits besiegt.

Im Haus angekommen, stellte Manon die Laterne ab und kümmerte sich nicht um ihre schmutzigen Schuhe, sondern stürmte sofort die Treppe hoch.

Kurz vor Großmutters Schlafzimmer verlangsamte sie ihre Schritte und holte tief Luft. Der frische, harzige Geruch des Rosmarins stieg ihr in die Nase und klärte ihre Gedanken.

Leise, um die Großmutter nicht zu wecken, drückte sie die Türklinke hinunter und öffnete die Tür gerade so weit, um hindurchschlüpfen zu können.

Am Krankenbett dann blickte sie auf das Gesicht ihrer schlafenden Großmutter, das im Schein der Kerzen beinahe leblos wirkte. Die Falten um Mund und Augen hatten sich im Verlauf der Krankheit tiefer eingegraben, ließen die lieb gewonnenen Züge verhärmt wirken.

»Jetzt wird alles gut, das verspreche ich dir«, flüsterte Manon kaum hörbar und drapierte die Rosmarinzweige um den Hals ihrer Großmutter. So konnte sie den heilenden Geruch einatmen und schnell wieder gesund werden.

Erleichtert setzte Manon sich an die Bettkante. Sie würde hierbleiben und für den Rest der Nacht Wache halten. Und morgen, wenn die ersten Sonnenstrahlen durchs Fenster fielen und Großmutters unzählige Porzellanfiguren und Vasen aufblitzen ließen, dann wäre auch der letzte Rest von Sorge verschwunden.

Großmutter würde sie anlächeln und ihr mit den warmen, trockenen Händen über die Wange streicheln. Dann würde es nicht mehr lange dauern, und sie könnte das Bett verlassen, um ihrem gewohnten Tagesablauf nachzugehen. Sie würden wieder ihre gemeinsamen Spaziergänge durch den Park unternehmen, ins Dorf gehen, um in der Kirche zu beten, in Büchern schmökern und frisch angerührten Kakao schlürfen.

Nein, es würde gewiss nicht mehr lange dauern, das wusste Manon. Die Sorge um ihre *grand-mère* fiel von ihr ab und machte einer schweren Müdigkeit Platz. Gerne hätte sie die Augen offen gehalten, um die fortschreitende Heilung zu beobachten, zuzusehen, wie Großmutters Haut langsam an Farbe gewann, ihr Brustkorb sich wieder kräftiger hob und senkte und ihre Gesichtszüge zum Leben erwachten. Den Kampf gegen den Tod hätte sie gewonnen, da war sie sicher, aber die Müdigkeit war einfach zu schwer, zu drückend. Manon ergab sich, kuschelte sich eng neben ihre Großmutter und schloss die Augen.

»Manon, was machst du hier? Bist du verrückt?« Die schrille Stimme ihrer Mutter riss sie aus ihrem Traum. Eben war sie noch auf Wolken geflogen und hatte auf die Welt hinabgeblickt, und nun spürte sie Mutters harten Griff an der Schulter.

»Steh sofort auf.«

Manon gehorchte und verließ das Bett. Während sie sich streckte, blickte sie zu ihrer Großmutter. Ihr Gesicht hatte sich über Nacht verändert. Es war wie eingefallen, die Haut wirkte wächsern, der Ausdruck erstarrt.

»Lieber Gott, steh mir bei!« Die Mutter eilte aus dem Zimmer, lief die Treppe hinunter und rief hysterisch durchs Treppenhaus nach ihrem Mann. Während die Stimme ihrer Mutter stetig leiser wurde, wurde die Stille um die Großmutter immer lauter.

Konnte es sein, dass sie tot war? Nein, das war doch gar nicht möglich. Manon streckte die Hand aus und griff nach einem der vertrockneten Rosmarinzweige. Dann strich sie mit den Fingerspitzen über Großmutters Wange. Sie war kalt. Erschrocken zog sie die Hand zurück. Es war, als läge auf dem Bett nicht mehr der Mensch, der sie seit ihrer Geburt getragen, getröstet, geliebt und umarmt hatte, sondern eine Puppe aus Porzellan.

Plötzlich kam ihr die nächtliche Suche nach dem Rosmarin lächerlich vor. Was hatte sie sich dabei nur gedacht? Hatte sie tatsächlich geglaubt, den Tod mit ein paar Zweigen überlisten zu können? Dass ihr Wissen über die Heilkraft der Kräuter größer war als die überirdische Macht über Leben und Tod? Nur weil sie vor ein paar Wochen in einem Buch über die Wirkungsweise von Rosmarin gelesen hatte, machte das noch lange keine Heilerin aus ihr. Sie war ein dummes kleines Mädchen, das niemand ernst nahm – zu Recht.

Tränen perlten über ihre Wange und tropften auf die erkaltete Hand der Großmutter.

Das spürt sie nicht mehr, dachte Manon und schüttelte den Kopf, weil dieser Gedanke so unbegreiflich groß war, dass er sich im gesamten Raum ausbreitete und sich in den Furchen des rustikalen Bodens festkrallte und den Porzellanfiguren jeden Glanz raubte.

Das spürt sie nicht mehr, wiederholte sie in Gedanken und ließ die Schultern hängen.

Es war ihre Schuld. Diese Erkenntnis traf sie wie eine von Mutters scharfen Ohrfeigen, wenn sie die Klavierstunde geschwänzt hatte, um stattdessen durch den Park zu laufen und auf Bäume zu klettern.

Sie, Manon, hätte ihre Zeit in der Bibliothek zubringen müssen, um zu erforschen, welche Arznei einem altersschwachen Herz auf die Sprünge half. So viel Zeit, die sie mit Märchenbüchern vergeudet hatte. So unsagbar viel verlorene Zeit.

Ihre Sicht trübte sich, und Großmutters Gesicht verschwamm hinter einem Vorhang aus Tränen.

Vater kam ins Zimmer gestürmt und beugte sich über den Leichnam. Er schluchzte, vergrub sein Gesicht an ihrer Brust und weinte um seine Mutter.

In diesem Moment wurde Manon bewusst, dass sie nicht nur ihre Großmutter im Stich gelassen, sondern ihren Vater gewiss zutiefst enttäuscht hatte.

Manon griff sich an die Kehle, die wie zugeschnürt war. Sie musste weg, hinaus an die frische Luft. Ein letztes Mal blickte sie auf den Leichnam ihrer *grand-mère,* dann eilte sie aus dem Zimmer, über die Treppe hinunter und durch die schwere Eingangstür. Erst als sie draußen angekommen war und die Sonne ihre Tränen trocknete, fand sie ein wenig zu sich selbst zurück.

Noch nie zuvor hatte sie einen Leichnam gesehen. Und noch

nie zuvor hatte sie einen Menschen verloren, der ihr am Herzen lag.

Erschöpft lehnte sie sich an die warme Hausmauer und blickte hoch zum Himmel. Ob ihre Großmutter jetzt dort oben war und auf sie herunterblickte? Ob sie böse war mit ihr, weil sie es nicht geschafft hatte, ihr zu helfen?

Ein lauter Schluchzer entfuhr ihrer Kehle und erschreckte ein paar Vögel, die fluchtartig aus den Büschen stoben.

Sie schloss die Augen und rief sich das liebevolle Lächeln ihrer Großmutter in Erinnerung. Dann sah sie hoch zum Himmel und schwor sich, dass ihr nie wieder ein derartiger Fehler unterlaufen durfte. Gleich morgen würde sie mit ihrem Vater nach Grasse fahren, um sich in der Bibliothek ein Buch auszuleihen, das vollgestopft war mit medizinischem Wissen. Sie würde die Begriffe inhalieren, sie aufsaugen und eins werden mit ihnen. Sie würde keine Gelegenheit verstreichen lassen, um sich Kenntnisse anzueignen, die Leben zu retten vermochten. Für Großmutter war es vielleicht zu spät, dennoch wollte sie sich nicht noch einmal den Vorwurf machen müssen, falsch gehandelt und damit ein Leben aufs Spiel gesetzt zu haben.

Mit hängenden Schultern schlenderte sie in den Park und suchte die Esche, die groß und mächtig in der Mitte der Anlage thronte und unter der sie und Großmutter gerne auf einer Decke geruht und gelesen hatten. Heute würde sie allein dort Platz nehmen und ein Lied singen, das sie beide geliebt hatten. Ganz leise nur, damit niemand sie hörte. Schließlich war der Gesang nur für ihre Großmutter bestimmt …

Kapitel 1

MANON

Grasse, Juni 1936.

Danke, dass Sie bis zum Schluss bei mir bleiben.« Die Stimme von Madame Delestre war kaum ein Flüstern, und doch bewirkten diese Worte ein verzweifeltes Herzrasen in Manons Brust.

»Nein!«, rief sie auf – viel zu laut für den düsteren Krankensaal, in dem sogar das flackernde Kerzenlicht um sein Leben zu kämpfen schien. Erschrocken schlug sie die Finger vor den Mund und lauschte in den Saal. Schnarchen in verschiedensten Tonlagen und Lautstärken, vereinzeltes Räuspern und Stöhnen – die üblichen Geräusche, die sie durch die Nachtschicht begleiteten.

»Nein!«, setzte Manon leiser nach. »Nicht jetzt, nicht heute!«

Ruckartig stand Manon von dem hölzernen Stuhl auf, auf dem sie in den letzten Tagen zu viele Stunden zugebracht hatte. Vorsichtig befühlte sie mit dem Handrücken Madame Delestres Stirn und griff dann nach dem Handgelenk, um den Puls zu kontrollieren. Erschrocken zog sie die Hand zurück.

»Ich hole Hilfe!«, flüsterte sie entschlossen und wandte sich von der Patientin ab. Ohne sich ein weiteres Mal nach ihr umzudrehen, eilte sie an den anderen Krankenbetten vorbei. Vorbei an Madame Peltiers Krankenlager, die vor vier Wochen einen Herzinfarkt erlitten hatte und noch immer zu schwach war, um aufzustehen. Vorbei am laut schnarchenden Monsieur Cailleau, der seit einem Sturz über die Kellertreppe mit Knochenbrüchen im Streckverband lag. Und vorbei an dem kleinen Antoine, der an einer unerklärlichen Atemnot litt und deshalb regelmäßig in Ohnmacht fiel.

An der Tür angelangt, stürmte sie hinaus in den spärlich beleuchteten Flur. Die Schwüle des Sommers war unaufhaltsam durch die dicken Mauern des Krankenhauses gedrungen und hatte sich hartnäckig bis unter die hohe Kuppel in der Krankenhauskapelle ausgebreitet.

Nach drei Jahren harter Ausbildung im *Hôpital de Vincent* fand sich Manon auch im spärlichen Nachtlicht in den verzweigten, verlassenen Gängen zurecht. Ihre eiligen Schritte hallten in den mit Säulen und Stuck verzierten Korridoren wider, und das Klappern ihrer zierlichen Sandalen klang wie die Marschschritte einer ganzen Legion.

»Dr. Tessier!« Manon klopfte vorsichtig und mit zitternder Faust an die Zimmertür des Oberarztes. Stille. Nur ihr Herzschlag, der gegen den Brustkorb trommelte, erinnerte an den inneren Aufruhr und die Angst, Madame Delestre könnte noch in dieser Nacht sterben.

»Dr. Tessier, hören Sie mich?«, fragte Manon eindringlich und hämmerte nun lautstark gegen die verschlossene Tür, in deren weißem Lack sich das schwache Licht der Deckenlampen spiegelte.

»Er ist nicht da!« Eine der Ordensschwestern lugte aus der Schwesternküche. Mit einer Hand hielt sie ihre Kaffeetasse, mit der anderen strich sie eine Haarsträhne unter ihre Haube. »Er ist in der Notaufnahme und behandelt einen Schwerverletzten.«

»Aber ich brauche ihn … Madame Delestre …« Manons Stimme zitterte.

»Rufen Sie ihn an! Bitte! Es geht um Leben und Tod«, flehte Manon und trat schnell an Schwester Lucile heran. Der Duft von frischem Kaffee dampfte ihr entgegen, flüsterte ihr zu, dass ihre letzte Pause schon viel zu lange zurücklag.

»Ich kann ihn unmöglich von einem Notfall wegholen. Das müsstest du eigentlich wissen – bist ja keine Lernschwester mehr.« Die Schwester nahm Manons Hand und drückte sie sanft. »Außerdem«, meinte die beleibte Lucile, »wird Dr. Tessier Madame Delestre nicht mehr helfen können. Niemand kann das. Am besten, du gehst zu ihr zurück und betest für sie.« Ein weiches Lächeln spielte um ihre Lippen – milde, fürsorglich, wissend. Dann verschwand sie wieder in der Schwesternküche und goss sich aus einem Kännchen ein wenig Milch in den Kaffee. Wie erstarrt verharrte Manon für einige Augenblicke im Flur und sah ihr zu. Mit einem zufriedenen Lächeln stellte die Schwester das Kännchen beiseite und nahm einen großzügigen Schluck aus ihrer roten Kaffeetasse.

Eine unbeschreibliche Fassungslosigkeit erfüllte Manon angesichts der Tatsache, dass die Ordensschwester derart gelassen am Tisch lehnte, während einige Gänge weiter eine Frau um ihr Leben kämpfte.

»Sobald ich fertig bin, komme ich und bete mit dir gemeinsam für die arme Madame Delestre. Ich brauche nur ein paar Minuten. Es war ein langer Tag – wie immer.«

Ja, Manon wusste, was Schwester Lucile meinte. Die Tage hier im Krankenhaus waren hart. Der Krankensaal fasste in etwa zwanzig Betten, die fast immer belegt waren. Die Patienten mussten gewaschen werden, viele auch gefüttert, Fieber war zu messen, Tabletten mussten ausgegeben, die Betten frisch bezogen werden, Verbände gewechselt, die Wäsche gereinigt und die Böden gewischt werden. Oberschwester Georgia legte Wert darauf, dass Morgen- und Abendgebetszeiten eingehalten wurden, und wenn dann noch Zeit übrig blieb, galt es, den Gemüsegarten zu pflegen oder den Innenhof zu kehren. Hier gab es keine festen Arbeitszeiten. Jede arbeitete, bis alles erledigt war.

An manchen Abenden fragte Manon sich, warum sie darauf bestanden hatte, sich als Krankenschwester ausbilden zu lassen. Ihr Leben hätte weiß Gott einfacher sein können, wenn sie sich Mutters Wunsch gefügt hätte, einen wohlhabenden Mann zu heiraten. Dann könnte sie jeden Tag lange schlafen, später dann ein Kleid anziehen, welches ihr das Dienstmädchen zurechtgelegt hatte, würde sich das Haar legen lassen, das Frühstück würde man ihr in einem geflochtenen Körbchen reichen und den Tisch mit ihren Lieblingsblumen schmücken. Ihre Tage wären ausgefüllt mit einem Übermaß an Nichts. Sie könnte durch den Park flanieren oder in Marseilles teuersten Geschäften einkaufen. Und abends würde sie auf einer Feier ein paar Gläser Champagner zu viel trinken, damit sie die Leere der Tage irgendwie auffüllen und ihre Nutzlosigkeit wenigstens für eine kurze Weile vergessen könnte. Ihre Füße würden nicht schmerzen, und ihre Hände wären nicht rau und aufgesprungen. Aber wäre sie glücklich? Nein, keinen einzigen Augenblick. Sie würde an der Bedeutungslosigkeit ihres Lebens zerbrechen und ihr Spiegelbild hassen, weil es ihr eine Frau zeigte, die ihren Traum verraten hatte. Und ihr Traum war es nun einmal, Krankenschwester zu sein, Kranken zu helfen und sie aufopfernd zu pflegen. Sie musste sich nur in manchen Momenten an diesen lang gehegten Wunsch erinnern – dann ging es wieder.

»Nein, Madame Delestre braucht kein Gebet, sie braucht Dr. Tessier«, sagte Manon mehr zu sich als zu Schwester Lucile und wandte sich ab. Eilig schritt sie den Flur entlang. Schnell, immer schneller, sie hatte schon zu viel Zeit verloren. Mit der Linken hob sie ihren Rocksaum, der sich im Laufschritt an ihren Knien verhedderte und ihr Tempo drosselte.

Madame Delestre, ging es Manon durch den Kopf, *Sie dürfen nicht sterben! Ihr Neugeborenes braucht Sie!*

Sie erinnerte sich an das gequälte, verzerrte Gesicht der jungen Mutter während der Austreibungsphase. Wie unerträglich mussten die Schmerzen einer Geburt wohl sein? Manon wusste es nicht. Nur, dass Madame Delestre ihr Kind aufwachsen sehen sollte, das wusste sie. Es war nicht gerecht, dass ein Neugeborenes auf die warme Brust und die fürsorgliche Umarmung der Mutter verzichten musste.

»Dr. Tessier!« Im grellen Licht der Notaufnahme kniff Manon die Augen zu. Erleichtert, dass sie den Doktor gefunden hatte, griff sie sich an die Brust und gestattete sich ein lautes Seufzen.

»Was?« Diese Frage spuckte er förmlich über die Schulter zurück zu Manon. Mehr an Worten hatte er in diesem Moment nicht für sie übrig. Seine Hände waren blutverschmiert, ebenso sein Kittel. Mit gestrecktem Hals versuchte Manon zu erkennen, was sich hinter dem breiten Rücken des Arztes auf der Krankenliege abspielte.

»Madame Delestre hat hohes Fieber, und ihr Puls rast. Sie braucht Ihre Hilfe, wenn sie die Nacht überleben soll.« Manon knetete aufgeregt die Finger und kaute an der Unterlippe.

»Delestre?«, fragte Dr. Tessier.

»Die junge Frau, die vor wenigen Tagen entbunden hat. Sie klagt seit gestern über starke Schmerzen im Unterleib. Ihre Temperatur steigt stetig und lässt sich mit keinem herkömmlichen Mittel senken.«

»Herrgott, Linville! Hast du deine Ausbildung abgeschlossen, oder bist du noch eine kleine minderbemittelte Lernschwester, die sich von ihrem Taschengeld drüben im Ort billiges Parfum statt wichtiger Lehrbücher kauft?« Dr. Tessiers Stimme donnerte durch den gefliesten Raum wie ein Sommergewitter. »Was ist der Fachausdruck für das Fieber einer Wöchnerin?«, fragte er, ohne sich von seinem Patienten abzuwenden.

»Verzeihen Sie, Dr. Tessier, aber ich fürchte, für Ihre Fachsimpelei fehlt uns die Zeit.«

»Oh, glaub mir, ich habe Zeit. Schließlich habe ich hier bei diesem Raufbold noch einige tiefe Messerschnitte zu versorgen.«

»Puerperalsepsis«, zitierte Manon mit geschlossenen Augen. »Geht meist einher mit Schüttelfrost, Tachykardie, Benommenheit, Gebärmutterschmerzen und auffälligem Wochenfluss. Ansteckung erfolgt laut einer Studie von Professor Semmelweiß durch Bakterien und Pilze, die auf Hygienemangel bei der Entbindung zurückzuführen sein können.« Manon wusste, dass Tessier ihr keine Aufmerksamkeit widmen würde, solange sie seine Wünsche und Befehle nicht ausführte, also warf sie ihm sämtliche Einträge aus den Lehrbüchern zu, die ihr zum Thema Wochenbettfieber einfallen wollten. Zugleich wusste sie, dass die Zeit drängte und Madame Delestre in der Zwischenzeit allein auf den bevorstehenden Tod wartete.

»Wie hoch ist die Probabilität, dass eine an Puerperalsepsis erkrankte Patientin überlebt?« Dr. Tessier fasste nach einem frischen Tupfer und beugte sich tiefer über seinen Notfallpatienten, der unter jedem Stich ächzte wie ein alter Baum im Sturm.

Wie abgebrüht musste ein Mensch sein, wenn er trotz einer Notoperation und einer im Sterben liegenden Frau seine Macht an einer jungen Krankenschwester ausleben wollte? Ein Anflug von Wut erfasste Manon. Mit beiden Händen umfasste sie die Oberarme und blickte hinunter auf ihre weiße Schürze, deren Band sich eng an ihre Taille schmiegte.

»Madame Delestre hat vier Kinder, und ich möchte keinem von ihnen sagen müssen, dass ihre Mutter sterben musste, weil sich der diensthabende Arzt keine Zeit für sie nehmen wollte.« Manon atmete scharf ein und fuhr fort: »Finden Sie tatsächlich, dass dies der richtige Moment ist, um mein Wissen zu prüfen?« Sie hielt den Atem an und starrte auf Tessiers Rücken.

Als dieser die Tupferzange laut scheppernd auf das Instrumententablett warf, zuckte Manon zusammen.

»Der Ton, in dem du mit mir sprichst, gefällt mir nicht.« Mit wenigen Schritten überwand er die Distanz, die zwischen ihnen lag, und kam ihr dabei so nahe, dass sie den Eisengeruch des Blutes an seinen Händen riechen konnte. Instinktiv zog sie sich ein Stück zurück und bereute es schon, ihrem Vorgesetzten derart aufsässig die Stirn geboten zu haben. Und obwohl sie wusste, dass sie im Recht war, wich sie seinem Blick aus und starrte betreten zu Boden.

»Als diensthabender Arzt kann ich dir versichern, dass ich mir für alle Patienten Zeit nehme, die Hilfe benötigen.« Zwischen Tessiers Augenbrauen dominierte eine tiefe Falte die Stirn und ließ ihn noch bedrohlicher erscheinen als sonst. »Aber der Delestre ist nicht mehr zu helfen.« Fast glaubte Manon, im Blick des Arztes einen Funken Mitleid aufblitzen zu sehen. »Wenn du der Patientin etwas Gutes tun möchtest, dann hol dir eine der Ordensschwestern und lass sie an Delestres Bett beten.« Mit diesen Worten wandte er sich von Manon ab und widmete sich wieder seinem Patienten. Wortlos streckte Tessier die Hand aus und ließ sich von der assistierenden Schwester die Tupferzange reichen. Dann beugte er sich tief über den blutverschmierten Körper und setzte seine Arbeit fort.

Manon verweilte im Türrahmen und starrte auf das füllige schwarze Haar des Arztes, das ihm bis tief in den Nacken wuchs und das er bei jeder sich bietenden Gelegenheit zurechtstrich, als wäre es sein wertvollster Schatz. So überheblich Tessier auch war, seine Fähigkeiten als Arzt konnte man ihm nicht absprechen. Er war auf einigen Gebieten eine Koryphäe, sein Ruf eilte ihm weit voraus, und das kleine ländliche Krankenhaus durfte sich glücklich schätzen, einen Arzt wie ihn vorweisen zu können. Mit seinen Einschätzungen lag er fast ausnahmslos richtig, und das, obwohl er kaum fünf Jahre älter war als sie und sein Erfahrungsschatz weit unter dem der meisten Schwestern lag.

»Madame Delestre!«, entfuhr es Manon. Wenn Tessiers Vermutung stimmte – und davon musste sie ausgehen –, dann würde die Patientin die Nacht nicht überleben. Schnell machte sie sich auf den Weg zurück zum Krankensaal und hoffte inständig, dass die junge Mutter noch am Leben war.

Danke, dass Sie bis zum Schluss bei mir bleiben. Diese Worte hatte die Wöchnerin mit letzter Kraft geflüstert und dabei nach Manons Hand gegriffen. Und anstatt ihr den Wunsch zu erfüllen, hatte Manon fluchtartig das Krankenbett verlassen und Hilfe gesucht, die es nicht mehr gab. Tränen trübten Manons Blick, ihre Lippen bebten, ihr Herz raste. Erst als sie nach der Türklinke zum Krankensaal griff und diese kühl und glatt ihre Handfläche streichelte, hielt sie inne und atmete tief durch. Dabei rief sie sich in Erinnerung, was ihr die Ordensschwestern zum Thema Seelsorge und Sterbebegleitung auf den Weg mitgegeben hatten.

»Versuch, so ruhig wie möglich zu bleiben, selbst wenn du Angst hast und dich an einen anderen Ort wünschst«, hatte Oberschwester Georgia gesagt und sie dabei an der Hand gefasst. Ihre Vorgesetzte strahlte stets genau diese Ruhe aus, diese Gewissheit, dass sie für einen da war, dass sie bleiben würde, bis zum Ende. »Sei ganz und gar für den Sterbenden da, widme dich ihm mit voller Hingabe und Demut. Und bete!«

Manon schluckte schwer, dann öffnete sie die Tür und tauchte ein in die dämmrige Stille des Krankensaals.

Als sie an den belegten Krankenbetten vorbeiging, versuchte sie, das Zittern ihrer Hände unter Kontrolle zu bringen. Doch die Angst, dass Madame Delestre während ihrer Abwesenheit verstorben sein könnte, war beklemmend.

Manon wollte es als gutes Zeichen sehen, dass die Flamme der Kerze auf Madame Delestres Nachtschränkchen noch lebhaft durch die Dunkelheit tanzte.

Am Fußende des Bettes hielt sie inne, lauschte und starrte auf den Brustkorb der Patientin. Die Flamme der Kerze ließ wilde Schatten über die weiße Decke zucken und erschwerte das Sichten eines Atemzugs.

»Bitte, lieber Gott, mach, dass sie lebt!«, flüsterte Manon, als sie auf dem Holzschemel Platz nahm und nach Madame Delestres

Hand griff. Die Haut war kälter als zuvor. Die Stirn jedoch fühlte sich heiß an – glühend heiß. Schweißperlen glitzerten im spärlichen Licht. Die Gesichtszüge waren angespannt, so als plage Madame Delestre sich unter schwersten Bedingungen ab.

»Ich bin wieder hier«, sagte Manon und drückte die Hand der Kranken. Die Gesichtszüge der jungen Mutter wurden ein wenig weicher, und ganz leicht, kaum kräftiger als der Flügelschlag eines Schmetterlings, erwiderte sie Manons Händedruck.

Manon rückte ihren Stuhl näher ans Krankenbett und legte die zweite Hand an Madame Delestres Schulter. Strähnen ihres blonden Haares klebten an der Stirn, die Augen waren geschlossen, und Manon fragte sich, ob sie sie je wieder öffnen würde.

Seit dem Tag, an dem sie sich für den Beruf der Krankenschwester entschieden hatte, war ihr bewusst gewesen, dass sie Patienten in ihren letzten Stunden begleiten und verlieren würde, dass es Leiden gäbe, die sich mit keinem Medikament heilen ließen, dass das Schicksal an manchen Tagen mit unerklärlicher Härte zuschlagen würde. Und doch hatte sie sich bis zu diesem Augenblick nicht vorzustellen vermocht, wie es sich anfühlte, wenn man auf den finalen Atemzug einer Patientin wartete. Wenn man sich fragte, welche Träume mit dem letzten Herzschlag für immer erloschen, welche Sorgen auf ewig ungelöst blieben und sich auflösten wie Nebel in der Morgensonne.

»Ihren Kindern wird es gut gehen, da bin ich mir sicher«, sagte Manon so leise, dass sie sich selbst kaum hörte. Die junge Mutter seufzte tief auf, ein dankbares Lächeln umspielte ihre Lippen, Tränen rannen über ihre Schläfen und versickerten im fülligen Haar.

»Ich werde bis zum Ende bei Ihnen bleiben«, versprach Manon noch einmal und legte tröstend eine Hand an die Wange der Sterbenden. Dann begann sie zu beten und hörte erst auf, als das Licht der Kerze erloschen und Madame Delestre von ihren Qualen erlöst war.

Kapitel 2

ESTELLE

Gourdon, Juni 1936.

Estelle griff nach dem Saum ihres Abendkleids und hob ihn an – vorsichtig, um keine Knitterfalten in den Goldbrokat zu drücken. Die zweite Hand am Treppengeländer, schritt sie die Stufen hinunter ins Foyer, wo ihre Mutter vor dem Wandspiegel stand und ihr mit langen Federn geschmücktes Hütchen zurechtrückte.

»Kinn hoch!« Ihre Mutter Vienne beobachtete im Spiegel jeden ihrer Schritte mit strenger Miene.

Ohne Widerworte hob Estelle das Kinn an und zauberte ein Lächeln auf ihr Gesicht.

»Und zieh den Bauch ein!« Vienne rollte mit den Augen, als wäre ihre Tochter eine untragbare Last.

Wieder befolgte Estelle den Befehl der Mutter und drückte vorausschauend die Schultern fest nach hinten, um einer weiteren Ermahnung zu entgehen.

»Warum hast du nicht den Lippenstift aufgetragen, den ich dir gekauft habe?«, fragte Vienne, als ihre Tochter direkt hinter ihr stand. »Das tiefe Rot hätte sich wunderbar mit den Goldschattierungen deines Kleides ergänzt«, fügte sie an und wandte sich vom Spiegel ab. Mit ihren zwanzig Jahren war Estelle mit ihrer Mutter längst auf Augenhöhe, und doch hatte sie immer noch das Gefühl, zu ihr aufblicken zu müssen. Dabei war sie erwachsen, konnte für sich selbst reden und entscheiden. Dennoch musste sie sich eingestehen, dass sie dem Befehlston ihrer Mutter nie entwachsen war. Manon war da anders. Ihre ältere Schwester hatte sich noch nie in

Roben zwängen und auf Abendgesellschaften schleppen lassen. Sie hatte sich für einen völlig gegensätzlichen Weg entschieden und hatte mit Vaters Unterstützung eine Ausbildung zur Krankenschwester angetreten. Seitdem war sie nur noch selten zu Hause – was nichts an ihrer Beziehung zueinander änderte, die seit jeher von Distanz und Ignoranz geprägt war. Sie waren zu verschieden, um eine Verbindung zueinander aufzubauen.

Manon war klug, wortgewandt, selbstbewusst und zielstrebig, während sie, Estelle, stets nur die Wünsche ihrer Mutter zu befriedigen versuchte.

»Der Lippenstift wirkte etwas zu aufdringlich, fand ich«, meinte Estelle und wich dem prüfenden Blick der Mutter aus, die sie von oben bis unten musterte wie eine junge Stute.

»Heute Abend sollst du die Aufmerksamkeit sämtlicher lediger Herren auf dich ziehen, wie kann da ein Lippenstift zu aufdringlich wirken?« Vienne schnaubte missbilligend und zupfte an Estelles tiefem Ausschnitt.

»So ist es recht«, sagte sie dann mit einem zufriedenen Lächeln. »Wie zwei saftige Äpfel.«

»Mutter!« Estelles Stimme überschlug sich fast.

»Das Kleid ist schick! Dreh dich mal um.« Vienne ließ ihren Zeigefinger in der Luft kreiseln. Estelle lächelte und folgte der Aufforderung nur zu gerne. Ihre Schneiderin Camille Soucy hatte sich mit diesem Kleid selbst übertroffen. Die Knopfleiste am Rücken verlief bis knapp über die Taille, wo sie in einem angedeuteten Schößchen endete, das ihre Hüften schwungvoll zur Geltung brachte. Eine angeschnittene Schleppe vollendete die Rückenansicht und würde sämtliche Blicke auf sich ziehen – genau wie die Mutter es sich wünschte.

»Ha!«, lachte Vienne siegessicher auf und klatschte in die Hände. »Deine Schneiderin ist ihr Geld wert! Sie sollte als Heiratsvermittlerin arbeiten!«

Estelle rang sich ein Lächeln ab. Sie kannte den Ablauf solcher Abende. Nachdem sie sich dem Geschmack der Mutter entsprechend herausgeputzt hatte, ließen sie sich von Vater zur geplanten Abendgesellschaft chauffieren, wo sie gleich zur Begrüßung ein Glas Champagner tranken, um sich möglichst gut gelaunt ins Getümmel der Gäste zu stürzen. Mutter würde sie von einem unverheirateten Mann zum nächsten schieben wie eine Schachfigur, würde sie von ihrer besten Seite präsentieren und sie anpreisen wie eine teure Vase.

Tief in ihrem Innern würde Estelle sich schämen für die Art, wie ihre Mutter für sie warb, aber nach außen hin würde sie nur lächeln. Dieses besondere Lächeln, das sie ihr bereits in Kindertagen antrainiert hatte und das damals schon ihre Onkel und Tanten entzückt hatte.

»Was für ein reizendes Mädchen!« – »Bildhübsch!« – »Ganz die Mutter!« – »Eines Tages wird sie die Herzen der jungen Männer brechen!«

Estelle hatte all diese Kommentare unzählige Male gehört, diese hohlen Sprüche, die ihr seit jeher Übelkeit verursacht hatten und die sie dennoch angetrieben hatten, noch heller zu strahlen.

Dabei hatte sie sich selbst nie als hübsch empfunden. Das Gegenteil war der Fall: Ihre Nase empfand sie selbst zu breit, die Lippen zu schmal und das Haar zu spröde.

Als Mädchen hatte sie davon geträumt, das Aussehen mit ihrer Schwester tauschen zu können. Sie hatte sich vorgestellt, ihrem eigenen Körper zu entfliehen, um dann einfach in Manons ebenmäßige Haut zu schlüpfen. Wenn sie dann vor dem Spiegel stünde, blickte sie nicht nur in mandelförmige Augen, sondern könnte der Welt mit einem Selbstbewusstsein entgegentreten, das ihr gesamtes Leben verändern würde.

»Komm! Wir sind spät dran!« Vienne nahm Estelle an der Hand und zog sie mit sich hinaus zum Wagen ihres Mannes, der mürrisch hinter dem Lenkrad saß und sich daran festkrallte, als wäre er in seiner Wut damit verwachsen.

Die Fahrt nach Marseille verlief schweigend. Nur der Motor des Hotchkiss heulte immer wieder unter Calvins barscher Fahrweise auf. Der Abend war drückend heiß, dennoch verbot es Vienne, ein Fenster zu öffnen, um Estelles frisch gelegte Wasserwellen nicht durch den Fahrtwind zu zerstören.

»Aber Schweißflecken auf meinem Hemd sind in Ordnung, ja?«, brummte Calvin und tupfte sich die Stirn mit einem Taschentuch trocken.

Estelle ließ ihren Blick zwischen den Hinterköpfen ihrer Eltern hin- und herwandern. Beide starrten stur geradeaus. Fast wirkte es, als säßen sie allein im Wagen, jeder für sich. Seit Jahren waren sie nicht über das geheuchelte »Wie war dein Tag?« hinausgewachsen und schwiegen einander bei jeder sich bietenden Gelegenheit an. Estelle fand den Zustand zwischen den beiden entsetzlich.

Wie es sich wohl anfühlte, wenn man füreinander unsichtbar war? Wenn es keine gemeinsamen Interessen gab und keine gemeinsamen Ziele? Wenn jeder sein Leben lebte und sich mit aller Kraft auf eine der beiden Töchter konzentrierte – auf deren beruflichen Erfolg oder erfolgreiche Eheschließung?

Estelle streckte den Rücken durch und sehnte sich den Augenblick herbei, wenn sie wieder aus dem kostbaren Kleid schlüpfen konnte, dessen aufwendige Rückenverzierung mit keiner Rückenlehne in Berührung kommen sollte. Sie fühlte sich wie eine Puppe, die zu schön war, um damit zu spielen, und die deshalb den Rest ihrer Tage in einer gläsernen Vitrine fristen musste – ungeliebt und unberührt.

Mit ihrer Linken strich sie über die Unterbrustnaht, die ihre Oberweite zusätzlich betonte.

»Dieser Schnitt schmeichelt Ihnen, glauben Sie mir«, hatte Camille Soucy versichert, während sie vor ihr auf dem Boden gekniet und sorgsam den Verlauf der Naht abgesteckt hatte. Estelle hatte ihr dabei gebannt auf das honigblonde Haar gestarrt und den geradlinigen Scheitel ihres hochmodernen Pagenhaarschnitts bewundert. Camille trug meistens Hosen – weit geschnitten, und die Blusen locker in den Bund gesteckt. Wie gerne wäre auch Estelle mutig genug, um bei der Schneiderin eine ebensolche Hose für sich in Auftrag zu geben. Mutter würde toben, schließlich konnte man sich eine derartige Mode nicht leisten, wenn man auf der Suche nach einer passenden, wohlhabenden Partie war. Also unterließ sie es, eigene Wünsche zu formulieren, und tat alles, um dem prüfenden Blick ihrer Mutter zu genügen.

Als Calvin den Wagen über die gekieste Einfahrt des Anwesens ihrer Gastgeber rollen ließ, wurde Vienne spürbar nervös. Immer wieder räusperte sie sich, kontrollierte sie im Innenspiegel ihres silbernen Puderdöschens den Sitz des Haars, zupfte an einzelnen ihrer leicht ergrauten Strähnen und versuchte mit der Handfläche, die Falten am Hals glatt zu streichen.

»Es wird ein schöner Abend, wirst sehen, Liebling. Dein Kleid ist atemberaubend, die Gastgeber aus höchsten Adelskreisen und sämtliche Gäste betucht und auf jeden Fall eine Bekanntschaft wert. Heute werden wir erfolgreich sein«, sagte sie und klappte das Puderdöschen zu.

Erfolgreich. Das bedeutete für Mutter, dass mindestens ein Mann sein Interesse an ihr, Estelle, bekundete, das Gespräch mit ihr suchte, sie zu einem Getränk einlud und im Idealfall mit ihr tanzte oder sogar um ein weiteres Treffen bat.

Leider war Estelle selten erfolgreich. Ihre Kleider mochten noch so glamourös sein, ihre Ausstrahlung war es wohl nicht. Dabei tat sie wirklich alles, befolgte jeden Rat der Mutter, egal, ob es die Haltung oder die Gesprächsthemen betraf. Vermutlich hatte sie einfach noch nicht den Richtigen getroffen, sprach sie sich immer wieder Mut zu. In manchen Dingen war es gut, Geduld an den Tag zu legen und dennoch mit stetem Eifer seinem Ziel entgegenzufiebern. Und ihr Ziel – da stimmte sie ihrer Mutter völlig zu – war die Heirat mit einem angesehenen und wohlhabenden Mann, an dessen Seite sie ein sorgenfreies Leben in Luxus genießen würde.

Als Vater ihr die Wagentür öffnete und ihr eine salzige Brise entgegenströmte, atmete sie tief durch, setzte ihr strahlendstes Lächeln auf und straffte ihre Haltung. Die spitzen Absätze ihrer Riemchenschuhe fanden im feinen Kies nicht richtig Halt, doch Vater reichte ihr seine Hand und geleitete sie zum Eingang des Hauses. Estelle blickte an den Marmorsäulen und den bodentiefen Fenstern hoch und fühlte sich von so viel Prunk beinahe eingeschüchtert. Noch nie zuvor hatte sie in solch vornehmen Kreisen verkehrt. Vaters Bankgeschäften verdankten sie die Einladung des Barons Séguin zu seiner Abendgesellschaft. Sie würden bei Tisch sitzen mit adligen Herren und bedeutenden Geschäftsleuten. Die Damen würden Schmuck tragen, den sich Vater niemals leisten könnte, und die Herren würden an den maßgeschneiderten Anzügen ihre Orden zur Schau stellen.

Je näher sie der blank polierten Marmortreppe kamen, desto schneller pochte Estelles Herz in der Brust. Was sollte sie mit diesen vornehmen Menschen nur reden? Plötzlich fühlte sie sich dumm und ungebildet. Man würde sie für ihre Kommentare belächeln und hinter ihrem Rücken den Kopf schütteln über solche Einfältigkeit.

Estelle blähte die Nasenflügel, wie sie es immer tat, wenn die Aufregung in ihr überhandnahm. Warum nur hatte sie sich zu diesem Abend überreden lassen? Es würde alles ganz schrecklich werden.

»Lächeln!«, zischte Vienne, als sie durch die Tür schritten. Aus einem Nebenraum hörte man leises Klavierspiel und angeregtes Gemurmel, das an das Summen in einem Bienenstock erinnerte.

Bedienstete im Frack eilten mit befüllten Tabletts durch das Foyer. Ein Diener half Vienne aus ihrer gekreppten Seidenstola und wies sie wortlos in den Salon des Hausherrn, wo die anderen Gäste bereits mit Gläsern in Händen genüsslich den ersten Umtrunk zu sich nahmen.

Bei dem Gedanken an Alkohol wurde Estelle übel, und kurz meinte sie, der Teppich unter ihren Füßen ruckelte und beraubte sie ihres Gleichgewichts. Bilder rasten an ihrem inneren Auge vorbei ... Estelle, wie sie wankt, langsam fällt, aufschreit, sich am nächstbesten Arm festkrallt und denjenigen mit sich zu Boden reißt. Gläser klirren. Rotwein versickert im hohen Flor des teuren Teppichs. Die umstehenden Damen legen erschrocken die behandschuhten Finger an den Mund, die Herren ziehen die Stirn kraus und schütteln den Kopf. Und sie läge am Boden, die Nähte des Kleids aufgerissen, der Körper zur Schau gestellt. Mutter würde kreidebleich auf sie herabblicken, die Hände an die faltigen Wangen gepresst. Vater würde sich bei den Gastgebern entschuldigen und seine beiden Damen so schnell wie möglich aus dem Salon bugsieren, zurück in den Wagen, und dann das Gaspedal durchtreten. Die Reifen würden blockieren und tiefe Furchen im gepflegten Kies hinterlassen. Mutter würde sie hassen, sie tagelang mit finsterer Miene anstarren und voller Verachtung mit Schweigen strafen – so, wie sie es bei Vater seit Jahren praktizierte.

Nein! Das durfte auf keinen Fall passieren. Sie würde den Diener um ein Glas Wasser bitten und es schlückchenweise zu sich nehmen, um die Übelkeit in Griff zu bekommen. Dann würde sie lächeln, den Bauch einziehen und darauf warten, vor welchem Herrn Mutter sie zuerst platzierte.

Alles würde gut werden. Sie musste sich nur beherrschen. Und sie musste lächeln.

Kapitel 3

MANON

Gourdon, Juni 1936.

Der Anblick eines zartgelben Kleopatra-Falters, der durch das geöffnete Fenster ins Schlafzimmer flatterte, lenkte Manon für einen Moment von ihren trüben Gedanken ab. Emsig umkreiste er den selbst gepflückten Blumenstrauß, der in einer Vase aus glänzendem weißen Porzellan auf dem Fensterbrett stand und im hellen Licht der Morgensonne badete. Die altrosafarbenen Sterndolden, kombiniert mit den cremefarbenen Nelken, zartrosa Bouvardien, etwas Lavendel und ein paar Dattelzweigen erinnerten an den Zauber einer Blumenwiese – zart und leicht, und doch elegant genug, um im Mittelpunkt zu stehen.

Der Kleopatra-Falter ließ sich auf den spitzen Blütenblättern der Sterndolde nieder und schloss seine Flügel, so als wolle er seine Schönheit vor der Welt verbergen.

Manon zog die Bettdecke über ihre nackten Brüste und ließ den Kopf zurück ins Daunenkissen sinken. Die Hitze der Sommernacht ruhte noch schwer auf ihrer Haut und umfing sie mit einer Intensität, die sie beinahe zu Tränen rührte. Wie gut es doch tat, endlich wieder im eigenen Bett aufzuwachen und den vertrauten Geräuschen zu lauschen. Dem Geklapper des Frühstücksporzellans, das Mathilda ins Esszimmer schob, auf dem silbernen Servierwägelchen, dessen Räder seit Jahren quietschten, wenn sie sich über den hochflorigen Teppich in der Diele quälten. Dann das Gezeter der Köchin, weil die Croissants zu dunkel geraten waren. Und natürlich das freudige Kläffen des Hundes, der an der Seite des Gärtners seine Runden durch den Garten zog.

Die letzten Tage hatten Manon ihrer Kraft beraubt, umso höher schlug ihr Herz bei dem Gedanken, heute nur rasch in ein Sommerkleid schlüpfen zu dürfen und nicht in die Schwesterntracht, die sie an manchen Tagen mehr an den Tod als an das Leben erinnerte.

Manon dachte an Madame Delestre und an den Moment, in dem diese ihr Leben ausgehaucht hatte.

Madame Delestre hatte gewusst, dass sie ihre Kinder nie wieder zu Bett bringen, zum Frühstück wecken, ihr Haar nie mehr scheiteln und den Mädchen Zöpfe flechten würde. Und doch hatte bis zum letzten Atemzug ein Lächeln auf ihren Lippen gelegen – zart und zerbrechlich und dennoch voller Güte. Manon hatte ihre Hand gehalten, die kalten Finger zu wärmen versucht und gemeinsam mit ihr gebetet. Anfangs eindringlich, um Hilfe flehend, später nur noch leise flüsternd, das Schicksal annehmend. Das letzte Vaterunser hatte Manon allein gesprochen und dabei aus dem Fenster geblickt, das Ausblick zum Sternenhimmel bot.

Mit Schwung setzte sie sich in ihrem Bett auf, streckte Schultern und Rücken durch, bevor sie sich in die dünne Baumwolldecke wickelte und zum geöffneten Fenster ging. Die zart minzfarbenen Leinenvorhänge schwangen im Rhythmus der sanften Brise und lockten die klare Morgenluft ins Schlafzimmer. Das Leinen lag schwer und kühl zwischen ihren Fingern, und schon öffnete der Kleopatra-Falter seine gelb-orangenen Flügel und flatterte durch das geöffnete Fenster nach draußen. Manon blickte ihm hinterher, sah zu, wie er in der violett blühenden Bougainvillea verschwand, die sich üppig um ihren Fensterrahmen rankte und die seit Jahren den Gärtner auf Trab hielt.

»Irgendwann verschlingt sie noch das ganze Haus!«, hatte er vor einigen Wochen schulterzuckend zu Vater gemeint. »Und alles, was übrig bleiben wird von Ihrem Anwesen, ist dieser gefräßige Busch!«

Vater hatte nur mit einem süffisanten Lächeln und einer hochgezogenen Augenbraue reagiert und sich wieder in seine Zeitung vertieft. Er wusste nur zu gut, dass der Gärtner gerne zeterte. Dennoch würde die Bougainvillea bleiben – schließlich war sie eine Erinnerung an seine Großmutter, die die Pflanze mit eigenen Händen gesetzt hatte.

»Manon!« Der scharfe Ton der Mutter holte sie zurück in ihr Zimmer. »Wir warten!«, donnerte es durch die geschlossene Schlafzimmertür. *Wir warten* – zwei Worte, ein Vorwurf. Natürlich warteten sie. Manons Verhalten war wie immer eine Zumutung.

Tief seufzend schloss sie das Fenster und zog den Vorhang zu, um die anschwellende Hitze des Tages auszusperren. Dann tappte sie raschen Schrittes über die kühlen Steinfliesen, hinüber zum roten Kleiderschrank mit den asiatischen Malereien an den Seitentüren. Mutter hatte mit den Augen gerollt, als der Vater ihr diesen Schrank geschenkt hatte. Und Manon hatte ihn zum Dank innig umarmt, nachdem sie jede Schublade geöffnet und jedes Fach inspiziert hatte. Der Lack war so glatt wie Milch, und seinen Geruch nach Zimt und Sandelholz empfand Manon als wärmend.

Rasch wickelte sie sich nun aus der Bettdecke und öffnete die Schranktür.

»Ich bin gleich fertig«, rief sie über die Schulter und suchte nach dem weißen Leinenkleid mit den roten Tupfen, das für einen heißen Sommertag wie heute gerade recht war. Das wellige Haar steckte sie locker mit einer Spange hoch und legte nur etwas vom kirschroten Lippenstift auf, den Mutter ihr gekauft hatte, weil er ihren blassen Teint unterstrich. Bevor sie ihr Zimmer verließ, um in Mutters Esszimmertraum aus Gold- und Beigetönen einzutauchen, wandte sie sich noch einmal um und sah sich an den Farben ihres eigenen Mobiliars satt. Der mohnrote Kleiderschrank, der grasgrüne Teppich, die minzefarbenen Vorhänge, die Bettwäsche in kräftigem Tintenblau, die getrockneten Blumensträußchen, die von den Regalen hingen, und das farbintensive Gemälde an der Wand, das sie von einem unbekannten modernen Künstler erstanden hatte. Ihr Zimmer schien der einzige Farbklecks im gesamten Anwesen zu sein. Ansonsten herrschte hier nur *gediegene Eleganz,* wie Mutter es nannte.

Dann schloss sie die Tür, rückte den Gürtel ihres Kleides zurecht und eilte dem Geruch von frisch gebrühtem Kaffee entgegen.

»Da bist du ja! Mein Mädchen, meine Kluge, meine Schöne!« Vater legte sein Croissant auf den Teller und klopfte auf den leeren Sessel zu seiner Linken. Und wie immer, wenn Manon in die strahlenden Augen ihres Vaters blickte, erfüllte sie diese Leichtigkeit, die sie daran erinnerte, wie sehr sie ihre Heimat liebte. Hier in Gourdon war ihr sicherer Hafen, hier konnte sie sich zurückziehen, Kraft tanken, sich an der Schulter des Vaters ausweinen und mit ihm in Erinnerungen schwelgen. Von hier reiste sie aber ebenso gerne wieder ab, wenn Mutter und ihre jüngere Schwester Estelle sie zu überzeugen versuchten, dass eine Ehe die einzig wahre Erfüllung der Frau war. Dass gut aufgetragene Schminke wertvoller war als ein schlecht bezahlter Posten im Krankenhaus. Dass gestraffte Schultern und eine zierliche Taille höher im Wert standen als das Wissen um die Heilung von Krankheiten.

»Wäre sie tatsächlich klug, wie du sagst, dann hätte sie meinen Rat befolgt und den Sohn der steinreichen Familie Delalande geheiratet. Immerhin hat er mehr als einmal zu verstehen gegeben, dass er interessiert an ihr ist.« Mutter legte die Stirn in Falten und rümpfte kaum merklich die Nase. »Aber sie bevorzugt ja die schmutzige Arbeit als Krankenschwester. Und jetzt sieh sie dir an – abgemagert, die Augenpartie von Sorgenfalten verunziert. Man könnte meinen, sie geht auf die vierzig zu. Dabei zählt sie gerade mal zweiundzwanzig Jahre! Wer nimmt sie denn noch mit runzeligen Händen wie die einer Putzfrau!«

»Guten Morgen, Mama.« Manon strich ihrer Mutter im Vorbeigehen über die Schulter und hauchte ihr einen Kuss aufs hochgesteckte Haar. Dann nahm sie neben ihrem Vater Platz.

»Hast du gut geschlafen, mein Mädchen?«, fragte er und strich über sein schütteres Haar. Sein Lächeln grub tiefe Grübchen in die rosigen Wangen. »Nimm dir etwas vom Baguette und dem Orangengelee, das du so gerne magst.«

Beim Duft der ofenwarmen Croissants und des frisch aufgebrühten Kaffees lief Manon das Wasser im Mund zusammen. Im Krankenhaus hatte man sie an karge Kost gewöhnt, umso schöner war es, wenn Vater sie an ihren wenigen freien Tagen von ganzem Herzen verwöhnte.

»Und wenn du fertig bist, spazieren wir durchs Dorf, ja? Dann kannst du mir alles erzählen, was du in den vergangenen Wochen Neues gelernt hast.«

Eigentlich war sie von den Strapazen der letzten Arbeitstage erschöpft und hätte es vorgezogen, ein wenig durch den Park zu schlendern – allein und schweigend. Doch beim Blick in Vaters Gesicht, das vor Freude über das Wiedersehen strahlte, schaffte sie nur ein zustimmendes Kopfnicken, bevor sie nach der kleinen Zuckerdose griff, um sich den Kaffee schmackhafter zu machen.

»Ich habe recht, und das weiß euer Vater sehr wohl«, ergriff Manons Mutter erneut das Wort und tat dabei, als ob Calvin nicht mit ihnen am Tisch säße. »Scheinbar macht er sich keine Gedanken über die Zukunft unserer Töchter – im Gegensatz zu mir. Es raubt mir den Schlaf, zu wissen, dass sich für Manon keine passende Partie mehr finden wird, wenn sie noch länger darauf beharrt, ihre Tage zwischen blutgetränkten Leintüchern und fiebrigen Patienten zuzubringen.« Vienne schloss die Augen und schüttelte den Kopf. Ihre Miene erweckte den Anschein, als gäbe es einen Trauerfall in der Familie. Aber vermutlich fühlte es sich für sie genauso an. Schließlich war sie der Meinung, ihre Tochter wäre verloren, ihr Leben bereits verwirkt.

»Vielleicht lacht sie sich im Krankenhaus den Chefarzt an?« Was für Manons Vater ein augenzwinkernder Scherz war, ließ in Viennes Augen einen Funken Hoffnung aufblitzen.

»Meine Arbeit ist wichtig, Mama, und sie macht mich glücklich. Wenn du das doch nur einsehen könntest.« Manon schlürfte an ihrer Tasse mit dem aufwendigen Golddekor und stellte sie dann zurück auf den passenden Unterteller.

Nachdenklich blickte sie in die kleine Runde, mit der sie am Esstisch beisammensaß. Vater und Mutter starrten auf ihre Teller und schwiegen, als wären sie einander völlig fremd. Vielleicht waren sie das ja auch. Ob sie je verliebt gewesen waren? Oder hatte Mutter ihren eigenen Rat befolgt und nur geheiratet, weil Vater eine gute Partie war? Manon fragte sich, wie das Kennenlernen der beiden ausgesehen haben mochte. Ob sie früher miteinander gelacht hatten? Sich geküsst und liebevoll umarmt hatten? Oder hatte diese unüberbrückbare Distanz seit jeher zwischen ihnen geherrscht?

Vater griff nach einem Apfelschnitz und biss herzhaft in das saftige Fruchtfleisch. Er war ein Mann, der das Leben genoss, der seine Lieben beschenkte und verwöhnte und noch tagelang von einem gemütlichen Abend mit Freunden schwärmen konnte. Er lachte über den Hund, wenn der wie verrückt einem Stock nachhetzte, zerrieb Lavendelblüten und sog genüsslich den Duft von seinen Fingern.

Mutter hingegen war getrieben von einer Perfektion, die zu erreichen unmöglich war. Die Dienstboten hatten einen straffen Putzplan, dessen Ausführung sie abends mit hochgezogenen Augenbrauen kontrollierte. Und manchmal hatte Manon das Gefühl, dass Mutter enttäuscht war, wenn jede Aufgabe ordnungsgemäß erfüllt worden war. Nur zu gerne hob sie Zeigefinger und Kinn ein Stück zu hoch.

Früher hatte Manon sich nach einer Umarmung oder einem netten Wort von ihr gesehnt. Heute schätzte sie sich glücklich, dass der Vater sie in allen Lebenslagen zu unterstützen versuchte, dass er stolz war auf den von ihr eingeschlagenen Lebensweg. Wer brauchte schon die Billigung einer selbstverliebten Mutter, wenn die Blicke des Vaters vor Wertschätzung funkelten?

Wenig später spazierten Vater und Tochter die gekieste Einfahrt entlang. Manon blickte über die Schulter zurück auf ihr Zuhause, das mit jedem Schritt kleiner wurde und langsam hinter den ausladenden Ästen der knorrigen alten Pinien verschwand. Das Haus mit seinen gelben Mauern und den bodentiefen Fenstern, die von grünen Fensterläden gerahmt waren, bildete vor dem wolkenlosen Himmel ein Gesamtkunstwerk. Eine Zypresse schmiegte sich ans Gemäuer, als suchte sie Schutz vor dem ewigen Wind, der hier oben die Luft belebte. Mit Lavendel, weißen Duftwicken und rotem Klatschmohn bestückte Blumenrabatten umringten die Terrasse, auf der ein mit farbigem Mosaik ausgelegter Gartentisch zum Verweilen einlud. Die lange Einfahrt bot zu beiden Seiten einen Blick auf den ausgedehnten Park, der mit seinem alten Baumbestand ein Paradies für Vögel bot. Manon schloss die Augen. Alles, was sie hörte, war das raschelnde Laub, das Knirschen der Kiesel unter den Sandalen, das Zirpen der Zikaden und der berauschende Gesang der Vögel, der den Park erfüllte, als wäre er ein Konzerthaus. Wie gerne würde sie genau jetzt und hier ihre wehmütigen Gedanken an Madame Delestre in die Freiheit entlassen. Sie wollte die Trauer um die junge Mutter nicht länger mit sich herumtragen. Schließlich wusste sie, dass sie im Krankenhaus noch oft mit dem Tod konfrontiert werden würde. Sie musste einen Weg finden, sich mit dem Sterben zu arrangieren, wenn sie nicht eines Tages an ihrem Beruf zerbrechen wollte. Vielleicht sollte sie morgen nach Dienstantritt das Gespräch mit Oberschwester Georgia suchen. Die erfahrene Ordensschwester wusste bestimmt Rat – auch wenn er vermutlich mit einem Gebet und einer Bibelstunde einhergehen würde.

»Deine Mutter meint es nur gut mit dir«, sagte Calvin und legte den Arm leicht um Manons Schulter.

»Das tust du aber auch, und trotzdem belächelst du keine meiner Entscheidungen.« Manon zog eine Augenbraue hoch und zwinkerte ihrem Vater zu. Die leichte Brise, die aus dem Park heranwehte, ließ ihren Rocksaum tanzen und löste eine Strähne aus ihrer Frisur.

»Da hast du auch wieder recht.« Calvin lächelte zufrieden und rieb sich genüsslich über seine vollen Wangen.

»Weißt du noch, wie Estelle und ich als kleine Mädchen auf die Bäume geklettert sind? Mutter hat mir nie verziehen, dass Estelle sich bei einem Sturz verletzt hat – schließlich hätte ich auf meine kleine Schwester aufpassen müssen, sie beschützen und nicht mit ihr um die Wette auf die hohe Eiche klettern sollen.« Manons Miene verdunkelte sich im Schatten der Erinnerung. Sie glaubte, wieder das Kichern ihrer Schwester zu hören, das Knacken des Astes, den dumpfen Aufprall auf den bemoosten Boden. Sie erinnerte sich an die nächsten Momente, die von einer beklemmenden Stille erfüllt gewesen waren. Eine Stille, die nicht preisgeben wollte, ob Estelle noch lebte. Manon war zu ihr gestürmt, hatte sie geschüttelt, ihre Wangen getätschelt und ihren Namen gerufen – so laut, dass Mutter aus dem Salon zu ihnen geeilt kam. Den Schrecken, der ihr Gesicht verzerrte, würde Manon nie vergessen. Vielleicht war das der Moment gewesen, in dem sie beschlossen hatte, das Herz vor der älteren Tochter zu verschließen und einen Keil zwischen die Schwestern zu treiben.

»Es war ein Unfall, den alle unbeschadet überstanden haben«, stellte Calvin klar. »Aber anstatt uns hier, umgeben von den wunderbaren alten Bäumen, mit unnützen Gedanken zu belasten, sollten wir lieber hinüber ins Dorf gehen. Komm!«, schlug er vor und strebte mit Manon am Arm das schmiedeeiserne Tor an, das die Grenze des Anwesens bildete.

Schweigend gingen sie die schmale Straße hoch zum Dorf. Nur manchmal blieb Calvin stehen und genoss den Ausblick auf die Ortschaften auf der gegenüberliegenden Seite des Tals. Wie immer benannte er jede einzelne mit Namen und erzählte, wo noch seine Jugendfreunde lebten, welchen Schabernack sie als Kinder getrieben hatten. Und wie immer lauschte Manon aufmerksam und sah bildhaft vor sich, wie ihr Vater als Junge, mit der Steinschleuder bewaffnet, hinter einer Scheune gesessen und seinen kleinen Bruder mit Dreck beworfen hatte. Calvin hielt sich an den üblichen Stellen den Bauch vor Lachen und wirkte nach seiner sentimentalen Gedankenreise in die Vergangenheit um Jahre verjüngt.

Als sie durch die Gassen von Gourdon flanierten, trafen sie einige Bewohner. Man grüßte sich freundlich, winkte einander zu oder tauschte sich über das Wetter aus – egal, ob es eine junge Hausfrau war, die gerade ihre Fenster putzte, ein alter Mann, der auf der Bank vor dem Haus seine Pfeife paffte, oder Kinder, die mit ihrem Hund einem Ball hinterherspurteten.

Mit jedem Schritt dieses Bummels durch die Gassen hellte sich Manons Miene auf. Beim Anblick der schmucken Häuser aus Sandstein, die eng aneinandergeschmiegt ihre Dächer der Sonne entgegenreckten, schob sich der Ärger über Dr. Tessier in den Hintergrund.

Üppig bepflanzte Blumentöpfe zierten Stiegenaufgänge und Fenstersimse. Aus der kastenförmigen Kirche drang das Spiel der Orgel. Aus der Bäckerei kam der Duft von frischen Croissants und erinnerte Manon daran, dass sie kaum etwas gefrühstückt hatte.

Eine scharfe Brise begleitete sie, als sie an den Klippen entlang hoch zum Schloss von Gourdon marschierten. Manon drückte mit einer Hand den weiten Tellerrock ihres Kleides gegen die Oberschenkel.

»Danke, dass du mich zum Spaziergang überredet hast«, sagte sie und lehnte sich gegen die warme Steinmauer, die sie vom steilen, felsigen Gefälle trennte. Der Wind umfing sie mit einer Intensität, als würde er sie mit sich forttragen wollen. Der Blick war überwältigend und schenkte Manon das Gefühl, die ganze Welt läge sich ihr zu Füßen. Freiheit und Hoffnung schenkte ihr dieser Ausblick über die Berge und Täler der Provence mit dem weit dahinterliegenden Meer.

Der Wind verfing sich in ihrem Haar und brachte ihre Augen zum Tränen.

»Ich kenne doch mein Mädchen«, sagte Calvin und wich einen Schritt zurück. »Es gibt kaum etwas, das der raue Wind und die unendliche Aussicht in die Welt nicht zu lösen vermögen, habe ich recht?«

Den letzten Satz hörte Manon kaum noch, zu sehr war sie vertieft in das Raunen des Windes und den Blick auf die wuchtigen Felsen, die den Weg hinab ins Tal säumten.

Ihr Vater hatte recht. Hier oben beim Schloss fühlte sie sich losgelöst von Zeit und Raum, von Problemen und Kummer. Hinter sich die kräftigen Mauern und vor sich den Horizont – hier konnte sie alles abschütteln. Nur das stille, leblose Gesicht von Madame Delestre, das schien vor ihrem inneren Auge verweilen zu wollen. Wie es wohl dem Neugeborenen ging? Ob Oberschwester Georgia eine Amme für das zerbrechlich wirkende kleine Mädchen gefunden hatte?

Das Leben war ein Tosen, ein Donnern, ein Bersten. Fest biss

Manon sich auf die Unterlippe, vertiefte sie sich in die Aussicht, die genau das widerspiegelte. Sie blickte über die weitläufigen Täler und suchte am Horizont wieder nach dem Meer.

Und dieses Mal war es nicht der scharfe Wind, der ihr die Tränen in die Augen trieb.

Kapitel 4

ESTELLE

Gourdon, Juni 1936.

Estelle stand am Fenster ihres Ankleidezimmers. Aus dem Wäscheschrank hinter ihr roch es nach Rosenseife und Lavendelsäckchen. Mit den Fingerspitzen strich sie über den roten Samtvorhang, der schwer von der Decke hing. Vorsichtig, um unentdeckt zu bleiben, schob sie ihn ein Stück beiseite und blickte hinab auf die Einfahrt, auf der gerade Manon entlangspaziert kam. Seite an Seite mit dem Vater, der pausenlos redete.

Manon schien ihm aufmerksam zu lauschen, hielt den Blick auf sein Profil gerichtet, legte immer wieder den Kopf in den Nacken und lachte. Die Arme hatte sie vor dem Körper verschränkt. Sie hatte ihren kirschroten Lippenstift aufgelegt, der ihre Zähne und ihre Haut weiß wie die Blüten einer Lilie wirken ließ. Wie schön sie doch war – so viel schöner als sie selbst, Estelle.

Bestimmt war das der Grund, warum Vater Manon mit mehr Aufmerksamkeit und Liebe bedachte als sie, die kleine Schwester, die es ihm nie recht machen konnte, die er für oberflächlich hielt und blasiert.

Wie es wohl sein musste, wenn man vom eigenen Vater derart akzeptiert und geliebt wurde? Estelle wusste es nicht, schließlich hatte seine Wertschätzung stets der älteren Schwester gegolten. Manon, die schon als kleines Mädchen sattelfest auf ihrem eigenen Pferd durch den Park galoppiert war. Die belesen war und schlagfertig. Zudem war sie ehrgeizig und hatte sich mit ihrer Ausbildung zur Krankenschwester gegen Mutters Willen aufgebäumt und sich durchgesetzt.

Und sie, Estelle, war ein Schatten, ein Geist, unsichtbar und vom Vater vielleicht sogar unerwünscht. An manchen Tagen schmerzte es, nicht von ihm gesehen zu werden, dann fühlte sie sich wie ein verpuppter Schmetterling, dessen Kokon an der Unterseite eines Blattes hing und auf den perfekten Augenblick wartete, um seine Schönheit zu zeigen.

Wie sehr sie sich doch wünschte, dass Vater sie wenigstens ein Mal mit der Fürsorge bedachte, die er Manon stets zuteilwerden ließ.

Estelle hielt den Blick noch immer auf ihre Schwester und ihren Vater gerichtet, die langsam auf das Haus zuschlenderten. Die Bäume säumten, aufgereiht wie Soldaten, die Einfahrt und schienen der zierlichen Manon Schutz zu bieten.

Als ob ihre Schwester je Schutz benötigt hätte. Estelle verschränkte die Arme vor der Brust und spürte, wie sich ihr ganzer Körper zunehmend verspannte.

Manon war seit jeher eine Kämpfernatur gewesen, die sich nahm, was sie brauchte, und wusste, was sie wollte. An manchen Tagen hatte Estelle sie um ihren Kampfgeist beneidet, hatte versucht, sie nachzuahmen und ihr zu gefallen, aber das hatte Manon vermutlich nicht einmal bemerkt. Seit sie im Krankenhaus arbeitete, führte ihr Weg sie nur noch selten nach Gourdon. Und die wenigen freien Tage, die sie im elterlichen Anwesen verbrachte, gingen sie beide sich aus dem Weg.

Vielleicht war es Vaters und Mutters unterschiedlichen Ansichten geschuldet, dass die Schwestern einander fremd waren. Vielleicht war es aber auch üblich, dass eine Familie sich in zwei Lager aufspaltete.

Estelle wandte sich ab vom schmerzlichen Ausblick auf ihre Schwester und warf einen letzten Blick in den Spiegel. Dann griff sie nach dem mintfarbenen Halstuch, das perfekt zu ihrer Handtasche und dem beigen Kleid passte, und knotete es gekonnt um ihren schlanken Hals. Ihr herzförmiges Gesicht wurde umrahmt von welligem Haar, und ihre dünn gezupften Augenbrauen betonten dagegen die Strenge, die ihre grünen Augen und die schmalen Lippen ausstrahlten. Vorsichtig korrigierte sie mit dem Zeigefinger die Kontur des feuerroten Lippenstifts und verließ dann ihr Zimmer.

»Was hast du Schönes vor?«, fragte ihre Mutter.

Sofort straffte Estelle die Schultern und zog den Bauch ein.

»Lächle, aber nicht zu sehr«, hatte sie ihr schon früh beigebracht. »Die Leute sollen dich weder für dumm noch für überheblich halten. Zeig ihnen mit deinem Lächeln, dass du ihnen wohlgesinnt bist, aber sie dir niemals das Wasser reichen können. Trag dein Kinn hoch und sieh zu, dass dein Bauch so flach wie möglich ist. Eine dicke Frau wird es immer schwer haben, eine gute Partie zu machen.«

Estelle musste zugeben, dass die Figur ihrer Mutter dem Alter trotzte und nach wie vor mädchenhaft wirkte – was vermutlich an den täglichen Gymnastikeinheiten und den kargen Mahlzeiten lag.

»Was du heute nicht isst, musst du morgen nicht auf den Hüften tragen«, hatte sie vor Jahren einmal gesagt und ihr das ofenfrische Croissant aus der Hand genommen. Estelle hatte mit geschlossenen Augen den Geruch warmer Butter tief in sich aufgesogen und sich dabei vorgestellt, wie der dampfende Blätterteig auf ihrer Zunge zerfiel. Mit den Jahren hatte sie jedoch gelernt, mit Verzicht umzugehen – schließlich meinte die Mutter es nur gut mit ihr. Immerhin verfolgten sie beide dasselbe Ziel: die Heirat mit einem wohlhabenden Mann, an dessen Seite Estelle ein sorgenfreies Leben führen konnte. Einen Mann, dem es nicht an Ansehen mangelte, dessen Charme sie sich nicht entziehen könnte und der sie auf Händen trüge.

Freilich, für das Erreichen dieses Ziels würde sie bereitwillig auf jedes Süßgebäck verzichten. Wenn sie ihm nur endlich begegnen würde, diesem einen besonderen Mann. Aber bislang hatte sie ihn auf keinem Empfang, keinem Ball und keinem von Vaters Geschäftsessen getroffen. Was, wenn es ihn gar nicht gab? Wenn Mutters Predigten von der passenden Partie aus der Luft gegriffen waren und sie auf ewig hier auf Vaters Anwesen festsäße, wo sie den Verzicht von jedem Nachtisch mit einem sanften Lächeln zu quittieren hatte?

»Ich fahre nach Grasse«, antwortete Estelle wortkarg und hoffte, dass Vienne nicht anbot, sie zu begleiten. Gemeinsam mit ihrer Mutter fühlte sich jeder Einkaufsbummel ungemütlich an wie eine kalte Bö. »Ich hole mir nur kurz ein Kleid von der Schneiderin ab. Du würdest dich langweilen«, sagte sie so beiläufig wie möglich.

Natürlich ging sie nicht zur Schneiderin, sondern wollte in der Parfümerie Bouvet neue Düfte ausprobieren. Dann würde sie im Café an ihrem Mokka nippen und dabei die fröhlich lachenden Passanten beobachten. Allein. Aber das machte ihr nichts aus. Daran war sie gewöhnt. Schließlich hatte Mutter seit jeher andere Mädchen aus unterschiedlichen Gründen von ihr ferngehalten. Entweder hatten sie nicht die nötigen Manieren, kamen aus schlechtem Haus oder entsprachen schlichtweg nicht Mutters Schönheitsideal.

Ja, Estelle war daran gewöhnt, für sich zu bleiben. Die Einzige, die ihre Freundin hätte sein können, zog es vor, sich draußen im Park in ihren medizinischen Fachbüchern zu vergraben.

Als sie sich auf den Weg zu ihrem Wagen machte, wuchs in ihr ein seltsames Gefühl. Es war nicht fremd, und doch auf gewisse Weise immer wieder enttäuschend.

Manon. Der Name hatte einmal, vor einer gefühlten Ewigkeit, wie eine sanfte Melodie in ihrem Kopf geschwungen, und nun klang er dröhnend und schrill. Manon. Sie steckte voller Spott und Ablehnung. Gewiss lachten sie und Vater gerade über die unbedarfte Estelle, die tatsächlich daran glaubte, eines Tages das Glück an der Seite eines wohlhabenden Mannes zu finden.

Manon. Wie unerträglich sie doch war.

Abends saß Estelle auf dem Balkon, nippte an einem Glas Rotwein und hielt den Blick, ohne zu blinzeln, in die Ferne gerichtet. Üppige Wälder und vereinzelte Dörfer, Straßen, die sich durch die raue Landschaft schlängelten, tief hängende Wolken und der ewig währende Wind, der die Temperaturen hier oben erträglich machte. Die Schatten wurden mit jedem Atemzug länger, die Sonne verschwand rotgolden hinter den Hügeln und schien den letzten Rest von Licht an sich zu saugen und mit sich hinabzustürzen in einen anderen Tag, in ein anderes Land. Weit entfernt, unerreichbar.

Estelle seufzte laut auf. Der Einkaufsbummel durch Grasse hatte ihr nicht die gewünschte Aufmunterung verschafft. Kein Parfum hatte ihre Sinne berührt, kein Hütchen ihrem Gesicht geschmeichelt und kein Kleid die mädchenhafte Figur angemessen betont. Das bunte Treiben in den Gassen von Grasse hatte sie nicht abzulenken vermocht von den trüben Gedanken, die den gesamten Tag um Vaters und Manons ablehnendes Verhalten gekreist waren wie ein Geier um seine Beute.

»Hast du Lust auf einen kleinen Spaziergang durchs Dorf?«

Estelle wandte sich ruckartig um.

»Mutter!«, stieß sie hervor und griff sich an die Brust. »Du hast mich erschreckt!«

»Das war nicht meine Absicht.« Ohne zu fragen, zog Vienne sich einen der moosgrün lackierten Holzstühle an den Tisch und setzte sich nah zu ihrer Tochter. Estelle strömte die schwere Moschusnote von Viennes Parfum in die Nase.

»Hast du Lust auf einen kleinen Spaziergang? Nur wir beide?«, wiederholte Vienne ihre Frage. »Immer bist du so allein«, ergänzte Vienne und legte die Stirn in lang gezogene Sorgenfalten.

Wie alt ihr Gesicht geworden ist, dachte Estelle. Vielleicht war es ihre herrische Art, die der Mutter im Laufe der Jahre jede Frische genommen hatte.

»Mir geht es gut. Es macht mir nichts aus, allein zu sein«, antwortete Estelle leise und hielt den Blick wieder auf die Gipfel gerichtet, die im Glanz der untergehenden Sonne rotgolden leuchteten.

»Heute kam die Einladung zu einem Bankett in Nizza. Ein Kunde deines Vaters möchte sich auf diese Weise für die vorzügliche finanzielle Beratung erkenntlich zeigen.« Mutter strahlte derart, dass ihre Haut förmlich zu leuchten schien. »Nizza!«, schwärmte sie. »Dort werden sich völlig neue Möglichkeiten für dich eröffnen, du wirst sehen. Ich habe da so ein Gefühl, dass du bei der Gelegenheit einen Mann kennenlernst.« Viennes Begeisterung brachte ihre bernsteinfarbenen Augen zum Leuchten.

Estelle lächelte und hoffte, dass ihre Mutter recht behielt. Es war tatsächlich an der Zeit – sie fühlte sich reif für die Ehe und die Erfüllung ihrer Träume. Und es war vor allem an der Zeit, sich von der Mutter zu lösen.

»Ich bin schon zu müde für einen Spaziergang, sei nicht böse, *maman*«, meinte Estelle und wandte sich von ihrer Mutter ab und wieder dem Abendrot zu. Der Horizont war blutrot, und die Stille der aufkommenden Nacht legte sich wie eine Decke über das Land.

»Bin ich nicht.« Viennes Stimme war eine Spur zu hell – wie immer, wenn sie ihren Unmut zu überspielen versuchte. Mit einem tiefen Seufzer stand sie von ihrem Stuhl auf und verließ ohne ein weiteres Wort den Balkon.

Wieder allein mit sich, spürte Estelle eine gähnende Leere, die sie mit einem großen Schluck Wein zu bekämpfen versuchte.

»Ein Empfang in Nizza …«, wiederholte Estelle die Worte ihrer

Mutter im Flüsterton. »Dort werden sich neue Möglichkeiten eröffnen …« Zügig leerte sie ihr Glas. Wie sehr sie doch manchmal Manon darum beneidete, dass sie sich aus den engen Fesseln der Mutter befreit hatte. Der Druck, den diese ausübte, schien zuweilen unerträglich. Estelle wusste genau, wie er aussehen würde, ihr enttäuschter Blick, wenn sie auf besagtem Empfang wieder keinen Mann kennenlernte, der für eine gemeinsame Zukunft infrage käme. Müde legte sie den Kopf in den Nacken und blickte hoch zum wolkenlosen Himmel.

Sie musste weg. Jetzt. Sofort! Der Ausblick in die Welt genügte nicht, sie wollte in sie eintauchen, sie erleben, flirrend und laut. Sie sehnte sich nach noch mehr Alkohol und Feiern. Zigarettenqualm, Gelächter, Gedränge, Musik – fernab von den beherrschenden Blicken ihrer Mutter.

Auch sie wollte ihnen entkommen, diesen Fesseln. Wenigstens für eine Nacht. Morgen wäre sie wieder die artige Tochter, die nach der Erfüllung von Mutters Wünschen strebte, aber heute wollte sie nur Estelle sein – eine junge Frau, ohne Ambitionen, eine gute Partie zu machen.

Entschlossen ging sie ins Ankleidezimmer und öffnete den Schrank, der überquoll von Kleidern, die nur darauf warteten, ausgeführt zu werden. Sie wühlte sich durch die Gewänder aus feinem Brokat, bestickt, in allen Farben glänzend, mit tiefen Ausschnitten.

Rasch schlüpfte sie in das himmelblaue knielange Kleid. Ihr Herz pochte aufgeregt in der Brust, als sie an ihrem Schminktisch Platz nahm. Sanft strich sie mit den Fingerkuppen über ihre Pinsel, Bürsten, Farbtiegel und Lippenstifte. Gekonnt kaschierte sie ihre natürliche Blässe mit etwas Rouge und färbte die Lippen tiefrot. Bei dem Gedanken an die bevorstehende Flucht aus ihrem Alltag prickelte ihre Haut. Mit der goldenen Pinzette zupfte sie die Augenbrauen in Form und malte sich einen dunklen Lidstrich.

Sie schloss die Riemchen der dunkelroten Schuhe, griff nach der

Handtasche und ließ den Autoschlüssel in der Hand klimpern, als sie das Haus verließ. Es fühlte sich gut an, Manon, die Eltern und deren Anforderungen hinter sich zu lassen – und sei es nur für ein paar Stunden.

Während sie von Gourdon die lang gezogenen Serpentinen hinab ins Tal fuhr, war sie in Gedanken bereits bei dem Abenteuer, das heute auf sie wartete. Vielleicht würde sie Bekanntschaft mit einem netten Mann schließen – ganz ohne Hintergedanken. Einfach nur eine Bekanntschaft, mit der man plaudern und tanzen durfte, ohne von der Mutter bedrängt zu werden, um jeden Preis ein weiteres Treffen zu arrangieren.

Ein Lächeln funkelte auf Estelles Gesicht und ließ es ungewohnt einnehmend erscheinen. Ja, sie war offen für anregende Gespräche, Komplimente, vielsagende Blicke der Männer in ihre Augen und auf ihr Dekolleté.

Das Verdeck des Wagens war geöffnet, die laue Nachtluft strich ihr über Haut und Haar, und ließ die freudige Erwartung dessen, was sie erwartete, noch weiter steigen.

Etwa eine Stunde später drängte sie sich durch die lang gezogene Bar von Nizzas berühmtem Nachtlokal *Le Bouquet bleu.* Ihr Herz schien im Takt des viel zu lauten Gipsy-Jazz zu pochen, und ihre Hüften begannen wie von selbst, zu der Melodie der Rhythmusgitarre zu schwingen. Die Beleuchtung war angemessen düster, grauer Dunst waberte durch die Luft und kratzte Estelle im Hals. Zur Linken saßen Männer an der Bar und prosteten sich lauthals lachend mit Schnapsgläsern zu. Ein Kellner drängte sich durch die Menschenmenge und balancierte gekonnt sein Tablett mit randvoll gefüllten Gläsern über die Köpfe der Gäste hinweg. Damen zogen genüsslich an Zigaretten, und etwas abseits in einer dunklen Nische küsste sich ein Pärchen.

Es drängte sie weiter in den Bauch des Lokals, näher zur Musik, zur Tanzfläche. Die raue Stimme der Sängerin kroch durch Estelles

Ohren direkt in den Magen, wo sie sich wohlig warm ausbreitete und sie in einen unerwarteten Glücksrausch versetzte.

Der Kontrabassspieler umarmte sein Instrument und schmiegte seine Wange an dessen Hals, als wäre es der seiner Geliebten. Der Schlagzeuger wippte im Takt und schwang seine Jazzbesen eifrig durch die Luft, und der Gitarrist hatte seinen kleinen Hut tief in die Stirn gezogen. Die Sängerin war groß und schlank, die Oberweite etwas zu üppig für das eng geschnittene Kleid.

Estelle stand am Rande der vollen Tanzfläche und beobachtete das rege Treiben, das sich vor ihr auftat. Obwohl sie völlig allein war, fühlte sie sich nicht so einsam wie zu Hause, wo Vater sie ignorierte, Manon ihr aus dem Weg ging und Mutter dubiose Verkuppelungspläne schmiedete.

»Darf ich Mademoiselle zu einem Getränk an die Bar entführen?«

Die säuselnde Stimme an ihrem Ohr riss sie aus der Versunkenheit und rückte die vibrierende Musik in den Hintergrund.

Der freundliche Blick des Fremden lenkte von seinem markanten Kinn und den hohen Wangenknochen ab. Estelle konnte nicht sagen, ob sie sich von ihrem Gegenüber angezogen oder unangenehm bedrängt fühlte.

»Warum nicht?«, antwortete sie zu ihrer eigenen Überraschung. Ja, warum nicht? War sie nicht genau deshalb hier? Um zu flirten, zu trinken und zu tanzen? Warum also sollte sie den jungen Mann abweisen – nur weil sein Kinn nicht ihren Vorstellungen entsprach? Bestimmt wäre er nicht die letzte Bekanntschaft in dieser Nacht, und für ein erstes Getränk kam der junge Mann, der sich als Lowell vorstellte, gerade recht.

Einige Gläser *Boulevardier* später brachte die raffinierte Mischung aus Roggenwhisky, Campari und süßem Wermut ihre Stimmung zum Brodeln. Die Musik zog sie förmlich auf die Tanzfläche, um sich dem Rhythmus der Band hinzugeben.

»Komm«, säuselte sie ihrer Bekanntschaft ins Ohr. Das ausladende Kinn von Lowell störte sie schon seit dem zweiten Glas nicht mehr, dafür mochte sie seine Art, ihr Komplimente zu machen und sie mit hingebungsvollen Blicken anzuhimmeln.

Angenehm berauscht, nahm Estelle die Umgebung nur noch verschwommen wahr. Sie schloss die Augen und vertraute sich der Führung ihres Tanzpartners an, der im Einklang mit der Musik seinen Körper bewegte. Leichtfüßig, fast schwebend, tanzte und drehte sie sich.

Als Lowell sie an sich drückte, ließ sie ihn gewähren. Ebenso erlaubte sie, dass seine Hand bei jedem Lied etwas tiefer über ihre Hüften strich und er sein Gesicht in ihrer Halsbeuge vergrub, um sie mit zärtlichen Küssen zu bedecken.

»Wollen wir an die frische Luft?«, fragte Lowell, als der letzte Akkord eines Liedes verklang. Ohne auf ihre Antwort zu warten, nahm er sie an der Hand und zog sie von der Tanzfläche. Estelle folgte ihm hinaus in die sternenklare Nacht und spürte einen wohligen Schauder in ihrer Körpermitte, als ihr bewusst wurde, dass er mit ihr in Richtung Strand ging.

Als sie die Lichter der Straße hinter sich gelassen hatten, hielt Lowell inne und zog Estelle eng an sich. In seinen Augen spiegelte sich der Glanz des Mondes, hinter ihr rauschten die Wellen gleichmäßig, immerzu, unendlich. Sein Kuss war vorsichtig, an seinen Lippen hing noch der schwere Geschmack von Rum. Seine Haut roch nach herber, holziger Seife.

»Ich will dich!«, flüsterte er ihr ins Ohr und ließ seine Hände langsam über ihren Körper gleiten.

»Dann komm!«, kicherte sie trunken und schlüpfte aus Kleid und Schuhen. Völlig nackt rannte sie los, über den Strand, dessen Kieselsteine kühl zwischen ihre Zehen krochen, hinein ins Wasser, das ihre Knöchel umspülte und sie wogend einlud, zur Gänze einzutauchen.

»Wo bleibst du?«, rief sie über die Schulter und watete immer tiefer in die Dunkelheit des Meeres. Das kühle Wasser verdrängte die Trunkenheit aus ihren Sinnen und holte sie zurück in die Gegenwart.

Als sie sich umdrehte, sah sie Lowell, der sich schwimmend näherte. Je näher er kam, desto stärker drängte sich die Frage auf, ob es richtig war, was sie vorhatte? Würde sie, um gegen ihre Mutter aufzubegehren, so weit gehen und sich einem Mann hingeben, den sie kaum kannte? Mutter war vielleicht in manchen Angelegenheiten zu herrisch, aber das war kein Grund, seinen eigenen Ruf zu ruinieren. Panisch erkannte sie, in welche Situation sie sich gebracht hatte, und wünschte sich zurück auf ihren Balkon, auf dem sie einsam die Sterne bewundert hatte.

»Tut mir leid«, sagte sie und watete ohne weitere Erklärung an Lowell vorbei zum Strand, wo sie in ihr Kleid schlüpfte und sich hastig auf den Weg zu ihrem Auto machte. Lowell rief mehrmals ihren Namen, aber Estelle drehte sich nicht um. Ihre Schritte wurden länger, schneller, zwangen sie weg von dem Augenblick, in dem sie sich beinahe vergessen hätte.

Auf der Heimfahrt schwiegen ihre Gedanken. Auf ihren Lippen glaubte sie, noch immer Lowells Kuss zu spüren. Zärtlich war er gewesen, und für einen Moment hatte er es geschafft, sie die Zwiespältigkeit der Welt um sich herum vergessen zu lassen.

Estelle blickte in den Rückspiegel. Ihr Lidstrich war vom Wasser verwischt, der Lippenstift von den innigen Küssen verschmiert.

Der Lichtkegel der Scheinwerfer erleuchtete die Straße und wies ihr den Weg durch die Dunkelheit.

Voller Reue krallte sie sich am Lenkrad fest.

Als sie vor wenigen Stunden am Schminktisch gesessen und Lippenstift aufgelegt hatte, war der Weg in die Freiheit noch so einfach erschienen.

Erschöpft von der durchtanzten Nacht, war Estelle nun froh, als sie endlich in die Zufahrt zum Anwesen der Eltern einbog. Langsam rollte sie dem Haus entgegen, das dunkel und ruhig vor ihr lag. Fast erweckte es den Eindruck von Friedlichkeit. Aber Estelle wusste, dass der Anschein trog.

Träge stieg sie aus dem Wagen und schleppte sich die Treppen hoch zum Eingang. Alles in ihr sträubte sich dagegen, die Türklinke zu drücken und das Elternhaus zu betreten.

Sie wandte sich noch einmal von der Haustür ab und blickte hoch zu den Sternen, die wie funkelnde Diamanten das Himmelszelt zierten. Der Anblick der Unendlichkeit klärte ihre Gedanken und schenkte ihr Hoffnung.

Die Hoffnung, dass es möglich war, einen liebenden Ehemann zu finden, der annähernd den Vorstellungen der Mutter entsprach und sie nicht allzu sehr enttäuschte.

Kapitel 5

MANON

Grasse, Juni 1936.

»Am besten versteckst du dich in der Besenkammer. Oder in der Kapelle, da kannst du wenigstens auf Gottes Segen und Schutz hoffen.« So sprach Annie Sechet, die Lernschwester, die sich mit Manon ein Zimmer im Schwesterntrakt teilte. Sie saß auf ihrem frisch gemachten Bett und steckte sich das dunkle, krause Haar zu einem Dutt.

Die Fenster waren klein und das Licht spärlich. Dass der Seitentrakt bislang nicht mit Strom versorgt wurde, verdankten sie Oberschwester Georgia, die die Meinung vertrat, dass Krankenschwestern nach getaner Arbeit ihre Freizeit bei stillem Gebet verbringen sollten – und zu innerer Einkehr fand man am besten im warmen Schein einer Kerze.

»Was ist los?« Manon stellte ihre Reisetasche aus abgewetztem rotbraunen Leder ab. Die Tasche hatte sie vor ihrem Eintritt ins Krankenhaus gekauft, schließlich wollte sie nicht auffallen mit ihren auf Hochglanz polierten Koffern aus feinem Kalbsleder. Jedes Mal, wenn sie sich auf den Weg von Gourdon nach Grasse machte, schlüpfte sie in eines ihrer schlichten Kleider und holte ein Paar alte Schuhe aus dem Schrank. Nichts käme sie schlimmer an, als wegen ihrer Herkunft aus reichem Haus nicht ernst genommen zu werden. Die wenigen Ordensschwestern, die über ihre wohlhabende Familie Bescheid wussten, hatte sie um Diskretion gebeten. Hier im *Hôpital de Vincent* wollte sie sich nicht mit Perlenohrsteckern und Goldkettchen hervortun, sondern einfach ihren Dienst verrichten – und zwar, so gut sie nur konnte.

»Dr. Tessier tobt«, erklärte Annie und steckte sich eine Haarnadel zwischen die Lippen.

Manon ließ die Schultern sinken und verdrehte die Augen.

»Gib mir die Haarnadel, sonst wird das nichts.« Manon setzte sich neben ihre Freundin aufs Bett und griff ihr gekonnt ins Haar. Es war weich und duftete nach Birkenwasser. Annie war nicht eitel. Weder zupfte sie sich die Augenbrauen, noch achtete sie auf ihre Figur oder ihre Kleidung. Ihre markanten Gesichtszüge ließen sie auf den ersten Blick hart und willensstark erscheinen, aber Manon wusste es besser. Hinter der strengen Fassade der auffallend kleinen Frau steckte ein Herz, dessen Gutmütigkeit und Treue kaum zu überbieten waren.

»Tessier findet immer einen Grund, um zu toben. Das ist uns weiß Gott nicht neu, oder?«, fuhr Manon fort, während sie einzelne Strähnen zwischen den Fingern drehte, um sie anschließend am Hinterkopf zu befestigen. »Würden wir uns bei jedem seiner Ausbrüche verstecken, kämen wir aus der Kapelle nicht mehr raus.«

Annie schnaubte vor Lachen. »Ich habe mich freiwillig zum Wäschewaschen gemeldet. Unten in der Waschküche ist man wenigstens vor ihm sicher.«

»Ich werde mich bestimmt nicht verstecken«, sagte Manon, blickte über den Kopf ihrer Freundin hinweg aus dem geöffneten Fenster und musste zugeben, dass sie einer Begegnung mit Tessier geradezu entgegenfieberte. Seine Blicke, wenn sie ihm die Stirn bot, waren unbezahlbar und stets eine willkommene Abwechslung. »Bestimmt hat ihn eine seiner Liebschaften abblitzen lassen, und wir müssen dafür büßen.«

»Vielleicht hast du recht.« Annie senkte kaum merklich den Kopf.

»Und du tätest gut daran, dein Herz an einen anderen zu verschenken und Tessier als das Monster anzuerkennen, das er nun mal ist.«

»Mir ist bewusst, dass er ein Monster ist – oder eines sein kann. Er hat aber auch eine andere Seite, eine fröhliche, milde.«

Manon schnaubte verächtlich. »Von so einer Seite weiß ich nichts. Und auch keine der anderen Schwestern hat diese je zu Gesicht bekommen. Ich fürchte, liebste Annie, dass du ein Opfer deiner eigenen Tagträume geworden bist.«

»Mach dich nicht lustig über mich«, erwiderte Annie ungewohnt scharf. Sie entzog sich Manons Händen, die noch immer an ihrem Haar nestelten, stand auf und fixierte ungeschickt die letzten losen Strähnen am Hinterkopf. Dann griff sie nach ihrer Schwesternhaube, die auf der Kommode bereitlag, und setzte sie sich resolut auf den Kopf. Schief, wie immer. Manon zog es dennoch vor, dazu nichts zu sagen.

Unsicher blickte Annie in den Spiegel, der gerade groß genug war, um ihr rundliches Gesicht zu zeigen.

»Du tust, als ob ich mir meine Gefühle ausgesucht hätte.« Annie wandte sich zu ihrer Freundin um und bedachte sie mit einem Blick, den Manon als gleichermaßen wütend und verzweifelt deutete. »Er war immer so nett, wenn wir allein waren«, fuhr Annie schulterzuckend fort. »Und zu mir war noch nie ein Mann nett.«

Manon rieb sich die Oberarme und wich Annies Blick aus.

»Du hast ja keine Ahnung, wie es ist, hässlich zu sein.« Annie blickte über ihre Schulter hinweg in den Spiegel, so als müsse sie der Wahrheit in die Augen sehen.

»Sei nicht so hart zu dir selbst. Genau so, wie du aussiehst, gefällst du mir am besten«, sagte Manon und meinte es so. Sie mochte die graublauen Augen, die stets den Eindruck erweckten, als heckte Annie einen Streich aus. Die Grübchen, die sich tief in ihre Wangen gruben, wenn sie laut lachte und sich dabei den Bauch hielt. Stets versuchte Annie, Fröhlichkeit zu verbreiten, doch wenn sie nach ihrem freien Tag von zu Hause ins Krankenhaus zurückkehrte, wirkte sie meist bedrückt und zog sich schweigsam nach draußen in den Park zurück. Manon hatte es nie gewagt, sie nach ihrer Familie zu fragen – Annies verweinte Augen waren Antwort genug.

»Komm, lass uns gehen, die Glocke läutet zum Morgengebet«, meinte Annie und griff nach Manons Hand. »Wenn wir das versäumen, müssen wir uns auch noch vor Oberschwester Georgia verstecken.«

Manon nickte und ließ sich von ihrer Freundin aus dem Zimmer ziehen.

Der Tag war jung, und die Patienten nahmen vermutlich gerade erst ihr Frühstück zu sich. Manon rieb sich die Augen und gähnte beim Verlassen der stickigen und düsteren Krankenhauskapelle. Das Morgengebet hatte sie wie immer unsagbar ermüdet, zudem mochte sie es nicht, wenn für den Rest des Tages der Geruch von Weihrauch in ihrer Kleidung hing, sie fühlte sich dann immer an das Begräbnis ihrer geliebten Großmutter erinnert.

»Manon!«, rief Oberschwester Georgia mit ihrer tiefen, sonoren Stimme, die den Krankenhausflur förmlich zum Erbeben brachte. »Du bist sicher auf der Suche nach Arbeit, nicht wahr?«, fragte die Oberschwester und ließ dabei ein süffisantes Lächeln über ihre bärtige Oberlippe huschen.

»Ich bin auf dem Weg in den Krankensaal, um nach dem Rechten zu sehen und das Geschirr abzuräumen«, sagte Manon und zeigte auf die zweiflügelige Tür, die nur noch wenige Schritte entfernt lag und durch die das Klappern von Tellern und Tassen drang.

Üblicherweise vertraute Oberschwester Georgia auf Manons – wie sie es nannte – gottgegebenen Fleiß und ließ ihr Freiraum in der Organisation ihrer Arbeit.

»Dr. Tessier hat sich über dich beschwert. Schon wieder.« Die

Oberschwester zog die Augenbrauen hoch und starrte Manon durch ihre dicke Hornbrille an. Die Hände in die massige Taille gestemmt, kam sie mit festen Schritten auf Manon zu.

»Du musst dich dem Doktor gegenüber beherrschen, Mädchen, sonst nimmt das kein gutes Ende. Ich kann dich nicht immer in Schutz nehmen, auch wenn du die beste Schwester im Haus bist. Du hast die Ausbildung zur Krankenschwester mit Bravour bestanden, also solltest du die erforderlichen Eigenschaften einer Pflegenden kennen.«

»Ja, das tue ich«, erwiderte Manon und blickte auf die ausgelatschten Schuhe der Oberschwester, die unter ihrem langen Rock hervorlugten wie zwei neugierige Biberköpfe.

»Dann kannst du dich bestimmt erinnern, dass Pflichttreue gegenüber Ärzten an erster Stelle steht.« Oberschwester Georgias Augen wurden hinter den Brillengläsern immer größer. »Der Alltag hier im Krankenhaus ist schon anstrengend genug, da brauchen wir keine unnötigen Dramen. Außerdem möchte ich dich daran erinnern, dass du gegenüber den Lernschwestern eine Vorbildwirkung hast. Gerade Schwester Sechet himmelt dich geradezu an und soll auf keinen Fall von dir zur Überschreitung ihrer Kompetenzen ermuntert werden.«

»Natürlich nicht«, meinte Manon so leise, dass sie nicht sicher war, ob die Oberschwester es gehört hatte. Um nichts in der Welt wollte sie Annie in Schwierigkeiten bringen. Aber sollte sie sich deshalb alles von Tessier gefallen lassen? Warum konnte er nicht so respektvoll im Umgang mit Patienten und Schwestern sein wie seine Kollegen? Warum musste er stets auf den Gefühlen seiner Mitmenschen herumtrampeln?

»Aber Madame Delestre …«, versuchte Manon ihr Verhalten von jenem Abend zu verteidigen.

»Der armen Frau hätte niemand mehr helfen können, und das weißt du.«

Ja, das wusste Manon, und trotzdem war es schwer, eine junge Patientin dem Tod zu überlassen. Käme sie erneut in eine solche Situation, würde sie abermals genauso handeln.

»Als Unterstützung, damit du deine Pflicht zum Gehorsam nicht gleich wieder vergisst, wirst du heute die Pflege von Monsieur Cailleau übernehmen. Und zwar allein.«

»*Was?*«, rief Manon viel zu laut auf. Ihre Wangen wurden heiß, und ihre Hände ballten sich zu Fäusten. »Das kann nicht Ihr Ernst sein.« Manon wusste, dass ihr angeschlagener Ton zu forsch war, aber in manchen Situationen fand sie es unmöglich, die Beherrschung zu wahren. Sie war ein Mensch, der für Gleichberechtigung und Gerechtigkeit einstand. Kaum etwas empfand sie unerträglicher, als in ihren Anliegen nicht gehört zu werden, und sich beugen zu müssen, obwohl sie sich im Recht sah. Wenn Oberschwester Georgia ihr wenigstens mit handfesten Argumenten erklären könnte, wie die Körperpflege eines stark beleibten Patienten dazu dienen könnte, Respekt für einen Arzt aufzubringen, der seine Mitmenschen mit Füßen trat.

»Das ist mein Ernst, glaub mir.« Oberschwester Georgia blickte über den Rand ihrer überdimensionalen Brille hinweg direkt in Manons Augen, so als wäre ihr scharfer Blick Begründung genug. »Du musst lernen, dich unterzuordnen. Du bist die Krankenschwester, Dr. Tessier der Arzt.«

»Wäre ich eine Ärztin, ich begegnete keiner Schwester mit naserümpfender Herablassung. Und ich würde keine Schwester mit einer Strafe belegen, die sie nicht verdient hat.« Heiße Wut wallte in ihr. Hellwach wie eine Füchsin, die ihre Beute aufstöberte, begegnete sie Oberschwester Georgias Blick – wissend, dass sie keine Chance hatte und sie bereits in wenigen Minuten einen Bottich mit warmem Wasser ans Krankenbett des Monsieur Cailleau schleppen würde, um ihn, nachdem sie ihm die Bettschüssel abgenommen hatte, ordentlich zu waschen.

»Verzeihen Sie, Oberschwester Georgia, wenn ich mich im Ton vergriffen habe. Sie wissen, dass ich Ihnen seit jeher den höchsten Respekt zolle. Dr. Tessier allerdings nicht«, sagte Manon und versuchte sich an einem versöhnlichen Lächeln.

»Siehst du, und genau deshalb machst du dich jetzt auf den Weg zu Monsieur Cailleau.« Die Oberschwester legte ihre altersfleckige Hand auf Manons Schulter und drückte sie sanft. Unweigerlich drängte sich Manon die Frage auf, wie viele Kranke diese Hände schon gepflegt haben, wie oft nach einer fiebrigen Stirn gefühlt, oder tröstend über eine Wange gestrichen haben mochten. Es fiel ihr schwer, das Alter der Oberschwester zu schätzen. Ginge es nach den Händen, wäre sie eine ältere Frau. Doch das wache Gesicht und die aufrechte Haltung schienen die Lebensjahre anders zu zählen und ließen sie um etliches jünger wirken.

Manon nickte und machte sich auf den Weg, um frische Tücher und Wasser zu holen.

Als sie wenig später ihr voll beladenes Rollwägelchen ans Krankenbett von Monsieur Cailleau schob, begrüßte dieser sie mit einem schwachen Lächeln.

»Guten Morgen, Monsieur. Wie geht es Ihnen? Konnten Sie ein wenig schlafen?«, fragte Manon und schlug die dünne Baumwolldecke zurück.

»Meine Schmerzen sind unerträglich, wissen Sie?«, hauchte er schwächlich. Sein Gesicht war blass und faltig und erinnerte Manon an das Pergamentpapier in Großmutters verblichenem Tagebuch, das brüchig von den vielen Jahren berichtete, die hinter ihr lagen.

»Haben Sie Dr. Tessier von Ihren Schmerzen erzählt? Bestimmt lässt er die Dosis des Schmerzmittels erhöhen, damit Sie zur Ruhe kommen.« Manon legte die Decke beiseite und verschaffte sich einen raschen Überblick über den körperlichen Zustand von Monsieur Cailleau. Der Bohrdraht saß ordnungsgemäß am Schienbeinkopf, die Ein- und Austrittsstellen waren nicht entzündet, fühlten sich aber heiß an. Am Drahtbügel war ein umgelenkter Seilzug befestigt, an dessen Ende das vom Arzt angeordnete Gewicht hing, damit der Knochenbruch unter dem steten Längszug zu heilen vermochte. Monsieur Cailleau war der erste Patient am Seilzug, den Manon in ihren Jahren als Krankenschwester zu Gesicht bekommen hatte. Bislang hatte sie nur in Büchern über dieses langwierige, schmerzhafte und mitunter gefährliche Behandlungsverfahren gelesen. Eine Thrombose, verursacht durch die lange Bettruhe, war wohl die häufigste Todesursache, die so ein gängiger Knochenbruch mit sich bringen konnte.

Manon blickte in die glasigen Augen des alten Herrn und lächelte wehmütig. Sie überlegte, seit wie vielen Wochen er nun schon Patient im Krankenhaus war – drei oder gar vier? Noch nie hatte er geklagt, tapfer ertrug er die Schmerzen, die Bewegungslosigkeit und die Hilflosigkeit, die daraus resultierte. Egal, ob er die Notdurft verrichten musste oder er ein Kissen umgelagert haben wollte – nichts gelang ohne die Hilfe einer Krankenschwester.

»Bekommen Sie heute Besuch, Monsieur?«, fragte Manon, während sie den Lappen ins warme Wasser tauchte und anschließend kräftig auswrang.

»Nein, kein Besuch«, antwortete er müde.

»Dann bestimmt morgen, nicht wahr?«, fragte Manon, ohne die Waschung zu unterbrechen. Die Haut des alten Mannes wirkte rissig, so als wäre sie erschöpft von den vielen Jahren, in denen sie den Körper umschlossen gehalten hatte. Wie die Jahresringe eines Baums kerbten sich die Falten in Unterarme und Gesicht.

»Wollen Sie etwas zu lesen? Ein Buch oder die Tageszeitung?«

Monsieur Cailleau schüttelte den Kopf. »Nein. Meine Augen – leider …« Vorsichtig strich er über seine Lider. »Die sind genauso müde und träge wie mein ganzer alter Körper.«

Kein Besuch, kein Buch. Manon fragte sich, wie man die Tage

und Wochen hier im Krankensaal überstehen konnte, ohne die geringste Hoffnung auf Abwechslung. Vielleicht konnte sie künftig die eine oder andere halbe Stunde abknapsen, um dem alten Herrn aus der Zeitung vorzulesen oder mit ihm zu plaudern. Sie musste nur zusehen, dass Tessier sie nicht dabei erwischte. Eine weitere Rüge konnte sie sich weiß Gott nicht leisten.

Aber war es nicht genau das, was den pflegenden Beruf ausmachte? Sich vollumfänglich um das Wohl der Patienten zu bemühen? Sich die Zeit zu nehmen, um das Haar zu frisieren oder sich alte Geschichten anzuhören?

Nachdem sie die Pflege bei Monsieur Cailleau beendet hatte, war sie dankbar, dass Oberschwester Georgia sie dazu verdonnert hatte. Freilich war das Anheben eines beleibten Mannes harte Arbeit, aber sie war kräftig und hatte keine Scheu, zuzupacken. Dieser Auftrag hatte ihr wieder einmal verdeutlicht, dass geschenkte Zeit kostbarer war als alles Geld der Welt. Monsieur Cailleaus dankbares Lächeln, weil sie ihm zugehört und ihm in die Augen gesehen hatte, war Lohn genug.

Zufrieden rollte sie ihr Wägelchen mit der Waschschüssel aus dem Krankensaal. Die Rollen ratterten über die Steinfliesen und erzeugten dabei einen Rhythmus, der Manon einlud, eine Melodie dazu zu summen. Erst nur ganz leise, dann aber immer lauter, bis ihre Stimme schließlich im Gewölbe des Flurs widerhallte. Sie hob ihren Kopf an und erfreute sich an der Schönheit des alten Gebäudes. Viel zu selten nahm sie sich die Zeit, um die breite Treppe zu bewundern, die an einem bodentiefen Fenster vorbeiführte, dessen aufwendige Glasbemalung die Heilige Muttergottes darstellte und das Treppenhaus in warmes Licht tauchte, das direkt aus dem Herz der Heiligenfigur zu strahlen schien. Das geschwungene Treppengeländer rankte sich in Ornamenten hoch ins obere Stockwerk und verlieh dem Raum eine Leichtigkeit, die jede Krankheit, jedes Leid wenigstens für einen Augenblick in den Hintergrund rückte. Der Flur war aufgelockert mit Säulen, die sich bis hoch unter die Decke stemmten und an denen die Zeit sich mit Rissen und abgeblätterter Farbe verewigt hatte.

Wie viel leichter der Alltag erschien, wenn man ihn singend und pfeifend antrat. Manon nahm sich vor, in Zukunft öfter das Wehklagen der Patienten mit einem unbeschwerten Lied zu übertönen. Gewiss hätten daran auch die Kranken ihre Freude.

»Kannst du bitte damit aufhören?«

Manon hielt inne und drehte sich um. Tessier stand auf dem Flur: der Arztkittel offen, der oberste Knopf seines Hemdes unverschlossen, die Hände in den Hosentaschen, so als unternähme er gerade einen gemütlichen Spaziergang. »Und zwar sofort und für immer!«, setzte er nach und rümpfte angewidert die Nase.

»Haben Sie noch nie davon gehört, dass Entspannung durch Musik dem Heilungsprozess zuträglich ist?«, fragte Manon und verschränkte die Arme vor dem Brustkorb.

»Wer soll sich bitte bei deinem jämmerlichen Gesinge entspannen? Vermutlich ist genau das Gegenteil der Fall.« Tessier lachte über seinen eigenen Witz und strich sich lässig eine Haarsträhne aus der Stirn.

Manon wich seinem fordernden Blick aus und fixierte die Waschschüssel, die sie nur zu gern dem Arzt über den Kopf gekippt hätte.

Wie schön wäre es doch, wieder einen Arzt im Krankenhaus zu haben, mit dem man über die Patienten sprechen konnte. Wenn doch nur Dr. Poupin, der ärztliche Direktor, endlich zurückkehrte in seinen Dienst. Seine liebevolle, einfühlsame Art, den Kranken und Schwestern zu begegnen, hatte den Ruf des Krankenhauses nachhaltig geprägt. Er teilte gerne sein Wissen und ermutigte Manon immer wieder aufs Neue, mit Problemen zu ihm zu kommen. Gemeinsam hatten sie stets eine Lösung gefunden und so jedem Patienten die benötigte Hilfe zuteilwerden lassen. Dr. Poupin hatte ihr das Gefühl vermittelt, eine gute Krankenschwester zu sein, an seiner Seite hatte sie sich stark gefühlt und gewusst, dass sie noch weiter zu wachsen vermochte.

Nach dem plötzlichen Tod seiner Frau vor ein paar Monaten hatte er sich allerdings vorübergehend aus dem Dienst zurückgezogen und war – wenn man den von Schwester Lucile gestreuten Gerüchten Glauben schenken durfte – dem Alkohol verfallen. Seitdem benahm sich Tessier, als wäre er alleiniger Leiter des Krankenhauses, und verbreitete mit jedem Schritt Angst und Unsicherheit.

»Ich weiß sehr wohl, dass du mich nicht leiden kannst und du immer wieder versuchst, dich meinen Anweisungen zu widersetzen.«

Manon blickte fest in die dunkelbraunen Augen des Arztes – bemüht, ihren inneren Aufruhr für sich zu behalten und ihre Miene so kühl wie möglich wirken zu lassen.

»Wenn du den Rest deiner Tage hier im Krankenhaus die Waschungen an übergewichtigen Patienten durchführen möchtest, dann nur zu.« Tessier kam ihr mit jedem gesprochenen Wort näher, bis er schließlich direkt vor ihrem Wägelchen zum Stehen kam und ihr unangenehm tief in die Augen sah.

Manon versuchte, weder zu atmen noch zu schlucken oder zu blinzeln. Starr wie eine Marmorstatue verharrte sie und hielt seinem Blick stand. »Wenn du aber deine Absicht, dich weiterzubilden, verfolgen möchtest – und davon gehe ich aus –, dann solltest du deine Arroganz endgültig ablegen.«

Gerne hätte Manon laut aufgelacht, aber sie schwieg und fragte sich, wie ein Mann, dessen Überheblichkeit durch die Gänge des Krankenhauses waberte wie giftiger Nebel, glauben konnte, dass sie, eine pflichtbewusste Krankenschwester, arrogant war? Wirkte sie tatsächlich so auf ihn? Und wenn ja, sollte sie besser etwas ändern und ihm die Hand reichen, einen Schritt auf ihn zugehen und ihm ein Lächeln schenken? Ihr Verstand sagte ihr, dass sie gut daran täte, sich versöhnlich zu zeigen, doch ihr Herz und ihr Bauch sprachen sich dagegen aus.

Sie dachte an Madame Delestre, die sie gebeten hatte, sie bis zum Ende zu begleiten, und sie dachte an Monsieur Cailleaus dankbares Lächeln, weil sie ihm Zeit und Aufmerksamkeit geschenkt hatte. Und sie dachte an all die anderen Patienten, die ihr vor Verlassen des Krankenhauses dankend die Hand geschüttelt hatten.

Nein, nicht sie war hier diejenige, die Arroganz versprühte, sondern er, Tessier. Und sie würde ihre Werte nicht verleugnen, nur weil ihm der Sinn danach stand. Sie würde keinen Schritt auf ihn zugehen. Und wenn er sie noch so oft mit Strafdiensten versah, sie würde sich von einem Mann wie ihm nicht verbiegen lassen.

»Oberschwester Georgia wartet auf mich. Wenn Sie mich also bitte entschuldigen«, sagte Manon und versuchte dabei, möglichst unbefangen zu wirken.

Tessier hob die Augenbrauen und winkte sie an sich vorbei.

Erhobenen Hauptes und besonnenen Schrittes marschierte sie den Flur entlang. Erst als sie in den nächsten Korridor abbog, erlaubte sie sich, tief ein- und auszuatmen. Mit einem kurzen Blick über die Schulter überzeugte sie sich von Tessiers Abwesenheit. Dann ging sie weiter und begann erneut zu singen. Ganz leise zwar, aber sie sang.

Kapitel 6

MATHIS LEBRUN

Paris, Juli 1936.

An eine Straßenlaterne gelehnt, beobachtete Mathis das Treiben der Urlaubsgäste. Zu dieser Tageszeit war es üblicherweise ein Leichtes, die Besucher für ein Porträt zu begeistern. Es war früher Nachmittag, und die meisten waren schon seit Stunden auf den Beinen, hatten unzählige Attraktionen besucht, vermutlich vor wenigen Minuten die Deckenmalerei in Sacré-Cœur bewundert und litten jetzt an wund gelaufenen Füßen und einem steifen Nacken. Und dann kam er ins Spiel. Er taxierte jeden der Passanten, ihre Kleider, ihre Gesichter, ihre Körperhaltung, ihr Alter. Junge, schlecht gekleidete Menschen brauchte er gar nicht erst anzusprechen – pure Zeitverschwendung. Lieber setzte er auf Frauen mittleren Alters, die bereits Ketten im Souvenirladen eine Straße weiter gekauft hatten und hier oben im Künstlerviertel Montmartre noch auf der Suche nach einem letzten Erinnerungsstück waren.

Mit einem galanten »*Bonjour, ma belle, comment allez-vous?*« und dem passenden Lächeln hatte er es noch immer geschafft, das Interesse der fremden Damen zu wecken. Nach fünf Jahren als Straßenkünstler wusste er, wie er sich die nächste Kundschaft angelte. Erleichtert über den angebotenen Stuhl, vergaßen die meisten, nach dem Preis für ein Porträt zu fragen. Mathis konnte es recht sein, schließlich war er auf das Geld angewiesen. Er bezahlte davon seine Miete, kaufte Lebensmittel, ab und an ein neues Hemd, und natürlich Papier und Kohlestifte.

Wenn er diesen Lebensstil beibehielt, würde er nicht reich werden, aber das hatte für ihn ohnehin noch nie zur Debatte gestanden. Er liebte das Leben hier oben am Montmartre. Die Straßen waren erfüllt von Gesang und Musik, die Kollegen kannten und grüßten einander, erzählten am Abend von den Kundschaften, die mit ihren perfekt angefertigten Porträts nicht zufrieden waren, weil das Gesicht zu dick erschien oder das Haar zu schütter.

Mathis kannte die Menschen. Er wusste, wer die Wahrheit nicht ertrug und wann er bei seinen Zeichnungen an der ein oder anderen Stelle schummeln musste. Schließlich bekam man nur von zufriedenen Kunden das höchste Trinkgeld.

Mathis sah sich nicht als Künstler – und wenn, dann eher als Überlebenskünstler. Würde man ihn nach einer Beschreibung seiner Person fragen, erklärte er sich wohl eher zum Geschichtenerzähler, Schauspieler, Filou. Letztendlich waren es seine Überzeugungskünste, die ihm die Kundschaft sicherten, und nicht sein Können mit dem Kohlestift. Seine Kunden waren Reisende und Sommerfrischler, keine Kunstkenner. Die Menschen kamen und gingen, ohne ihn weiterzuempfehlen. Was zählte, war der Moment, in dem er sie ansprach, ihnen zuzwinkerte und schelmisch lächelte. Der Rest war ein Kinderspiel.

»Die dahinten gehört mir!«, meinte Philippe, schnellte von seinem Klappstuhl hoch und eilte auf eine ältere Dame zu, die gerade ihren Strohhut lüftete und sich den Schweiß von der Stirn tupfte.

»Verdammt!«, stieß Mathis hervor, als sein Blick auf das getupfte Kleid fiel, das sich mühsam über die üppige Oberweite spannte. Die Dame sah aus, als hätte sie für ein paar Schmeicheleien tief in ihr Portemonnaie gegriffen.

Mathis klappte seinen Stuhl zusammen, packte Papier und Stifte in seine Ledermappe und machte sich auf den Weg. Vielleicht sollte er sein Glück heute andernorts versuchen. Ohne zu überlegen, welcher Ort ihm Kundschaft einbringen könnte, ließ er sich treiben. Es war ein heißer Sommertag, und die Hitze stand in den schmalen Gassen am Montmartre. Wie von selbst brachten ihn seine Schritte zu den weitläufigen Treppen vor der Basilika von Sacré-Cœur, und er genoss den leichten Wind, der ihn förmlich einlud, hinabzusteigen und im Schatten der Bäume seinen Platz aufzuschlagen.

Unten angekommen, stellte er rasch fest, dass er die falsche Entscheidung getroffen hatte. Der Place Saint-Pierre war menschenleer, nur ein paar Tauben suchten auf dem Asphalt nach Krumen.

»Ihr geht ebenso leer aus wie ich«, sagte er und setzte sich unter einem Baum ins Gras. Er hatte keine Lust, die weitläufigen Treppen des Square Louise-Michel wieder hochzusteigen, Philippe bei der Arbeit am Porträt der Vollbusigen über die Schulter zu sehen und seinen übertriebenen Komplimenten zu lauschen. Allein bei dem Gedanken musste Mathis unwillkürlich mit den Augen rollen. Lieber verweilte er hier unten bei den Tauben und stieg erst wieder hoch, wenn die Urlauber das Viertel verlassen hatten und man mit den anderen Künstlern ein Glas Wein trinken, musizieren und über das Leben sinnieren konnte.

Von der Hitze und der Langeweile erschöpft, schloss er die Augen und erlaubte sich ein Nickerchen. Er träumte von einem weitläufigen See, der förmlich zum Abkühlen einlud. Umringt von einem dichten Wald, erschien das Wasser moosgrün. Im Traum entledigte Mathis sich seiner Schuhe und streckte die nackten Zehen ins kühle Nass. Was für eine Wohltat das war. Aber er wollte mehr, er wollte schwimmen, am liebsten über die gesamte Länge des Sees, und dabei untertauchen, damit er die Erfrischung am ganzen Körper verspürte. Und gerade als er dabei war, sich völlig zu entkleiden, hörte er in weiter Ferne das Weinen eines Kindes. Oder war es eine junge Frau? Im Traum hielt er inne, lauschte in alle Richtungen. Das Wimmern wurde lauter, schien sich auf ihn zuzubewegen – und doch konnte er immer noch keine Menschenseele ausmachen.

»Entschuldigung!«

Mathis fuhr hoch, erwachte und fand sich unter dem Baum am Place Saint-Pierre wieder. Vor ihm standen ein Mann und eine Frau. Die Frau trug ein Kind im Arm, das weinte.

»Entschuldigung«, wiederholte der Fremde, und erst jetzt erkannte Mathis, dass die beiden einen völlig erschöpften Eindruck machten. Das Haar wirkte ungepflegt, die Augen waren dunkel umschattet, die Kleidung abgetragen und staubig.

Schlaftrunken, wie er war, brauchte Mathis eine Weile, um zu erkennen, wer da vor ihm stand. Es waren nicht die ersten Deutschen, die er hier in Paris zu Gesicht bekam, sie waren überall, kamen aus dem judenfeindlichen Deutschland in die französische Hauptstadt und erhofften sich hier eine Bleibe, ein neues Leben, Frieden und Ruhe.

»Tut mir leid, ich habe kein Geld«, sagte er und stülpte seine leeren Hosentaschen nach außen.

»Nein, kein Geld«, erwiderte der Mann und winkte ab. »Unser Sohn, er ist krank!«

»Ich verstehe kein Wort«, meinte Mathis und schüttelte den Kopf. Steif von der Rast unter dem Baum, streckte er sich durch und erhob sich mühsam. Auf Augenhöhe mit der deutschen Familie blickte er auf den Jungen, der auf dem Arm der Mutter wimmerte und dabei sein Gesicht in ihrer Halsbeuge vergrub.

Der Mann wiederholte sein Anliegen und zeigte eindringlich auf das Kind. Mathis verstand. Etwas war wohl mit dem Jungen nicht in Ordnung.

»Hat er Hunger?«, fragte er und ließ seine Hand in übertriebener Geste über seinen Magen kreisen.

»Nein«, entgegnete der Fremde, legte seinen Kopf schief und drückte seinen Handrücken an die Wange. Jetzt verstand Mathis. Der Junge war müde, vermutlich von einer langen Reise. Dennoch wusste er nicht, was er konkret für die Familie tun könnte.

Er selbst lebte gemeinsam mit einer Freundin in einer viel zu kleinen Wohnung. Platz für drei weitere Menschen gab es dort nicht. Unter seinen Künstlerfreunden gab es niemanden, der in besseren Verhältnissen lebte und bereit wäre, deutsche Juden bei sich aufzunehmen.

»Papiere?«, fragte Mathis und bekam nur ein heftiges Kopfschütteln als Antwort.

»Das ist ein Problem«, meinte Mathis, obwohl er davon ausging, dass die Familie kaum ein Wort verstand. »Was mach ich jetzt nur mit euch?«, flüsterte er mehr zu sich selbst als zu den Fremden. Ohne Papiere waren sie nicht befugt, in Frankreich zu bleiben, und würden bei nächster Gelegenheit ausgewiesen werden. Was also sollte er tun? Sich einfach umzudrehen und sie ihrem Schicksal zu überlassen, entsprach nicht seiner Art – schon gar nicht, wenn ein Kind in Nöten war. Hierbleiben konnten sie auf keinen Fall.

Mathis kratzte sich an der Schläfe und starrte dabei auf den Hinterkopf des Kindes. Der blonde Lockenschopf kräuselte sich im Nacken und umrahmte den Kopf wie ein Heiligenschein. Der Anblick rief in ihm eine Erinnerung wach.

»Léandre«, flüsterte er und musste lächeln. Bilder von einem blonden Jungen erwachten in seinem Kopf. Sein Freund, der ihm damals die Welt bedeutet hatte. Gemeinsam waren sie durch die Straßen von Montrouge gerannt und hatten sich nicht darum gekümmert, dass ihr Heimatviertel als schmutziger Arbeitervorort von Paris galt. Sie hatten mit Steinen die Fenster von leer stehenden Gebäuden eingeworfen, beim Bäcker Brot gestohlen, um sich den leeren Magen zu füllen, waren in Pfützen gesprungen, um die knöchellangen Kleider alter Damen mit Dreck zu bespritzen, und hatten die Eltern belogen, wenn der Lehrer sie wegen der schlechten Noten verwarnt hatte. Wie Brüder waren sie gewesen, und mehr.

Gemeinsam war jede Hürde bezwingbar gewesen, jede Ohrfeige des Schuldirektors erträglicher, jedes Geschrei der Eltern leichter zu verdrängen. Verweinte Augen hatten sie verleugnet und miteinander gelacht, als ob die Welt in Ordnung wäre.

Léandre. Mathis schmunzelte und rieb sich den Nacken. Wann hatte er zuletzt an seinen Jugendfreund gedacht? Viel zu lange nicht mehr. Gleich heute Abend würde er in seiner Kommode nach dem letzten Brief von ihm suchen. Hatte er nicht erwähnt, dass er in der Provence ein kleines Landgut erworben hatte? Vielleicht war es an der Zeit, ihn zu besuchen …

Nachdenklich blickte er in die Gesichter der Deutschen und machte sich bewusst, dass er die erschöpften Menschen nicht abweisen konnte.

»Kommen Sie«, sagte er und winkte die Familie hinter sich her. »Es gibt für alles eine Lösung. Immer.« Mathis lächelte, und plötzlich erschienen ihm die Treppen hoch zur Basilika Sacré-Cœur nicht mehr so unbezwingbar wie noch vor einer Stunde.

Kapitel 7

MANON

Grasse, August 1936.

Manon ging zum Waschbecken in der viel zu engen Umkleide und stellte das Wasser an. Das monotone Plätschern und Gurgeln im Abfluss verschaffte ihr die dringend benötigte Entspannung und lenkte ihre Gedanken von den letzten anstrengenden Tagen ab. In gleichmäßigen, raschen Bewegungen schrubbte sie mit der Handbürste über ihre Fingerkuppen, griff dann nach der Seife und wusch sich mit dem sahnig weichen Schaum das eingetrocknete Blut vom Handrücken. Der Duft von Bienenwachs und Lavendel umhüllte sie und trug ihre Gedanken in ihre Heimat Gourdon. Mit jedem Atemzug wurden ihre Lider schwerer, was selbst das kalte Wasser nicht zu verhindern vermochte. Jeder Muskel schien sich mit Blei gefüllt zu haben, um ihren Körper gegen den Rand des Waschbeckens zu drücken.

Sie konnte es kaum erwarten, heute von ihrem Vater abgeholt zu werden. Seit ihrem letzten Besuch daheim waren beinahe zwei Monate vergangen. Oberschwester Georgia hatte ihr ausnahmsweise und mit einem kecken Augenzwinkern erlaubt, den freien Tag des Monats September vorzuziehen. So hätte sie zwei ganze Tage frei und könnte ihren dreiundzwanzigsten Geburtstag ausgiebig im Kreise ihrer Familie feiern.

Zwei ganze Tage frei. Trotz ihrer Müdigkeit zauberte dieser Gedanke ein Lächeln auf ihr Gesicht. Drei ganze Nächte in ihrem eigenen Bett, ohne Annies sägende Schnarchgeräusche und der Geräuschkulisse, die im Krankenhaus herrschte. Von irgendwo hörte man immer eine Tür, die zugeschlagen wurde, Schritte, die durch den Flur hallten, Rufe nach dem Arzt oder einer Schwester, jämmerliches Wehklagen oder das Klappern von Geschirr. Es war, als hätten sich diese Geräusche im Gemäuer des alten Gebäudes eingenistet und würden auch noch ihr Unwesen treiben, wenn es längst leer stünde.

In ihren Nachtschichten war es Manon gerade recht, dass im Krankenhaus Leben herrschte und sie nicht in eine undurchdringliche Stille hineinlauschen musste, die ihr Gefühl von Verlassenheit verstärkte und sie oft erschreckte wie der kreischende Angstschrei eines Kindes.

»Du wirst erwartet!« Annies Stimme riss Manon aus ihrer Erschöpfung. Sofort legte sie Seife und Handbürste beiseite und stellte das Wasser ab. Mit einem prüfenden Blick auf ihre Hände überzeugte sie sich von deren Sauberkeit. Ja, alle Blutspuren waren beseitigt.

»Wie geht es der Frau?«, fragte Manon und sah sofort wieder die blonde zierliche Gestalt vor sich, deren Kleider scheinbar alles Blut aus ihrem Körper gesogen hatten. Ihre Unterarme wiesen Schnittwunden auf – so tief, dass niemand daran geglaubt hatte, die starke Blutung aufhalten zu können. Dennoch hatten sie alle gemeinsam um das Leben der jungen Frau gekämpft, hatten Hand in Hand gearbeitet und die selbst zugefügten Verletzungen erst mit einem Druckverband versorgt, dann die Schnitte mit einer Naht geschlossen und zugleich eine Bluttransfusion veranlasst.

»Noch lebt sie. Den Rest gilt es abzuwarten.«

Abwarten. Wie sehr Manon dieses Wort doch hasste. Abwarten hieß, dass alles möglich war, dass es schlimme Überraschungen geben konnte oder dass auch Wunder geschehen konnten. Was, wenn die Wunden der jungen Frau heilten und sie den starken Blutverlust überlebte? Dann war da immer noch die seelische Not, in der die Patientin steckte, die diese Tat überhaupt erst ausgelöst hatte. Was war es wohl, das ihren Blick auf das Leben derart ausweglos erscheinen ließ? Welche Nöte hatten sie dazu veranlasst, sich selbst ihrer Zukunft zu beschneiden?

»Du rufst mich an, wenn ihr Zustand sich verschlechtert, ja?«, bat Manon, während sie ihre Hände am weißen Leinentuch abtrocknete.

»Nein, das mache ich nicht«, erwiderte Annie entschieden. »Du hast frei und noch dazu Geburtstag! Denk einfach mal nicht an die Arbeit, hörst du?«

Nicht an die Arbeit zu denken, erschien ihr nach den letzten anstrengenden Wochen fast unmöglich.

»Warum sie das wohl gemacht hat? Eine junge hübsche Frau, und dann möchte sie sich auf diese grausame Art das Leben nehmen?«, sprach Manon ihre Gedanken laut aus, ohne weiter auf das Gespräch mit Annie einzugehen.

»Wer weiß schon, was im Leben anderer Menschen vor sich geht. Nur weil man hübsch ist, ist man noch lange nicht vor Problemen gefeit, oder?«

Manon legte das Leinentuch beiseite und wandte sich zu ihrer Freundin um. Klein und mit hängenden Schultern stand sie vor ihr und nestelte an ihrer Schürze. Manchmal vergaß Manon, dass Annie sich unweigerlich angegriffen fühlte, wenn ein Gespräch sich um die Schönheit anderer drehte. Wenn sie doch endlich begreifen könnte, dass es im Leben um so viel mehr ging als um Äußerlichkeiten.

»Na gut, wenn Papa schon auf mich wartet, dann mache ich mich wohl besser auf den Heimweg.« Heimweg, dieses Wort verschaffte ihr Auftrieb und Schwung. Spätestens in einer Stunde würde ihr Vater den Wagen über die gekieste Einfahrt rollen lassen. Ganz langsam, damit sie die Parkanlage in vollen Zügen genießen könnte. Wie immer bei sonnigem Wetter hätte er das Verdeck zurückgeklappt, damit sie den Kopf in den Nacken legen und durch das Blätterdach des alten Baumbestands hoch zum

Himmel blicken und dabei das Spiel von Licht und Schatten genießen konnte.

»Heute ist es nicht dein Vater, der dich erwartet«, meinte Annie und zog die linke Augenbraue hoch.

»Wer dann? Estelle?« Manon seufzte laut auf. Die Zeit mit ihrer Schwester verlief meist wortkarg. Dennoch würde Manon ihr freundlich begegnen – wie immer. Zwischen ihnen gab es keinen Streit, sie waren einfach wie zwei schwingende Pendel, die einander nie berührten. Sie sahen sich gegenseitig von Weitem und waren doch jede für sich allein – ohne sich jedoch daran zu stören.

»Hab einen schönen Geburtstag!« Annie drückte ihrer Freundin einen Kuss auf die Wange und machte sich dann wieder an die Arbeit.

Manon hingegen griff nach ihrer gepackten Reisetasche und marschierte beschwingt durch den Flur. Als sie durch das Haupttor trat, war ihr, als hätte sie seit Wochen keine frische Luft mehr geatmet. Wenn sie hier im Krankenhaus war, dann gab es nur die fordernden Dienste, nach denen sie sich erschöpft in den Schwesterntrakt schleppte. Und wenn sie am nächsten Tag aufwachte, begann der Kreislauf von Neuem. Jeder Dienst wurde von tiefem Schlaf abgelöst und umgekehrt. Manchmal war es, als hätte das Krankenhaus einem fest im Griff und wollte nicht zulassen, dass sich ihre Gedanken um etwas anderes drehten als um die Patienten.

Aber die nächsten Tage, das schwor Manon sich hoch und heilig, sollten nur ihr gehören. Sie würde ausgedehnte Spaziergänge machen und ihren Geburtstag feiern. Sie würde Torte essen und durchs Dorf schlendern.

»Da bist du ja! Ich hab schon auf dich gewartet!« Estelle lehnte an ihrem cremefarbenen Cabriolet. Sie trug ein roséfarbenes Kleid mit angeschnittenen Ärmeln und einer leichten Raffung an der Taille. Der ovale Ausschnitt war mit weißen Perlen bestickt und verlieh dem Sommerkleid den für Estelle typischen Glamour. Um ihren Hals schmiegte sich ein zartes Goldkettchen, und ein Perlenarmband umspielte ihr Handgelenk, während die Sonne ein wahres Feuerwerk mit den Aquamarintropfen ihrer Ohrringe vollführte.

»Verzeih. Aber jetzt bin ich ja da«, meinte Manon und stellte ihre Reisetasche auf den Rücksitz des Wagens. Gerade als sie ins Auto steigen wollte, kam Tessier durch das Haupttor und schwang pfeifend seinen Autoschlüssel. Als er Manon und Estelle sah, hielt er inne.

»Linville, ohne deine langweilige Schwesterntracht hätte ich dich beinahe nicht erkannt«, meinte er und musterte sie von oben bis unten und dann – mit einem breiten Lächeln im Gesicht – Estelle. »Wie reizend«, sagte er, während er Estelle fixierte und dabei seinen Schlüssel klappern ließ. War er etwa aufgeregt?

Manon blickte zwischen ihrer Schwester und ihrem Vorgesetzten hin und her. Ein seltsames Gefühl beschlich sie. Ein Gefühl, dass hier gerade etwas zwischen den beiden passierte – wortlos und doch eindeutig hörbar.

»Linville, möchtest du uns nicht bekannt machen?« Tessiers Frage klang mehr nach einem Befehl.

Manon rieb sich den verkrampften Kiefer und stellte dann die beiden einander vor.

Nach vorsichtigem Händeschütteln begannen sie zu tuscheln. Erst nur zaghaft, doch rasch kamen sie einander näher, kicherten und wichen verlegen dem Blick des anderen aus.

Manon verfolgte das Schauspiel aus angemessenem Abstand und wollte ihren Augen nicht trauen. Stirnrunzelnd sah sie zu, wie die Eisschicht, die Tessier stets zu umgeben schien, zu schmelzen begann und die Züge ihrer sonst so missmutigen Schwester weicher wurden denn je.

Tatsächlich entspräche Tessier genau Estelles Wunschvorstellungen – und denen ihrer Mutter, die bestimmt entzückt wäre von einem Oberarzt als Schwiegersohn.

Manon verschränkte die Arme vor dem Brustkorb und sah albtraumhafte Bilder vor ihrem inneren Auge aufziehen. So entsetzlich es war, Tessier als Vorgesetzten ertragen zu müssen – es konnte in der Tat noch schlimmer werden. Sie sah sich bereits mit ihm am Esstisch ihrer Eltern sitzen. Bei jeder Geburtstagsfeier hätte sie sein aufdringliches Lachen im Ohr, beim Weihnachtsfest sein stechendes Duftwasser in der Nase und sein mit Pomade gezähmtes Haar vor Augen.

Manon schüttelte den Kopf. Nein, so weit durfte sie es nicht kommen lassen. Vielleicht spielte ihre Fantasie ihr aber einfach nur einen Streich und die beiden sähen einander nie wieder.

»Estelle, kommst du?«, fragte Manon und winkte ihrer Schwester zu. Diese rollte mit den Augen, verabschiedete sich aber artig von Tessier und eilte eleganten Schrittes um das Cabriolet herum. Wortlos startete sie den Wagen und lenkte ihn Richtung Gourdon. Die schmale Straße schlängelte sich durch die raue Landschaft, Bäume und Büsche versperrten dicht gedrängt die Sicht ins Tal.

»Er ist nett, dieser Rémi«, durchbrach Estelle nach einer Weile die winddurchflutete Stille.

Rémi! Manon atmete tief ein und krallte sich am weichen Leder des Sitzes fest.

»Dr. Tessier ist mein Vorgesetzter!«, entgegnete Manon knapp.

»Auch Vorgesetzte können nett sein.« Estelle lächelte und zwinkerte ihrer Schwester zu.

»Dieser nicht, glaub mir! Halt dich lieber fern von ihm.«

»Das hättest du wohl gern.« Estelles Stimme bebte. Mit beiden Händen umklammerte sie das Lenkrad so fest, dass ihre dünnen Lederhandschuhe die Knöchel straff umspannten. Stur starrte sie geradeaus und presste ihre Lippen zusammen, als wollte sie sie für immer versiegeln.

Manon erwiderte das Schweigen ihrer Schwester und behielt für sich, dass sie es in diesem Fall tatsächlich nur gut mit ihr meinte. Und obwohl das Verdeck des Cabriolets geöffnet war, fühlte sich die Luft zwischen ihnen beiden seltsam vergiftet an. Jeder Atemzug fiel Manon schwer, und sie fragte sich, ob Estelle diese Distanz ebenso unerträglich fand wie sie selbst.

Unzählige Gedanken flirrten durch Manons Kopf, Fragen und Bilder, trugen sie in die Vergangenheit und wieder zurück. Sie sah sich und Estelle als kleine Mädchen durch den Park laufen, dann schweigend am Tisch nebeneinandersitzen. »Du hättest sie beinahe umgebracht!«, zeterte die Stimme ihrer Mutter. Estelle, wie sie klein und zerbrechlich in ihrem Bett lag, einen dicken Verband um den Kopf gewickelt, die Augen geschlossen. Und sie, Manon, betete, dass sie sie wieder öffnen möge. »Du hättest mich beinahe umgebracht!« Die Worte ihrer Schwester, ein Echo der Mutter, ein Stich in ihre Brust. Worte, die alles verändert hatten. Für immer. Von da an war sie allein durch den Park gelaufen und auf Bäume geklettert, während Estelle in der Obhut ihrer Mutter auf die Zukunft vorbereitet wurde, Tischmanieren beigebracht bekam, in Haushaltsführung unterrichtet wurde und sich unzählige Kleider auf den Leib schneidern lassen musste.

»Danke!« Mehr Worte brachte Manon nicht über die Lippen, als sie das elterliche Anwesen endlich erreicht hatten und Estelle den Wagen am Rondell parkte. Manon trug ihre Reisetasche hoch ins Zimmer. Sie nestelte an ihren Fingern, fand keine Ruhe, ging zwischen ihrem Bett und dem Schreibtisch unzählige Male hin und her.

Die Fahrt mit Estelle und deren Aufeinandertreffen mit Tessier hatten sie aufgewühlt zurückgelassen. Aufgewühlt und irritiert. Normalerweise tauchte sie nach der Rückkehr aus dem Krankenhaus in die Atmosphäre ihres Zimmers ein, entspannte sich, las, sang oder kuschelte sich in die weichen Kissen, um ein wenig auszuruhen. Nichts von alledem war ihr im Augenblick möglich. Stattdessen räumte sie Bücher von einem Regal auf ein anderes und war dann doch unzufrieden mit dem Ergebnis.

Sie brauchte frische Luft, musste raus, sich bewegen.

Rasch rannte sie die Treppen hinab, durch die Eingangshalle, deren kühler Marmorboden der sommerlichen Hitze trotzte, und hinaus in die Einfahrt, deren Kiesel durch die Sohlen ihrer dünnen Sandalen stachen. Kurzerhand schritt sie hinüber in den Park, wo sie, umgeben von den tief verwurzelten Bäumen, etwas von ihrer inneren Ruhe zurückerlangte. Das Blätterdach über ihr hielt fröhlich winkend die grellen Sonnenstrahlen zurück. Vom Vogelgezwitscher in den Bann gezogen, spazierte sie planlos von einem Baum zum nächsten und strich dabei mit den Fingerspitzen über die Furchen der Rinde. Ihr Blick glitt hinab auf ihre Sandalen, die gleichmäßig lautlos im frisch geschnittenen Gras versanken. Und während sie die gleichmäßigen Bewegungen ihrer Füße verfolgte, drehten sich ihre Gedanken um das Krankenhaus, den Ärger mit Tessier, den Tod von Madame Delestre, um Estelle und darum, wie sie ihrer Schwester verständlich machen sollte, dass der Oberarzt nicht der richtige Umgang für sie war.

Erst als die Sonne sie blendete, blickte sie hoch und bemerkte, dass sie den elterlichen Park hinter sich gelassen hatte und sich vor ihr eine Blumenwiese auftat. So weit war sie schon seit Jahren nicht mehr gegangen. Und doch drängte etwas in ihr, noch nicht kehrtzumachen.

Die wärmenden Sonnenstrahlen, das Summen der Bienen, der Duft von wildem Lavendel und der Anblick von Mohnblumen, die ihre Köpfe dem wolkenlosen Himmel entgegenstreckten, all das lud sie ein, weiterzugehen.

Umwogt von zarten Düften, zog die Wiese sie immer mehr in ihren Bann. Kein Mensch weit und breit, nicht einmal einen Weg gab es. Es gab nur die Natur, die flirrend und emsig den Tag beschritt und sich um keine ihrer aufwühlenden Gedanken kümmerte. Sie spazierte durch die Gräser und Blumen, die um ihre Waden kitzelten und sie sanft vorwärtstrieben.

Die Wiese schlängelte sich an Felsen entlang, die bis ins Tal hinabreichten. Manon war nicht sicher, glaubte aber, ein Lavendelfeld zu erkennen, das an die wilde Blumenwiese angrenzte. Lavendel. Sie liebte diesen Duft, er berührte ihr Herz, ihre Sinne, spendete ihr Trost und Wohlgefühl zugleich. Hatte Vater nicht gesagt, dass Monsieur Vallee, der Besitzer des Grundstücks, vor fast zwei Jahren verstorben war und das Landgut seitdem zu verwildern und zu verfallen drohte? Ihre Schritte wurden schneller, ausladender, so als drängte sie etwas dazu, in das violette Meer einzutauchen. Ihr Tempo steigerte sich mit dem Gefälle der Wiese – fast glaubte sie zu schweben. Ihre Arme weit ausgestreckt, von Leichtigkeit gepackt, rückte ihr Ziel immer näher. Und endlich, als sie die Grenze der Blumenwiese erreicht hatte und sie nur noch ein Schritt vom Lavendelfeld trennte, hielt sie inne und ließ die Farbe und den intensiven Duft auf sich wirken.

Vorsichtig setzte sie einen Fuß auf den Pfad, der fast unsichtbar zwischen den Lavendelbüschen verlief. Mit den Fingerspitzen strich sie über die Blüten und legte dann die Hand an die Nase, um den unvergleichbaren Duft zu schnuppern. Erst jetzt sah sie, dass direkt an das Lavendelfeld ein weiteres Feld angrenzte, das mit Kräutern bepflanzt war. Rosmarin, Thymian und Salbei waren fein säuberlich in einzelnen Reihen angelegt.

Manon schirmte die Augen vor den grellen Sonnenstrahlen mit der Handfläche ab und ließ den Blick über die üppige Weite wandern. Hinter einer Reihe hochgewachsener Platanen stand Monsieur Vallees Haus aus Sandstein. Klein und doch einladend. Der gepflegte Blumenschmuck an den Fenstern zeugte von neuen Besitzern, die das Gebäude und das Land mit Liebe pflegten und in frischem Glanz erstrahlen ließen. Sosehr sie den Trubel im Krankenhaus liebte, aber hier zu leben, in dieser Abgeschiedenheit, umgeben von den Düften und Geräuschen der Natur, stellte sie sich unglaublich beglückend vor. Wie es wohl war, wenn man morgens aus einem der kleinen Fenster blickte, vor dem sich nur die Weite der Provence ausbreitete – unberührt und unbewohnt. Den Tag verbrächte man auf den Feldern und sammelte die Kräuter ein, um sie in der Scheune in Bündeln zum Trocknen aufzuhängen. Und am Abend ginge man ums Haus, um die Blumen zu gießen, damit sie am nächsten Tag ihre Köpfe wieder der Sonne entgegenstreckten und mit ihrem süßen Duft die Bienen anlockten.

Plötzliches Gebimmel ließ sie aus ihrer Versunkenheit hochschrecken. Sie drehte sich um und sah hinter ein paar knorrigen Olivenbäumen einen Mann, der eine kleine Herde Ziegen mit einem langen Stock genau in ihre Richtung trieb.

Nervös nestelte sie an ihrem Kleid und überlegte, ob sie sich zurück in die Blumenwiese flüchten sollte. Andererseits hatte sie nichts Unrechtes getan, sie stand nur hier auf dem Lavendelfeld und genoss die herrliche Aussicht. Die vier Ziegen eilten auf das Feld und knabberten emsig an jedem noch so kleinen Ansatz von Unkraut. Bei jedem ihrer Tritte bimmelten die Glöckchen, die sie, an einem Lederhalsband befestigt, um den Hals trugen. Eine der Ziegen drängte sich störrisch an Manon vorbei und stieß ihr dabei mit einem der Hörner in den Oberschenkel.

»Hat Emma Ihnen wehgetan?«, rief der Fremde aus der Ferne und eilte herbei.

»Nein, alles in Ordnung, danke«, antwortete sie und legte eine Hand auf die leicht schmerzende Stelle.

»Emma ist einfach nicht zu bremsen, wenn es ums Fressen geht.« Er lächelte unter seinem verschlissenen Strohhut hervor. »Wohnen Sie hier in der Nähe? Oder haben Sie sich verirrt?« Er hob seinen Hut ein wenig an und musterte ihr Gesicht. »Ich frage nur, weil ich Sie noch nie gesehen habe.«

Manon wich seinem Blick aus und beobachtete stattdessen die Ziegen, die unter jedem Lavendelbusch nach Unkraut suchten.

»Mein Elternhaus liegt oben auf dem Hügel. Mein Vater heißt Calvin Linville, vielleicht haben Sie schon von ihm gehört?«, meinte sie schließlich und zeigte mit dem Finger die steile Anhöhe hinter sich hinauf. Durch die Blumenwiese führte jetzt ein niedergetrampelter Pfad, den sie hinterlassen hatte.

»Das ist Ihr Elternhaus? Ziemlich mondän, oder?«, erwiderte er.

Manon zuckte nur mit den Schultern.

»Kennen Sie meine Eltern?«, wollte sie wissen.

»Nein. Ich habe vor ein paar Monaten das Landgut hier erstanden. Und hier gibt es so viel Arbeit, dass ich kaum ins Dorf komme. Und noch seltener kommt jemand zu mir.« Er nahm seinen Strohhut ab und wischte sich mit dem Handrücken über die Stirn.

»Dann gehört das alles Ihnen?«, fragte sie.

»Ja«, antwortete er bescheiden. »Mein Name ist Léandre Bocherau. Aber nennen Sie mich einfach Léandre.«

»Guten Tag, Léandre!«

Léandres Augen strahlten wie helle Sterne. »Und darf ich fragen, wie Sie heißen, Mademoiselle?«

Ein kurzes elektrisierendes Zucken durchfuhr sie wie ein Blitz. Mit einem freundlichen Lächeln versuchte sie, ihre Unsicherheit zu überspielen.

»Nennen Sie mich einfach Manon. Wir sind doch hier auf dem Land und können gut auf derartige Förmlichkeiten verzichten, oder?«

»Sehr gerne, Manon.« Léandre griff nach ihrer Hand und drückte sie zart und warm. Und etwas schien mit dieser Berührung von ihm auf sie überzuspringen. Kaum mehr als ein Funke oder der Flügelschlag eines Kolibrifalters, und doch war es fühlbar. So wohl sich der weiche Griff von Léandre auch anfühlte, etwas forderte Manon dazu auf, ihm die Hand zu entziehen und einen Schritt zurückzutreten.

»Es war schön, Sie kennengelernt zu haben. Sie und Emma. Aber jetzt will ich Sie nicht länger von Ihrer Arbeit abhalten.« Manon zögerte, hoffte insgeheim, dass er sie aufhielt und noch eine Weile mit ihr plauderte oder ihr ein kühles Getränk anbot. Doch alles, was sie an Antwort erhielt, war zustimmendes Kopfnicken.

»Haben Sie noch einen schönen Tag«, meinte Léandre und setzte sich seinen Strohhut wieder auf den Kopf.

Ein letztes Mal ließ Manon ihren Blick über das Lavendelfeld schweifen, dann wandte sie sich der Wiese zu, die endlos lang und steil vor ihr lag. Entschlossen tauchte sie in das Meer von Mohnblumen und Gräsern ein und hatte bei jedem Schritt das Gefühl, dass Léandres Blick sie ebenso begleitete wie das Glockengebimmel der Ziegen, das stetig leiser wurde. Der Drang, über ihre Schulter zu blicken, wurde schier übermächtig, und sie begann zu überlegen, wann ihr nächster freier Tag sein würde.

Kapitel 8

ESTELLE

Grasse, August 1936.

»Madame le Docteur Tessier«, hauchte Estelle und blickte sich dabei im Rückspiegel ihres Cabriolets in die Augen. »Madame le Docteur Tessier«, wiederholte sie leiser und nickte ihrem Spiegelbild zu. Ihre Zähne blitzten regelrecht um die Wette mit ihren kirschgroßen Glasperlenohrringen, die bei jeder Unebenheit der Straße lebhaft wippten.

Estelle richtete ihren Blick wieder auf die Fahrbahn, die dämmrig vor ihr lag. Sie suchte in ihrem Herzen nach einer Regung, wenn sie an Rémi Tessier dachte. Sie suchte mit aller Kraft, rief sich die zarte Berührung seiner Hände in Erinnerung, sein Lächeln, seine freundlichen Worte. Sie hatte noch immer den Duft seines herben Rasierwassers in der Nase und konnte sich genau an sein markantes Kinn und den hohen Haaransatz erinnern. Seine Haut war braun gebrannt und sein Arztkittel strahlend weiß. Er hatte ihr tiefer in die Augen geblickt als je ein Mann zuvor, und doch fühlte sie nicht die Regung, die sie sich bei einer so vorteilhaften männlichen Bekanntschaft erwartet hatte.

Ja, was hatte sie denn erwartet? Estelle sog tief die erdige Luft in ihre Lunge und strich über das glatte Leder ihres Lenkrads. Bestimmt verlangte sie zu viel von ihrem Herzen, war voreilig, weil sie es nicht erwarten konnte, ihrer Mutter endlich den lange ersehnten Verlobten vorzustellen. Sie musste geduldig sein, sich Zeit geben, um sich zu öffnen. Die Liebe auf den ersten Blick war ein Märchen, die gab es nicht.

Gefühle mussten sich entwickeln, wollten gepflegt werden mit

Komplimenten, Geschenken und Gesprächen. Immerhin hatte sie Dr. Rémi Tessier vor gerade mal ein paar Stunden kennengelernt. Und auch wenn die Schmetterlinge in ihrem Bauch in absoluter Starre verharrten, so war dieses erste Kennenlernen dennoch verheißungsvoll verlaufen.

Estelle parkte ihren Wagen etwas abseits der Altstadt und spazierte das letzte Stück des Weges durch die Rue Jean Ossola, die sich eng zwischen den Häusern hindurchschlängelte. Weiße, rote und bunt gemusterte Vordächer schützten die Läden vor Regen und Sonnenschein. Von den Fenstersimsen der oberen Stockwerke hingen üppig blühende Geranien, Mandevilla und Petunien, die farblich harmonierten mit den unterschiedlich getünchten Fassaden und Fensterläden.

Das Klappern von Schuhen vermischte sich mit Lachen und Stimmengewirr. Menschen flanierten durch die Straßen – manche eng umschlungen, verliebt, einander zugewandt. Plötzlich fühlte Estelle eine flirrende Vorfreude auf das Treffen mit Tessier.

»Wenn Sie Zeit haben, kommen Sie heute Abend ins *La Grenouillère.* Ich werde da sein und auf Ihr Eintreffen hoffen«, hatte er ihr vor dem Krankenhaus zum Abschied zugeflüstert und darauf geachtet, dass Manon ihn nicht hörte.

Manon. Natürlich war ihre Meinung zu Dr. Tessier abwertend und negativ behaftet. Wie sollte es anders ein? Estelle griff sich an den Nacken, der sich mit einem Mal schmerzhaft verspannte. Nein, sie würde sich den Abend mit Rémi nicht verderben lassen. Sie würde ihn genießen, jedes seiner Komplimente mit einem dankbaren Lächeln quittieren, zu viel Wein trinken, tanzen … und vielleicht sogar einen vorsichtigen Kuss wagen. Gewiss würde sie nicht erneut derart übereilt handeln wie mit Lowell, aber sie würde dem Arzt auf jeden Fall signalisieren, dass sie an mehr interessiert war als an einer oberflächlichen Unterhaltung.

Und dann würde sie Mutter davon erzählen, von ihrer Errungenschaft – einem Oberarzt! Vienne würde sich begeistert zeigen und die Hände an ihre vor Freude erröteten Wangen drücken.

Als sie nur noch wenige Häuser von dem vereinbarten Lokal trennten, hielt sie inne. Mit einem Schritt seitwärts versteckte sie sich hinter einem Mauervorsprung und ließ die Hände über die rissige Fassade gleiten, während sie angestrengt Ausschau hielt, ob Dr. Tessier sie tatsächlich bereits erwartete. Das Gemäuer unter ihren Fingerkuppen war warm und gemahnte an den heißen Sommertag. Estelle bereute es, sich für das figurbetonte weiße Kleid mit den schwarzen Knöpfen entschieden zu haben, das nun eng an ihrer Haut klebte und ihr jeden Atemzug erschwerte. Ihre Blicke glitten über die belebte Straße und hafteten an den Tischchen des *La Grenouillère*.

Estelles Atem stockte, als sie Rémi leger zurückgelehnt an einem Tisch des Straßenrestaurants sitzen sah. Im schwachen Licht der Straßen- und Tischbeleuchtung blätterte er sich vertieft durch eine Tageszeitung, ein Knie über das andere geschlagen. Erst als sie eine weiße Rose auf dem Tisch liegen sah, atmete sie erleichtert aus und brachte die letzten Schritte zu ihrer Verabredung hinter sich.

Dr. Tessiers Miene erhellte sich, als er Estelle unter den vielen Passanten erkannte. Rasch und doch unübersehbar taxierte er ihre Figur, die spitzen grasgrünen Schuhe aus Lackleder, ließ dann seinen Blick wieder hochgleiten zu ihren Händen, die fest das Riemchen ihrer kleinen rotbraunen Handtasche umschlossen. Schließlich sah er ihr tief in die Augen und lächelte – selbstbewusst, so, als schlössen sie beide in ebendiesem Augenblick eine Abmachung, die sie auf ewig aneinanderknüpfte.

Estelle strich mit einer Hand über ihren Unterarm, so als fröstelte sie. Und tatsächlich – ohne zu wissen, warum – durchfuhr sie bei Rémis Anblick ein kalter Schauder. Trotz der abendlichen Hitze, die durch die Straßen der Stadt flirrte, wirkte er kühl, distanziert und hob sich mit seinem matten Teint, dem die schwülen Temperaturen nichts anzuhaben schienen, von der Menge ab.

»Guten Abend, Mademoiselle Linville! Wie bezaubernd Sie aussehen«, sagte er und drückte ihr einen Kuss auf den Handrücken. Erstaunt stellte Estelle fest, dass sich Rémis Haut kühl um ihre Hand schmiegte. Wie machte der Arzt es nur, dass die Hitze ihn scheinbar zu umgehen schien wie ein Nachtvogel das Tageslicht?

Estelle ordnete die Falten ihres Kleides und nahm auf dem Stuhl gegenüber von Rémi Platz. Hatte sie bis vor wenigen Augenblicken dem Abend entspannt entgegengeblickt, so begann ihr Puls zu rasen – nun, da sie Dr. Tessier gegenübersaß. Mit ihrer Linken nestelte sie an der rot-weiß karierten Tischdecke und grübelte währenddessen nach einem Thema, das den Arzt interessieren könnte. Unangenehm drängte sich ihr das Gefühl auf, dass sie zu einfältig war, um einen Mann wie ihn zu unterhalten.

»Was für ein heißer Abend, finden Sie nicht?«, fragte Estelle und hätte sich am liebsten auf die Zunge gebissen. Meine Güte, war das tatsächlich alles, was ihr einfallen wollte? Die Temperatur eines Sommerabends? Wie plump!

Mit zitternder Hand griff sie nach der Getränkekarte und überflog die angebotenen Weine, Liköre und Cognacsorten. Ob es angebracht war, sich einen Pastis zu bestellen? Oder besser noch: zwei!

»Schrecklich heiß, da gebe ich Ihnen recht«, erwiderte Dr. Tessier und starrte ihr unverwandt in die Augen. Sein Blick war stechend, und für einen kurzen Augenblick verstand Estelle die Abneigung ihrer Schwester gegen ihn. Er verbreitete die Attitüde, dass er ein gewisses Grundrecht auf alles hatte, wonach ihm der Sinn stand. So als könnte er sich stets nehmen, was er begehrte. Mit wie vielen Frauen er wohl schon hier gesessen und darauf gewartet hatte, dass sie sich ihm hingaben?

»Sind Sie oft hier in Grasse?«, fragte er und ließ seinen Blick zu den vorbeigehenden Passanten schweifen.

Estelles Herz legte erneut an Schlägen zu. War es möglich, dass sie ihn bereits nach ein paar Minuten langweilte? Sie sah den Damen nach, die seine Aufmerksamkeit geweckt hatten. Junge Frauen, selbstbewusst, in kurzen Kleidern, mit schulterfreien Ausschnitten, betörenden Parfums und einem Lachen, das dem Gackern eines Huhns glich – laut und aufdringlich.

»Sehr oft sogar. Grasse mag nicht die größte Einkaufsstadt sein, aber sie befriedigt einen mit ihren Besonderheiten, finden Sie nicht?«

Tessier nickte und nippte an seinem Glas Rotwein.

Es war förmlich spürbar, dass sie zunehmend sein Interesse verlor. Sie musste rasch handeln, wenn sie den Abend retten wollte – und ihre Zukunft. Sollte sie den obersten Knopf ihres Kleides öffnen? Nein, das wäre zu vulgär, und so gar nicht ihre Art.

»Wie gestaltet sich die Zusammenarbeit mit meiner Schwester? Ist sie im Krankenhaus ebenso eigensinnig wie zu Hause?« Innerlich schüttelte Estelle den Kopf. Ihre Themenvorschläge für ein gewinnendes Gespräch hatten ihren Tiefpunkt erreicht.

»Manon Linville?« In Dr. Tessiers Stimme lag Verachtung, und doch begann sein Blick zu lodern. Er rückte seinen Stuhl enger an den Tisch und beugte sich möglichst nah zu ihr.

»Darf ich ehrlich sein?«, fragte er diskret und blickte ihr dabei so tief in die Augen, als wollte er sie verschlingen.

»Natürlich«, erwiderte Estelle und schluckte schwer.

»Sie ist schrecklich!«

Sie ist schrecklich! Dieser Satz hing zwischen ihnen beiden und schien seine Kreise zu drehen wie ein Falke, der nur darauf wartete, zum Sturzflug auf seine Beute anzusetzen.

Estelle hielt den Atem an und wagte es nicht, Dr. Tessiers Blick auszuweichen.

»Ja, das ist sie!« Estelle seufzte erleichtert aus, so als hätte sie eine jahrelange Schuld gebeichtet, und begann zu lachen. Erst nur vorsichtig und abwartend, wie Rémi reagierte, dann lauter, bis sie schließlich so geräuschvoll gackerte wie die Frauen, die sie noch vor wenigen Augenblicken mit verächtlichen Blicken gestraft hatte.

»Es ist ganz unglaublich, nicht wahr?« Dr. Tessier griff über den Tisch nach Estelles Hand und lachte mit ihr gemeinsam. Erleichterung machte sich breit, löste wie ein Sturzbach jede Anspannung zwischen ihnen und hinterließ eine losgelöste Einigkeit.

Estelle bestellte sich ein Glas Rosé, die beiden prosteten sich lächelnd zu, aßen eine Kleinigkeit, lachten und fühlten sich miteinander verbunden – verbunden durch die Abneigung, die sie beide für Manon empfanden.

Der Abend war schon fortgeschritten, und ein klarer Sternenhimmel blickte auf die Gassen der Stadt herab. Das Lachen der Menschen wurde leiser, das Klirren von Gläsern verstummte, und auch in Estelle machte sich eine zufriedene Glückseligkeit breit. An der Seite von Rémi schlenderte sie über den Boulevard Fragonard, zu dessen linker Seite sich ein überschaubarer Park erstreckte. Das Laub der Bäume fächelte ihnen kühle Luft zu. Leicht fröstelnd drängte Estelle sich noch näher an Rémi, der sogleich die Chance ergriff und seinen Arm um ihre Schultern legte.

Unglaublich, dass sie diesen Abend und womöglich diesen Mann ihrer Schwester Manon verdankte, dachte Estelle und lächelte zufrieden.

Am nächsten Morgen saß Estelle am Frühstückstisch und hielt ihren Blick auf die florale Lochstickerei der Tischdecke gesenkt. In Gedanken war sie bei Rémi. Sie fragte sich, ob es richtig gewesen war, ihm einen Abschiedskuss zuzugestehen? Nachdem er sie bis zu ihrem Wagen begleitet hatte, hatte er plötzlich ganz nahe vor ihr gestanden. Das schwache Licht der Straßenbeleuchtung hatte sein zerzaustes Haar verschleiert und seinen Blick weich und beinahe gutmütig erscheinen lassen. Sie erinnerte sich an die Bartstoppeln an seinem Kinn – zum Greifen nahe waren sie gewesen, und doch hatte Estelle nicht den Mut aufgebracht, mit den Fingerspitzen nachzufühlen, ob sie sich rau oder weich anfühlten.

»Komm gut heim«, hatte er freundlich gesagt, seine Hände um ihre Taille gelegt und sie an sich gezogen. Estelle hatte ihn nicht gehindert, hatte ihn gewähren lassen. Hatte sich ihrer Sinne beraubt gefühlt. Da war nur noch ihr Herz gewesen, das heftig gegen den Brustkorb gepocht, ihr Blut, das laut rauschend durch ihren Kopf gebraust war, seine Hände, die sie kräftig gehalten hatten. Seine Lippen waren den ihren immer näher gekommen, bis sie schließlich mit ihnen verschmolzen waren.

Estelle hatte noch nicht oft einen Mann geküsst, und sie fragte sich, ob er ihren Erwartungen entsprochen hatte. Nein, hatte er nicht. Dr. Tessier war drängend gewesen, herrisch und gefühlskalt. Estelle hatte sich zu konzentrieren versucht – auf ihre Eindrücke, darauf, was dieser Kuss in ihr auslöste. Doch dann hatte Rémi ganz unvermittelt nach ihren Brüsten gegriffen und sie aus ihrer Starre gelöst.

»Nein!«, hatte sie gesagt und sich von ihm zurückgezogen. »Verzeih, aber das geht mir nun doch zu schnell.«

»Schon gut«, war seine Antwort gewesen. In seiner Stimme hatte Verdruss mitgeschwungen. Knapp, aber höflich hatte er sich von ihr verabschiedet und sie dann völlig verunsichert zurückgelassen.

Estelle räusperte sich und blickte in die Runde, die sich um den Frühstückstisch versammelt hatte. Zum Glück schien niemand ihre Gedanken lesen zu können und sich an ihren erröteten Wangen zu stören.

In der Mitte des Tisches verströmte aus einer schweren gläsernen Vase ein Strauß frisch geschnittener Rosen seinen süßlichen Duft. Natürlich, heute war Manons Geburtstag. Deshalb gab es bereits zum Frühstück fluffige Éclairs, die Mathilda sonst erst zum Nachmittagskaffee auftischte.

Eigentlich hatte Estelle geplant, gleich heute Morgen ihre Mutter mit den Neuigkeiten zu ihrer gestrigen Verabredung zu überraschen. Doch nun fühlte sie sich indolent, beklommen, unentschlossen und behielt das Thema lieber für sich.

»Noch einmal die herzlichsten Glückwünsche zum Geburtstag, meine Schöne!« Nachdem Manon ihr Éclair verspeist und sich den Mund mit der safrangelben Serviette abgetupft hatte, überreichte der Vater ihr sein Geschenk. Es schien schwer in seinen Händen zu wiegen – groß und rechteckig, machte es kein Geheimnis daraus, dass sich im Inneren ein Buch verbarg.

Manons Gesicht strahlte, als würde es von der Sonne beschienen. Ihr Teint war makellos, wie immer. Diese Frau brauchte kein Rouge, sie sah auch so frisch und gesund aus.

»Danke, Papa!«, sagte sie und drückte Calvin einen Kuss auf die Wange, den er mit einem seligen Lächeln quittierte. Vaters Brust schwoll förmlich an, als er seiner Manon dabei zusah, wie sie das Seidenpapier raschelnd zur Seite schlug und einen ersten Blick auf den Inhalt warf.

»*Abhandlung über die menschliche Anatomie* von Léo Testut«, las sie laut vor und strich dabei über den himmelblauen Einband.

»Das hat man mir als sehr wertvoll empfohlen. Es beinhaltet detailreiche Abbildungen«, sagte Vater und schlug das Buch vorsichtig auf.

»Es ist ganz außerordentlich! Sieh dir nur die exakte Darstellung der Muskeln, Nerven und Blutgefäße an – und jede Zeichnung in Farbe. Alles genau beschriftet und erklärt«, meinte Manon und blätterte sich begierig durch die Seiten, die an Abscheulichkeit nicht zu überbieten waren. Estelle schloss angewidert ihre

Augen und wandte sich von den Zeichnungen geöffneter Körper ab.

»Wie kannst du dir das nur ansehen!«, warf sie ihrer Schwester anklagend an den Kopf. »Und das am Frühstückstisch.«

»Schatz, warum bist du so gereizt?«, fragte Vienne und legte eine Hand auf die ihrer Tochter.

»Ich bin nicht gereizt, nicht im Geringsten!«, antwortete Estelle und spürte heiße Tränen auf ihren Wangen perlen. Sie hasste es, wenn ihr Gefühlsleben sich verselbstständigte und nach außen trug, was sie lieber für sich behalten hätte.

Wieder dachte sie an Dr. Tessier und an den jähen Abschied von ihm. Warum hatte sie nur so schroff reagiert und ihn nicht gewähren lassen? Er hatte doch nur ihren Körper erkunden wollen. Was war schon dabei? Hatte sie sich nicht genau das erträumt?

Und nun? Würde sie ihn wiedersehen? Was, wenn er keine Lust mehr hätte, sich erneut mit ihr zu treffen? Ein Mann wie er hatte gewiss viele Möglichkeiten und Chancen bei Frauen. Da brauchte er nicht auf eine zu warten, die sich bereits beim ersten Kuss zierte wie ein biederes Frauenzimmer.

Polternd schob sie ihren Stuhl vom Tisch und eilte aus dem Haus, hinüber zu ihrem Cabriolet, das sie schon zu erwarten schien. Ohne ein Ziel zu haben, startete sie den Motor und fuhr los. Während die Serpentinen sich vor ihrem Wagen wanden wie eine Schlange, überschlugen sich die Gedanken in ihrem Kopf.

Seit Jahren bedrängte Mutter sie mit dem Bestreben, sie mit einer wohlhabenden Partie vor dem Altar stehen zu sehen, und immer wieder musste sie sie enttäuschen, weil sie scheinbar unfähig war, das Interesse der Männerwelt auf sich zu lenken. Und nun hatte sie Dr. Tessiers Leidenschaft bereits im Keim erstickt.

Aber vielleicht gab es noch Hoffnung! Vielleicht konnte sie ihr Fehlverhalten wieder geraderücken und Rémi für sich gewinnen?

Zielstrebig trat sie aufs Gaspedal, um die Strecke zum *Hôpital de Vincent* möglichst rasch hinter sich zu bringen. Die Sache duldete keinen Aufschub.

Endlich beim Krankenhaus angekommen, drückte sie die schwere Eingangstür auf und eilte durch den Flur, in dem ihre Schritte widerhallten. Ihr Atem ging hektisch, und ihre Hände zitterten, als litte sie an Schüttelfrost. Die Aussicht auf ein Wiedersehen mit Rémi entlockte ihr ein Gefühl der Vorfreude. Und zugleich lähmte sie die Angst davor, wie sie ihm begegnen sollte – und vor allem: wie er auf ihr unangekündigtes Kommen reagierte.

Und noch während sie überlegte, wo sie ihn in diesem großen Gebäude finden sollte, sah sie ihn am Ende des Flurs stehen, wo er mit zwei Krankenschwestern sprach und ihnen Anweisungen zu erteilen schien. Die Jüngere der beiden hing förmlich an seinen Lippen und machte sich immer wieder Notizen in einer der Mappen, die sie unter dem Arm hielt.

Seine Miene wirkte streng, seine Haltung bedrohlich. Vielleicht meinte Manon das, wenn sie so negativ über ihren Vorgesetzten urteilte? Aber letztendlich trug Rémi die Verantwortung für sämtliche Patienten und Angestellten. War es da verwerflich, dass er seinen Standpunkt klar vertrat und auf die Einhaltung von Regeln pochte?

Je länger Estelle im Flur stand und Rémi beobachtete, desto mehr beschleunigten sich ihr Herzschlag und Atem.

Nachdem er die Schwestern wieder an die Arbeit geschickt hatte, wandte er sich in Estelles Richtung. Sofort legte er seine ernste Miene ab wie eine Maske und lächelte ihr freundlich entgegen. Leichten Schrittes schwebte er förmlich durch den Korridor, sein weißer Arztkittel flatterte hinter ihm her, als hätte er Schwierigkeiten, mit dem Tempo seines Trägers mitzuhalten.

»Estelle!«, sagte er, als er direkt vor ihr haltgemacht hatte. Dabei kam er ihr so nahe, dass sie die dunklen Bartstoppeln an seinem Kinn ausmachen konnte.

Als hätte er ihren Blick gefühlt, rieb er sich mit einer Hand über den Kiefer, mit der anderen strich er über ihren Oberarm.

»Was machst du hier? Besuchst du einen der Patienten?«

»Nein«, hauchte sie. »Keinen Patienten. Ich bin wegen dir hier.« Ihre Mundwinkel zuckten vor Aufregung, und es benötigte einen immensen Kraftaufwand, um sich auf ihren wackeligen Knien aufrecht zu halten. Ihr Mund fühlte sich so trocken an, dass sie befürchtete, sich an ihren eigenen Worten zu verschlucken. »Es tut mir leid, dass wir uns gestern so abrupt getrennt haben.«

»Na, das war ja nun weiß Gott nicht meine Entscheidung!«, sagte er und hob abwehrend die Hände.

»Tut mir leid«, flüsterte Estelle unterwürfig und fühlte sich wie ein kleines Mädchen, das auf die Schläge des Lehrers wartete.

»Es tut dir also leid?«, fragte Rémi und hob mit einem Finger Estelles Kinn an. »Dann möchtest du dein ablehnendes Verhalten wiedergutmachen?«

»Natürlich, deshalb bin ich hier«, versicherte Estelle und nickte heftig.

»Wie schön.« Mit seiner Linken strich er ein paar lose Haarsträhnen aus ihrem Gesicht, dann nahm er sie an der Hand und führte sie in den hinteren Bereich des Krankenhauses. Auf ihrem Weg begegneten sie einigen Besuchern und Krankenschwestern, die ihnen verblüffte Blicke zuwarfen.

Estelle senkte den Kopf, um zu vermeiden, dass man sie als Manons Schwester erkannte und sich über sie mokierte.

»Wo gehen wir hin?«, fragte Estelle und kicherte verlegen. Vielleicht in den Innenhof, von dessen Blumenpracht Manon schon mehrmals erzählt hatte. In Gedanken sah sie sich mit Rémi auf einer der Bänke sitzen und plaudern – Hand in Hand, einander zugewandt und glücklich lächelnd. Sie hätte ihre Beine übereinandergeschlagen und würde mit einem Fuß wippen, so wie sie es immer tat, wenn sie aufgeregt war. Und aufgeregt wäre sie, schließlich hoffte sie einmal mehr darauf, die Gattin eines Chefarztes zu werden.

»Wir sind schon da!«, antwortete Rémi wenige Schritte später und zog Estelle rasch durch eine Tür, die er sofort hinter ihnen verschloss.

»Wo sind wir?« Estelle blickte sich um, taxierte den überschaubaren Raum mit ihren Blicken. Auf einem kleinen Schreibtisch am Fenster türmten sich Bücher – dicke Wälzer, wie Manon sie zu lesen pflegte. Daneben ein schmaler Schrank aus Eiche, dessen Türen völlig schief in den Angeln hingen. Und zu ihrer Rechten stand ein Bett, gerade groß genug, um einer Person Platz zu bieten. Das Laken war zerwühlt und das Kissen zerknittert. Beinahe angewidert starrte Estelle auf den Bettbezug, dessen letzte Wäsche ein Weilchen zurückliegen musste.

»Mir gefällt es hier nicht. Lass uns wieder gehen«, bat Estelle und griff nach der Türklinke.

»Ach was, hier ist es doch gemütlich«, sagte Rémi und nahm sie an der Hand, um sie in die Mitte des Raumes zu ziehen. »Mir gefällt es hier. *Du* gefällst mir«, säuselte er ihr ins Ohr und drückte sich eng an sie. »Und wolltest du nicht die Ablehnung von gestern wiedergutmachen?« Ohne auf Antwort zu warten, öffnete er rasch ihre Bluse und zog sie von ihren Schultern.

»Ja, das wollte ich!«, antwortete Estelle und ließ Rémi aus einem Gefühl von Verpflichtung heraus gewähren. Ein erzwungenes Lächeln tarnte ihre Befangenheit, als er sie aufs Bett drückte und sich seiner Hose entledigte.

Alles ging fürchterlich schnell und endete so viel anders, als Estelle es erwartet hatte. Der tobende Schmerz in ihrem Unterleib hatte wenig zu tun mit ihren romantischen Erwartungen. Ihre kindliche Naivität war allerdings ein Preis, den zu zahlen sie bereit war, um sich die Ehe mit dem angesehenen Arzt zu sichern.

Mutter würde jauchzen vor Freude, und Vater würde sie endlich ernst nehmen. Und Manon? Der Gedanke an das schockierte Gesicht ihrer Schwester rückte für einen Moment das schmerzhafte Feuer in ihrer Körpermitte in den Hintergrund und zauberte ihr ein Lächeln auf die Lippen, das nichts mit der unbefriedigenden Vereinigung mit Rémi zu tun hatte.

Estelle zog das Laken bis hoch über ihre Brust. Vergessen war die Tatsache, dass sie sich bis eben noch vor dem Bett geekelt hatte. Sie hatte einen Sieg errungen. Jawohl! Sie hatte Rémi ihre Jungfräulichkeit geschenkt. Sie hatte ihm gegeben, wonach er verlangt hatte. Und nun war er an der Reihe, sie auf Händen zu tragen.

Rémi hatte sich inzwischen wieder angekleidet, schlüpfte in seinen Arztkittel und zwinkerte ihr verschwörerisch zu.

»Du kannst mich gerne öfter besuchen«, meinte er und verließ den Raum.

»Und ob ich das werde!«, antwortete Estelle und blickte auf ihre Linke, an der sie in Gedanken bereits einen prächtigen Verlobungsring funkeln sah.

Kapitel 9

MANON

Grasse, August 1936.

Manon saß im Park unter einer der alten Eschen. Die Äste des hochgewachsenen Baumes breiteten sich über ihrem Kopf aus wie Arme. Das Blätterdach stand in festem Grün und spendete ihr den nötigen Schatten, um die sommerlichen Temperaturen besser ertragen zu können.

Die Decke, auf der sie lag, war dünn genug, um die Kühle des Waldbodens an ihre Haut durchdringen zu lassen.

Auf ihrem Schoß ruhte das Buch, das Vater ihr am Vortag zum Geburtstag geschenkt hatte. Mit dem Finger fuhr sie die Zeichnung des zervikalen Rückenmarks nach und strich dabei über jeden aufgezeigten Nerv, der an der Wirbelsäule entlang verlief und im Gehirn mündete. Die Abbildungen in diesem Buch gingen derart ins Detail, dass Manon sich bildlich vorstellen konnte, vor einem geöffneten Körper zu stehen und einer Operation beizuwohnen. Freilich hatte sie in ihren Jahren als Krankenschwester bereits einige grausame Wunden gesehen, offene Knochenbrüche oder Verbrennungen. Sie kannte die Gerüche und Körperflüssigkeiten, die aus Verwundungen austraten, wusste sie zu benennen und die richtige Behandlung auszuführen.

Aber egal, was sie in ihrer Ausbildung und dem Krankenhausaufenthalt auch gelernt hatte, stets trieb sie ihr Wissensdurst voran. Hatte sie an einem von Oberschwester Georgias guten Tagen die Fäden von einer verheilten Wundnaht entfernen dürfen, drängte es sie förmlich danach, eigenhändig mit dem Skalpell einen sauberen Schnitt durch die Hautschichten zu führen, um die darunterliegenden Muskeln, Nerven und Blutgefäße akribisch zu untersuchen.

Manon klappte das Buch zu und blickte hoch zum Blätterdach, das gemeinsam mit der Sonne funkelnd und lebendig ein Lichterspiel vollführte. Für einen Moment fühlte Manon sich an das Glitzern eines Nachthimmels erinnert, der dazu einlud, nach Sternbildern zu suchen.

Wehmütig dachte sie an ihre Großmutter, mit der sie in Vollmondnächten den Himmel bewundert und ihren Worten gelauscht hatte. »Das Leben ist, was es ist – wunderschön und hassenswert zugleich«, hatte sie gesagt und sich mit zittriger Miene an einem Lächeln versucht. Stark war sie gewesen, ihre *grand-mère,* und doch zart genug, um jederzeit eine tröstende Umarmung zuzulassen. Bis zum Schluss hatte sie ein offenes Ohr für ihre Enkelin gehabt, hatte sich Zeit genommen für ihre Fragen und Ängste – mehr, als ihre eigene Mutter es je für nötig gehalten hatte.

Manon schloss die Augen und lauschte dem Klang ihres Herzens, der verlässlichen inneren Stimme, wenn der Kummer übermächtig wurde.

Der Tod ihrer geliebten *grand-mère* lag bereits lange zurück, und doch sah sie sich noch immer in Trauerkleidung am offenen Grab stehen, das tiefer zu sein schien als jedes andere und das ihr mehr zu rauben versuchte als eine Verwandte. Nein, vielmehr stürzte ein Teil ihrer Kindheit mit in die dunkle Schwärze, in der sie für immer zu versinken drohte.

Manon wischte sich eine Träne vom Gesicht. Sie mochte es nicht, wenn sie sich in ihrer Trauer verlor – war sie doch viel eher ein Mensch, der dem Schicksal mit einem wagemutigen Lächeln begegnete. Dennoch rissen in manchen Momenten die Wunden der Vergangenheit auf, vielleicht, weil sie noch nicht ausreichend verheilt waren.

Nur, welches Heilmittel half bei solchen Verletzungen und Narben?

»Die Zeit«, gab Manon sich selbst die Antwort und strich sich mit dem Handrücken über die Wange.

Noch heute Abend würde Vater sie ins Krankenhaus bringen, damit sie morgen früh pünktlich ihren Dienst anträte. Ihr nächster Besuch daheim war erst in einigen Wochen geplant. Wochen, in denen ihr Herz den Namen eines Mannes flüsterte, den es kaum kannte. *Léandre,* hauchte sie, ohne die Augen zu öffnen, und rief sich sein herzliches Lächeln in Erinnerung, sein fülliges blondes Haar, das beim Lüften seines Strohhuts zum Vorschein gekommen war.

Irrte sie sich, oder schlug ihr Herz nun schneller? Und wenn ja, was hatte das zu bedeuten? In ihrem Leben war kein Platz für einen Mann, schließlich hatte sie sich ihrer Arbeit verschrieben und dachte nicht daran, ihren Beruf wegen einer Heirat aufzugeben, so wie es die gesellschaftlichen Konventionen vorgaben. Eine Frau gab sich auf – für den Mann, unterwarf sich seinen Bedürfnissen und lernte, über die eigenen zu schweigen.

Für ihre Schwester Estelle mochte das ein profitables Lebensmodell sein, ihre eigenen Zukunftspläne sahen allerdings anderes vor. Ihren Wunsch nach Familie würde sie ungeachtet in einer tiefen Schublade ihrer unerfüllbaren Wünsche verstauen und sich lieber auf den Inhalt ihrer Bücher stürzen, die mehr Antworten boten als das Gefühlschaos einer Liebesbeziehung. Sie zog es vor, des Nachts den Sternenhimmel zu bewundern, ohne dass der wärmende Arm eines Geliebten sie umfing.

Ja, sie würde allein bleiben, ohne es je zu bereuen. Oder etwa nicht?

Manon hielt inne, lauschte ihren Gedanken, ihrem Hoffen und dem Drängen ihres Herzens. Dann, so plötzlich, dass sie beinahe selbst über sich erschrak, schlug sie ihr Buch in ein Tuch, um den

Einband zu schonen, und legte es behutsam auf den wuchtigen Wurzeln der Esche ab. Sie erhob sich, strich ihren Rock glatt und erlaubte sich, die vom Herzen vorgegebene Richtung einzuschlagen. Und ohne sich gegen den Weg hinab zu Léandre zu wehren, begann sie zu singen – schließlich war hier kein Tessier, der sich daran störte, sondern nur die Vögel, die es ihr gleichtaten und den Park mit ihrem Gesang erfüllten.

Als sie aus dem Schutz der Bäume hervortrat, verklang ihr Lied unter der Weite des wolkenlosen Himmels und machte Platz für das Summen der Bienen und dem Rauschen der Gräser, die mit dem Wind wogten. Beim Anblick der unendlichen Ferne, die sich vor ihr ausbreitete, lachte Manon laut auf. Es war die Freiheit, die sie derart verzückte und sie mit ihrem Ruf zu locken schien.

»Ich komme schon«, murmelte sie der verheißungsvollen Endlosigkeit zu und erlaubte sich, so ungezwungen wie ein Kind durch die Dichte der Wiese zu laufen, die Arme ausgebreitet, als könnten die Lüfte sie tragen, den Blick zum Himmel gerichtet, und das Herz und alle Sinne weit geöffnet. Am Lavendelfeld angekommen, hielt sie inne. Kein Léandre, der an einer der Platanen vor seinem Haus lehnte und sich mit einem Schluck Wasser aus einem irdenen Tonkrug stärkte, kein Gebimmel, das vor den nahenden Ziegen warnte. Das Landgut wirkte verwaist, verlassen, einsam.

Eine Weile verharrte Manon und ließ ihren Blick über das aus Sandstein gemauerte Haus gleiten, der farbenfrohe Blumenschmuck an den Fenstersimsen strahlte eine gewisse Fröhlichkeit aus, die ihr Herz mit einer Leichtigkeit füllte und sie an das Lied erinnerte, das sie eben im Park gesungen hatte und das sich erneut über ihre Lippen drängte.

Der Lavendel zu ihren Füßen stand in voller Blüte und schien bereits ungeduldig auf seine Ernte zu warten. Umgeben vom herben Duft des Lavendelfeldes, machte Manon sich auf den Weg zum Haus. Bestimmt störte Léandre sich nicht daran, wenn sie klopfte, um ihn kurz zu begrüßen.

Beim Landhaus angekommen, stieg sie die wenigen Treppen bis zur Eingangstür hoch und ließ dabei ihre Fingerkuppen über den Handlauf gleiten. Die Witterung hatte dem Treppengeländer schwer zugesetzt und sich mit markanten Rostspuren in den Schnörkeln verewigt. Aber gerade das machte für Manon den Charme von Léandres Haus aus: Hier war nichts perfekt und doch so reizvoll und sorgfältig arrangiert, dass jede Blume, jeder Fensterladen, jede terrakottafarbene Dachschindel und jeder Baum dazu beitrugen, ein kleines Gesamtkunstwerk zu erschaffen.

Manon betätigte den schlichten Türklopfer und lauschte gespannt. Als die Eingangstür sich langsam öffnete, schlug ihr Herz um Takte schneller. Was sollte sie Léandre sagen? Würde er es seltsam finden, dass sie einfach bei ihm auftauchte? Aufgeregt krallte sie sich in ihren Rock aus dünner Baumwolle und erinnerte sich daran, zu atmen.

»Manon!« Léandre war sichtlich erstaunt über den unangekündigten Besuch. Er hatte die Türe nur einen Spalt weit geöffnet und lugte verhalten nach draußen. »Was machen Sie denn hier?«

Manon schluckte schwer. Mit einer derart abweisenden Begrüßung hatte sie freilich nicht gerechnet. Sie schalt sich innerlich dafür, den Park verlassen zu haben. Hätte sie doch lieber mit Mutter und Vater Kaffee getrunken und sich anschließend eine Weile in ihr Zimmer zurückgezogen, bevor morgen der harte Krankenhausalltag wieder an ihren Kräften zehrte.

»Störe ich?«, fragte sie, obwohl sein Blick die Frage bereits vorab beantwortet hatte.

»Nein«, log er und schlüpfte durch den Türspalt zu ihr nach draußen.

Manon streckte ihren Hals, um einen Blick auf das Innere des

Hauses zu ergattern, doch da zog Léandre auch schon die Türe hinter sich zu.

»Wollen wir ein paar Schritte gehen?«, bot er an. Manon durchschaute sofort, dass er die Absicht verfolgte, sie vom Haus wegzulocken. Ihr Unbehagen und ihre Neugierde stritten um die Wette und drängten sie zum einen dazu, die Kräuterfarm schnellen Schrittes zu verlassen, und zum anderen, Léandre mit Fragen zu löchern.

»Ich wollte Ihnen keine Unannehmlichkeiten bereiten. Ich bleibe auch nicht lange«, erklärte sie und zeigte hinter sich auf den Weg hoch zum Park. »Mein Vater wartet sicher schon auf mich. Er bringt mich noch heute ins *Hôpital de Vincent.*«

»Dort arbeiten Sie als Krankenschwester, richtig?«, fragte er und geleitete Manon über die Stufen hinab und weg vom Haus.

»Ja, genau«, antwortete sie und blickte über ihre Schulter zurück zum kleinen Landhaus.

»Ich bin mitten in der Lavendelernte und habe kaum Zeit, aber wenn Sie bei Ihrem nächsten Besuch in Gourdon an mich denken und an meine Türe klopfen, würde ich mich freuen. Sehr sogar«, meinte er mit Nachdruck und strich ihr sanft über den Oberarm. Sofort war da wieder diese unsagbar weiche Wärme zwischen ihnen. Diese Nähe, die Manon erneut über die Blumenwiese getrieben hatte, um in seinen Augen nach einer Erinnerung an die Sterne zu suchen.

Vergessen war Manons Unmut über seine anfängliche Unzugänglichkeit. Bestimmt hatte ihre Aufregung ihr einen Streich gespielt. Der Blick, mit dem er sie bedachte, war eindeutig: Er freute sich über ihre Anwesenheit.

Vergessen war allerdings auch ihr Wunsch nach einem Leben für das Krankenhaus. Bestimmt fand sich zu gegebener Zeit ein Weg, um diese beiden Welten miteinander zu verbinden und eins werden zu lassen. Und wer weiß, vielleicht war dieses lodernde und gleichzeitig schäumende Gefühl in ihrem Brustkorb ebenso rasch wieder verklungen, wie es sich angekündigt hatte.

»Ich würde gerne bei der Lavendelernte helfen, aber ich fürchte, ich bin völlig ungeeignet.«

»Das glaube ich nicht«, erwiderte Léandre und nahm ihre Hände in seine, um sie mit einem prüfenden Blick zu begutachten. Manon hatte Arbeit noch nie gescheut. Im Gegenteil, sie hatte es in Kinderjahren geliebt, den Angestellten bei der Gartenarbeit, der Wäsche oder dem Hausputz zur Hand zu gehen, um der Langeweile, die ihre Eltern für sie vorgesehen hatten, zu entgehen. Und hätte Estelle nicht immer wieder gepetzt, so wüssten sie bis heute nichts davon.

Manon blickte auf ihre Hände, die mit denen von Léandre zu verschmelzen schienen, und lächelte.

»Die Lavendelernte ist an sich eine sehr einfache Sache«, erklärte Léandre, ohne sich von Manon zu lösen. »Das Schwierige daran ist tatsächlich, den richtigen Zeitpunkt zu erwischen. Grundsätzlich sollte man Lavendel ernten, bevor er voll aufgeblüht ist. Die Blüten in der Rispenmitte dürfen bereits geöffnet sein, während jene in der Spitze noch knospig sein müssen.« Der Eifer, mit dem Léandre Schritt für Schritt den Vorgang der Ernte erklärte, zeigte offenkundig, wie sehr er für seine Kräuter lebte und die Arbeit hier draußen liebte. »Abgesehen von der Jahreszeit spielt auch die Tageszeit eine Rolle: Es ist sinnvoll, Lavendel in der Mittagssonne zu ernten«, fuhr er fort und zeigte mit dem Kinn hoch zum Himmel. »Der morgendliche Tau kann bei den Pflanzenteilen Schimmel hervorrufen. Also versteht es sich von selbst, dass der Schnitt an einem trockenen Tag durchgeführt werden sollte. Wenn du Lust hast, zeige ich es dir.«

Noch ehe Manon sich zum Wechsel auf das *Du* oder zu seinem Vorschlag äußern konnte, eilte er in seinen Schuppen und kam mit einem Korb voller Werkzeug zurück. Sein Gesicht strahlte, als er ihr entgegenblickte, und Manon strahlte zurück – oder war es umgekehrt, oder spiegelten sie einander in ihrer Freude und ihrer Verlegenheit?

Gerade als er den Korb zu ihren Füßen abgestellt und ihr eine Rundsichel reichen wollte, ertönte hinter ihnen im Haus ein lautes Scheppern. Schlagartig veränderte sich Léandres Miene. Besorgt und erschrocken zugleich schaute er über seine Schulter hinweg zum Hauseingang, dann wieder zu Manon.

»Hast du Besuch?«, fragte sie und blickte in seine geweiteten Augen.

»Nein«, sagte er etwas zu hastig und etwas zu laut.

»Tut mir leid, ich sollte nicht immer so neugierig sein«, meinte sie und wich einen Schritt zurück. »Ich mache mich lieber auf den Heimweg.«

Léandre nickte. Auf seinen Lippen schienen ungesagte Worte zu zaudern, die er gerne ausgesprochen hätte, aber es aus irgendeinem Grund nicht schaffte.

»Dann … noch einen schönen Tag!« Manon setzte einen Fuß hinter den anderen, vorsichtig, um nicht zu stolpern, und ohne sich dabei von Léandre abzuwenden.

»Dir auch einen schönen Tag.« Seine Stimme klang wehmütig, und doch unternahm er nichts, um sie zum Bleiben zu überreden. Er sah einfach zu, wie sie sich langsam von ihm entfernte, wie ein Boot, das in den weiten Ozean hinaustrieb, bis es letztendlich am Horizont verschwand.

»Wir sehen uns«, sagte sie, bevor sie sich endgültig abwandte und zielstrebig zur Blumenwiese schritt.

Ihre Fingerkuppen strichen über die Lavendelblüten, während ihre Gedanken um Léandres Verhalten kreisten. Es war eindeutig, dass er etwas vor ihr zu verbergen versucht hatte. Nur: was und warum?

Aus den Augenwinkeln blickte sie über ihre Schulter hinweg zu

Léandre. Dieser verschwand just in dem Moment im Haus und schloss die Türe hinter sich.

Warum verkroch er sich drinnen, wenn er doch mitten in der Lavendelernte steckte? Und warum musste er sein Werkzeug aus dem Schuppen holen, um es ihr zu zeigen? Sollte es nicht vielmehr unter einer der Platanen liegen? Ein Blick über das Lavendelfeld bestätigte, dass er noch nicht einmal mit der Ernte begonnen hatte.

Was war hier los? Und was versuchte er vor ihr zu verheimlichen?

Ihre Schritte wurden langsamer, kürzer, bis sie letztendlich stehen blieb, den Blick nach wie vor auf Léandres Haus gerichtet.

Sie sollte weitergehen. Nach Hause. Es ging sie nichts an, was hier unten passierte. Bestimmt gab es für alles eine Erklärung.

Mühsam setzte Manon einen Fuß vor den anderen. Es war ein Ringen gegen ihre unstillbare Neugierde. Kurz schloss sie die Augen, zwang ihre Gedanken, zum Stillstand zu kommen. Vergebens. Es war, als umschlänge ein unsichtbares Seil ihre Taille, das sie unablässig zu Léandres Haus zog. Schließlich stieß sie einen lauten Seufzer aus und öffnete die Augen. Sie hatte verloren – gegen sich selbst. Sie schaffte es nicht, die Wiese hochzusteigen, ohne zu wissen, was Léandre vor ihr verbarg.

Ein dumpfes Gefühl lag auf ihrer Brust. Ein Gefühl, das ihr sagte, dass es verkehrt war, diesem Drängen nachzugeben. Doch Manon hatte sich bereits entschieden. Sie machte kehrt und näherte sich Léandres Haus. Dieses Mal würde sie nicht an der Tür klopfen, sondern zur Rückseite gehen.

Mit zusammengekniffenen Augen taxierte sie die Fenster. Kurz war Manon so, als hätte sich ein Vorhang bewegt. Als hätte sie ein Gesicht gesehen, das ihr direkt entgegenblickte. Ein fremdes Gesicht, nicht das von Léandre. Ihr Atem ging stoßweise, und ihr Puls raste unter der plötzlichen Aufregung.

Eine Stimme in ihren Gedanken rief ihr laut zu, sofort kehrtzumachen. Doch Manon schüttelte den Kopf und ging weiter. Am Haus angekommen, tastete sie sich vorsichtig am warmen Gemäuer entlang bis zur Rückseite. Im Schutz eines dicht blühenden Oleanders fühlte sie sich sicher und wagte es, durch das Fenster zu spähen. Behutsam schob sie die prächtigen Blüten der Petunien, die in den Blumenkästen gediehen, zur Seite und blinzelte mit angehaltenem Atem ins Innere des Hauses.

Tatsächlich! Auf einer kleinen Ottomane saßen eng aneinandergedrängt zwei Erwachsene und ein Junge – kaum zehn Jahre alt. Sie blickten einander verschüchtert an, die Augen weit aufgerissen, die Münder fest verschlossen. Die Frau drückte das Kind eng an sich und strich ihm mit langsamen Bewegungen über das glatte braune Haar.

Manon versuchte, den Rest des Raumes zu erkunden, und erschrak, als sie Léandre an eine Wand gedrückt vorfand. Er hielt seinen Zeigefinger auf die Lippen gepresst und schien konzentriert nach draußen zu lauschen.

Wer waren diese Menschen? Ärmlich gekleidet, die Augen müde und dunkel umrandet, das Haar ungepflegt und die Wangen eingefallen. Sie erweckten den Eindruck, als wären sie völlig erschöpft, auf der Flucht und müssten sich verstecken. Nur vor wem? Und warum?

Schlagartig fiel ihr der Zeitungsbericht ein, den Vater vor ein paar Monaten besorgt vorgelesen hatte. Es ging um jüdische Flüchtlinge aus Deutschland, die sich in einem ihrer Nachbarländer Schutz vor dem deutschen Nationalsozialismus erhofften.

»Frankreich wird trotz der Machtergreifung der Nationalsozialisten im Jahr 1933 die Grenzen weitestgehend offen halten und dem ungebrochenen Emigrantenstrom die Einreise gewähren.« Mutter hatte mit den Augen gerollt, und über Vaters Stirn hatten tiefe Sorgenfalten gefurcht.

»Frankreich leidet unter der Weltwirtschaftskrise, und dennoch bekommt jeder Emigrant, der in Besitz seines deutschen Passes ist, eine offizielle Aufenthaltsgenehmigung«, hatte Vater in seine Zeitung gemurmelt und sich dabei durch das schüttere Haar gestrichen. »Kein Wunder, dass die rechtsextremen Gruppen hier bei uns immer lauter werden.«

»… immer lauter werden«, flüsterte Manon in Gedanken und blickte auf den Jungen, der, an seine Mutter gepresst, ängstlich weinte.

Manon löste ihren Griff um die violett blühende Petunie, rückte sie zurecht, damit sie das Fenster wieder vollends bedeckte. Dann entfernte sie sich geduckt vom Haus, schlich sich weg, als wäre sie diejenige, die auf der Flucht war.

Erst als sie den hauseigenen Park erreicht hatte, erlaubte sie ihren Gedanken, sich frei zu entwickeln.

Wenn sie mit ihrer Vermutung richtiglag, dann gewährte Léandre einer jüdischen Familie aus Deutschland Unterschlupf. Vielleicht gehörte er sogar einer dieser Untergrundorganisationen an, die Flüchtlinge durch Frankreich in sichere Drittländer schleusten.

Die Arbeit im Krankenhaus hielt sie stets derart im Griff, dass sie ihr Interesse für Politik kaum ausleben konnte. Aber nun war sie plötzlich mit der Realität konfrontiert worden und hatte Stellung zu beziehen. In Gedanken sah sie den kleinen Jungen mit seinen Eltern auf der Ottomane. Alle drei gezeichnet von Angst und Schrecken. War es da wirklich nötig, Stellung zu beziehen? Sollte es nicht vielmehr selbstverständlich sein, sich solcher Menschen anzunehmen? Für Léandre zumindest schien sich die Frage nicht zu stellen, ob er Flüchtlingen die Tür öffnete oder sie ignorierte. Und dafür bewunderte sie ihn.

Der Wunsch, seine Vertraute zu sein, ihm beizustehen, wenn er Menschen versteckte, wurde beinahe übermächtig.

Das drängende Pochen ihres Herzens bestätigte sie in ihrem Vorhaben und sagte ihr, dass bei der nächsten Heimkehr in wenigen Wochen der erste Weg hinab über die Blumenwiese zu seinem Haus führen würde.

Kapitel 10

ESTELLE

Gourdon, August 1936.

Estelle saß am runden Tischchen auf der Terrasse, eine Hand lag auf der Mosaikplatte, die andere ruhte in ihrem Schoß. Während Vienne sorgsam ihre Fingernägel polierte, reckte sie ihr Gesicht der Nachmittagssonne entgegen.

»Du solltest dir von Dorette einen Hut bringen lassen, bevor die Sonne deine Wangen mit Sommersprossen entstellt«, meinte Vienne, ohne von den Fingern ihrer Tochter aufzusehen.

»Nur ganz kurz«, raunte Estelle genüsslich. »Es tut so gut.«

»Hast du denn später noch etwas vor?«, fragte Vienne. Vorsichtig pustete sie über die Fingerkuppen und begutachtete ihre Arbeit.

»Vielleicht fahre ich noch nach Grasse.«

»Zur Schneiderin?«

Estelle mochte es nicht, wenn ihre Mutter neugierig war. Lügen wollte sie allerdings auch nicht. Dennoch empfand sie es als zu früh, ihr von Rémi zu erzählen. Alles war so frisch, immerhin hatten sie einander erst vor Kurzem kennengelernt. Sie wusste ja selbst kaum etwas über ihn. Nur, dass er keine Geschwister hatte und er der ganze Stolz seiner Eltern war. Dass er gerne reiste, aber seine Arbeit ihm wenig Möglichkeit dazu bot. Dass er Wert auf gepflegtes Äußeres legte und im Lokal sein Essen zurückgehen ließ, wenn es nicht haargenau seiner gewünschten Temperatur entsprach. Er redete gerne über sich, seine Arbeit und wie überdurchschnittlich herausragend er darin war.

Estelle senkte ihr Haupt, weg von der Sonne und starrte auf das

Mosaik des Tischchens. Stein an Stein reihte sich aneinander. Jeder für sich, und dennoch ergaben sie ein großes Ganzes. Wie verschieden sie doch waren in Farbe und Form. Rund und geschmeidig, kantig und rau. Nachdenklich strich sie mit der Fingerkuppe über das gelegte Muster. Fuhr die einzelnen Bahnen nach und fragte sich, wie viele Stunden der Künstler daran gearbeitet hatte, ob er zufrieden war mit dem Ergebnis und es mit einem stolzen Lächeln begutachtet hatte?

Unweigerlich drängte sich Estelle die Frage auf, ob sie zufrieden war mit ihrem Leben und mit den Bahnen, in denen sie ihre Steine gelegt hatte. Würde es sie glücklich machen, wenn Rémi ihr einen Antrag machte, sie an seiner Seite lebte und sie seine Kinder zur Welt brächte? Wie würde es aussehen, dieses Leben, in dem Rémi die Hauptrolle spielte und sie nur eine untergeordnete Komparsin wäre?

Noch während sie nach einer Antwort suchte, trat Manon aus dem Park heraus – in ihren Händen trug sie eine Decke und einige Bücher. Sie starrte nachdenklich zu Boden, wirkte abwesend, fast so, als hätte sie jedes Gefühl verloren und müsse im feinen Kies danach suchen. Was mochte ihr widerfahren sein? Sie war doch nur für eine Weile im Park gewesen. Üblicherweise kam sie heiter und singend zum Haus zurück – stolz über ihr eben errungenes Wissen.

»Manon …?« *Wie geht es dir?*, hätte Estelle gerne hinzugefügt, aber sie behielt die Frage für sich und biss sich auf die Unterlippe.

»Du bist spät. Dein Vater wartet schon auf dich«, mahnte Vienne und legte die Feile beiseite. Selbst ihr schien aufzufallen, dass mit ihrer Tochter etwas nicht stimmte. Und trotzdem blieb sie sitzen, stand nicht auf, um zu ihr zu gehen, über ihre Wangen zu streichen und zu fragen, was sie bedrückte. Alles, was ihre Mutter zu sagen hatte, war, dass sie spät dran war, dass man bereits auf sie wartete. Wie immer.

»Soll ich dich fahren? Ich wollte ohnehin noch nach Grasse«, fragte Estelle aus einem Impuls heraus.

Vienne riss die Augen auf, fast als wäre sie erschrocken über das Angebot – und vielleicht war sie das auch.

»Ja, warum nicht. Danke«, antwortete Manon und ging an ihnen vorbei ins Haus.

Estelle blickte ihrer Schwester hinterher. Sie wirkte kraftlos, fast durchsichtig. Warum eilte Vienne nicht zu ihr und drückte sie an sich? War es nicht das, was eine gute Mutter ausmachte?

Und plötzlich war da die Stimme aus der Vergangenheit, die sie einholte: »In Zukunft hältst du dich fern von Manon, hörst du? Sie bringt dich sonst noch um!«

Eine Vergangenheit, die so weit zurücklag, dass sie sie längst unter einer dichten Schicht an jüngeren Erinnerungen vergessen glaubte.

Aber so etwas vergisst man nicht, ging es Estelle durch den Kopf. Man verdrängt es vielleicht für eine Weile, schiebt es beiseite und tut, als ob es nie passiert wäre, aber irgendwann graben sich solche Worte wieder nach oben, tauchen auf, hallen laut durch den Kopf und bringen jedes Gefühl von damals zurück, als wäre es eben erst geschehen. Sie sah sich wieder im Bett liegen, den dicken Verband um den Kopf, spürte wieder das Dröhnen und Pochen hinter ihren Schläfen. Wie von selbst legte sie eine Hand ans Ohr, so, wie sie es damals getan hatte, als kleines Mädchen. Wie alt mochte sie gewesen sein? Drei oder vier Jahre? Estelle konnte es nicht mehr mit Gewissheit sagen, aber wenn sie noch weiter grub in der Vergangenheit, dann fände sie sämtliche Einzelheiten, die ihr im Augenblick fehlten, und könnte alle Lücken schließen.

»Sie hätte auf dich aufpassen müssen. Mein kleines Mädchen.« Mutter hatte damals aufgeschluchzt und ihr Gesicht in Estelles Decke vergraben. »Was sollte ich nur machen, wenn dir etwas Schlimmes passiert wäre.« Ihre Schultern hatten gezittert, und Estelle hatte Angst, dass ihre Mutter zusammenbrechen könnte. Gleich hier, bei ihr am Bett.

»Manon kann nichts dafür, *maman!*«, hatte sie gesagt. Und natürlich hatte Vienne das gewusst. Estelle erinnerte sich, dass sie von Ast zu Ast geklettert war, immer höher. Sie wollte bis zu den Wolken und von dort oben auf die Erde heruntersehen. Doch dann konnten ihre Arme sie nicht länger halten, und sie war in die Tiefe gestürzt. Zweige hatten ihr ins Gesicht und auf den Körper gepeitscht. Alles war so schnell gegangen, und doch hatte es sich angefühlt, als würde sie ewig fallen.

»Ich wollte zu den Wolken!«, sagte Estelle unvermittelt und tauchte wieder in der Gegenwart auf.

»Was meinst du?«, fragte Vienne und zog ihre Stirn kraus.

»Nichts, *maman*. Nichts.« Estelle starrte in das Gesicht ihrer Mutter und hatte das Gefühl, dass ihre Züge keinen Sinn ergaben – nicht so wie die Steine am Tisch, die ein harmonisches Ganzes formten. Ihre Augen weit aufgerissen, die Falten um ihren Mund tief, beinahe fratzenhaft, die Wangenknochen markant und das Kinn spitz. Nein, dieses Gesicht ergab kein rundes Gesamtbild, über das man mit den Fingerkuppen streichen wollte. Vielmehr wirkte es bedrohlich. Es war ein Gesicht, dem man lieber auswich, ein paar Schritte rückwärts tat, um Abstand zu halten.

»Ich werde mich fertig machen, damit Manon pünktlich ins Krankenhaus kommt«, meinte Estelle und stand auf.

»Manon!« In Mutters Stimme lag abgrundtiefe Verachtung.

Für einen Moment überkam Estelle der Wunsch, ihre Schwester in Schutz zu nehmen vor dem Hass und dem Tadel ihrer Mutter. Aber wie bekämpfte man eine so hartnäckige Rollenverteilung innerhalb weniger Augenblicke? Und wie ging man gegen eine Frau vor, die immer nur das Beste für einen wollte? Nein, Estelle wusste, dass sie besser schwieg und sich ihre Meinung im Stillen bildete.

Die Aufteilung hatte seit Jahren wunderbar funktioniert. Sie gehörte zu Mutter, Manon zu Vater. Warum sollte sie plötzlich Unruhe stiften und das Gleichgewicht ins Wanken bringen? Jetzt, da sie vermutlich bald heiratete und auszog. Nein, sie würde nichts riskieren. Sie würde ihre Schwester nach Grasse fahren – schweigend wie immer. Und dann würde sie sich mit Rémi treffen und gemeinsam mit ihm Manons schändliche Seiten beleuchten und über sie spotten. Warum auch nicht? Warum etwas ändern an Begebenheiten, die für alle funktionierten? Zumal sie, Estelle, weiß Gott keine Pionierin war, keine Kämpfernatur, die sich ihrer Mutter entgegenstellte.

»Manon, wo bleibst du!«, rief sie durch die Balkontür. »Verdammt, wie lange willst du mich noch warten lassen?« Estelle stemmte die Hände in die Taille und blickte zu ihrer Mutter. Sie lächelten beide boshaft und kalt. Nein, sie würde die Zuneigung ihrer Mutter nicht aufgeben. Niemals.

Kapitel 11

MANON

Grasse, August 1936.

Als Manon sich wenige Stunden später wortkarg von ihrer Schwester verabschiedet hatte und das Krankenhaus betrat, war ihr erster Weg wie immer in den Schwesterntrakt, um ihr Gepäck abzustellen und sich umzukleiden. Dort legte sie ihre privaten Kleider ab, und meist gelang es ihr auch, ihre Gedanken auf die Arbeit einzustimmen. Doch der Besuch auf dem Kräutergut und ihre Entdeckung dort hatten alles verändert.

Auch Stunden später verweilte sie in Gedanken beim Schicksal der geflohenen Familie und grübelte, wie sie Léandre zu verstehen geben konnte, dass er ihr vertrauen durfte.

An diesem Abend fiel es ihr schwer, sich auf den gewohnten Rundgang im Krankenhaus zu konzentrieren, bei dem sie üblicherweise Akten neuer Patienten studierte und sich nach dem Wohl der schlimmen Fälle erkundigte. Und es gelang ihr nicht, ihren Kolleginnen mit dem sonst so besonnenen Lächeln zu begegnen. Wie sollte sie die Schwere, die ihr Gemüt umklammerte wie eine Tretfalle, ablegen, um sich frei zu machen für die Ansprüche ihrer Arbeit?

Es war bereits später Abend – eine Zeit, zu der im Krankenhaus üblicherweise Ruhe Einzug hielt. Umso mehr erschrak Manon, als sie plötzlich lautes Geschrei vernahm.

In der Absicht, helfend zur Hand zu gehen, folgte sie dem Trubel und fand sich im Eingangsbereich wieder. Zwei Erwachsene stützten einen jungen Mann, der blutüberströmt darum kämpfte, sich auf den Beinen zu halten.

»Bitte, helfen Sie uns!«, rief die Frau hysterisch laut und winkte heftig mit einem Arm.

»Ich komme schon!« Manon holte tief Luft und fühlte ein aufgeregtes Vibrieren durch ihren Körper gehen.

»Oberschwester Georgia?«, schrie sie über ihre Schulter hinweg und griff nach dem Rollstuhl, der neben der Eingangstür stand.

»Hier!«, sagte sie und fasste dem jungen Mann unter die Schultern, um ihn vorsichtig abzusetzen. Sein Haar klebte blutverkrustet an der Stirn, ein Auge war zugeschwollen, die Kleider hingen ihm teilweise in Fetzen vom Leib. Laut atmend und stöhnend schien er gegen seine Schmerzen anzukämpfen.

Als Manon auf seine heftig zitternden Hände sah, bemerkte sie, dass ein Finger abgetrennt war und die anderen schwer in Mitleidenschaft gezogen worden waren.

»Ich bin Schwester Manon«, sagte sie zaghaft, weil ihr sonst nichts einfallen wollte. »Können Sie mir sagen, was passiert ist? Wie ist Ihr Name, Monsieur?« Ohne auf Antworten zu warten, schob sie den Rollstuhl hastig durch den Flur zu den Behandlungsräumen, in denen sie den diensthabenden Arzt anzutreffen hoffte. Die Räder ratterten wie ein rasender Zug über den Steinboden und übertönten die Stimme der Frau, die mit aller Kraft Schritt hielt und dabei laut prustend zu erzählen versuchte, was vorgefallen war.

»Er war in den Bergen wandern …«

Manon lenkte den Rollstuhl scharf um die Ecke und bekam nur Bruchstücke der Bcrichterstattung mit.

»… sein Hund … abgestürzt …«

Manon blickte auf den Kopf des Verletzten, der bewusstlos nach unten sackte.

»Schwester Georgia!« Ihr Schrei schmerzte in der Kehle. Wo war die Oberschwester nur?

»... wollte ihn retten ...«, sprach die Frau hinter ihr hektisch weiter.

»Schwester Georgia, da sind Sie ja!« Noch nie war Manon derart erleichtert darüber gewesen, den Weg ihrer Vorgesetzten zu kreuzen. Breitbeinig blieb diese im Flur stehen und taxierte den Verletzten mit ihren Blicken.

»Schwester Annie, schnell, hol den Doktor.« Georgia wies mit ihrer Rechten hinter sich zum Arbeitszimmer des Oberarztes. »Jetzt! Sofort!«, schob sie nach, als sie merkte, dass Annie kreidebleich den blutüberströmten Körper musterte.

»Mein Junge wollte seinen Hund retten und ist dabei selbst die Klippen hinabgestürzt«, wimmerte die Frau und krallte sich an Manons Oberarm fest.

»Dann ist er Ihr Sohn?«, fragte sie und spiegelte das Nicken der Mutter.

»Etienne!«, stieß die Frau hervor. »Er ist gerade siebzehn Jahre alt geworden«, sagte sie und nickte immer noch. »Er wird doch wieder gesund?«

Die Oberschwester übernahm den Rollstuhl und schob ihn in den Behandlungsraum. In der Zwischenzeit wies Manon den Eltern rasch und doch mit der nötigen Geduld eine Sitzbank am Ende des Flurs zu und beobachtete die beiden, wie sie sich gegenseitig stützten und schluchzend auf den weiteren Ablauf der Dinge warteten. Blieb zu hoffen, dass sie aus dieser Entfernung weder Einzelheiten der Behandlung noch mögliche Schreie mitbekamen.

Als Manon sich wieder auf den Weg zum Verletzten machen wollte, kamen ihr Annie und der Assistenzarzt Dr. Soulard entgegengeeilt. Ohne eine Miene zu verziehen, schritt der junge Arzt durch die Tür und gab Manon und der Lernschwester mit einem Wink zu verstehen, ihm zu folgen.

»Ich?«, fragte sie und schluckte schwer.

»Schwester Lucile ist beschäftigt, und Sie können doch gar nicht genug Blut sehen, hab ich recht?«

Diese Aufforderung fühlte sich für Manon an wie ein Ritterschlag. Noch nie zuvor hatte einer der Ärzte sie bei einem Notfall dabeihaben wollen.

»Ich komme schon«, hauchte sie, schloss die Tür hinter sich und tauchte ein in den kahlen Raum, der an weißen Kacheln und stechend scharfem Geruch nach Lysoform förmlich überquoll.

Dr. Soulard zwängte seine Hände in ein paar frisch ausgekochte Gummihandschuhe und besah sich den Patienten. Er tastete den Bauchraum ab, kontrollierte Puls und Blutdruck, zog Etiennes Augenlider hoch, um die Reaktion seiner Pupillen zu inspizieren, hob seine Beine an und winkelte die Knie ab. Bei jedem seiner Handgriffe und Berührungen wirkte er unsicher. Manon beobachtete jeden seiner Schritte und biss sich auf die Lippen. Wäre Tessier anwesend, er würde nicht die Ruhe verlieren. Er behielt stets den Überblick und gab konkrete, wenn auch strenge Anweisungen.

»Schwester Manon, Sie schneiden ihm die Kleider vom Leib und säubern die Haut großflächig, damit ich die Schnittwunden versorgen kann. Oberschwester, Sie bereiten eine Betäubung vor.«

Während Manon ihre Hände fachkundig reinigte, ging Georgia zum Medikamentenschrank und griff nach einem Fläschchen Äther und einem Tuch, das sie Etienne über Nase und Mund legte.

»Gleich spürst du nichts mehr, Junge!«, flüsterte sie und strich ihm vorsichtig über die Schulter.

»Außerdem brauche ich sterile Nadeln, Tupfer und Klemmen! Schwester Manon!« Dr. Soulards zitternde Stimme erweckte den Eindruck, dass er der anstehenden Behandlung nicht gewachsen sein könnte.

»Er ist schon so lange bewusstlos. Was, wenn er auf den Kopf gestürzt ist?«, meinte Manon besorgt, als sie dem Arzt das geforderte Material reichte.

Dr. Soulard schluckte schwer und blickte zwischen Manon und dem verletzten Kopf des jungen Mannes hin und her.

»Ist Dr. Tessier nicht anwesend?«, fragte Georgia, der die Unsicherheit des Assistenzarztes nicht entgangen war. »Eine Ohnmacht kann durchaus mehrere Stunden andauern. Ich habe bereits den Blutdruck kontrolliert, und zudem behalten wir seinen Puls sowie die Atmung im Auge. Solange alles stabil bleibt, deutet nichts auf eine Schädigung des Gehirns hin.«

Manon war erleichtert, dass Oberschwester Georgia die Anweisungen gab. Dr. Soulard schien für diese Rolle nicht bereit zu sein.

Georgia nickte dem Arzt zu und träufelte ein paar Tropfen Äther auf das Tuch.

»Warten Sie noch einen Augenblick, bevor Sie die erste Naht am Stumpf des Zeigefingers setzen«, wies die Oberschwester den Arzt an. Dieser seufzte erleichtert auf und nickte.

Manon starrte auf das weiße Tuch, das sich auf Etiennes Gesicht mit dem Äther vollsog. Bereits nach wenigen Atemzügen entspannte sich der geschundene Körper, die Atmung verlangsamte sich, und der verzerrte Zug um seine Augen lockerte sich.

»Die Narkose ist nur zur Sicherheit, falls er aus der Bewusstlosigkeit aufwacht. Wir wollen dem armen Kerl weitere Schmerzen ersparen«, erklärte die Oberschwester und schenkte Manon ein gütig warmes Lächeln.

»Du kannst einstweilen den Herzschlag kontrollieren, ja?«

Manon nickte und griff nach Etiennes Handgelenk. Unter ihren Fingerspitzen fühlte sie den aufgeregten Puls des jungen Mannes. Sanft strich sie über seinen Unterarm, um ihm in diesem kalten Raum ein wenig Geborgenheit zu spenden.

Sie blickte in die konzentrierten Gesichter von Oberschwester

Georgia und Dr. Soulard und war stolz, diesen Beruf erlernt zu haben. Heute hier zu stehen und alles zu tun, um diesem jungen Mann zu helfen, erfüllte und berührte sie zutiefst. Kein anderer Ort dieser Welt konnte ihr derart Flügel verleihen und sie beinahe schwebend auf ihr Leben herabblicken lassen.

»Was ist hier los?« Es war Tessier, der durch die Tür gestürmt kam und sich dem Behandlungstisch näherte. Manon wartete darauf, dass der Oberarzt den Assistenzarzt beiseiteschob, ihn wegdrückte, um bessere Sicht auf den Patienten zu haben. Die Ruhe, die den Raum noch eben erfüllt hatte, war verflogen und machte Platz für die dröhnende Präsenz Tessiers.

»Ich übernehme!«, sagte er laut und deutlich, griff nach einem Paar Gummihandschuhe und streifte sie gekonnt über. Dr. Soulard nickte und verschwand von der Bildfläche. Manon blickte zu Georgia, die kaum merklich den Kopf schüttelte und sich dann wieder Etienne zuwandte.

Tessier verschaffte sich einen kurzen Überblick über die Verletzungen und verzichtete dabei auf die Einweisung der Oberschwester. Dann griff er nach der Nadel und beugte sich tief über die blutüberströmte Hand.

Die Art, mit der Tessier die Wunden versorgte, beeindruckte Manon. Durch seine Finger floss so viel Sorgfalt, Ruhe und Geduld, dass sie sich fragte, ob das Bild, das sie sich von ihm geschaffen hatte, der Wahrheit entsprach. Vielleicht hatte sie ihm in manchen Gegebenheiten unrecht getan. Wie konnte ein Mensch, der sich mit solcher Hingabe um das Wohl eines anderen kümmerte, schlecht sein? Während sie auf die Nadel blickte, die Tessier präzise und beinahe rhythmisch durch die Haut stach, war sie versucht, ihm die Erniedrigungen der letzten Jahre zu verzeihen. Hatte nicht jeder eine zweite Chance verdient? Und war nicht gerade sie als Krankenschwester dazu angehalten, Menschen wertfrei zu betrachten?

»Das haben wir gut gemacht«, sagte Oberschwester Georgia, nachdem Tessier das Blut von der letzten Naht getupft hatte und sich seiner Gummihandschuhe entledigte. »Es ist schon spät, und die Patienten im Krankensaal schlafen bereits. Am besten, wir lassen ihn diese Nacht hier im Behandlungszimmer und verlegen ihn erst morgen. Die Nachtschwester wird seinen Zustand regelmäßig kontrollieren, und du sieh zu, dass du ins Bett kommst. Du siehst schrecklich aus!«

Nein, hätte Manon gerne entgegnet und vorgeschlagen, selbst die nächtliche Kontrolle zu übernehmen. Doch plötzlich machte sich eine fast lähmende Schwere in ihren Gliedern breit. Eine Schwere, die sie jeder Kraft beraubte und sie schier zu Boden drückte. Der Tag war unglaublich lang gewesen. Zu lang und zu ereignisreich.

Bestimmt hatte die Oberschwester recht, wenn sie ihr nahelegte, die Bettstatt aufzusuchen, um neue Energie zu schöpfen.

»Dr. Tessier!«, rief Manon dem Arzt hinterher, als dieser gerade im Begriff war, den Raum zu verlassen.

»Ja?«, erwiderte er müde, wandte sich zu ihr um, die Augenbrauen hochgezogen, die Arme vor der Brust verschränkt.

»Danke, dass ich dabei sein durfte.« Manon hielt ihren Blick offen und lächelte ihm dankbar nickend zu.

»Ich hatte ja wohl keine andere Wahl«, brummte er und wandte sich prompt von ihr ab.

Reglos blickte Manon dem Arzt hinterher, wie er hocherhobenen Hauptes durch die Tür schritt und der Kittel hinter ihm herflatterte.

»Der ändert sich nicht mehr«, meinte Oberschwester Georgia, während sie Etienne behutsam zudeckte und darauf achtete, keine seiner frischen Nähte zu berühren.

»Ich dachte nur …«, antwortete Manon leise.

Ja, was hatte sie sich eigentlich gedacht? Dass Tessiers Hingabe für seine Patienten auch seinen Charakter beeinflussen könnte? Dass er im Grunde ein guter Mensch war, der es vorzog, der Außenwelt ein Monster zu präsentieren?

In Wahrheit unterlag sein Wunsch, Kranken zu helfen, nur seinem unstillbaren Verlangen nach Anerkennung und Wertschätzung. Stets war ihm daran gelegen, dass alle zu ihm aufsahen. Und wer würde ihm noch Bewunderung schenken, wenn die Heilungschancen seiner Patienten rapide sank? Womöglich würde er seine Anstellung im Krankenhaus verlieren, dann hätte er kein Geld mehr zur Verfügung, um seinen opulenten Lebensstil beizubehalten, und was am schlimmsten wäre: Niemand würde ihn weiter ernst nehmen.

Nein, Tessier lag nicht an der Heilung seiner Patienten, sondern nur daran, sein Ansehen zu erhalten und auszuweiten.

Nach einem letzten Blick zu Etienne verließ auch Manon den Raum und machte sich auf den Weg in den Schwesterntrakt. Dort würde sie sich abduschen, um sich das Blut und die Last des Tages vom Körper zu waschen und sich dann sauber und erschöpft ins frisch gemachte Bett legen.

Als sie wenig später in ihr Zimmer ging, war sie zu müde, um sich wegen Tessier oder Léandre oder der geflüchteten Familie den Kopf zu zerbrechen. Ihr Körper verlangte einfach nach dem Bett, einer warmen Decke und Schlaf.

»Annie? Warum sitzt du hier im Finstern?«, fragte Manon. Ihre Freundin und Zimmerkollegin saß an der Bettkante, die Hände wie zum Gebet gefaltet und das Haupt andächtig gesenkt. Der Mond hing hell am Himmel und erleuchtete die kleine Kammer, so gut es ihm ein paar Tage nach Vollmond möglich war.

Ohne die Kerze zu entzünden, setzte Manon sich zu ihrer Freundin und lauschte ihrem Schweigen, in dem Traurigkeit mitschwang und Verzweiflung.

Was ist los?, hätte sie gerne gefragt, zog es aber vor zu warten.

Annies Umrisse zeichneten sich im Mondlicht ab. Ihre spitze Nase, ihre hohe Stirn, ihr krauses Haar, das sich nicht einmal von der Schwesternhaube bändigen ließ. Ihr Atem ging schwer und langsam, so als drücke eine unerträgliche Last auf ihre Brust.

Und während Manon der Stille Raum gab und sie zuließ, erlaubte sie sich, an nichts zu denken und einfach nur auf die Dielen zu starren, auf denen die Schatten der Bäume tanzten. Und je länger sie in die Stille lauschte, desto lauter wurde sie. Die Blätter der schlanken Hainbuche klopften ans Fenster, auf dem Flur tappten leise Schritte vorbei, und aus der Ferne hörte man den knatternden Motor eines Automobils. Geräusche, die sie sonst nie vernahm, weil es zu dröhnend war in ihr, weil es sie stets vorandrängte von einem Patienten zum nächsten oder durch unzählige Bücher, um ihren Wissensdrang zu stillen.

»Ich glaube, ich schaffe das nicht«, unterbrach Annie ihre Gedanken.

»Was?«, fragte Manon so leise, dass sie glaubte, ihre Stimme zerfiele in sich wie vertrocknetes Laub.

»Die Arbeit. Die viele Arbeit. Jeden Tag und jede Nacht. Kranke, Sterbende, Tote, trauernde Angehörige. Dann die Patienten, die glauben, mir an den Busen greifen zu dürfen, die Schwestern, die mich behandeln wie ein dummes Kind. Der Gestank von Fäkalien, Erbrochenem, Blut und Angst.« Annie vergrub ihr Gesicht in beiden Händen und schluchzte.

Manon rückte ein Stück näher an ihre Freundin heran und strich tröstend über ihren breiten Rücken.

Die Tatsache, dass Annie mit der Arbeit im Krankenhaus überfordert war, kam völlig überraschend. Bis eben war sie noch der Meinung gewesen, ihre Freundin ginge im Beruf der Krankenschwester ebenso auf wie sie selbst. War das nicht ihrer beider Lebensinhalt? Sich aufzuopfern für die Kranken? Sie zu begleiten, egal, ob nun auf dem Weg zur Heilung oder dem Tod?

»Vielleicht solltest du dir ein paar Tage freinehmen«, schlug Manon vor. »Oberschwester Georgia hat bestimmt Verständnis.«

»Es geht nicht nur um ein paar Tage.« Annie wischte sich ihre Nase am Ärmel ab und wandte sich ihr zu. »Ich spüre das schon länger.«

»Was? Was meinst du?«

»Dass ich nicht hierhergehöre.«

Manon schluckte schwer. »Aber wohin sonst? Das hier ist unser Zuhause.«

»Deines vielleicht …« Annie stand auf, öffnete die knarrende Schranktür und holte ihren Koffer hervor.

»Nein!«, rief Manon aus. »Du darfst mich nicht verlassen. Nicht jetzt. Nicht so schnell!« Manon stand auf und nahm ihrer Freundin den Reisekoffer ab.

»Es ist nicht nur die Arbeit im Krankenhaus, die mich von hier wegdrängt.«

»Was dann? Deine unerfüllte Liebe zu Tessier?«

Trotz der Dunkelheit konnte Manon sehen, dass Annie sie erschrocken und mit geweiteten Augen anstarrte.

»Nein!« Annie schüttelte vehement ihren Kopf. »Dr. Tessier, das war doch nur ein Traum, eine Schwärmerei.«

»War es das?«

Annie senkte ihr Haupt. »Ich möchte heiraten und eine Familie gründen.«

»Eine Familie gründen? Aber mit wem?«, fragte Manon und trat einen Schritt an ihre Freundin heran.

»Ja, das ist die große Frage. Wie soll man je einen Mann kennenlernen, wenn man Tag und Nacht zwischen den kalten und dicken Mauern des Krankenhauses zubringt? Das Leben findet da draußen statt.« Annie zeigte durch das Fenster hinter sich. »Wenn ich erst verheiratet bin, müsste ich meinen Beruf ohnehin aufgeben und mich um Mann, Haushalt und später auch Kinder kümmern.«

»Das ist es, wonach du dich sehnst? Einen Haushalt zu führen und für einen Mann zu kochen und zu putzen?«

»So sieht es die Gesellschaft nun mal vor für uns.«

»Die Gesellschaft interessiert mich nicht. Es ist mein Leben, und das werde ich nicht aufgeben, um mich einem Mann zu unterwerfen.« Manon fühlte tief in sich eine brodelnde Wut, die sich mit jedem ausgesprochenen Wort weiter ausbreitete und sie schließlich ausfüllte wie ein kochend heißer Schwall, der sie zu verbrennen drohte.

»Wenn uns die Wirtschaftskrise eines gezeigt hat, dann doch, dass wir Frauen sehr wohl unseren Beitrag leisten dürfen.«

Annie knetete verlegen ihre Hände. »Du übersiehst nur eines, Manon«, meinte Annie leise. »Du sprichst von deinen Wünschen, aber meine sehen nun einmal anders aus.«

Der Wind draußen war stärker geworden. Vielleicht trug er ein Sommergewitter heran. Die Äste bogen sich wie Gespenster und klopften aufgeregt gegen das Fenster.

»Wir Frauen dürfen höhere Ziele haben, als Kinder zu gebären, findest du nicht?«

»Aber was, wenn ich genau das möchte?« Annie kam Manon ganz nahe. Ihr Atem roch nach den Karamellbonbons, die sie so gerne naschte. »Wahrscheinlich denkst du jetzt, dass ich dich im Stich lasse, aber das stimmt nicht, glaub mir. Ich gehe nur meinen Weg.« Mit ihrer Linken strich Annie über Manons Wange. Ganz sanft und beinahe zärtlich. Ihre Finger waren warm und weich, und doch schmerzte diese Berührung.

Manon brannten unzählige Fragen auf der Zunge. Warum ausgerechnet jetzt? Warum hat sie ihre Pläne so lange vor ihr verschwiegen? Wo würde sie hingehen? Würden sie einander wiedersehen?

»Hier, dein Koffer«, flüsterte sie kaum hörbar und reichte ihn ihr.

Dankbar über die Dunkelheit, ließ Manon ihren Tränen freien Lauf. Was wird sie tun, ohne ihre Freundin, mit der sie täglich Freude und Leid geteilt hatte? Waren sie überhaupt Freundinnen, wenn sie nicht einmal erkannt hatte, wie es um Annies Seelenheil bestellt war?

Die Traurigkeit, die sie erfüllte, färbte ihr Innerstes tiefschwarz.

Müde setzte Manon sich auf ihr Bett und sah zu, wie ihre Freundin den Koffer packte, um für immer aus ihrem Leben zu verschwinden.

Die Frage drängte sich ihr auf, wer denn nun recht hatte: ihre Mutter, Estelle und Annie, oder sie selbst, die mit aller Kraft daran festhielt, ihr Leben unabhängig von einem Mann gestalten zu wollen.

»Ich werde mit dem Zug nach Marseille fahren, wo eine Tante an der Küste ein kleines Hotel betreibt. Dort werde ich ihr ein wenig zur Hand gehen, und als Gegenleistung erhalte ich Kost und Logis.« Annie bückte sich, um nach der Wäsche in der untersten Schublade zu greifen. »Und wer weiß, vielleicht findet sich unter den Sommerfrischlern genau der Mann, mit dem ich meine Zukunft gestalten werde«, meinte Annie kichernd wie ein Mädchen.

»Ich wünsche es dir von Herzen«, erwiderte Manon und meinte es so.

»Und du kannst mich jederzeit besuchen, oder mir schreiben! Oder du schleichst dich in das Arbeitszimmer des ärztlichen Direktors und benutzt sein Telefon.« Annie wirkte völlig verändert. Der Gedanke an ihr neues Leben, weit weg vom Krankenhausalltag, schien sie regelrecht zu beflügeln. Sie zündete eine Kerze an, ging zu Manon und griff nach ihren Händen.

»Jetzt, da ich es dir gesagt habe, geht es mir viel besser. Es war mir eine Last, ein Geheimnis vor dir zu haben. Tut mir leid, dass ich dich so lange nicht eingeweiht habe.« Annie beugte sich über

Manon und küsste sie sanft auf die Stirn. Dieser Abschiedskuss war so innig, so zärtlich, dass Manon sicher war, den Rest ihrer Tage Annies warme Lippen auf ihrer Haut zu spüren.

Das Haupt gesenkt, blickte Manon zum Fenster, in dem sich das Licht der Flamme spiegelte. Mit ihren Fingerkuppen griff sie an ihre Stirn, so als suchte sie nach Spuren, die Annies Kuss hinterlassen hatte. Doch Manon wusste es besser: Annies Spuren zeichneten sich in ihrem Herzen ab, nicht auf der Haut.

»Pass auf dich auf, meine liebste Freundin!«, sagte Manon und drückte sich kurz, aber fest an Annies rundlichen Körper.

Diese nickte und lächelte ihr wehmütig zu. Dann griff sie nach ihrem Koffer und verschwand. Sie verließ einfach den Raum, den sie sich so lange Zeit miteinander geteilt hatten. Manon starrte auf den offenen Schrank, in dem einer der Holzkleiderbügel leicht hin- und herschwang und einmal mehr an die zurückgebliebene Leere erinnerte.

Ohne sich ihrer Kleider zu entledigen, legte Manon sich erschöpft auf ihr Bett und schloss die Augen. Nach allem, was an diesem Tag passiert war, wünschte sie sich einen tiefen und traumlosen Schlaf. Einen Schlaf, in dem ihr weder Léandre, die deutsche Familie, Etienne oder Annie begegneten. Und noch während sie darüber grübelte, entriss ihr die Müdigkeit sämtliche Gedanken, drückte sie tiefer in ihr Kissen und ließ sie jede Anspannung für eine Weile vergessen.

Kapitel 12

ESTELLE

Grasse, September 1936.

Estelle betrachtete sich im bodentiefen Spiegel des Friseursalons. Zufrieden tupfte sie an ihre frisch gelegten kinnlangen Locken und fühlte sich ein Stück weit befreit, nachdem sie sich das lange Haar hatte abschneiden lassen. Sie hatte ihre altbackenen Hochsteckfrisuren satt und wollte modern aussehen – nun, da sie jeden Tag Rémis Antrag erwartete und somit eine angehende Arztgattin war.

Irrte sie sich, oder sah sie mit dem neuen Haarschnitt ihrer Schwester ähnlich? Bislang war sie der Meinung gewesen, mit niemandem unterschiedlicher zu sein als mit ihr, aber nun erweckte das Spiegelbild den Eindruck, als sähe sie sich aus Manons Augen an.

Ein kleines Lächeln umspielte Estelles Lippen, als sie feststellte, dass sie sich hübsch fand. Warum nur hatte sie bislang in dem Glauben gelebt, die hässliche Schwester zu sein?

Zufrieden lehnte sie sich in den kantigen Friseurstuhl zurück und ließ sich von der Friseuse mit ihren von Pomade glänzenden Fingerspitzen den letzten Schliff verpassen. Gekonnt zog diese ein paar Strähnen aus der Frisur und legte sie spielerisch in die Stirn.

»Vielleicht noch ein wenig passenden Lippenstift und Rouge?«, fragte die grazile, üppig geschminkte Frau im weißen Kittel, aus dessen Taschen die Griffe von Scheren und Bürsten lugten.

»Warum nicht«, antwortete Estelle und konnte es kaum erwarten, Rémi vom Krankenhaus abzuholen und mit ihm in den frisch renovierten Gewölben des *La Truffière* essen zu gehen. Was er wohl zu ihrer neuen Frisur sagen würde?

Als sie wenig später den Salon verließ und sich über die Avenue Georges Pompidou auf den Weg zum *Hôpital de Vincent* machte, hatte sie das Gefühl, mehr Blicke auf sich zu ziehen als sonst. Zufrieden betrachtete sie sich in den Schaufenstern der Geschäfte und hatte dabei den Eindruck, größer zu sein als noch heute Vormittag. Was ein neuer Haarschnitt, ein dunkelroter Lippenstift und die Aussicht auf ein Rendezvous mit dem Liebsten nicht alles zu ändern vermochte.

Estelle strich über den schwarzen Gürtel, der ihr moosgrünes Kleid in der Taille raffte, und blickte hinab auf ihre blank polierten Sandaletten, aus denen knallrot lackierte Fußnägel blitzten. Mit einem verschmitzten Lächeln dachte sie an das neue Spitzenmieder, mit dem sie Rémi überraschen wollte. Alles sollte perfekt sein. Denn nur wenn alles perfekt war, würde er ihr endlich einen Antrag machen. Sie legte den Kopf in den Nacken und lächelte der Sonne entgegen.

»Bonjour, Mademoiselle!«

Eine Stimme riss sie aus ihren Gedanken, holte sie aus ihrer erträumten Liebesnacht mit Rémi zurück in die belebten Straßen von Grasse. Nur widerwillig löste Estelle sich von ihrer Fantasie, in der Rémi ihr den Verlobungsring ansteckte, und blickte zu ihrer Linken in ein ihr völlig fremdes Gesicht.

»Bonjour!«, erwiderte sie knapp und musterte ihr Gegenüber kritisch.

Der Mann war so groß, dass sie ihr Kinn leicht anheben musste, um ihm in seine klaren Augen zu blicken. Auf dem Kopf trug er eine karierte Baskenmütze, die er salopp seitlich in die Stirn gezogen hatte. Unter der Mütze lugten Strähnen seines walnussbraunen Haars hervor. Auf seinen Schnauzbart schien er großen Wert zu legen – er wirkte frisch getrimmt, und beide Enden waren mit Bartwichse aufgezwirbelt und unterstrichen seine freundliche Miene.

»Oh, so schlecht gelaunt?«, meinte der Fremde und kam Estelle so nahe, dass sein herber Geruch nach Sandelholz sie umfing wie eine innige Umarmung. Ihr war danach, die Augen zu schließen und seinen Duft noch tiefer zu inhalieren, sich in seiner Halsbeuge zu vergraben, um zu erforschen, wonach seine Haut roch.

Erschrocken über ihre eigenen Gedanken, wich sie einen Schritt zurück und ließ ihren Blick über sein himmelblaues Hemd wandern, dessen offener Knopf einen Blick auf seinen Hals bot. An seinen Händen trug er Ringe – breit und aus Gold. Die Farben unter seinen Fingernägeln ließen darauf schließen, dass er Maler war. Ein Künstler? Estelle erlaubte sich, ihr Gegenüber aus einem anderen Blickwinkel zu betrachten.

Ja, eindeutig, er musste Künstler sein. Die Falten um seine Augen erzählten von einem sorgenfreien und unbeschwerten Leben, das von Lachen geprägt war. Er wirkte wie ein Mann, der sich keinen gesellschaftlichen Zwängen unterwarf oder Rücksicht nahm auf die Meinung anderer. Ja, er wirkte frei. Und ausgerechnet diese Freiheit, die sie an Manon so verabscheute, fand sie an dem Fremden anziehend.

»Ich bin nicht schlecht gelaunt. Nicht im Mindesten!« Estelle lächelte, und als er ihr tief in die Augen blickte, hatte sie ein Gefühl von Rosen im Bauch. Duftig, leicht, zart, einmalig. Eben so wie ihre Lieblingsblumen. Oder waren es die Lieblingsblumen ihrer Mutter und sie hatte einfach nur darauf verzichtet, die schönste Blume für sich allein zu küren?

»Dann darf ich Sie ein Stück begleiten?«, fragte er und bot Estelle seinen Arm an.

Mit einer Hand griff sie an ihre Wange, die sich plötzlich unangenehm heiß anfühlte. *Ja,* hätte sie gerne und sofort geantwortet. Warum auch nicht? Es war ein wunderschöner Nachmittag im September, die Temperaturen waren erträglich, Rémi würde sie erst in einer Stunde erwarten, und sie war bei bester Laune.

»Wir kennen einander überhaupt nicht«, antwortete Estelle, von ihrer guten Erziehung geleitet.

»Oh!«, meinte der Fremde, zog die Augenbrauen so hoch, dass sie sich beinahe unter seiner Baskenmütze verkrochen, und streckte ihr seine rechte Hand entgegen. »Mathis Lebrun ist mein Name! Ich bin Künstler, lebe in Paris und bin für ein paar Tage hier zu Besuch.«

Ha! Innerlich triumphierte Estelle, weil ihre Menschenkenntnis sie nicht getrogen hatte.

»Künstler?«, fragte sie gespielt überrascht. »Welche Art Kunst malen Sie denn?«

»Das würde ich Ihnen sofort erzählen, aber leider kennen wir einander nicht.« Sein Lächeln war verschmitzt und saß so schräg wie seine Mütze.

Estelle kam nicht umhin, Mathis' offene Miene zu erwidern und nach der angebotenen Hand zu greifen.

»Estelle Linville. Keine Künstlerin, keine Besucherin, nur auf der Suche nach einem passenden Parfum für einen Abend zu zweit.« Estelle war überrascht über sich selbst. Hatte sie eben mit Mathis Lebrun geflirtet und sich an einem Witz versucht? Wenn sie dem herzlichen Lachen ihres Gegenübers Glauben schenken durfte, war er ihr sogar gelungen.

»Wenn Sie sich meine Nase ausleihen möchten? Die ist vorzüglich, was den perfekten Duft für eine hübsche Frau betrifft.« Er tippte mit dem Finger gegen seine gespielt aufgeblähten Nasenflügel.

»Die Nase eines Pariser Künstlers als Leihgabe. Was für ein kolossales Angebot«, sagte Estelle und hakte sich bei Mathis unter.

Es war ein seltsames Gefühl, Seite an Seite mit diesem völlig fremden Mann durch die Straßen zu schlendern. Er erzählte von

Paris, schilderte ihr bis ins Detail den Jardin de Luxembourg und die grottenförmige Brunnenanlage des Fontaine Médicis, die für ihn der romantischste Ort der Welt war.

»Acis und Galathea, aus weißem Marmor geformt, liegen einander in den Armen, zu ihren Füßen plätschert das Wasser über die Kaskaden hinab zum Becken. Ihre Liebe ergießt sich wortwörtlich.«

Estelle blickte fasziniert zu Mathis. Jedes seiner gesprochenen Worte strahlte regelrecht durch ihn hindurch. Er erzählte vom Künstlerviertel Montmartre mit seinem Place Émile Goudeau, unter dessen Bäumen Picasso seine Muse kennengelernt hatte und der an den Wochenenden von den Klängen eines Akkordeons erfüllt war. Und er erzählte vom Friedhof Père Lachaise mit seinen Haussmann-Gruften, den gotischen Gräbern und antiken Mausoleen.

»Der Tod ist dort greifbarer als auf anderen Friedhöfen«, sagte er. »Aber auch das Leben schwingt in den Blättern der Pappeln und Espen, die ihre Schatten auf die Gräber werfen.«

Estelle schloss die Augen und ließ sich von Mathis ins ferne Paris entführen – leichtfüßig, beflügelt und für den Moment unsagbar glücklich.

Arm in Arm schlenderten sie durch die Straßen, als würden sie einander schon ewig kennen.

Als sie sich der Abzweigung zum Krankenhaus näherten, verlangsamte Estelle ihre Schritte. Ihr wurde bewusst, dass sie den Abend nicht in Gesellschaft des charmanten Mathis verbringen würde. Nein, es war Rémi, der ihr gegenübersitzen würde und sie mit Geschichten über seine Heldentaten aus dem Alltag als Oberarzt langweilen würde.

»Wie schade, dass sich unsere Wege schon trennen«, sagte Mathis.

»Ach, ich kann mir vorstellen, dass Sie bereits in wenigen Minuten die nächste Dame ansprechen, sie mit Ihrem Charme umgarnen und den Tag mit ihr verbringen. Und vielleicht auch die Nacht.« Estelle biss sich auf die Unterlippe. Die Vorstellung, dass Mathis Lebrun sich einer anderen näherte, mit ihr lachte und ihr den Arm anbot, kränkte sie. Dabei war sie es, die sich in wenigen Minuten mit einem anderen treffen würde. Sie war ungerecht, das erkannte sie am starren Blick des Künstlers. Sie hätte besser geschwiegen – wie so oft.

»Sie haben recht, Mademoiselle.«

Diese Aufrichtigkeit schockierte Estelle.

»Wären wir in Paris, hätte ich bereits mein nächstes *Opfer* im Visier. In Paris lebe ich davon, offen auf Menschen zuzugehen, sie zum Lachen zu bringen, damit sie mich vielleicht ein Stück weit mögen, mir ihr Gesicht anvertrauen für ein Porträt und anschließend nicht an Trinkgeld sparen. Dir würde Paris gefallen.«

»Dir?«, unterbrach sie Mathis und fühlte sich geschmeichelt.

»Ja, *dir!*«, wiederholte er und lächelte verschmitzt. »Dort sind die Gassen voller Musik und Gesang – auch wenn weit und breit kein Instrument oder Sänger zugegen ist. Paris schwingt in seinem eigenen Rhythmus, es vibriert geradezu, und wenn du es zulässt und dich öffnest, dann verschmilzt du mit der Stadt, saugst dich an ihr voll und sie sich an dir.«

Estelle lachte, auch wenn sie nicht genau wusste, was Mathis meinte.

»Das klingt schön, aber leider muss ich jetzt los.« Mit ihrer Tasche zeigte sie auf das *Hôpital de Vincent* hinter sich. »Ich werde erwartet.«

»Das kann ich mir vorstellen.« Mathis griff nach ihrer Hand und hauchte ihr einen Kuss auf den Handrücken. »Auf dich würde ich auch warten.« Sein Bart kratzte über ihre Haut, nur ganz leicht, es war mehr ein sanftes Kitzeln, das über ihren Arm hochwanderte, bis in ihren Kopf, wo es für Verwirrung und Aufregung sorgte.

»Auf Wiedersehen, Mathis Lebrun«, flüsterte Estelle und riss sich schweren Herzens von ihm los.

Noch während sie die Straße entlangspazierte, fühlte sie seine Blicke in ihrem Nacken. Ihr Verstand zwang sie dazu, stur weiterzugehen, sich nicht umzudrehen, ihr Herz aber flehte geradezu, einen letzten Blick auf den charmanten Mathis zu werfen, der sie für eine Weile aus ihrem vorgestanzten Leben gerissen hatte.

Estelle war froh, dass Rémi bereits vor dem Eingang des Krankenhauses auf sie wartete, ihr zuwinkte und ihr entgegenkam. Er drückte ihr zur Begrüßung einen Kuss auf die Wange und legte seinen Arm um ihre Taille, während er sie in die gewünschte Richtung schob. Estelle versuchte zu verdrängen, wie anders sich der Spaziergang mit Mathis angefühlt hatte, so leicht, so selbstverständlich, so gemeinsam. Und sie versuchte, darüber hinwegzusehen, dass Rémi ihre neue Frisur nicht bemerkt hatte. Dafür war er einfach zu beschäftigt, sagte sie sich, in Gedanken immer bei seinen Patienten. Sie durfte sich glücklich schätzen, dass er sich nach seinem anstrengenden Dienst die Zeit nahm, um sie fein zum Essen auszuführen.

»Hier ist es wirklich schön!«, sagte Estelle, nippte an ihrem Weinglas und ließ ihren Blick über die frisch verputzten Gewölbe streifen und über die Wände, an denen von unzähligen Kerzenhaltern flackernde Flammen den Raum dezent erhellten. Die Tische waren liebevoll eingedeckt, die Servietten zu Schwänen gefaltet.

»Romantisch, nicht wahr?«, fügte Estelle hinzu, um das Gespräch in Gang zu halten.

»Schön, wenn es dir gefällt.« Er griff über den Tisch, an den Weingläsern und Servietten vorbei und fasste ihre Hand. Wieder dachte sie an Mathis und das Prickeln, das sein Handkuss in ihr ausgelöst hatte. Sie versuchte, den Gedanken an den Straßenkünstler zu verdrängen.

Straßenkünstler! Dieses Wort wiederholte sie mehrmals laut, dröhnend und abwertend in ihrem Kopf. Der Spaziergang mit ihm mag schön gewesen sein, aber sie gehörte an die Seite des Oberarztes. Hatte sie nicht ein Leben lang auf diese Zukunft gebaut? Und nun würde sie nicht so dumm sein, um sich von einer einzigen Begegnung mit einem Baskenmütze tragenden, verschmitzt lächelnden, dahergelaufenen Künstler ihre Zukunftsträume verwässern zu lassen.

Angestrengt erwiderte sie Rémis Lächeln und rieb sich dabei über den Hals, spielte mit ihrer Goldkette und griff immer wieder nach ihrem Weinglas. Anfangs nippte sie nur, trank in kleinen Schlucken, doch je mehr der Abend sie langweilte, desto öfter ließ sie sich vom Kellner nachschenken, bis ihre Gedanken schließlich von einem dichten Nebel verklärt wurden und das Beisammensein mit Rémi weniger Sinn ergab denn je.

Am nächsten Morgen erwachte sie in Rémis Bett. Sie brauchte eine Weile, um sich zurechtzufinden. Ihr Mund war ausgetrocknet, und ihr Magen fühlte sich an wie ein dicker Stein, den ihr Körper abzustoßen versuchte. Die Zimmerdecke über ihr drehte sich so schnell, dass Estelle ihre Augen wieder schloss und sich für die große Menge Wein am Vorabend verfluchte.

»Rémi?«, krächzte sie durch die Wohnung, ohne sich zu bewegen. Nichts. Gegen den hämmernden Kopfschmerz ankämpfend, öffnete sie vorsichtig die Augen und blickte zu ihrer Rechten. Seine Bettseite war verknittert, aber leer. Vermutlich war er schon längst im Krankenhaus – wie immer. Sie würde nicht auf ihn warten, sondern sich schnellstmöglich auf den Heimweg machen. Mutter würde ohnehin toben, weil sie die ganze Nacht ausgeblieben war. Gewiss war es an der Zeit, ihr von Rémi zu erzählen. Am besten noch heute.

Sie stand auf, versuchte, den Schwindel, der sie überkam, zu ignorieren, schlüpfte in ihre Strümpfe und ihr Kleid, an dem noch der Geruch von Zigarettenqualm hing, ging ins Bad, um die Frisur notdürftig zu retten. Zu Hause würde sie ein kühles Bad nehmen, die letzte Nacht von sich abwaschen und solcherart erfrischt den Tag irgendwie überstehen.

Als sie wenig später Rémis Wohnung verließ, schirmte sie den grellen Sonnenschein von ihren Augen ab und machte sich auf den Weg zu ihrem Wagen, den sie einige Straßen weiter vor dem Frisiersalon geparkt hatte. Gesenkten Hauptes und raschen Schrittes eilte sie über den Asphalt, wollte von niemandem erkannt werden und niemanden grüßen müssen. Und noch während sie ihr Cabriolet startete, überlegte sie, ob sie zum Krankenhaus fahren sollte, um sich bei Rémi für ihr Verhalten zu entschuldigen. Angestrengt dachte sie nach, versuchte, die Lücken der vergangenen Nacht zu schließen. Doch weder konnte sie sich daran erinnern, das *La Truffière* verlassen zu haben, noch daran, in Rémis Wohnung gegangen zu sein. Mit festem Druck rieb sie sich die Schläfe und kämpfte gegen einen erneuten Schwall an Übelkeit an. Nein, unter keinen Umständen wollte sie Rémi unter die Augen treten. Schon gar nicht in ihrem Zustand. Er würde sich schämen, wenn sie ihn in diesem Aufzug im Krankenhaus vor Kollegen und Krankenschwestern blamierte. Was hatte sie sich nur dabei gedacht, sich derart zu betrinken? Alles nur, weil dieser Mathis ihr den Kopf verdreht hatte? Was für ein Glück, dass er bereits wieder aus ihrem Leben verschwunden war. Oder war es etwa kein Glück? Estelle blickte auf ihre Hände, die sich fest um das Lenkrad legten, als wollten sie damit verwachsen, und lauschte ihrem Herzschlag, der hämmernd und viel zu schnell in ihrer Brust raste. Tränen perlten über ihre Wangen, heiß und unvermittelt. Warum nur erschien das Leben der anderen immer einfacher als ihr eigenes? Für Manon zum Beispiel schien sich das Schicksal stets zu fügen wie eine geschmeidige Perlenkette. Und Rémis berufliche Laufbahn legte sich ihm geradezu zu Füßen. Wann war endlich sie an der Reihe, um sich aus ihrem Kokon zu befreien und die bunten Flügel zu spreizen, um das Leben auszukosten wie eine gefüllte Schale Honig?

Heftiges Klopfen an der Scheibe riss sie aus ihren Gedanken.

»Mathis?« Estelles Stimme überschlug sich. Rasch kurbelte sie das Fenster nach unten und hoffte, dass ihr Atem nicht allzu stark nach Alkohol roch und ihre geröteten Augen sich etwas beruhigt hatten.

»Bonjour, meine hübsche Estelle«, sagte er und beugte sich zu ihr hinab. Schweigend musterte er ihr Kleid, das er bereits am Vorabend an ihr gesehen hatte.

»Du siehst … müde aus. Hast du nicht gut geschlafen?«

»Vor allem habe ich gestern zu viel getrunken«, gab sie zu. Warum aus etwas ein Geheimnis machen, das sich ohnehin unverhohlen offen darlegte?

Mathis zog belustigt eine Augenbraue hoch, schwieg aber. Estelle wünschte sich in diesem Moment nichts mehr, als seine Gedanken lesen zu können.

»Wenn du mich entschuldigst, ich muss dann los«, sagte sie. Ja, sie musste weg. Weit weg von diesem Mann, der ihren Herzschlag rumoren ließ wie ein defektes Uhrwerk. Ihr Platz war bei Rémi. Ihre Zukunft war bei Rémi. Ihre Mutter erwartete einen Schwiegersohn wie Rémi. Nichts, absolut gar nichts sprach dafür, weitere Zeit mit einem Straßenkünstler zu verschwenden.

»Du musst los? Hoffentlich keine wichtige Verabredung, du siehst nämlich ein klein wenig angeschlagen aus.« Sein Lachen klang offenherzig, und Estelle hasste sich dafür, dass sie sich davon anstecken ließ.

»Wenn du wieder nüchtern bist, könnten wir uns heute Abend auf ein Gläschen Wein treffen? Ich könnte dir Paris schmackhaft machen, damit du mit mir durchbrennst.«

Estelle blickte in seine klaren Augen und fragte sich, ob Mathis jemals ernst sein konnte.

»Kein Wein für mich«, wehrte sie ab und schüttelte angewidert den Kopf.

»Oh, ich kenne ein Lokal, gleich um die Ecke, da gibt es vorzügliches Wasser.«

Wieder musste sie lachen. Verstohlen strich sie ihr Haar hinter das Ohr. Noch nie zuvor hatte ein Mann sie derart zu umgarnen versucht. Warum konnte Rémi nicht ein klein wenig so sein wie Mathis Lebrun? In Gedanken stellte Estelle sich vor, wie es sein müsste, wenn der Oberarzt über den Charme des Straßenkünstlers verfügte.

»Es tut mir leid. Ich werde es heute nicht schaffen.«

»Aber morgen bestimmt, nicht wahr?« Mathis schob sich mit einer Hand verunsichert seine Baskenmütze zurecht. Es schien ihm tatsächlich daran zu liegen, dass Estelle zusagte.

»Nein, tut mir leid«, überwand sie sich und griff wieder nach dem Lenkrad, um endlich dieser verworrenen Situation zu entkommen. Sie wusste jetzt schon, dass sie sich den restlichen Tag und vermutlich auch den nächsten und übernächsten dafür hassen würde, Mathis' Einladung abgelehnt zu haben. Und doch gab es keinen anderen Weg. Sie war ihrem Ziel zu nahe, um sich derart leichtfertig alles zu zerstören.

Ohne Mathis eines weiteren Blickes zu würdigen, stieg sie aufs Gaspedal und fuhr los.

Sie brauchte nicht in den Rückspiegel zu sehen, um zu wissen, dass Mathis wie ein kleiner Junge auf der Straße stand und ihr verloren nachblickte. Mit aller Kraft biss sie sich auf die Unterlippe und trat so fest aufs Gaspedal, dass der Motor aufheulte. Sie wollte nur noch nach Hause in ihr Zimmer und sich dort vor der Welt verschließen, in der sie sich gezwungen sah, das Drängen ihres Herzens zu ignorieren.

Kapitel 13

MANON

Grasse, September 1936.

Linville, was sagst du zum Heilungsprozess der Schnittwunden?« Tessier legte eine Hand an sein Kinn und forderte sie mit seinem Blick heraus. Um sich nicht verunsichern zu lassen, wandte sie sich vom Oberarzt ab und schlug die Verbände um Etiennes Verletzungen zurück. Die meisten verheilten gut und erlaubten es vermutlich, in wenigen Tagen die Nähte zu entfernen. Der Schnitt am Oberschenkel allerdings war gerötet, und als Manon ihre Hand auf das umliegende Gewebe legte, zuckte Etienne erschrocken zurück.

»Herrgott, Linville! Willst du den armen Mann umbringen?« Tessier griff erbost nach Manons Hand und zog sie vom Patienten weg. »Was der Sturz vom Berg nicht geschafft hat, schafft womöglich unsere kleine Lernschwester.«

Ich bin keine Lernschwester mehr, hätte sie gerne gesagt. Aber wozu? Tessier wusste es, Oberschwester Georgia wusste es, und die anderen Schwestern, die der Visite beiwohnten, wussten es auch. Alles, was er wollte, war, sie zu provozieren, aber diesen Gefallen würde sie ihm nicht gönnen. Traurig blickte sie über ihre Schulter und sah auf den Platz, an dem bis vor ein paar Tagen Annie gestanden hatte und ihr in Situationen wie diesen ein bekräftigendes Augenrollen geschickt hatte. Stets hatte Annie ihr den Rücken gestärkt und ihr beigepflichtet, wenn es Ärger gegeben hatte. Hatte sie die Freundschaft womöglich zu wenig honoriert? Sie als zu selbstverständlich hingenommen? War das mit ein Grund gewesen, weshalb Annie den Dienst im Krankenhaus quittiert hatte?

Manon vermisste sie. Seitdem ihre Freundin weg war, fehlte das Lachen, das gemeinsame Zetern, der gegenseitige Zuspruch oder die Umarmung nach einem anstrengenden Tag. Bislang war Annies Bett leer geblieben, aber gewiss würde sich bald eine Nachfolgerin um die Stellung bewerben. Hoffentlich keine Ordensschwester, grübelte Manon und schämte sich sofort für den Gedanken. Ein Großteil der Schwestern im *Hôpital de Vincent* gehörten dem Orden an. Nur die wenigsten weltlichen Frauen konnten auf Dauer einem so zeitraubenden und anstrengenden Beruf nachgehen. Schon gar nicht, wenn sie den Wunsch nach einer eigenen Familie hegten, wie Annie.

»Tja, diese Wunde braucht ein wenig Unterstützung.« Tessier tastete vorsichtig über die gerötete und überwärmte Haut. Sofort quoll Wundflüssigkeit aus der angeschwollenen Schnittstelle.

»Linville, was sagst du dazu?«

Manchmal war Manon nicht sicher, ob er sich mit seinen Fragen an sie wandte, weil sie stets die richtigen Antworten hatte, oder er hoffte, sie ein weiteres Mal bloßstellen zu können.

»Die Naht eröffnen, spülen und wieder schließen?«, schlug Manon fragend vor.

»Ah, das ist ein guter Ansatz, aber mir scheint, unsere Linville übersieht da etwas Signifikantes.«

Manon blickte in die Runde der anwesenden Schwestern. Lucile kicherte schadenfroh, Schwester Adaliz hingegen wandte sich angewidert ab und legte eine Hand auf ihr blasses Gesicht.

»Madentherapie?«, fragte Manon vorsichtig und fasziniert zugleich.

»Oh Gott!«, schluchzte Schwester Adaliz und stürmte aus dem Krankensaal.

»Ist noch jemand zartbesaitet, oder können wir jetzt offen über die Rettung des Patienten reden?« Tessier blickte in die Runde und wandte sich dann an Oberschwester Georgia.

»Sie kümmern sich um die Beschaffung steriler Fliegenmaden. Wir brauchen sie noch heute.«

Die Oberschwester nickte und machte sich auf den Weg.

»Für die Neulinge in dieser Runde«, setzte Tessier an. »In der Madentherapie machen wir uns der bakteriziden und der die Wundheilung fördernden Wirkung der Larven zunutze. Für eine daumengroße Wunde wie diese benötigen wir etwa zwanzig Stück. In drei bis fünf Tagen sollte eine signifikante Verbesserung sichtbar sein. Dann erst entnehmen wir die Maden und schließen die Wunde erneut. Noch Fragen?«

Lernschwester Joseline hob schüchtern ihren Arm. Tessier blickte beinahe angewidert in ihr pockennarbiges Gesicht und verließ den Krankensaal, ohne sich die Frage überhaupt angehört zu haben.

»Er ist schrecklich. Zu allen. Mach dir nichts draus«, flüsterte Manon Joseline zu. »Wenn du etwas lernen willst, dann komm nach Dienstschluss in mein Zimmer. Ich habe jede Menge Fachlektüre, die uns sämtliche Fragen besser beantwortet als dieser arrogante Kerl.«

»Und du mach dir keine Sorgen«, sagte sie zu Etienne. »Dr. Tessier weiß sehr genau, was er tut. Schon heute Nachmittag werden wir mit der Therapie beginnen.«

»Wird das wehtun?«, fragte Etienne mit zittriger Stimme.

»Im Gegenteil. Sobald die Entzündung abheilt, werden die Schmerzen erträglicher, und dann bist du schneller wieder draußen, als du dir vorstellen kannst.«

Nachdem sie Etienne die Kissen aufgeschüttelt und ihm frischen Tee gebracht hatte, machte sie sich auf den Weg in die Küche, wo sie helfen wollte, das Mittagessen für die Patienten zu portionieren. Früher hatte Annie sich täglich für diese Arbeit gemeldet, aber nun, da sie fehlte, teilten die verbliebenen Schwestern solche Tätigkeiten unter sich auf.

Rasch huschte sie durch den langen Flur, der hinüber in Küche und Wäscherei führte. Hier war es angenehm kühl, und bei den Gerüchen, die ihr entgegenschlugen, lief ihr das Wasser im Mund zusammen. Seit Annie nicht mehr hier war, erinnerte sie niemand daran, regelmäßig Mahlzeiten zu sich zu nehmen. Annie fehlte. Immer und überall. Wenn sie Zeit hatte, würde sie ihr noch heute einen Brief schreiben und ihn an das kleine Hotel ihrer Tante an der Küste bei Marseille schicken. Kurz hielt Manon inne und blickte aus dem Fenster, vor dem sich der Innenhof großzügig ausbreitete. Die letzten Rosenblüten reckten ihre Köpfe der Sonne entgegen, im Springbrunnen plätscherte Wasser aus der marmornen Karaffe der Engelsstatue. Eine der Ordensschwestern hatte auf einer Parkbank Platz genommen und schien tief in sich gekehrt.

Manon dachte an Annie und sah sie förmlich vor sich, wie sie durch das Hotel wieselte, von einem Zimmer zum nächsten, einen Staubwedel in der Hand und ein Lächeln auf den Lippen. Gerade in diesem Moment war Manon danach, die Tasche zu packen und mit Vaters Wagen nach Marseille zu fahren. Sie brauchte eine Umarmung ihrer Freundin, wenn sie Tessiers Verschlagenheit weiter aushalten wollte.

»Lernschwester!«, zitierte sie ihn abschätzig und lachte verärgert auf. Wie sollte sie in diesem Krankenhaus je über sich hinauswachsen, wenn ihrem Vorgesetzten nur daran lag, sie kleinzuhalten?

»Manon!«, flüsterte eine Stimme. Blitzartig wandte sie sich um und sah Léandre, der hinter einer der Säulen hervorlugte.

»Was machst du hier?«, fragte sie und ging zu ihm.

»Schscht!« Er legte einen Finger an die Lippen und sah sie eindringlich an.

»Was machst du hier?«, wiederholte sie ihre Frage leise.

»Ich brauche deine Hilfe!«

»Meine?«

»Kannst du hier weg?«

»Nein!« Ihre Stimme überschlug sich und hallte zwischen den Säulen und dem kühlen Steinboden wider. »Ich hab erst nächsten Mittwoch wieder einen halben Tag frei.«

»Das ist zu spät.« Leándre schüttelte energisch den Kopf. »Du musst jetzt mit mir kommen.«

»Du verstehst nicht!«

»Nein, *du* verstehst nicht!«, zischte er verzweifelt. »Es geht um das Leben eines Kindes.«

»Die Familie, die du versteckst?«

Léandre schwieg, schien abzuwägen, wie er weiter vorgehen sollte.

»Ich erkläre dir alles auf der Fahrt nach Gourdon. Bitte!«

»Ich muss den diensthabenden Arzt um Erlaubnis fragen.«

»Nein, das geht nicht. Niemand darf es wissen!« Er griff nach ihrer Hand, hielt sie so fest, als wäre er es, der Hilfe benötigte.

Manon schaute über den Gang. Keine Menschenseele war hier, die sie von ihrem Verschwinden abhalten konnte. Allerdings war sie nicht sicher, ob sie darüber erleichtert sein sollte. Noch nie hatte sie sich im Krankenhaus etwas zuschulden kommen lassen. Stets hatte sie ihren Dienst pünktlich angetreten und ihre Arbeit ordnungsgemäß verrichtet. Was würde passieren, wenn man ihre Abwesenheit bemerkte? Wenn man sie auf ihrem Zimmer suchte und es leer vorfand? Wie würde sie sich erklären, wenn sie in ein paar Stunden zurückkäme?

»Bitte!«, flehte Léandre und drückte ihre Hand noch fester.

Manon schloss die Augen und atmete tief ein, so als machte sie sich bereit für einen Sprung in kaltes Wasser.

»Also gut!«, sagte sie. Was hatte sie auch für eine Wahl? Ein krankes Kind im Stich zu lassen, war schließlich keine Option. »Geh du hinaus und warte auf mich. Ich komme in wenigen Minuten nach.«

Léandre nickte. Die Erleichterung hellte seine besorgte Miene auf, und kurz schien er zu überlegen, ob er sie umarmen sollte.

»Geh!«, befahl sie leise, aber bestimmt. »Warte!«, hielt sie ihn zurück. »Was fehlt dem Kind?«

»Daniel hat sehr hohes Fieber. Seit Tagen. Weder trinkt er, noch nimmt er Nahrung zu sich. Er ist regelrecht in sich zusammengefallen.«

»Gut«, sagte sie und wies ihm mit einem Fingerwink den Weg nach draußen.

Während sie ihm nachblickte und beobachtete, wie er in seiner Arbeitskleidung raschen Schrittes durch den Gang eilte, überlegte sie, was sie für die Untersuchung des Jungen benötigen würde.

Möglichst unauffällig ging sie zum Medikamentenraum und hoffte, dass niemand ihren Weg querte. Die Mittagszeit war günstig, schließlich waren die Patienten und das Personal mit dem Essen beschäftigt. Ihr Herz pochte heftig, als sie vor den Medizinschränken stand und zielsicher nach einer kleinen Flasche Aspirin griff, die sie in ihrer Schürzentasche verschwinden ließ. Mit zitternden Fingern schob sie die restlichen braunen Fläschchen zurecht, um keine erkennbare Lücke zu hinterlassen. Bevor sie auf den Parkplatz zu Léandre konnte, musste sie im Behandlungszimmer noch ein Stethoskop, ein Fieberthermometer, einen Zungenspatel, ein Otoskop, um die Ohren zu untersuchen, und ein Blutdruckmessgerät organisieren.

Als sie wenige Minuten später alles in einer Tasche verstaut hatte, ging sie gedanklich die Routineuntersuchungen der frisch eingelieferten Patienten durch. Hatte sie auch alles, um notdürftig den Zustand des Kindes zu analysieren? War es wirklich richtig, sich ohne einen Arzt auf den Weg zu machen? Sollte sie lieber Tessier hinzuziehen? Oder Soulard? Aber was, wenn die beiden das Versteck der jüdischen Familie meldeten und sie in Schwierigkeiten brachten? Nein, sie war auf sich allein gestellt. Und sie würde es schaffen, schließlich hatte sie schon unzähligen Untersuchungen beigewohnt, hatte Dr. Poupin auf die Finger gesehen und anschließend Dr. Tessier und Dr. Soulard. Und wenn der Junge nur aus einer Abwehrreaktion gegen eine Erkältung das hohe Fieber entwickelt hatte, reichte bestimmt die Gabe von Aspirin, um es zu senken.

Als sie wenig später in Léandres rostrotem Citroën saß und sie gemeinsam Grasse hinter sich ließen, wusste Manon, dass sie richtig handelte. Und wenn Oberschwester Georgia oder Tessier der Meinung waren, sie für ihr Verschwinden bestrafen zu müssen, dann würde sie es hinnehmen. Vielleicht hatte sie Glück und man vermutete sie in der Wäscherei, der Küche, im Hof beim Gemüseernten oder im Krankensaal. Die Möglichkeiten im Krankenhaus waren zahlreich, warum sich also Sorgen machen?

»Wolltest du mir nicht während der Fahrt alles erklären?«, fragte Manon, nachdem sie sein Schweigen viel zu lange ertragen hatte.

»Ich suche nach den richtigen Worten«, erklärte er.

»Das klingt nach einer Ausrede«, erwiderte Manon und lächelte.

»Stimmt. Ist es auch.« Léandre atmete tief ein, schaffte Raum für seine Worte. »Ein alter Freund hat mich vor einer Weile gebeten, einer deutschen Familie Unterschlupf zu gewähren.«

»Juden?«

»Ja.«

Manon nickte. Dann hatte sie also richtiggelegen mit ihrer Einschätzung.

»Sie sind auf der Durchreise nach Marseille und sollten eigentlich nur ein oder zwei Tage bleiben. Aber dann wurde Daniel krank, und alles verzögerte sich.«

»Verstehe.«

»Ich wusste nicht, wen ich sonst um Hilfe bitten kann. Tut mir leid, dass ich dich in meine Angelegenheiten verwickle.« Léandre wirkte ehrlich betroffen. Manon konnte nur ahnen, wie lange er sich dazu hatte durchringen müssen, sie um Hilfe zu bitten.

»Mach dir keine Sorgen meinetwegen«, sagte sie und legte eine Hand auf seine.

Das monotone Rattern des Motors entspannte Manon. Sie kurbelte ihr Fenster nach unten und streckte einen Arm nach draußen. Ihre gespreizten Finger durchschnitten die warme Luft, die an den Sommer erinnerte, an sein Flirren und seine unbändige Kraft, Blumen erblühen zu lassen und Gewitter tosend über das Land zu schicken. Pinien und Zypressen säumten die Straße wie Soldaten. Risse zogen sich durch den Asphalt, als würde die Welt jeden Moment aufbrechen und sie verschlingen.

»Hast du schon öfter Geflohenen Unterschlupf gewährt?«, fragte Manon und strich sich Haarsträhnen aus dem Gesicht.

»Nein. Aber ich würde es jederzeit wieder tun.« Léandre wandte sich kurz zu ihr und sah sie eindringlich an.

»Ich weiß«, antwortete sie. »Und ich wäre immer wieder zur Stelle, wenn du eine Krankenschwester brauchst.«

Léandre lächelte und besah Manon von oben bis unten. »Die Tracht steht dir ausgezeichnet. Vor allem die Haube.«

Manon schmunzelte. Sie wusste, dass die Schwesterntracht die Schönheit einer Frau nicht unterstrich, und doch war sie stolz darauf, sie tragen zu dürfen.

»Warum hat dein Freund ausgerechnet diese Familie zu dir gebracht? Kennt er sie?«

»Mathis ist politisch sehr engagiert. Das war er schon immer. Die Wirtschaftskrise und das damit verbundene Ungleichgewicht in der Gesellschaft hat ihn wohl zusätzlich angestachelt. Er lebt in Paris, verdient sein Geld als Künstler. Er hat erzählt, dass am Gare de l'Est täglich deutsche Juden anreisen. Sie wandern ziellos durch die Straßen und ziehen den Hass der Rechtsradikalen auf sich. Immer mehr Unruhen flackern in der Stadt auf, es gibt Prügeleien, und die Streiks der Arbeiter werden täglich lauter.«

»Wie schrecklich«, sagte Manon und war froh darüber, weit entfernt von Paris zu leben.

»Und warum er gerade diese Familie zu mir gebracht hat, das weiß ich nicht. Vielleicht wird es nicht die letzte gewesen sein.« Léandre blickte nachdenklich auf die Straße, seine Miene verfinsterte sich. Manon war sicher, dass er in Gedanken bei dem kranken Jungen war. Gerne hätte sie ihm versprochen, dass er wieder völlig gesund werden würde. Aber wenn sie die Arbeit im Krankenhaus eines gelehrt hatte, dann, dass sich das Schicksal an keine voreiligen Versprechen hielt.

Als sie endlich Léandres Hof erreicht und das Haus betreten hatten, konnte Manon die Angst förmlich fühlen, die sich in den Mauern verbissen und sogar die Hitze des Tages in Kälte verwandelt hatte.

Vorsichtig klopfte Léandre an eine Tür im oberen Stockwerk und öffnete sie, ohne auf Antwort zu warten. Im Inneren des Zimmers war es düster, dunkle Vorhänge sperrten das Tageslicht aus, bewegten sich nur leicht im Luftzug.

Die Eltern saßen am Bett des Kindes. Der Vater betete leise, die Mutter benetzte dem Jungen mit einem feuchten Lappen die Stirn.

»Bonjour«, flüsterte Manon und trat an die Familie heran. Sie bemühte sich um eine freundliche Miene, um den geflüchteten Menschen die Sorge ein wenig zu erleichtern.

»Darf ich?«, fragte sie und zeigte auf Daniel, der sich schlafend im Kissen verlor. Die Mutter nickte, machte ihren Platz frei.

Nachdem Manon ihre Tasche abgestellt hatte, beugte sie sich über das Kind. Wie alt mochte Daniel sein? Neun Jahre vielleicht? Mit dem Handrücken befühlte sie seine Stirn, den Puls, maß seinen Blutdruck und untersuchte die Ohren auf eine eventuelle Entzündung.

»Seit wann hat er das Fieber?«, fragte sie langsam und deutlich, während sie den Bauchraum abtastete.

»Familie Liebermann ist vor etwa einer Woche angekommen«, antwortete Léandre. »Damals machte Daniel einen munteren Eindruck – abgesehen von der Erschöpfung nach der langen Reise. Er war noch mit mir draußen auf den Feldern, hat die Ziegen gefüttert und Blumen für seine Mutter gepflückt.«

Manon blickte auf das Nachtkästchen, auf dem in einer weißen Porzellanvase ein paar vertrocknete Wiesenblumen steckten und ihren eigenen Tod betrauerten.

»Hat er sich erbrochen?«, fragte Manon, um den Verdacht einer Lebensmittelvergiftung auszuschließen. Immerhin war die Familie auf der Flucht und machte einen dementsprechend unterernährten Eindruck. Wen würde es da wundern, wenn sie in ihrer Notlage zu verdorbener Nahrung gegriffen hätten?

»Oder hat er zu wenig getrunken?«, fragte sie Léandre. Dieser zog die Schultern hoch und schüttelte den Kopf. Erst jetzt bemerkte Manon, dass er an die Wand gedrückt neben der Tür stand, die Hände in den Hosentaschen und das Haupt gesenkt. Er fühlte sich verantwortlich für die Familie Liebermann und würde es sich niemals verzeihen, wenn das Kind nicht genesen würde.

Manon atmete tief ein und blickte in Daniels unruhig schlafendes Gesicht. Weder hustete er, noch waren Lungengeräusche zu hören. Sein Bauchraum fühlte sich unauffällig weich an, und die Haut machte nicht den Eindruck einer Dehydration. Woher also kam dieses lang anhaltend hohe Fieber?

»Ich werde ihm eine Dosis Aspirin verabreichen«, sagte sie und griff nach dem Arzneifläschchen in ihrer Tasche. »Damit sollte es ihm rasch besser gehen.«

Wenn nicht, habe ich leider keinen weiteren Rat, dachte sie und rührte das Pulver in einem Glas Wasser an. *Dann brauchen wir Tessiers Hilfe.*

Löffelweise verabreichte sie Daniel die Arznei und hoffte bei jedem Schluck, den er bei sich behielt, dass er ihn bei der Genesung unterstützte.

Immer wieder maß sie das Fieber des Jungen und wies die Mutter an, ihrem Sohn kalte Wadenwickel zu machen. Stunden vergingen, doch Daniels Zustand besserte sich nicht. Die hohe Temperatur schien sich festzukrallen in dem kleinen, ausgemergelten Körper und ihm den letzten Rest an Energie rauben zu wollen.

»Das Aspirin hätte längst wirken müssen«, sagte sie an Léandre gerichtet, als sie das Fieber erneut kontrolliert hatte und das Thermometer wieder in der Schutzhülle aus Messing verstaute. Manon kaute auf ihrer Unterlippe und überlegte, ob sie dem Kind nach so kurzer Zeit erneut eine Dosis Aspirin verabreichen durfte.

»Ich weiß es nicht«, flüsterte sie zu sich selbst und begann, an ihren Fingernägeln zu kauen. Erneut nahm sie an der Bettkante Platz und befühlte die Stirn des Jungen. Daniels Kleidung lag feucht an seinem Körper, seine Atmung schien nur langsam und stoßweise seinen Brustkorb zu heben.

»Das Fieber bleibt unverändert, oder?«, fragte Léandre, der so nahe hinter ihr stand, dass sie seine ausstrahlende Wärme spüren konnte.

»Aber warum?«, überlegte sie in den Raum hinein, in dem die Schwüle des Tages sich drückend aufbaute und jeden Atemzug erschwerte. »Das Fieber muss eine andere Ursache haben.« Erneut maß sie seinen Puls, der auffällig unregelmäßig schlug. Konnte das eine Reaktion auf die Aspiringabe sein? Nervosität breitete sich in ihr aus. Und die Angst, dass sie etwas übersehen, etwas falsch behandelt hatte, wurde ihrer übermächtig.

»Er muss ins Krankenhaus!«, entschied Manon.

»Nein!«, rief Léandre auf. »Die Familie hat keine Papiere und befindet sich illegal in Frankreich. Wenn man sie im Krankenhaus meldet, laufen sie Gefahr, des Landes verwiesen zu werden.«

»Aber ich kann Daniel nicht helfen. Und sein Zustand scheint wirklich ernst zu sein – glaube ich.«

»Glaubst du?«, fragte Léandre entrüstet. »Ich dachte, du bist Krankenschwester. Warum kannst du kein einfaches Fieber behandeln?«

Manon spürte die Verzweiflung in Léandres Worten und ließ sich von ihm nicht hetzen. Sie kannte derartige Situationen, wenn Angehörige von Patienten laut wurden, weil sie den Eindruck hatten, Ärzte und Schwestern kümmerten sich nicht ausreichend um den geliebten Menschen. Die Aggression, die aus der Verlustangst hervorwuchs und die Verwandten vergessen ließ, dass selbst Ärzte ihre Grenzen hatten.

»Ich fürchte, dass es kein einfaches Fieber ist«, berichtigte Manon und versuchte, ihre eigene Aufregung zu überspielen. »Wir werden ihn durch den Hintereingang ins Krankenhaus bringen. Und ich werde Dr. Soulard um Diskretion bitten.«

Léandre gab sein Bestes, um Herrn und Frau Liebermann zu erklären, warum es unabdingbar war, Daniel ins Krankenhaus zu bringen. Die Mutter schluchzte auf, schüttelte vehement den Kopf. Der Vater krallte sich starr und schweigend an seine Frau.

»Vertrauen Sie mir, nur dort kann Ihr Sohn gesund werden! Ich verspreche es«, sagte Manon und schalt sich, weil sie ein Versprechen gegeben hatte, von dem sie nicht wusste, ob sie es halten konnte.

Etwa eine halbe Stunde später tauchte Grasse in Manons Blickfeld auf. Die Liebermanns saßen auf der Rückbank von Léandres Citroën, Daniels Kopf auf den Schoß der Mutter gebettet. Mit einer Hand hielt sie den schmächtigen Oberkörper fest, mit der anderen strich sie über seine Stirn.

Ein Instinkt sagte Manon, dass sie sich auf keinen Fall zu verfrühter Hoffnung hinreißen lassen sollte. Aber was wäre sie für eine Krankenschwester, wenn sie nicht bis zur letzten Sekunde alles für ihren Patienten gäbe?

Am meisten Sorge bereitete ihr das Personal im Krankenhaus, von dem sie nicht wusste, wie es einem geflüchteten Juden begegnete. Manon hoffte inständig, dass es ihnen gelang, sich ungesehen in einen der Behandlungsräume zu stehlen. Dann bräuchte sie nur noch Tessier und Oberschwester Georgia aus dem Weg zu gehen und Dr. Soulard zu Hilfe holen – von ihm wusste sie, dass er ihrer Bitte um Geheimhaltung nachkommen würde.

Herr Liebermann trug Daniel auf seinen Armen durch den Hintereingang und ließ sich von Manon den Weg zu einem der Behandlungsräume zeigen. Dabei machte er den Eindruck, der Junge wiege leicht wie eine Feder.

»Ihr wartet hier!«, wies sie Léandre und die Liebermanns an, nachdem sie Daniel auf die Untersuchungsliege gebettet und zugedeckt hatten. Nach einem letzten Blick auf den Jungen verließ sie den Raum und machte sich auf die Suche nach Soulard. Dabei holperte und raste ihr Herz mindestens genauso wie das des kranken Kindes.

Als sie den Arzt in seinem Büro über den Arbeitstisch gebeugt vorfand, war ihr, als herrschte in ihrem Kopf plötzlich Totenstille. Ihr Mund war trocken, und der Wunsch, wegzulaufen, wurde übermächtig. Ihr fiel die Blumenwiese ein, die duftend vom elterlichen Park hinabführte zu Léandres Landgut. Was gäbe sie dafür, genau jetzt dort sein zu können, dachte sie und klopfte an die offen stehende Tür zu Soulards kleinem Büro.

»Schwester Manon!«, sagte er lächelnd und legte sofort seinen Stift beiseite. »Kann ich etwas für Sie tun?«

»Es tut mir leid, Sie stören zu müssen, Dr. Soulard, aber glauben Sie mir, ich habe keine andere Wahl.« Manons Lippen bebten.

Scheinbar überzeugt von der Dringlichkeit, erhob sich Dr. Soulard von seinem Stuhl.

»Sie können ganz offen reden«, meinte er feinfühlig und deutete Manon mit einem Wink an, sein Arbeitszimmer zu betreten.

An die verschlossene Tür gelehnt, berichtete sie so knapp wie möglich vom Zustand des Jungen. Dabei knetete sie ihre Hände und kämpfte um Haltung.

»Wie hoch ist sein Fieber? Wo ist er?«, fragte Soulard. Manon war dankbar, dass er mit keinem Wort die Herkunft des Jungen erwähnte, sondern sich nur um dessen Gesundheitszustand zu sorgen schien.

»Er liegt im hintersten Behandlungsraum«, sagte Manon und öffnete die Tür. »Aber ich bitte Sie inständig, die Angelegenheit für sich zu behalten.«

»Natürlich.« Soulard legte seine Hand um ihre Taille und nickte. »Hier geht es um ein krankes Kind. Der Rest ist nebensächlich.« Dann eilte er an ihr vorbei und hetzte mit ausholenden Schritten durch den Flur.

Im Behandlungsraum angekommen, verschaffte Soulard sich dann einen raschen Überblick und taxierte die Liebermanns und Léandre mit fragenden Blicken.

»Vielleicht ist es das Beste, ihr wartet im Wagen«, flüsterte Manon, an Léandre gewandt. »Ich komme, sobald es Neuigkeiten gibt.«

Léandre nickte und begleitete die Eltern nach draußen.

Endlich allein mit Soulard, erläuterte Manon den Krankheitsverlauf, während dieser Daniels Hemd aufknöpfte und seinen Brustkorb mit dem Stethoskop abhorchte. Dabei schien er in seiner eigenen Welt zu versinken. Eine Welt, in der er sich nur den Körpergeräuschen seines Patienten widmete. Mit geschlossenen Augen hob er das kreisrunde Bruststück immer wieder an, um es ein paar Fingerbreit entfernt erneut aufzusetzen.

Manon vermochte nicht zu sagen, ob Soulards Miene konzentriert oder besorgt wirkte. Tiefe Falten zogen sich über seine Stirn und verfinsterten seine Züge.

Eine unangenehme Stille lag über dem Raum. Von draußen waren vereinzelt Schritte zu hören, Stimmen, die erst lauter wurden und dann verhallten.

Wie gebannt starrte Manon auf die Hand des Arztes, die feinfühlig das Stethoskop über den fiebrigen Körper führte. Erst nach einer geraumen Weile richtete Soulard sich auf und weitete den Ohrbügel, um sich vom Stethoskop zu befreien. Sein Blick glitt über Daniels Oberkörper, der um jeden Atemzug zu ringen schien.

»Was sagen Sie, Dr. Soulard?«, fragte Manon flüsternd, als sie die Stille nicht länger ertragen konnte.

»Würden wir über ein Röntgengerät verfügen, würde ich eine Aufnahme seines Herzens anordnen. Gewiss würde sich dort die Vergrößerung seines Herzmuskels abzeichnen.«

»Was würde das bedeuten?«, fragte Manon.

»In der *La Medicina Ibera* von 1932 wurde über eine sogenannte Herzmuskelentzündung berichtet. Kommen Sie«, sagte er und rückte seine Hornbrille zurecht. Er übergab ihr sein Stethoskop und wies sie an, Daniels Brustkorb abzuhorchen.

»Hören Sie das? Diese stetigen Arrhythmien?«

Manon nickte. Die Herzrhythmusstörungen waren ihr bereits bei der Erstuntersuchung in Léandres Haus aufgefallen.

»Aufgrund der mangelnden Diagnosemöglichkeiten in unserem Krankenhaus möchte ich mich nur ungern festlegen. Dennoch tippe ich auf eine Herzmuskelentzündung, die mit hohem Fieber, Atemnot und unregelmäßigem Herzschlag einhergeht.«

»Und was lässt sich dagegen machen?«, fragte Manon und gab Soulard das Stethoskop zurück.

»Der Junge war auf der Flucht, sagten Sie?«

Manon nickte.

»Gewiss litt er an einem grippalen Infekt, den er nicht ausheilen konnte. Das ermöglichte den Viren, den Herzmuskel anzugreifen und zu schwächen. Die Arrhythmien weisen darauf hin, dass die Entzündung stark fortgeschritten ist.«

Soulard atmete tief ein und wandte sich an Manon.

»Alles, was wir in diesem Stadium tun können, ist, sein Fieber zu senken, viel Flüssigkeit zu verabreichen und abzuwarten.«

»Abwarten? Das ist alles, was wir tun können?«

»Es tut mir leid, aber das ist der Stand der Dinge. Wir können natürlich noch Dr. Tessier zurate ziehen.«

»Nein! Auf keinen Fall!«, rief Manon viel zu laut aus und presste sofort die Hand auf die Lippen. »Ich vertraue Ihnen.«

Soulard nickte, strich ihr zum Abschied über den Oberarm und verließ dann den Behandlungsraum.

Was blieb, war Daniels Ringen nach Luft, das mit jeder Minute lauter zu werden schien.

Als sie mit dem Kind allein zurückblieb, spürte sie eine unerklärliche Schwere in der Luft, die von Daniel ausging und langsam durch den Raum wanderte, sich ausbreitete, in jede Fuge kroch, in jede Schublade schlüpfte, bis die letztendlich alles für sich vereinnahmte.

Manon ließ den Kopf in den Nacken sinken. Hatte sie sich je derart verlassen gefühlt? War es gerecht, dass dieses Kind so um sein Leben kämpfen musste?

Manon senkte den Kopf wieder, massierte sich mit beiden Händen den schmerzenden Nacken, richtete ihren Blick starr auf den Jungen, dessen offenes Hemd noch immer seinen Oberkörper sehen ließ. Unter seiner Haut zeichneten sich die Rippen ab, der Brustkorb hob und senkte sich mühsam, und doch schien er sich nicht aufgeben zu wollen. Daniels Mund stand offen, fast so, als setzte er zu einem Schrei an.

»Du hast nach der Falschen gerufen«, flüsterte Manon und knöpfte sein Hemd zu. »Ich konnte dir nicht helfen.«

Aber war es wirklich ihre Schuld, wenn Daniel seine Herzmuskelentzündung nicht überlebte? Oder lag es vielmehr in der Verantwortung der Eltern, die sich dazu entschlossen hatten, ihr Kind quer durch Deutschland und Frankreich zu schleppen? Durch Wind und Regen, Hitze und Kälte.

Manon schüttelte den Kopf. Sie war ungerecht. Schließlich hatte die Familie die Flucht nur angetreten, um dem Kind eine sorgenfreie Zukunft zu ermöglichen. Wer hatte ahnen können, dass ein winziges Virus Daniel größere Probleme bereitete als dieser schreckliche Hitler nach seiner Machtergreifung?

Sorgsam knöpfte sie das Hemd zu und zog die Decke hoch über seine Schultern. Trotz einer weiteren Gabe Aspirin war das Fieber nicht gesunken – eher das Gegenteil war der Fall. Vorsichtig benetzte sie Daniels Lippen mit einem nassen Lappen und wusch sein Gesicht. Erst dann ging sie hinaus zu Léandres Wagen, wo sie den Liebermanns die aktuelle Situation schilderte und vorschlug, am Bett ihres Sohnes Wache zu halten.

Gemeinsam gingen sie zurück ins Krankenhaus – stets auf der Hut, um unentdeckt zu bleiben. Bislang wusste nur Dr. Soulard von Daniel, und dabei wollte sie es auch belassen. Erst als sie die Eltern und Léandre zu Daniel gebracht hatte, atmete sie erleichtert auf und machte sich auf den Weg in die Küche, um den Liebermanns etwas Tee zu holen.

»Schwester Manon!« Ein Blitz durchzuckte Manon, als sie im Flur die Stimme der Oberschwester hinter sich hörte. Ruckartig wandte sie sich um und versuchte, einen möglichst entspannten Eindruck zu vermitteln.

»Kannst du mir bitte erklären, wo du die ganze Zeit abgeblieben bist? Ich suche dich seit Stunden!« Georgia stemmte die Hände in die Taille und bäumte sich regelrecht vor ihr auf.

»Ich war erst in der Wäscherei, dann in der Küche, und später habe ich im Park das Gemüsebeet gejätet und gegossen. Zwischendurch war ich im Krankensaal und habe die Patienten mit Tee und Bettpfannen versorgt.« Manon hielt die Luft an. Noch nie zuvor hatte sie es gewagt, eine Vorgesetzte zu belügen, doch in diesem Fall blieb ihr keine andere Wahl. Und Manon kannte die Oberschwester und wusste, dass diese den ganzen Tag von einem Raum zum nächsten hastete, stets in Eile und die Nase meist tief in irgendwelchen Krankenakten vergraben.

»Oh«, sagte sie und lockerte ihre Haltung, »dann hatten wir heute einfach verschiedene Wege.« Georgia rümpfte verlegen die Nase und kratzte sich am behaarten Kinn. »Na dann los, an die Arbeit! Es gibt noch viel zu tun!« Mit diesen Worten verschwand sie im Schwesternzimmer.

Manon atmete erleichtert aus. Sie war nicht geschaffen für solchen Nervenkitzel.

Als sie wenig später zurück bei den anderen war, fiel ihr Blick auf die Mutter, die ihren Kopf auf die Brust ihres Sohnes gelegt hatte und verzweifelt schluchzte.

Er schläft noch, wollte Manon gerade sagen, als sie an der Verzweiflung der Liebermanns erkannte, dass es nicht der Schlaf war, der Daniel vor der Welt verschloss.

»Aber …!«, flüsterte Manon und näherte sich dem Krankenbett. »Das kann doch nicht wahr sein, oder?«, fragte sie an Léandre gewandt. »Wir müssen Dr. Soulard holen. Bestimmt kann er etwas machen.«

»Was soll er denn jetzt noch machen?«, fragte Léandre und blickte ihr tief in die Augen. Erst in diesem Moment bemerkte Manon, dass er versuchte, seine Tränen zu unterdrücken. Sie sah zu den Liebermanns, die es vor Schmerz schüttelte. Und sie richtete ihren Blick auf Daniel, der leblos auf dem Bett lag, den Mund noch immer wie zum Schrei geöffnet.

Aber er würde nicht mehr schreien.

Diese Tatsache schnürte Manon die Kehle zu. Sie wollte sich vor den anderen nicht ihrer Traurigkeit hingeben, wollte stark sein. Sie war Krankenschwester und sollte an Tod und Verlust gewöhnt sein. Und doch fragte sie sich, ob eine fähigere Schwester Daniel hätte retten können.

Sie wandte sich von der kleinen Trauergemeinschaft ab und verließ den Raum. Ohne die Richtung zu steuern, führte ihr Weg sie instinktiv nach draußen in den Innenhof des Krankenhauses, wo sie sich inmitten von Bäumen und Blumen wiederfand. In Gedanken sah sie sich auf Léandres Hof, wo sie Daniel sorgsam untersucht hatte. Aber was, wenn sie nicht sorgsam genug gewesen war? Sie musste besser werden in dem, was sie tat. Sie brauchte mehr Ausbildung, mehr Erfahrung, mehr Übung im Umgang mit Patienten und mehr Wissen zum Erkennen von Krankheiten. Sie hatte es satt, Menschen sterben zu sehen.

Müde setzte sie sich auf die Holzbank vor den fröhlich plätschernden Brunnen in der Mitte des Parks und beobachtete das Wasser, wie es endlos aus der marmornen Karaffe sprudelte. Die Kraft, mit der das Wasser aus der Öffnung strömte, schien kein Ende zu finden.

Aber war es nicht genau das, was den Wert des Lebens ausmachte? Sein Ende?

Manon seufzte stoßweise aus und faltete die Hände. Im Grunde wusste sie, dass es zur Ordnung der Welt gehörte, wenn Menschen starben. Warum also konnte sie den Lauf der Dinge nicht einfach akzeptieren? Vielleicht, weil sie sich die Schuld dafür gab?

»Es ist nicht deine Schuld, Linville!«, drang eine Stimme an ihr Ohr.

Manon brauchte nicht aufzublicken, um zu sehen, wer mit ihr redete. Sie wusste es auch so. Niemand sonst nannte sie derart abschätzig *Linville*. Dennoch entzog sie sich dem Sog des Brunnens und blickte nach rechts, direkt in Tessiers Gesicht.

»Wenn Soulard recht hat, dann war das Schicksal des Jungen bereits besiegelt, als du noch gar nicht daran gedacht hast, ihn ins Krankenhaus zu bringen.«

Manon war entsetzt, mit welcher Gleichgültigkeit der Oberarzt über Daniels Schicksal sprach. Die Gelassenheit zeichnete sich derart aufdringlich in seiner Miene ab, dass Manon sich angewidert abwandte.

»Dr. Soulard hat es Ihnen erzählt?«, fragte Manon und fühlte sich verraten. Natürlich, sie hätte es besser wissen müssen. Soulard war ein williger Lakai von Tessier – stets bemüht, dem Oberarzt zu gefallen und ihm jeden Befehl von den Augen abzulesen.

»Das Wissen, dass wir alles getan haben – für Daniel und auch für die anderen, die unter unserem Dach sterben –, muss uns genügen, Linville, sonst halten wir nicht lange durch.« Etwas in Tessiers Blick blitzte boshaft auf. Er kam ihr so nahe, dass sie die Maserung in seiner Iris ausmachen konnte. Die gewundenen Linien, die sich in Grün- und Goldbraunschattierungen durch die braunen Augen zogen und seinem Blick eine Tiefe gaben, die ihr noch nie zuvor aufgefallen war.

»Du hättest das nicht tun dürfen, Linville!« Er rückte ein wenig von ihr ab und besah sie wie ein Stück Fleisch. »Die Schwesterntracht hat dir ohnehin nie gestanden.«

»Was meinen Sie damit?«, fragte Manon und wusste im selben Moment, welche Worte folgen würden.

»Dieser Junge mag krank gewesen sein, aber er hat keine Papiere und deshalb kein Recht, in meinem Krankenhaus behandelt zu werden!«

In meinem Krankenhaus! Manon fragte sich, ob der Oberarzt nun endgültig einem Größenwahn verfallen war.

Tessier stand auf – vermutlich, um auf sie herabblicken zu können. »Du hättest das mit mir besprechen müssen, bevor du einen geflüchteten Juden unter mein Dach schmuggelst.«

»Aber er brauchte Hilfe!«, versuchte Manon, sich zu verteidigen.

Tessier lachte kurz auf, steckte seine Hände in die Taschen seines Arztkittels. »Du hast dich unerlaubt aus dem Dienst entfernt. Ja, da machst du große Augen, nicht wahr? Der übergewichtigen Oberschwester mag das vielleicht entgangen sein, aber ich habe euch immer alle im Blick. Immer!«, wiederholte er und tippte an seine Schläfe.

»Aber …«

»Nein, Linville, keine Ausreden! Du hast deine Chance verwirkt. Du kannst hier nicht kommen und gehen, wie es dir beliebt, und dann auch noch hinter meinem Rücken Flüchtlinge auf Kosten des Krankenhauses versorgen lassen.«

»Und jetzt?«, fragte Manon und tat alles, um keine Regung zu zeigen.

»Du wirst deine Sachen packen und das Krankenhaus noch heute verlassen.«

»Das kann unmöglich Ihr Ernst sein! Sie können mich nicht einfach entlassen. Die Leitung des *Hôpital de Vincent* liegt noch immer bei Dr. Poupin.« Manon stand auf und hob trotzig das Kinn.

»Wir können die Sache gerne mit Dr. Poupin besprechen, sofern er jemals wieder nüchtern genug ist, um den Weg ins Krankenhaus zu finden.«

In Manons Kopf rauschte es, laut und aufdringlich. Die grauen Mauern, die den Hof umschlossen, schienen sich zu drehen, erst langsam, dann immer schneller. Sie versuchte, nicht zu stürzen, hielt sich mit ihrem Blick an Tessier fest, starrte ihn an, unnachgiebig und fassungslos. Die Situation wirkte surreal, so als träumte sie oder läge im Dämmerschlaf. Das konnte unmöglich die Wirklichkeit sein.

»Ich verstehe nicht!«, flüsterte Manon und war sich nicht sicher, ob die Worte ihre Lippen verlassen hatten oder ob dieser Satz nur ein Gedanke war, der sich wirr in ihrem Kopf drehte – schneller noch als die Mauern des Krankenhauses.

»Du hast ja jetzt genug Zeit, um zu überlegen«, meinte Tessier blasiert und zeigte bei einem süffisanten Lächeln die Zähne. »Du gehst noch heute!«, sagte er und wandte sich von ihr ab. »Und nimm den toten Jungen mit!«, rief er ihr noch über die Schulter zu. Dann war er weg.

Manon starrte lange auf die Glastür, die ins Innere des Krankenhauses führte. Eine Tür, durch die sie in den letzten Jahren unzählige Male gegangen war. Jeden Türgriff in diesem Gebäude hatte sie Hunderte Male mit der Hand umfasst, kannte den Ausblick aus jedem Fenster, die Matratze jedes Krankenbetts, jeden Inhalt in allen Medizinschränken, den Geruch nach Kaffee im Schwesternraum, konnte mit geschlossenen Augen ihre Kolleginnen am Gang erkennen, kannte die Geräusche, die das Gebäude des Nachts von sich gab. Ja, sie war hier zu Hause. Und jetzt?

Manon blickte durch den Innenhof hoch zum Himmel. Wolken zogen langsam und gesellig über ihren Kopf hinweg. Hatten keine Eile und nicht die Absicht, sie mit einem Unwetter zu überraschen. Die Schmerzen in ihrem Nacken waren stärker geworden.

Entschlossen ließ sie das Plätschern des Brunnens hinter sich. Sie würde zu Léandre gehen und zu den Liebermanns. Sie würde Haltung bewahren und den Eltern Trost spenden. Denn genau das war es, was die Hinterbliebenen von einer Krankenschwester erwarteten.

Dann würde sie auf ihr Zimmer gehen, ihre wenigen Habseligkeiten packen. Ihre Kolleginnen würde sie meiden. Was sollte sie auch sagen? Ihr fehlte es an Worten, sie fühlte sich ohnmächtig, verlassen, körperlos.

Tessier hatte recht, wenn er sagte, dass sie von nun an Zeit zum Überlegen hatte. Und die würde sie dringend benötigen, schließlich galt es, herauszufinden, wer sie eigentlich war, wenn sie ihre Schwesterntracht abgelegt hatte.

Kapitel 14

ESTELLE

Gourdon, Oktober 1936.

Estelle ließ ihren Wagen langsam die Einfahrt entlangrollen. Sie hatte keine Eile, keine Lust, ins Haus zu gehen. Es war später Vormittag, und doch war es düster. Dunkle Wolken zogen über das Anwesen hinweg und erweckten den Eindruck, als wollten sie das Haus mit sich reißen.

Aus wenigen Fenstern schimmerte spärliche Beleuchtung. Das Personal deckte bestimmt gerade den Mittagstisch, und in der Küche wurde zu dieser Tageszeit eifrig hantiert, damit die Linvilles mit dem gewohnten Komfort versorgt wurden.

Je näher sie dem Elternhaus kam, desto größer und mächtiger blickten die dunklen Fenster auf sie herab, und desto kleiner und unscheinbarer fühlte sie sich selbst.

Die Bougainvillea hatte bereits ein paar Blätter abgeworfen – ein Zeichen dafür, dass sie sich auf den kommenden Winter einstimmte. Der Park zu ihrer Rechten wirkte trostlos und verlassen, als hätte der Sommer alles Leben aus ihm abgezogen, um dem Herbst nur noch traurige Reste zu hinterlassen.

Estelle parkte ihren Wagen vor dem Rondell, dem die Stufen zur Eingangstür entsprangen. Woher kam nur diese innere Leere, die sie ausfüllte wie dunkler Nebel und ihr jede Lebensfreude raubte? Noch vor ein paar Wochen wäre sie in den Salon ihrer Mutter gestürmt, um ihr den Verlobungsring von Rémi zu präsentieren, und jetzt hatte sie keine Lust, ihr überhaupt davon zu berichten. Wenn die Sonne schiene, dann würde der Ring an ihrer Hand funkeln und mit den Sonnenstrahlen um die Wette flimmern, doch so umschloss er matt und farblos ihren Ringfinger und bot keinen Anlass zur Freude. Oder lag es nicht am Ring, sondern vielmehr an ihrem Verlobten? War es Rémi, der es ihr unmöglich machte, sich zu freuen?

Dabei hatte er den Abend gestern so perfekt geplant und keinen ihrer Wünsche offengelassen. Erst das Abendessen in ihrem Lieblingslokal in Nizza, und beim anschließenden Strandspaziergang war er im roten Licht der untergehenden Sonne vor ihr auf die Knie gegangen und hatte sie um ihre Hand gebeten.

»Natürlich!«, hatte sie geantwortet und war ihm um den Hals gefallen. Die Nacht hatte sie bei ihm verbracht und dabei verdrängt, dass die Mutter sich womöglich sorgte. Geliebt hatten sie sich, und das mehr als einmal. Und doch wollte die Woge des Glücks sie nicht zu fassen bekommen.

Und nun saß sie hier, in ihrem Wagen, in der Auffahrt und fühlte sich zu kraftlos, um auszusteigen und sich zu freuen.

Ihr Blick wanderte hoch zu Manons Fenster. Ein Schrei entfuhr ihr, als ihr das blasse Gesicht der Schwester entgegenstarrte. Sie stand da wie ein Geist, wirkte durchsichtig, beinahe fremd. Aus ihrer Miene, die stets Spiegel ihrer Seele war, war scheinbar jedes Gefühl gewichen. Mit der Stirn an die Fensterscheibe gelehnt, sah sie aus, als wäre sie Gefangene in ihrem eigenen Zimmer, in ihrem eigenen Körper. Estelle hielt den Blickkontakt mit Manon. Oder blickte ihre Schwester durch sie hindurch? Seit Rémi sie vor zwei Wochen des Krankenhauses verwiesen hatte, war sie verändert. Sie sprach kaum, selbst nicht mit dem Vater, den sie sonst pausenlos auf ihren neuesten Wissensstand brachte. Es schien sie innerlich zu zerstören, dass man sie ihrer Arbeit beraubt hatte. Geblieben war eine leere Hülle, die nicht schlafen konnte, kaum noch am Esstisch erschien und nicht einmal mehr durch den geliebten Park schritt, um dem Gesang der Vögel zu lauschen.

Regen setzte ein und prasselte gegen die Scheibe von Estelles

Wagen. Einige Tropfen verharrten, bewegten sich nicht, andere rannen, flüchteten, perlten und schlugen Kurven. Das Glas wirkte lebendig, regte sich in allen Winkeln. Und dennoch hielt Estelle sich am Blick ihrer Schwester fest. Aus irgendeinem Grund wollte sie sich nicht von ihr lösen und sehnte sich regelrecht nach ihrer Nähe. War es möglich, dass es Manon ähnlich erging?

Was sie wohl sagen würde, wenn sie von der Verlobung mit ihrem verhassten Oberarzt erfuhr?

Estelles Magen krampfte sich bei dem Gedanken an Manons Miene zusammen, wenn sie davon hörte, dass ihre eigene Schwester eine Verbindung mit dem Menschen einging, der ihr so zuwider war wie sonst kein Zweiter. Bis jetzt hatte sie die Beziehung zu Rémi für sich behalten, hatte nicht einmal ihrer Mutter davon erzählt. Zum einen hatte es am richtigen Zeitpunkt gemangelt, zum anderen wollten ihr die Worte einfach nicht über die Lippen kommen. Solange sie es für sich behielt, war es nicht echt, und sie hatte stets die Möglichkeit, die Verbindung zu beenden. Doch nun, da dieser Ring fest ihren Finger umschloss, kam sie nicht umhin, ihre Eltern einzuweihen – zumal Rémi sich für ein gemeinsames Abendessen eingeladen hatte, um die zukünftigen Schwiegereltern zu begrüßen.

Mutter würde entzückt sein, einen Oberarzt in der Familie vorweisen zu können. Er war vielleicht nicht die erste Wahl und hatte ein geringeres Vermögen vorzuweisen als ein Adliger, aber Estelle würde ihren Eltern von der Aussicht auf die Stelle des ärztlichen Direktors im *Hôpital de Vincent* berichten und war sicher, dass ihnen das genügen würde. Zudem waren Rémis Eltern wohlhabender, als Vater es je sein würde – um die finanzielle Absicherung brauchte sich demnach niemand mehr zu kümmern. Sie wäre gut versorgt und könnte in Verhältnissen leben, die weit über denen der Linvilles lagen.

Vater würde sich beleidigt geben, weil Rémi ihn beim Antrag

übergangen hatte. Und Manon würde ihr den Rücken kehren – mehr noch als je zuvor.

Und sie selbst? Würde sie an der Seite von Rémi ihr Glück finden? Oder verhieß diese Verbindung Einsamkeit und Unzufriedenheit?

Fröstelnd rieb sie sich die Oberarme und beschloss, endlich ins Haus zu gehen, wo mindestens im Esszimmer ein wärmendes Feuer prasselte.

Estelle sollte recht behalten. Mutter war entzückt von den Neuigkeiten, die ihre Tochter ihnen am Mittagstisch erzählte. Immer wieder griff sie nach Estelles Hand und begutachtete mit einem glückseligen Lächeln den funkelnden Verlobungsring. Vater dagegen vergrub sich hinter seiner Zeitung. Ein gebrummtes »*Na dann*« war alles, was er zum Thema übrig hatte. Manon war dem gemeinsamen Essen ferngeblieben und stand vermutlich noch immer am Fenster, aus dem sie auf den trostlosen Park starrte.

Eine innere Stimme riet Estelle, dass es an ihr war, ihrer Schwester die Neuigkeit zu überbringen. Also machte sie sich nach dem Mittagessen auf den Weg ins Obergeschoss und klopfte an Manons Zimmertür. Von unten hörte sie das Kichern ihrer Mutter, das einem feierlichen Singsang glich und wohlgelaunt bis nach oben drang.

»Manon?« Estelle öffnete die Tür. Ihre Schwester saß am Bett und blätterte in einem ihrer medizinischen Fachbücher.

»Was ist?«, fragte sie nicht unfreundlich und legte das Buch beiseite.

Als Estelle den Raum betrat, wurde sie gepackt von der Traurigkeit, die sich hier seit Tagen an Manon genährt hatte.

»Wie geht es dir?«, fragte Estelle und setzte sich neben ihre Schwester aufs Bett.

»Ich weiß es nicht«, flüsterte sie. »Ein wenig fühle ich mich wie ein Buch, aus dem man sämtliche Buchstaben entfernt hat. Oder wie ein Baum, dem man alle Äste abgehackt hat und der, hässlich und kahl, wie er ist, nur noch angewiderte Blicke erntet.«

»Wenn du eines nicht bist, dann hässlich«, meinte Estelle und überlegte, ob sie mit ihrer Offenbarung besser wartete – nur ein paar Tage, bis sich Manons Zustand gebessert hatte und sie nicht mehr so verloren wirkte.

»Aber du bist bestimmt nicht gekommen, um dich nach meinem Befinden zu erkundigen, oder?«

Estelle lächelte schief. Ihre Schwester kannte sie einfach zu gut.

»Es tut mir leid, dass man dich aus dem Dienst im Krankenhaus entlassen hat, das musst du mir glauben.«

»Tessier.«

»Was?« Estelles Stimme überschlug sich fast.

»Tessier hat mich entlassen und nicht *man*.« Manon klappte das Buch zu und legte es beiseite.

»Du musst ihn sehr hassen, nicht wahr?«, fragte Estelle und zupfte an ihren Fingernägeln.

»Natürlich«, antwortete Manon und legte ihre Stirn in Falten. Sie schien nicht zu ahnen, worauf ihre Schwester hinauswollte. »Aber damit werde ich fertig, schließlich werde ich ihn nie wiedersehen.«

Estelle räusperte sich und heftete ihren Blick an den Kräutersträußchen fest, die vom Regal hingen.

»Es gibt da etwas, das ich dir sagen muss.« Estelle griff nach dem Ring an ihrer Linken und zog so Manons Blick auf den geschliffenen Diamanten.

Manon zog scharf die Luft ein, und ihre Haltung versteifte sich, während sich in ihren mandelförmigen Augen der goldene Ring spiegelte.

»Das kann unmöglich dein Ernst sein.« Manons Stimme war kaum mehr als ein Flüstern, und doch bebte sie bedrohlich.

»Wir sind schon lange ein Paar«, verteidigte sich Estelle. »Genau genommen seit dem Tag, als du uns einander vorgestellt hast. Ich habe es nur für mich behalten, weil …«

»… weil du wusstest, dass es ein Fehler ist!«

»Nein.« Estelle erhob sich vom Bett und ging aufgeregt durchs Zimmer. »Ich habe es für mich behalten, weil ich keine Lust auf deine abfälligen Kommentare hatte.«

»Aber heute war dir danach?«

»Es ließ sich nicht länger verheimlichen.«

»Bist du schwanger?«

»Nein! Aber Rémi wird in den nächsten Tagen kommen, um sich Vater und Mutter vorzustellen.«

»Rémi!«, wiederholte Manon angeekelt. »Und du denkst, dass ein Mann wie er dich glücklich machen wird?«

»Im Leben geht es nicht immer nur um Glück.«

»Stimmt. Im Leben geht es manchmal auch ums Überleben. Und weißt du was: Deinem Rémi war es völlig egal, dass in *seinem* Krankenhaus ein kleiner Junge gestorben ist. Ihm lag vielmehr daran, die Eltern des toten Kindes zu demütigen, indem er sie anwies, den Leichnam im Wagen auf ihren Schoß gebettet abzutransportieren, als wäre er ein totes Tier.«

»Menschen sterben jeden Tag, als erfahrener Arzt muss er damit umgehen können.«

Manon lachte kurz auf und schüttelte verständnislos den Kopf. »Es war ein Kind, Estelle, ein unschuldiges Kind.«

»Mir gegenüber war und ist Rémi stets verständnisvoll und aufmerksam.«

»Tatsächlich? Dann interessiert er sich für dich und deine Vorlieben? Weiß er, womit er dir eine Freude machen kann oder was dir Kummer bereitet?«

Estelle hielt inne und schluckte schwer. »Er ist ein angesehener Oberarzt.«

»Und das siehst du als Entschuldigung für seinen Narzissmus? Weißt du«, sagte Manon und stand auf, »mir kann es völlig egal sein, wen du heiratest. Hauptsache, du hast deine prunkvolle Villa, die du ausstatten kannst wie ein Puppenhaus. Unzählige Vasen und Ölgemälde, die deine Freundinnen bewundern. Die teuersten Kleider, mit denen du bei Abendgesellschaften hervorstichst und neidische Blicke erntest. Pferde, Automobile, Theaterbesuche, teures Essen. Aber glaub mir«, sagte Manon und kam Estelle ganz nahe, »die einsamen Tränen, die du nachts im Bett weinen wirst, um die wird dich niemand beneiden.«

Stille.

»Du musst mich abgrundtief hassen«, sagte Estelle und wich einen Schritt zurück. Blitzte da etwa Reue in Manons Augen auf? Wurde ihr bewusst, dass sie zu weit gegangen war?

»Und was ist mit dir?«, fragte Estelle. »Denkst du, dass dein Leben glücklicher verlaufen wird? Umgeben von Büchern, die deine Tränen ebenso wenig trocknen werden wie mein Mann. Abgeschieden, ohne Freundinnen, ohne Arbeit. Wer wird sich um *deine* einsamen Tränen kümmern?« Estelle hatte sich in Rage geredet und war lauter geworden als beabsichtigt. Und sie wusste, dass es an der Zeit war, zu gehen. Ohne ein weiteres Wort zu verlieren, verließ sie das Zimmer und schloss die Tür hinter sich. Im Flur stehend, lehnte sie sich gegen die kühle Mauer und bemerkte erst jetzt ihren rasenden Herzschlag und das Zittern ihrer Hände.

Hatte Manon am Ende recht? Rannte sie in ihr Unglück? Nein, daran durfte sie nicht denken. Ihr Leben lang hatte sie von genau dieser Ehe geträumt. Oder war es Mutters Traum gewesen?

Estelle presste ihren Körper enger an die Wand, wollte sich spüren, ihren Gedanken entkommen, die sich im Kreis drehten und über sie zu spotten schienen.

Rémi war genau der Mann, den sie sich gewünscht hatte. Und er würde ihr die Zukunft bieten, nach der sie sich sehnte. Sie musste nur an die teuren Hotels, die exquisiten Lokale und die bewundernden Blicke denken. Ihr Leben würde eine prächtige Mischung aus Seidentapeten, Goldschmuck, maßgeschneiderten Roben und feinstem Porzellan sein. Wurde Liebe nicht völlig überschätzt? Ging es im Endeffekt nicht um so viel mehr als nur um dieses eine Gefühl, das auf Dauer kein Garant für Glück war?

Estelle fühlte, wie heiße Tränen über ihre Wangen rannen. Und als hätte sie die Gewalt über ihren Körper verloren, eilte sie über die breite Treppe hinab, hinaus zu ihrem Wagen und steuerte ihn gedankenlos und viel zu schnell über die Serpentinen.

Wenig später rannte sie verwirrt und ziellos durch die Straßen von Grasse. Suchend, ohne zu wissen, was genau. Sie eilte durch schmale Einkaufsstraßen, in denen es nach Gebäck, Blumenschmuck oder Seifen roch. Gesprächsfetzen drangen zu ihr durch, Gelächter, Gesang, Stöckelschuhe auf Kopfsteinpflaster, gläsernes Klirren. Ihr Atem wurde schneller, brannte in ihren Lungen.

Und dann kehrte plötzlich Stille ein – in ihrem Kopf, ihrem Körper, ihren Gedanken. Plötzlich hatte sie gefunden, wonach sie, ohne es eigentlich zu wissen, gesucht hatte. Frieden kehrte in ihr ein, floss durch ihr Inneres wie goldener Honig. Ihre Wangen prickelten unter ihrem Lächeln, und ihr Herzrasen wich einem unendlichen und unerklärlichen Glücksgefühl.

Mathis Lebrun! Er stand in einiger Entfernung gegen eine Straßenlaterne gelehnt. Seine Baskenmütze schräg ins Gesicht gezogen, ein verschmitztes Lächeln auf den Lippen und ein offener Blick, für sämtliche Menschen, die an ihm vorbeigingen, ohne ihn zur Kenntnis zu nehmen.

Mathis Lebrun. Sein purer Anblick allein ließ sie den Wunsch nach Reichtum vergessen, erfüllte sie mit einer Zufriedenheit, die sie bislang nicht gekannt hatte.

Als sich ihre Blicke trafen, glaubte Estelle, ihr Herz bliebe für immer stehen, und gleichzeitig hüpfte es in ihrer Brust – lebendiger denn je.

Er eilte ihr entgegen, winkend und strahlend – während der Boden unter ihren Füßen schwankte und das Leben Gefahr lief, sie abzuwerfen wie ein buckelndes, unzähmbares Pferd.

»Guten Tag, Mademoiselle Estelle!«, begrüßte er sie und drückte ihr einen sanften Kuss auf den Handrücken.

»Du hast dir meinen Namen gemerkt? Ich dachte, die Frauenbekanntschaften eines Pariser Künstlers sind unüberschaubar.«

»Vielleicht sind sie das.« Mathis legte nachdenklich eine Hand an sein Kinn und richtete seinen Blick hoch zum Himmel. »Aber das heißt noch lange nicht, dass ich mir die Namen nicht merken kann.«

Estelle lachte und atmete erleichtert aus. Mit einem Mal war ihr, als hätte sie eine untragbare Last hinter sich gelassen.

»Bist du wieder auf dem Weg zu einer Verabredung?«, fragte er und bot ihr seinen Arm an.

»Nein. Der Tag heute gehört nur mir, und wenn du Lust hast, gebe ich dir ein Stück davon ab.« Estelle zwinkerte Mathis zu und nahm seinen angebotenen Arm an.

»Dann komm, ich zeig dir was.«

Estelle fühlte, wie sich ihr Innerstes mit einer Wärme vollsog, die ihr völlig neu war. Aber sie wollte mehr davon, wollte sich enger an Mathis schmiegen, um diese Wärme noch intensiver zu erleben. Ihr Lächeln fühlte sich so weich und ehrlich an, als könnte es die Dunkelheit der gesamten Welt erhellen.

»Wo gehen wir hin?«, fragte sie und strich über seinen Oberarm.

»Schscht!«, zischte er und legte dabei einen Finger auf seine Lippen. »Es soll doch eine Überraschung sein.«

»Schon gut!«, erwiderte sie kichernd. Hatte je ein Mensch sie zu überraschen versucht? Nein, bis heute war ihr Leben eine Abfolge von Vorhersehbarkeiten gewesen. Frühstück, Mittag- und Abendessen, jeden Tag zur selben Zeit, am selben Ort. Keine spontanen Besuche, kein Abändern der Kleiderordnung, die die Mutter für sie ausgearbeitet hatte. Gelacht wurde, wenn Vater versuchte, lustig zu sein, und einen Spaziergang durch den Park machte man an einem Sonntagnachmittag.

Gewiss waren Mathis derartige Benimmregeln fremd, und er würde sie auslachen, wenn sie ihm davon erzählte. Aber das würde sie nicht, vielmehr galt es, ihr wahres Leben vor ihm zu verschleiern, damit er nicht erkannte, wie langweilig sie in Wirklichkeit war.

Als sie die Stadtmauer von Grasse hinter sich gelassen hatten, berührte ein sanfter Luftzug ihre Wangen und strich ihr liebevoll durchs Haar. Das Stimmengewirr, Schuhgeklapper und der Lärm des Straßenverkehrs waren plötzlich einer erfüllenden Ruhe gewichen. Hier gab es nur das Rauschen der Blätter und das Gezwitscher der Vögel. Sonst nichts. Und sosehr sie diese Stille in Gourdon hasste, so sehr liebte sie sie hier in Grasse. Vielleicht war es Mathis, der die Ruhe abrundete und sie mit seiner puren Anwesenheit in beglückenden Frieden verwandelte.

Vorsichtig, so als war er nicht sicher, ob er durfte, legte er den Arm um ihre Schulter und zog sie eng an sich. So eng, dass Estelle glaubte, sie würde zerfließen und mit ihm zu etwas Neuem verschmelzen. Etwas, das glänzte und strahlte und die Schönheit jedes Regenbogens in den Schatten stellte.

»Was machen wir hier?«, fragte sie flüsternd und lehnte ihren Kopf an seine Brust. Mit einem Ohr lauschte sie dem Klang der Natur, und mit dem anderen vernahm sie das aufgeregte Schlagen von Mathis' Herz. Beides zusammen ergab eine Melodie, die ergreifender war als Gabriel Faurés *Pavane*, die ihre Großmutter immer wieder zu Tränen gerührt hatte.

»Hier draußen sind die Blumenfelder von Grasse. Hier wird in den Sommermonaten die einzigartige Hundertblätterrose geerntet, die Grasse zu ihrem Ruhm als Parfümhauptstadt verholfen hat. In den frühen Morgenstunden werden die geöffneten Rosen mit der Hand gepflückt und müssen noch am selben Tag verarbeitet werden – ansonsten sind sie für die Gewinnung der Rosenessenz unbrauchbar und werden entsorgt.«

»Wie traurig«, sagte Estelle und griff nach Mathis' Hand.

»Ja, bestimmt. Aber jene, die es geschafft haben, dürfen die Welt mit diesem Duft beglücken.« Er holte aus seiner Hosentasche einen kleinen Flakon hervor, entkorkte ihn und ließ Estelle daran schnuppern.

»Himmlisch«, hauchte sie und glaubte, zu schweben, sich über die weitläufigen Blumenfelder zu erheben, die terrakottagedeckten Dächer von Grasse zu überblicken und eins zu werden mit den Wolken. Doch Mathis hinderte sie daran, hielt sie fest, umarmte sie, roch an ihrem Haar und kostete von ihren Lippen, liebkoste ihren Hals und flüsterte ihr Worte ins Ohr, die ihr Herz zum Lächeln brachten.

Sie ließ zu, dass er ihre dünne Jacke abstreifte, sie auf die Wiese bettete, ihre Bluse öffnete und sie unter freiem Himmel liebte.

Nun schweben wir gemeinsam, dachte sie bei sich und wagte es nicht, die Augen zu öffnen. Um keinen Preis der Welt wollte sie den Ort, an den Mathis sie entführt hatte, wieder verlassen. Sie wollte dort bleiben, erhaben, gleitend, schwerelos.

Auch Stunden später, als sie längst auf dem Heimweg nach Gourdon war, glaubte sie noch immer, vom honigsüßen Duft der Rosenessenz getragen zu werden. Um nichts in der Welt wollte sie die Leichtigkeit, die von ihr Besitz ergriffen hatte, wieder verlieren. Vielmehr würde sie sich in ihr einkapseln, klein, zusammengerollt, um dieses Gefühl nie mehr freigeben zu müssen.

Erst als sie die Einfahrt zu ihrem Elternhaus entlangfuhr, holte sie die Wirklichkeit ein. Bitter, salzig, giftig. Rémis Wagen parkte am Rondell und verströmte geradezu einen penetranten Hauch von Besitzanspruch.

Natürlich, Rémi hatte sich für heute eingeladen, um sich ihren Eltern vorzustellen.

Noch während Estelle über die Treppe hinauf zum Eingang schritt, konnte sie sich förmlich Mutters Kichern vorstellen und Rémis übertriebene Süßlichkeit, mit der er sich einzuschmeicheln versuchte.

Seltsam, dachte Estelle, wie schnell sich das Leben manchmal änderte.

Dann nahm sie einen tiefen Atemzug und tauchte ein in das aufgesetzte familiäre Idyll.

Kapitel 15

MANON

Gourdon, Oktober 1936.

Als Manon einen Wagen die Einfahrt entlangfahren hörte, versteckte sie sich hinter einem Baum und beobachtete vorsichtig, wie ein cremefarbenes Cabriolet am Rondell parkte, dessen Bepflanzung bereits den herbstlichen Beschnitt erhalten hatte. Tessier. Er stieg aus und ging zielsicher auf das Haus zu – gerade so, als wäre er hier schon unzählige Male ein und aus gegangen.

Er klopfte an der Tür, prüfte seinen Hemdkragen und den Sitz des Sakkos, strich sein Haar aus der Stirn und wartete, dass man ihn einließ. Er wirkte völlig anders ohne seinen wehenden weißen Arztkittel. Fast machte seine Statur einen schmächtigen Eindruck, die nicht ahnen ließ, dass er gewohnt war, Angst und Schrecken zu verbreiten.

Das Hausmädchen öffnete ihm die Tür, und er verschwand im Inneren des Gebäudes.

Der Gedanke, dass er heute an ihrem Esstisch trank, aß und sich unterhielt, machte sie rasend. Mit ihren Fingern krallte sie sich an den Furchen der Baumrinde fest, während ihr Kiefer sich schmerzhaft verkrampfte.

Das konnte doch nur ein schlechter Traum sein. Einer, bei dem man zu laufen versucht und sich dennoch nicht von der Stelle bewegt. Ober man von einer Klippe stürzt und kurz vor dem Aufprall hochschreckt.

Manon fühlte sich, als befände sie sich gerade mitten im Sturz. Und auch wenn sie der Meinung war, nicht mehr tiefer fallen zu können, so wartete sie doch vergeblich darauf, aufzuwachen.

Wie konnte Estelle ihr das nur antun? Sie erwartete keine Liebe, Fürsorge oder Zuneigung von ihrer Schwester, aber ausgerechnet den Mann heiraten zu wollen, der ihre, Manons, Existenz vernichtet hatte, war wie das Messer, das bereits im Leib steckte und mit voller Wucht noch tiefer gerammt wurde.

Und warum hatte Vater nicht verhindert, dass dieser Mann sein Haus betrat?

Der Wind wehte kühl zwischen den Bäumen und ließ buntes Laub auf sie herabregnen. Sie schloss die Augen, spürte die sanfte Bö, die vom Tal herauf durch den Park stob. Jeder Baum, jedes Blatt und jeder Busch hatte dem Windstoß ein wenig von seiner Kraft geraubt, und doch vermochte er noch, durch ihr Haar zu streichen und ihre Wangen zu liebkosen.

Seit Daniels Tod war sie nicht mehr oft bei Léandre gewesen. Sie hatte die Stille vorgezogen, die Zurückgezogenheit in ihrem Zimmer, in dem sie umgeben war vom vertrauten Geruch ihrer Bücher und des frisch gemachten Bettes. Dort, zwischen den getrockneten Kräutersträußchen, die Léandre ihr geschenkt hatte, den Bildern, die sie seit ihrer Kindheit bis ins kleinste Detail kannte, fühlte sie sich sicher. Dort war sie vor bösen Überraschungen gefeit und konnte sich vollends ihrem Selbstmitleid hingeben.

Doch der Gedanke, unter einem Dach mit Tessier verweilen zu müssen, hatte sie aus dem Haus getrieben, hinaus in den Park, und nun schien der Wind sie zu sich hinab ins Tal zu winken. Zu Léandres Landgut. Zu den Liebermanns, die sie beim letzten Besuch umarmt und ihr keine Sekunde lang die Schuld am Tod ihres Sohnes gegeben hatten.

Wie von selbst fanden ihre Schritte den Weg durch den Park, über Baumwurzeln und Gestrüpp. Ihre Finger strichen über moosbewachsene Baumstämme, und ihre Blicke fielen auf das ausgedünnte Blätterdach, über dem die Wolken ihrer Wege zogen.

Umgeben von den alten Eichen, Buchen und Kastanien, überkam sie ein Gefühl von Einsamkeit. Jeder Baumstamm stand für sich allein, und doch verfingen sich die Äste hoch über ihrem Kopf zu einem Geflecht und bildeten ein großes Ganzes. Eine Sehnsucht überkam sie, eines Tages den Menschen zu finden, mit dem sie zu ebendieser Einheit verschmelzen konnte.

Die Arbeit im Krankenhaus hatte sie ausgefüllt, sie vergessen lassen, dass in ihr ein Hunger nach Liebe flackerte. Umgeben von Patienten, Krankenschwestern und Ärzten und bedingt durch den Schlafmangel, hatte sie das Sehnen in ihrem Herzen ignoriert, doch jetzt, da ihre Tage leer waren und sich anfühlten wie ein Klumpen von schwarzem Teig, da wurde dieser Ruf nach Liebe in ihr laut. Und immer wieder stellte sie sich die Frage, ob ihre Mutter in all den Jahren recht gehabt hatte und eine Frau für die Ehe gemacht war und nicht für den harten Beruf der Krankenschwester. Hatte sie es am Ende nur gut gemeint mit ihr?

Oder lag es nur an ihrer Kraftlosigkeit, dass sie sich in die schützenden Arme eines Mannes sehnte?

Als sie den Park hinter sich gelassen hatte und sich vor ihr die Wiese auftat, über die vor wenigen Wochen noch Sommerblumen ihre Farbtupfer gestreut hatten, überkam sie eine innere Ruhe, die sie selbst in ihren vertrauten Räumen nicht erlangte.

Die Platanen beugten sich schützend über Léandres Haus und strichen mit den Ästen über das Dach.

Sosehr es sie über die Wiese hinabzog, sosehr hielt es sie für den Moment noch hier oben fest, den Blick auf das kleine Gehöft gerichtet. Die Scheune, in deren Dachboden die Kräuter zum Trocknen hingen, der gemauerte Stall, in dem die Ziegen an ihrem Heu zupften, das Wohnhaus, hinter dessen Fenster sie Léandre vermutete – vielleicht in einem Buch lesend, oder dösend im Schaukelstuhl. Die Blumenkästen auf den Fensterbänken waren leer geräumt für den Winter. Die Kräuterfelder waren abgeerntet und erholten sich von den kräftezehrenden Monaten, in denen sie

Lavendel, Thymian und Rosmarin zum Leben verholfen hatten. Das Schweigen der Zikaden hatte eine unheimliche Stille über das Land gelegt, und die Sonne kämpfte sich mit einzelnen Strahlen durch den bewölkten Himmel, um die Felder in goldenes Licht zu tauchen. An die Kräuterfelder angrenzend, stand in einiger Entfernung die prächtige Sommerlinde, in deren Schatten Herr Liebermann unter Tränen das Grab für seinen Sohn ausgehoben hatte.

Langsam, so als wollte sie die Ruhe nicht stören, setzte sie nun einen Fuß vor den anderen und schritt bedächtig den Hang hinab zu Léandre.

Unten angelangt, lugte sie durch ein Fenster und fand ihn tatsächlich schlafend in seinem Schaukelstuhl vor. Jetzt, da die meiste Arbeit getan war, konnte er sich ab und an einen freien Tag leisten. Kurz überlegte Manon, einfach umzukehren, um Léandre nicht in seiner wohlverdienten Rast zu stören. Andererseits wusste sie, dass er sich jedes Mal über ihr Kommen freute und sie beim Abschied stets ermunterte, ihn möglichst bald wieder zu besuchen.

Vorsichtig klopfte sie an die Fensterscheibe und wartete. Es dauerte eine Weile, bis Léandre sich regte, streckte und schließlich die Augen aufschlug. Manon lächelte, als sie ihn dabei beobachtete, wie er in den Tag zurückzufinden versuchte. Als er sie erblickte, erhellte sich seine Miene, und er sprang förmlich aus seinem Schaukelstuhl, der aufgeregt wippend leer zurückblieb.

»Entschuldige, ich hab dich geweckt«, sagte Manon, als er sie zu sich ins Haus bat.

»Ich schlafe nur, um der Langeweile zu entgehen.«

»Das kenne ich«, log sie. Die Wahrheit war, dass sie seit ihrer Entlassung aus dem Krankenhaus vor Sorge und Gram kaum noch Schlaf fand.

»Ich hatte gehofft, in den ruhigen Herbst- und Wintermonaten etwas Kraft zu schöpfen und mich zu erholen, aber im Moment weiß ich einfach nichts mit mir anzufangen. Die Kräuter hängen im Schuppen, die Felder brauchen keine Zuwendung, sämtliche Reparaturarbeiten an Geräten und Gebäuden sind erledigt, und das Fell der Ziegen glänzt vom vielen Bürsten. Möchtest du Kräutertee?«

»Du könntest bei einem Spaziergang die Umgebung erkunden«, schlug Manon vor und stimmte mit einem Nicken dem angebotenen Tee zu.

»Spaziergänge mache ich in der Morgendämmerung, da ist es am schönsten, wenn der Nebel aus dem Lavendelfeld steigt wie eine verlorene Seele.«

Manon lauschte Léandre aufmerksam und sah ihn in Gedanken vor sich, den Nebel, der sich wie ein weißer Schleier erhob und langsam in den ersten Sonnenstrahlen zerfiel, als hätte er nie existiert.

»Wenn du magst, begleite ich dich bei einem deiner morgendlichen Rundgänge«, schlug sie vor und griff nach der Tasse, die Léandre ihr entgegenhielt. Der Tee dampfte, roch würzig, erdig und heilsam zugleich.

»Sehr gerne, das weißt du doch«, erwiderte er und strich ihr über den Oberarm.

»Wo sind die Liebermanns?«, fragte Manon, um ihre Unsicherheit zu überspielen.

»Die sind vor zwei Tagen weitergezogen – Richtung Marseille, wo sie nach Portugal übersetzen wollen.«

»Das tut mir leid. Ich hätte mich gerne verabschiedet. Dann bist du jetzt ganz allein.«

»Aber das war ich doch vorher auch. Und für die Liebermanns war es der richtige Zeitpunkt.«

Manon nickte. Sie hatte gelesen, dass die deutsche Bevölkerung aufgefordert worden war, nicht länger in jüdischen Geschäften einzukaufen, und dass man Juden vom Militärdienst ausgeschlossen hatte. Léandre hatte recht: Je weiter die Liebermanns sich von

Deutschland entfernten, desto besser. Und hier in Gourdon erinnerte ohnehin alles an ihren verstorbenen Sohn.

»Ich habe ihnen versprochen, mich um das Grab zu kümmern, es zu pflegen und an Daniels Geburtstag eine Kerze für ihn anzuzünden.«

»Das ist schön«, antwortete sie.

»Manon!«, flüsterte Léandre und kam ihr so nahe, dass sie das weiche Rascheln seines Baumwollhemds hören konnte, das bei jeder Bewegung über seine Haut strich. »Es tut mir leid. Du wirkst so verloren, und das ist allein meine Schuld. Ich hätte dich nicht in die Sache verwickeln dürfen.«

»Sache?«, wiederholte Manon. »Es ging um das Leben eines Jungen, und du hättest es dir nie verziehen, wenn du nicht alles für ihn getan hättest. Und ich hätte es dir auch nicht verziehen.«

Manons Blick glitt über seine dichten Augenbrauen, seine sonnengegerbten Falten auf der Stirn, die Narbe an der Wange, die von einem Unfall in seiner Kindheit herrührte, das Muttermal auf seinem Kinn, die leicht abstehenden Ohren, für die er sich in jungen Jahren geschämt hatte, sein Haar, das wirr abstand, als wäre er ein Künstler, oder einfach zu faul, um sich zu kämmen.

Er lächelte. Anfangs nur ganz leicht, dann strahlend hell. Und erst nach einer Weile bemerkte sie, dass er ihr Lächeln spiegelte. Oder erwiderte sie seines? Oder ergab ihrer beider Strahlen ein großes Ganzes?

Seine Fingerspitzen berührten ihren Handrücken. Behutsam, wie Tautropfen auf einer Rosenknospe. Und noch während sie über seine sanfte Berührung nachdachte, legte er seine Hand an ihre Wange und küsste sie. Und es fühlte sich an, als hätte sie seit ihrer ersten Begegnung auf nichts anderes gewartet. Als hätten sie sich nur kennengelernt, um einander diesen sanften, zärtlichen Kuss zu geben, der ihrer beider Leben für immer verändern sollte.

Als Léandre sich von ihr löste, fühlte sie sich mit einem Mal klein und nackt, und gleichzeitig leicht und losgelöst – so als hätte dieser eine Kuss alle Sorgen in etwas Warmes, Samtiges verwandelt. Etwas, über das man nicht sprechen durfte, weil es so zerbrechlich war wie eine Seifenblase, deren Schönheit nur überdauerte, solange sie schwebte.

»Mein Tee wird kalt«, sagte sie leise und hasste sich dafür, dass ihr nichts Besseres einfallen wollte.

»Meiner auch!«, meinte Léandre.

Beide klammerten sich an ihre Tassen, schlürften den Tee und rührten scheppernd mit ihren Löffeln um. Als sich ihre Blicke trafen, begannen sie zu schmunzeln. Erst verhalten, geheimnisvoll, dann zustimmend, herzlich, bis sie schließlich beide lachten, ihre Tassen beiseitestellten und sich an den Händen fassten.

Léandres Nähe fühlte sich für Manon an wie ein frischer Luftzug, der ihre Seele reinigte und offenlegte, was schon lange da gewesen war – ihre wahren Gefühle für ihn.

»Kann ich heute Nacht bei dir bleiben?« Manon wagte es kaum, ihm in die Augen zu sehen. »Mit Tessier unter einem Dach, das ertrage ich nicht.«

Léandre nahm ihre Hand in seine. »Natürlich. Immer. Das weißt du doch.«

Als seine Lippen ihre berührten, war Tessier vergessen. Und vielleicht entsprang der Wunsch, bei Léandre zu nächtigen, gar nicht nur Tessiers Aufenthalt auf dem elterlichen Anwesen. Vielleicht war es einfach an der Zeit, sich ihre Gefühle einzugestehen und einen neuen Lebensabschnitt zu beginnen.

Hier auf dem kleinen Landgut fühlte sie sich wohl, und sie wusste, dass sie sich an der abgeschiedenen Natur niemals sattsehen würde und dass ihr Léandres Küsse auch noch in unzähligen Jahren weiche Knie bescheren würden.

Das Leben ging manchmal verrückte Wege und Umwege, dessen war Manon sich bewusst. Hatte sie vor ein paar Wochen noch geglaubt, dass ihre einzige Erfüllung der Arbeit im Krankenhaus galt, so musste sie sich jetzt eingestehen, dass Zufriedenheit und Glück mehrere Gesichter hatten. Es lag einzig an ihr, ob sie lächelnd durchs Leben ging oder sie ihre Jahre der Verbitterung widmete. Und für Manon stand fest, dass sie das Lächeln wählte.

Wenig später spazierten sie eng umschlungen durch die Kräuterfelder, denen noch immer ein Nachklang des Sommers innewohnte. Wiederholt blieben sie stehen, sahen einander in die Augen, als könnten sie beide nicht glauben, dass sie den Weg gemeinsam beschritten. Sie küssten und berührten sich, lachten verlegen, aber fröhlich und setzten ihren Weg fort.

Unter der alten Sommerlinde blieben sie stehen und bedachten Daniels Grab schweigend mit einem wehmütigen Lächeln.

»Du darfst dir das nicht gefallen lassen«, meinte Léandre nach einer Weile. »Du bist eine gute Krankenschwester.«

»Was soll ich deiner Meinung nach machen?«

»Sprich mit diesem Dr. Poupin. Du hast doch erzählt, dass er im Krankenhaus das Sagen hat und nicht Tessier. Bestimmt ist er auf deiner Seite und kann dir zu deiner alten Stellung verhelfen.«

»Mein Wort gegen das eines Arztes?« Manon lachte. »Niemals. Ich bin nur eine ersetzbare Krankenschwester, Tessiers guter Ruf geht weit über unsere Region hinweg. Außerdem möchte ich von diesem Mann nie wieder Befehle entgegennehmen.«

Nun, da sie es ausgesprochen hatte, fühlte es sich ein Stück weit schmerzlich an. Nein, es gab für sie keinen Weg mehr zurück ins Krankenhaus.

»Es gibt nicht nur das *Hôpital de Vincent.*«

»Möchtest du mich loswerden?«

»Ich möchte, dass du glücklich bist«, sagte er und schlang seine Hände um ihre Taille.

»Ich denke, das bin ich«, erwiderte sie und legte ihre Wange an seine Brust. Doch als sie seinem aufgeregten Herzschlag lauschte und sich in ihre Gedanken die Zeichnung eines geöffneten Herzens mischte, da wusste sie, dass etwas in ihr noch immer Krankenschwester sein wollte. Was, wenn dieser Wunsch niemals aufhörte, hinter ihren Schläfen zu pochen? Was, wenn getrockneter Lavendel sie nicht derart erfüllen konnte wie die Pflege eines kranken Menschen? Was, wenn sie ein Leben lang zwiegespalten blieb?

Sie sog die reine Luft der Provence tief in ihre Lunge ein und hatte nur einen Wunsch: Sie wollte an Léandres Seite glücklich sein.

Hier neben ihm fühlte sie sich angekommen. Ohne es zu wissen, hatte sie sich immer an die Seite eines Menschen wie ihn gewünscht. Die Art, wie er sie ansah, mit ihr sprach, sie berührte … alles ergab einen Sinn, fühlte sich richtig an. Hätte sie früher gewusst, dass Liebe einen schweben ließ und zugleich derart erdete, sie hätte sich längst auf die Suche nach ihr gemacht.

Manon lächelte, wissend, dass ihre Gedankengänge keinen Sinn ergaben. Kein Mensch hatte je erfolgreich die Liebe gesucht. Letztendlich war es die Liebe, die entschied, wo sie aufkeimte.

Léandre hauchte ihr einen Kuss auf die Stirn, nahm sie an der Hand und ging mit ihr gemeinsam zurück zum Haus.

Manon atmete ein und atmete aus, und stellte erleichtert fest, dass sie glücklich war.

Kapitel 16

ESTELLE

Grasse, Oktober 1936.

»Warum bist du heute so schweigsam?«, fragte Estelle und strich Mathis sanft über den Rücken. Dieser saß neben ihr auf der grünen Wolldecke, die sie mitgebracht hatte, und blickte leer auf das ruhende Blumenfeld, das sich still vor ihnen ausbreitete.

»Es ist nichts, glaub mir.« Er schluckte schwer und schenkte ihr ein wenig überzeugendes Lächeln.

Seit dem Nachmittag, an dem sie sich hier draußen in der freien Natur geliebt hatten, trafen sie sich täglich, spazierten umher, gingen in Kaffeehäuser, tranken Wein und berührten einander unablässig. Abends verabschiedete sie sich unter einem Vorwand von ihm und machte sich auf den Weg, um Tessier von der Arbeit abzuholen. Natürlich wusste sie, dass sie dieses Doppelleben nicht ewig aufrechterhalten durfte, aber wenn sie in Mathis' Augen blickte, seine sanften Hände auf ihren fühlte, dann brachte sie es nicht über sich, ihm die Wahrheit zu sagen. Dass sie sich bereits einem anderen versprochen hatte.

In Mathis' Gegenwart war das Leben so einfach, so klar und unbeschwert. Da gab es keine gesellschaftlichen Regeln und Arrangements, denen sie sich zu beugen und sich für den Oberarzt zu entscheiden hatte. An seiner Seite sah sie die Welt mit anderen Augen. Sein schelmisches Lächeln schien sich auf die gesamte Umgebung zu übertragen und sie in helleres Licht zu tauchen. Seine Nähe war wie der Zuckerguss auf einer Torte, den zu essen ihr Mutter stets verboten hatte.

Und immer wieder drängte sich ihr die Frage auf, ob das Lachen, das sie mit Mathis verband, nicht weitaus wertvoller war als Rémis luxuriöser Wagen oder seine Villa mit dem vielen Personal? Wogen goldene Geschmeide am Dekolleté oder raschelnde Seide tatsächlich schwerer als dieses flirrende Glücksgefühl, das durch ihren Körper rauschte und sie schlaflos durch die Nächte trug?

»Du kannst mir alles erzählen. Immer!«, schwor Estelle und rückte näher an Mathis heran.

Wieder versuchte er sich an einem Lächeln, doch dieses Mal wirkte es erleichtert.

»Ich habe heute erfahren, dass jemand gestorben ist, der mir wichtig war.«

»Das tut mir leid!« Estelle glaubte mit einem Mal, Mathis' Schmerz in ihrer eigenen Brust zu spüren. War das so, wenn man einander eng verbunden war? Dass man Gefühle teilte, egal, ob gut oder schlecht?

»Wer?«, fragte sie vorsichtig und strich über sein wirres Haar.

»Ein kleiner Junge, der ein Leben in Freiheit verdient hätte. Und ich hatte gehofft, ihm und seiner Familie diese Freiheit schenken zu können. Aber das war wohl ein Irrtum.« Mathis' Miene wirkte düster, tiefe Falten ließen ihn um Jahre älter erscheinen.

»Was ist mit ihm passiert?«

»Er wurde krank. Und womöglich war es genau die Reise in die Freiheit, die ihn krank gemacht hat.«

»Und jetzt gibst du dir die Schuld am Tod des Jungen?« Estelle atmete tief ein. Ihre Kehle schmerzte, Tränen trübten ihren Blick. »Warum war seine Familie auf der Suche nach Freiheit?«

»Weil sie im falschen Land der falschen Religion angehörten. Sie sind aus dem judenfeindlichen Deutschland geflüchtet, wollten hier neu beginnen, und nun das. Wie soll ich mir je verzeihen, dass ich ihr Kind in den Tod geschickt habe?«

Stille.

Estelle senkte ihren Blick. Ihre Stirn gegen Mathis' Oberarm gelehnt, fragte sie sich, wie man einen Menschen tröstete. Und sie schämte sich für ihre Oberflächlichkeit, derer sie sich nicht bewusst gewesen war. Ihre Mutter hatte sie stets gelehrt, wie man in der Öffentlichkeit agierte, wie man sich bei Tisch benahm, wie man geistlose Gespräche führte und welche Haltung man dabei einzunehmen hatte. Das Kinn hoch, den Rücken durchgedrückt, Schultern zurück, die Augen offen, das Lächeln gerade freundlich genug, um nicht verbittert zu wirken. Und ihre Mutter hatte sie gelehrt, sich an erste Stelle zu setzen und keine Rücksicht auf die Bedürfnisse anderer zu nehmen.

Und nun musste sie an diesem lauen Nachmittag im Oktober, inmitten einer abgeblühten Blumenwiese, über der die Vögel kreisten und die Wolken im Wind stetig ihre Form veränderten, feststellen, dass alle Werte, die man ihr beigebracht hatte, nicht wichtig waren. Dass etwas anderes zählte, nämlich genau das Gegenteil.

»Erzähl mir von dem Jungen«, flüsterte sie und drückte seine Hand.

Mathis legte seinen Kopf in den Nacken und schien zwischen den dahinziehenden Wolken nach den vergangenen Tagen zu suchen.

»Er hieß Daniel und hatte das breiteste Lächeln, das ich je gesehen habe. Ich habe ihn und seine Eltern nur durch einen Zufall kennengelernt.«

»Wo habt ihr euch getroffen?«, unterbrach ihn Estelle verwundert.

»Am Place Saint-Pierre. Damals hatten sie gerade ihre Reise von Berlin nach Paris hinter sich.«

»Berlin?«

»Ja, Berlin. Doch die Ankunft am Gare de l'Est hatte sich alles andere als friedlich gestaltet. Unruhestifter, Rechtsradikale, Arbeitslose, die sich darüber empörten, dass die deutschen Juden ihnen die Arbeitsplätze wegnähmen. Seit Monaten versammeln sie sich dort, und es werden immer mehr. Ich meide Orte wie diesen, aber die Liebermanns hatten keine andere Wahl, sie mussten sich dem Tumult stellen. Als ich in die Gesichter der drei Liebermanns geblickt habe, wurde mir klar, dass sie in Paris ebenfalls keinen Frieden finden würden. Hier würde man sie ebenso mit Verachtung strafen, vor ihnen auf die Straße spucken und sie beschimpfen wie in Berlin. Die Stimmung vor dem Gare de l'Est erinnert stark an die Straßenschlachten vom 6. Februar vor zwei Jahren.«

»Ich hab damals davon gelesen«, besann Estelle sich zurück in die Vergangenheit. »Eine Demonstration Rechtsradikaler war aus dem Ruder gelaufen. Sie haben versucht, den Palais Bourbon zu stürmen, und haben dabei eine regelrechte Schlacht entfacht.«

»Fünfzehn Tote hat man damals gezählt. Es war schrecklich.«

»Warst du dabei?«

»Natürlich nicht! Aber damals stand ganz Paris unter Schock. Rechtsextremisten haben den Pferden der berittenen Polizei die Sehnen durchtrennt, mit Steinen geworfen und brüllend gegen die Regierung aufbegehrt. Das war nicht mehr mein Paris, durch das man streifen konnte wie ein herrenloser Hund. Plötzlich hatte Angst die Straßen beherrscht. Und nun, zwei Jahre später, scheint Paris erneut Opfer von Unruhestiftern zu werden.«

»Und deshalb hast du beschlossen, die jüdische Familie hierherzubringen?« Estelle konnte Mathis' innere Aufgewühltheit spüren.

»Ja, zu einem Freund, drüben in Gourdon. Daniel war so aufgeregt gewesen. Während der Zugfahrt hat er aus dem Fenster gesehen und dabei gepfiffen. Immerzu hatte er ein Lied auf den Lippen.«

»Weder du noch Daniels Eltern tragen die Schuld am Tod des Kindes. Wäre er in Deutschland geblieben, wer weiß, welches Schicksal ihn dann ereilt hätte.«

Estelle folgte Mathis' Blick zum Horizont und teilte sein Schweigen.

»Die Freiheit ist es immer wert, dass man um sie kämpft«, flüsterte Estelle nach einer Weile gegen den Wind.

Mathis sah sie an, schien sich zu fragen, von welcher Freiheit sie sprach.

Und tatsächlich dachte sie in diesem Moment nicht an Daniel Liebermann, sondern an ihre eigene Freiheit, die ihr gebot, sich für den Mann zu entscheiden, für den ihr Herz schlug. Sie schloss die Augen und lauschte tief in sich hinein – lauschte ihren Gedanken, ihrem Herzschlag, ihrer Sehnsucht.

»Ich liebe dich!«, hauchte sie und lächelte. Und ohne Mathis anzusehen, konnte sie fühlen, dass er glücklich war.

»Ich weiß!«, sagte er und griff nach ihrer Hand, um sie mit Küssen zu bedecken.

»Du weißt es?«

»Ja!«, sagte er, und seine Miene verlor die Fröhlichkeit. »Schon bei unserem ersten Treffen wusste ich, dass ich nur mit dir gemeinsam zurück nach Paris gehen würde.«

»Paris?« Estelles Stimme überschlug sich.

»Du kommst doch mit, nicht wahr?«, fragte er und nahm ihr Gesicht in beide Hände. »Du wirst es lieben. Wir werden durch die Gassen schlendern, zu viel Wein trinken und an der Seine spazieren gehen. Und ich werde dich unter dem Eiffelturm küssen!«

Estelles Herz begann vor Aufregung zu hüpfen. Ihre Wangen prickelten, und ihre Hände zitterten. Paris. Mathis. Alles kam so überstürzt. Bis vor wenigen Augenblicken war sie der Meinung gewesen, sie sollte die Frau eines langweiligen Oberarztes werden, und nun sollte sie stattdessen ihre Zelte hier abbrechen und ins Künstlerviertel von Paris ziehen?

»Natürlich komme ich mit. Hier hält mich nichts«, sagte sie

und stellte fest, dass es die Wahrheit war. Nirgendwo war sie mehr zu Hause als an Mathis' Seite. »Wann möchtest du abreisen?«

»So bald wie möglich. Es ist an der Zeit, dass wir aktiv gegen den Rechtsruck vorgehen. Nur so haben die deutsch-jüdischen Flüchtlinge eine Chance auf ein freies Leben in Frankreich.« Seine Stimme war klar und entschlossen. Und Estelle wusste, dass sie ihm überallhin folgen und seine politische Begeisterung teilen würde. Sie würden gemeinsam für eine Sache einstehen, die richtig war und etwas bewegte.

Stolz. Ja, Estelle war stolz über den inneren Wandel, den sie an Mathis' Seite vollzogen hatte. Er hatte sie aus ihrem Kokon gelockt, damit sie sich endlich in ihrer vollen Pracht präsentieren konnte. Dabei ging es nicht um ihre Schönheit, sondern einzig darum, wer sie in Wirklichkeit war. Und plötzlich versiegte auch der Groll gegen ihre Schwester und ihren Vater. Sie spürte nur noch diesen unendlichen Frieden in sich.

Als sie wenige Stunden später den Salon ihrer Mutter betrat, dämmerte es draußen bereits. Die Herbstsonne warf die Muster der Spitzenvorhänge auf die geschliffenen Dielen. Blumenmuster wanden sich um Ornamente, schlangen sich um Efeuranken – zierlich und elegant, genau wie Mutter es mochte.

»Du bist schon hier? Triffst du dich heute nicht mit Rémi?«, fragte sie und blickte von ihrer Lektüre hoch. Aus dem hinteren Teil des Buches holte sie ein besticktes Lesezeichen hervor, legte es auf die geöffneten Seiten und schloss den Band. Sorgsam strich sie über den weinroten Umschlag und legte das Buch auf das Tischchen neben sich, auf dem eine Karaffe Wasser und eine frisch befüllte Blumenvase stand.

Estelle beobachtete jeden ihrer behutsam ausgeführten Handgriffe und wartete. Sie wusste, dass sie geduldig vorgehen musste, wenn sie das bevorstehende Gespräch nicht vermasseln wollte.

»Mit Rémi treffe ich mich erst morgen wieder.« Allein der Gedanke an die Verabredung mit ihrem Verlobten verursachte ihr Magenschmerzen. Wenn sie das Gespräch mit ihm doch nur schon hinter sich hätte.

»Ihr beiden seid so ein hübsches Paar. Eure Sommerhochzeit wird perfekt werden. Wir feiern draußen im Garten und werden die Gäste mit den feinsten Delikatessen und den teuersten Weinen verwöhnen. Dein Brautkleid wird alle Blicke auf sich ziehen – ich habe schon ein genaues Bild vom Schnitt und der Wahl des Stoffes vor Augen. Der Schleier aus bestickter Seide, elfenbeinfarben, mit Perlenbesatz und unerhört lang.« Vienne lachte auf. Im Glanz ihrer Augen schien sich bereits das Brautkleid mit all seinem Zierrat abzuzeichnen.

»Denkst du nicht, dass du ein wenig voreilig bist, Mutter?«, fragte Estelle und nahm auf dem moosgrün gepolsterten Stuhl neben Vienne Platz.

»Ach was, so eine große Hochzeit kann man gar nicht früh genug planen.«

»*Maman*.« Estelle fühlte eine ungewohnte Aufregung in sich aufsteigen. Es war, als würde in ihrem Innersten etwas ausbrechen wollen – wie ein Vogel aus einem viel zu kleinen Käfig, der sich nach Freiheit sehnte, danach, über Dächer zu schweben und von den höchsten Baumkronen seinen Gesang in die ganze Welt zu tragen. Sie schluckte schwer und erinnerte sich daran, zu atmen.

»Was ist los, mein Kind?«, fragte Vienne und legte sorgsam eine Hand auf die ihrer Tochter. »Mit mir kannst du über alles reden, das weißt du doch.« In den Augen ihrer Mutter blitzte etwas auf. Etwas, das Estelle sagte, dass sie alles daransetzen würde, die Hochzeit stattfinden zu lassen.

»Es ist so …«, stotterte Estelle und brach ab, noch ehe ihr die Wahrheit über die Lippen kommen wollte. »Es gibt da einen anderen Mann.« Nachdem sie diesen Satz ausgesprochen hatte, hielt sie den Atem an und suchte im versteinerten Gesicht ihrer Mutter nach einer Reaktion.

»Ein anderer Mann? Wie meinst du das?« Ihre Augen wurden schmal, der Blick argwöhnisch, ihre Haltung signalisierte die Bereitschaft zum Angriff.

»Ich habe ihn in Grasse kennengelernt. Er ist aus Paris und für ein paar Wochen zu Besuch. Er liebt mich und möchte, dass ich mit ihm in seine Heimatstadt zurückkehre.«

»Er liebt dich?« Vienne hob ihr Kinn misstrauisch an. »Und er lebt in Paris? Womit verdient er sein Geld, und welcher Familie stammt er ab? Kenne ich sie?«

Und plötzlich begann Estelle, innerlich zu schrumpfen, so, wie sie es immer tat, wenn sie Mutters Ansprüchen nicht zu genügen glaubte. Die Kehle schmerzhaft trocken und die Schultern missmutig hängend, kaute sie, nach Worten ringend, auf ihrer Unterlippe und kratzte an der Haut an ihren Fingernägeln.

»Er ist Künstler, *maman,* und ich glaube nicht, dass du seine Familie kennst. Er entstammt keiner Linie, die dir bekannt sein könnte.«

»Künstler?« Ihre Stimme überschlug sich. »Du weißt, dass ich der Kunst nicht abgeneigt bin. Und wenn er in namhaften Pariser Galerien ausstellt, dann habe ich durchaus schon von ihm gehört.«

Estelle schmeckte Blut an der Innenseite ihrer Lippe. Warum nur war es so schwer, zu Mathis und seiner Arbeit zu stehen? Wie konnte es sein, dass Vienne die Emotionen ihrer Tochter im Griff hatte wie eine hart angezogene Daumenschraube? Estelle liebte Mathis, und gewiss war nun der ideale Zeitpunkt, sich gegen ihre Mutter zu erheben und zu dem Leben zu stehen, für das sie sich entschieden hatte.

»Er stellt in keinen Galerien aus. Noch nicht! Im Moment verdient er sein Geld mit kleinen Auftragsarbeiten.«

»Das klingt, als zeichnete er an einer Straßenecke ein paar Urlauber, die nach einem billigen Angedenken an ihre Parisrundfahrt lechzen.«

Eine unfassbar dunkle Traurigkeit umfing Estelle, und nicht einmal die hellste Erinnerung an Mathis' Lachen vermochte dieses Gefühl zu schmälern.

»Du machst Witze, nicht wahr?« Vienne stand von ihrem Stuhl auf und schritt aufgeregt in ihrem Salon auf und ab. »Du hast hoffentlich noch nicht mit Rémi über diesen Unsinn gesprochen!«

»Nein, aber das werde ich!« Estelle versuchte, sich ihrer Mutter zu widersetzen.

»Gar nichts wirst du!«, fauchte Vienne und kam ihrer Tochter so nahe, dass sich ihre Nasenspitzen berührten. Mit einem Mal wirkte der geräumige Salon eng, klein und bedrohlich. Die salbeigrünen Seidentapeten kratzten förmlich an den Wänden, die Porträtmalereien schienen sie allesamt anzustieren, und die Kristallkaraffe klirrte auf dem mahagonifarbenen Tischchen mit der floralen Einlegearbeit. Alles hier in Mutters Salon hatte zwei Gesichter. Die Malereien, die an sonnigen Nachmittagen freundlich und lebensfroh stimmten und hingegen an düsteren Abenden unheildrohend in die Welt blickten. Genauso war ihre Mutter. Solange alles sich nach ihren Wünschen orientierte, war sie eine angenehme Gefährtin, verlässlich und treu. Doch heute, da Estelle es wagte, anderer Meinung zu sein, zeigte Mutter einen Charakterzug, der ihr bislang fremd gewesen war. Bissig, beherrschend, bedrohlich. Oder war sie schon immer so gewesen, und Estelle hatte nur darüber hinweggesehen?

»Du hast dich Rémi versprochen und wirst dein Wort halten, hörst du?«

»Aber ich liebe ihn nicht.« Plötzlich erkannte Estelle, wie unmöglich ihre Entscheidung für Rémi gewesen war. Wie hatte sie sich nur einem Mann hingeben und versprechen können, den sie nicht liebte? Hatte sie tatsächlich geglaubt, sie könnte glücklich werden, solange sie umgeben war von ausreichend Luxus? Ein Stück weit hasste sie den Umstand, dass Mathis ihr die Augen für das wahre Leben geöffnet hatte. Ihre Zukunft hätte so reibungslos verlaufen können. Eine Abendgesellschaft da, ein Glas Sekt dort, aufgesetztes Lachen und der ewige Konsum von teuren Kleidern, Schmuckstücken und Reisen. All das hätte sie haben können, ohne je zu wissen, dass das wahre Glück nicht mit Geld zu erkaufen war.

»Bist du wirklich bereit, auf alles zu verzichten, was Rémi dir bieten kann?«, fragte Vienne, als ob sie Estelles Gedanken gelesen hätte. »So dumm kannst du gar nicht sein.«

Dumm. Nichts hasste Estelle mehr, als für dumm gehalten zu werden. Sie wollte, dass man ihre Meinung anerkannte, sie schätzte und um Rat fragte. Im Grunde sehnte sie sich danach, so ernst genommen zu werden wie Manon.

»Was willst du in Paris? Wo wirst du wohnen? In einer Wohngemeinschaft mit ein paar Tänzerinnen oder Prostituierten? Und wenn du kein Geld mehr hast, wirst du dann deinen Körper verkaufen? Wovon wirst du leben? Sieh mich nicht so unterwürfig an! Du kannst unmöglich erwarten, dass ich deine Entscheidung unterstütze oder dich ernst nehme, wenn du dich verhältst wie ein törichtes Gör, das alles wegwirft, von dem es seit seiner Kindheit geträumt hat. Das werde ich nicht zulassen!«

Vienne bäumte sich auf, blähte ihre Wangen und strecke ihre Arme von sich. Sie wirkte wie ein mächtiger Baum, der mit seiner Größe den gesamten Wald dominierte und zu dem jeder Wanderer ehrfürchtig hochblickte.

Und da wurde es Estelle bewusst: Der Traum von einer feudalen Hochzeit war nie ihrer gewesen, sondern immer der ihrer Mutter.

Heute war es an der Zeit, aufzubrechen, weiterzugehen, die

Wünsche ihrer Mutter hinter sich zu lassen und nach eigenen Sehnsüchten Ausschau zu halten.

Ein drängendes Pochen hämmerte in Estelles Brust. Aufgeregt und fordernd verlangte es, die alten Bande zu durchtrennen und dem Ruf der Liebe zu folgen.

Und wenn Mutter glaubte, mit Einschüchterung ihren Willen durchsetzen zu können, dann hatte sie sich geirrt. Sie war erwachsen und brauchte nicht zwingend die Einwilligung ihrer Eltern, wenn sie in eine andere Stadt ziehen wollte. Die Gefühle für Mathis wogen schwer genug, um den Schritt in ein neues Leben zu wagen.

Doch wie würde Rémi damit umgehen, dass seine Verlobte ihn verlassen wollte?

Estelle seufzte schwer und wünschte sich, dass das Leben ihr einen einfachen Weg ins Glück aufzeigte.

Kapitel 17

MANON

Gourdon, Oktober 1936.

Manon saß an ihrem Sekretär und faltete den Brief zusammen, den Annie ihr geschickt hatte. Ihrer Freundin schien es bei der Tante gut zu gehen. Zwar ließ die erhoffte Männerbekanntschaft auf sich warten, aber Annie wirkte dennoch zufrieden. Vielleicht sogar mehr als das. Im kleinen Hotel an der Küste schien sie ihr Glück gefunden zu haben. Mit keinem Wort hatte sie das Krankenhaus erwähnt, hatte nur vom wogenden Meer, den wildromantischen Klippen und ihren Spaziergängen am Strand berichtet.

Manon sah ihre Freundin förmlich vor sich, wie sie an der Küste entlangschlenderte, den Rock aufgebläht vom Wind, das Haar in dicken Strähnen rund ums Gesicht. Ihre Schuhe trug sie in der Hand und grub die Zehen bei jedem Schritt tief in den kühlen Sand. Vielleicht sang sie dabei ein Lied, das die steife Bö mit sich fortriss, um es am anderen Ende der Welt einem kleinen Mädchen ins Ohr zu flüstern.

Wie in jedem Brief hatte Annie sie zu sich eingeladen. Gerne würde sie Manon die neue Heimat zeigen, sie wieder in die Arme schließen und über vergangene Tage plaudern. Und wenn Manon ehrlich war, hätte sie am liebsten sofort die Reisetasche gepackt und wäre mit Vaters Wagen losgefahren.

Die Tatsache, dass Annie bislang nichts von ihrer Entlassung aus dem Krankenhaus wusste, hielt Manon allerdings davon ab. Sie war noch nicht so weit, erneut über die schrecklichen Vorkommnisse zu reden. Weder war es ihr möglich, über Daniels Tod zu sprechen, noch Tessiers Namen laut auszusprechen. Schlimm genug, dass der Oberarzt ihre Gedanken Tag und Nacht beherrschte und sie nicht zur Ruhe kommen ließ. Umso mehr genoss sie die innige Zuneigung von Léandre. Die Beziehung zu ihm fühlte sich richtig an, jeder Kuss, jede Berührung war echt.

Ihre Tage verbrachte sie fast ausschließlich bei ihm auf dem Landgut, ging ihm beim Füttern der Ziegen zur Hand und tüftelte mit ihm an Plänen, wie er seine Einnahmequellen erweitern könnte.

»Wir könnten das Lavendelöl eigenhändig herstellen«, schlug Manon vor. Immerhin waren sie jetzt zu zweit. »Und Thymianessig.«

»Und die Waren vertreiben wir am Markt und bieten sie den umliegenden Läden und Händlern an«, meinte Léandre strahlend und nahm einen der Lavendelsträuße vom Balken in der Scheune, an dem sie in den letzten Wochen in kühler, luftiger Umgebung getrocknet waren. Er reichte den Strauß an Manon weiter, die mit geschlossenen Augen intensiv daran schnupperte, bevor sie ihn in den bereitgestellten Korb legte.

Mit Léandre Pläne für die Zukunft zu schmieden, lenkte sie ab. Und eigentlich sollte sie die Ruhe hier auf dem Land genießen, den erholsamen Schlaf, der nicht vom Geschrei der Patienten unterbrochen wurde, die gute Luft, die nicht verdorben war vom Gestank nach Angst und Körperflüssigkeiten.

Sie und Léandre waren einander nahe, und Manon wusste, dass sie jederzeit mit einem Heiratsantrag rechnen durfte. Und ja: Sie konnte sich ein Leben hier auf dem kleinen Landgut vorstellen. Sie würde mit dem Duft von Lavendel einschlafen und morgens mit einem Kuss geweckt werden. Sie scheute weder die harte Arbeit auf dem Hof noch den Schmutz, der mit ihr einherging.

Kurz dachte sie an die blutgetränkten Tücher, die benutzten Bettpfannen und entzündeten Wunden. Nichts von alledem hätte sie je der Freude an der Arbeit als Krankenschwester berauben können. Und doch hatte das Schicksal einen anderen Weg für sie bestimmt. Wenn sie in den letzten Wochen eines gelernt hatte, dann dies: dass man offen sein musste für Veränderungen, dass sich das Leben immer wieder neue Wege ausdachte – Wege, die es wert waren, beschritten zu werden.

Annie hatte ihr Glück in Marseille gefunden, und sie, Manon, würde ihres hier auf dem Kräutergut finden. Aber würde sie das wirklich? War es tatsächlich so einfach, einen lange gehegten Traum derart schnell zu begraben und durch einen neuen zu ersetzen? Was, wenn sie nie wieder solche Erfüllung fände wie im Krankenhaus? Was, wenn sie ihren Schmerz hier draußen nur zu betäuben versuchte – mit dem Duft von Lavendel und dem Gemecker der frechen Ziegen.

»Ist alles in Ordnung?«, fragte Léandre, als er ihr den nächsten Lavendelstrauß reichte. »Geht es dir nicht gut?« Er legte den Strauß beiseite und umfasste Manons Gesicht mit beiden Händen. Seine Finger rochen süß und holzig.

»Es ist alles gut«, sagte sie und bemerkte erst jetzt den drückenden Schmerz in ihrer Kehle, der sich langsam ausbreitete und ihren Brustkorb ausfüllte.

»Du siehst nicht aus, als ginge es dir gut. Komm, wir machen eine Pause und stärken uns bei einem warmen Tee.« Er legte seinen Arm um ihre Taille und befreite sie mit seiner Berührung ein Stück weit aus ihrer Beklemmung.

Auf dem Weg hinüber zum Haus überkam sie eine Schwäche, die ihr jeden Schritt erschwerte. Ihr Puls begann zu rasen, und ihre Hände wurden durchströmt von einer unangenehmen Kälte. Sie atmete langsam und bewusst gegen die innere Unruhe an, die der erhöhte Puls mit sich brachte.

»Komm, setz dich!«, meinte Léandre fürsorglich und half ihr auf den Sessel am Esstisch. »Ich brühe uns etwas Lavendelblütentee, ja?« Mit diesen Worten verschwand er an den Herd und stellte den Wasserkessel auf.

Manon nickte und befühlte ihre Stirn. Wurde sie womöglich krank? Rührte daher der hohe Puls, den sie vor Léandre lieber verschwieg, um ihn nicht unnötig zu beunruhigen. Todesangst machte sich in ihr breit, füllte jede Zelle mit klebriger Panik, sodass Manon glaubte, davon in eine unendliche schwarze Tiefe gezogen zu werden. Manon starrte auf ihre Hände, die blass und starr auf der Tischplatte lagen – unfähig, auch nur einen Finger zu bewegen.

Léandre setzte sich zu ihr, stellte die dampfende Tasse Tee auf den Tisch und legte seine Hände auf ihre.

»Was ist nur los mit dir?«

»Ich weiß es nicht«, flüsterte sie und lauschte dem Rasen ihres Herzens, das ihren Brustkorb zu sprengen drohte.

»Möchtest du dich ins Bett legen?«

»Nein, hier ist es gut«, log sie und griff nach der Tasse Tee. Die wohltuende Wirkung des Lavendeltees, dessen Wärme ihren nervösen Magen auskleidete, ließ sie nach einer Weile zur Ruhe kommen. Der Puls verlor an Tempo, und die Hände waren wieder durchblutet.

»Kann ich sonst noch etwas für dich tun?«

Manon schüttelte den Kopf. Und als sich ihre Gedanken langsam klärten, formte sich ein deutliches Bild vor ihrem inneren Auge. Mit einem Mal wurde ihr bewusst, was sie zu tun hatte. Sie trank noch einen Schluck vom würzigen Tee und verabschiedete sich dann von Léandre. Mit einer innigen Umarmung versicherte sie ihm, dass es ihr gut gehe und er sich keine Sorgen zu machen brauche.

Während sie, von der kühlen Herbstluft umfangen, die Wiese hinaufschritt, verblasste die Todesangst, die sie noch vor wenigen Augenblicken empfunden hatte, und wich einem Bestreben, welches den Schlag ihres Herzens erneut hochschnellen ließ. Angeregt von der Bewegung, wurde ihr Geist wacher und bedrängte Manon mit der Frage, weshalb sie nicht früher aktiv geworden war. Warum musste erst ein ausufernder Herzschlag ihre Sinne klären? Und warum hatte sie stillschweigend Tessiers Entscheidung gegen sie akzeptiert? Damit war nun Schluss. Noch heute würde sie zu Dr. Poupin fahren und ihm von den Zuständen in seinem Krankenhaus berichten. Er würde es nicht dulden, dass Krankenschwestern ungerecht behandelt wurden, schließlich hatte er stets auf ein angenehmes Arbeitsumfeld für das Personal im *Hôpital de Vincent* geachtet. Eine Wiedereinstellung im Krankenhaus erwartete sie freilich nicht, aber eine gewisse Genugtuung, und das Wissen, dass Tessier nicht länger von seinem hohen Ross herab das alleinige Sagen hatte.

»Wo kommst du her, meine Liebe?« Vater war gerade auf dem Weg von seinem Wagen zum Haus, als Manon aus dem Park heraustrat. Eigentlich hatte sie gehofft, ungesehen ins Elternhaus zu gelangen – wie sonst auch. Aber vielleicht täte ihr der Austausch mit dem Vater gut. Gewiss hätte er noch den einen oder anderen Rat für sie, wie sie das Gespräch mit Dr. Poupin in die richtige Richtung lenken könnte.

»Aber warst du nicht der Meinung, Poupin wäre dem Alkohol verfallen und unfähig, das Krankenhaus zu leiten?«, fragte Calvin, nachdem Manon ihn mit knappen Worten in ihren Plan eingeweiht hatte.

»Das ist er, Vater. Und dennoch steht sein Name auf dem Schild seines Arbeitszimmers. Er ist weder entlassen noch im Ruhestand. Vielmehr hat er sich nach dem Tod seiner Frau Zeit zur Genesung genommen. Aber ich denke, jetzt ist der perfekte Zeitpunkt für eine Rückkehr in sein Amt.«

»Ha!« Calvin lachte laut auf und klopfte Manon anerkennend und viel zu fest auf den Rücken. »Das ist meine Tochter! Eine Linville lässt sich nicht unterkriegen oder herumschubsen. Deine Arbeit wurde stets geschätzt – da kann auch ein dahergelaufener lumpiger Oberarzt nichts daran ändern.«

»Lumpig? Papa, du sprichst von deinem künftigen Schwiegersohn.« Manons Stimmung hellte sich schlagartig auf, als sie in das vor Kampfeslust gerötete Gesicht ihres Vaters blickte. Und endlich fühlte sie wieder die alte Kraft durch ihren Körper pulsieren. Sie würde die Ärmel hochkrempeln, die Hände in die Taille stemmen und Dr. Poupin an seine Verantwortung erinnern.

Oben in ihrem Zimmer angekommen, machte sie sich frisch und suchte im Schrank nach einem passenden Kleid für das Gespräch mit dem ärztlichen Direktor. Schließlich entschied sie sich für die olivgrüne hochgeschlossene Seidenbluse mit den feinen Plisseefalten unter der Brust und den knielangen schwarzen Rock. Dazu würde sie die graue Kostümjacke kombinieren, ebenso ihre zarten Ohrringe aus Roségold und die passende einreihige Kette. Dr. Poupin bevorzugte das Schlichte, Geradlinige, Unaufdringliche. Dann griff sie nach ihrer silbernen Bürste und brachte damit ihr Haar in Schwung. Als sie fertig war, begutachtete sie das Ergebnis im bodentiefen Spiegel und musste sich eingestehen, dass sie älter aussah als noch vor Kurzem und erste Falten sich um ihre großen Augen eingruben. Ihr war, als schlummerte hinter ihrem offenen Blick ein Geheimnis. Etwas, das sie selbst noch nicht wahrhaben wollte. Mit einer Hand strich sie sich über den schlanken Hals.

Manon schluckte schwer und wandte den Blick von ihrem Spiegelbild ab. Vater hatte zugesagt, sie zu Dr. Poupin zu bringen, und wartete bestimmt bereits auf sie.

Wenig später folgten sie in Vaters luxuriösem Hotchkiss gemächlich den Serpentinen, die sich hinab ins Tal schlängelten. Immer wieder betrachtete Manon aus den Augenwinkeln das zufrieden lächelnde Gesicht ihres Vaters. An seiner Seite fühlte sie sich sicher. Mit ihm würde sie jeden Sturm bewältigen – und sei er noch so heftig.

»Du kannst Tessier nicht ausstehen, habe ich recht? Deshalb lächelst du so süffisant, weil du denkst, dass Dr. Poupin ihn in die Schranken weisen wird.«

Calvin hob schmunzelnd die Augenbrauen. »Deine Mutter und ich sind uns einig, dass Rémi eine gute Wahl für Estelle ist.«

»Mutter und du wart euch noch nie in irgendetwas einig.«

Calvins Lachen erinnerte an das Brummen eines Plüschbären. »So schlimm sind wir gar nicht, deine Mutter und ich. Im Grunde laufen wir wie ein geschmiertes Uhrwerk. Jedes Rädchen verrichtet seine Aufgabe, damit die Zeit nicht stehen bleibt und das Leben weiterläuft.«

»Ein Uhrwerk? Das klingt doch sehr unromantisch. Habt ihr euch denn nie geliebt?«, fragte Manon.

»Liebe.« Calvin kratzte sich am Kinn und schien für einen Moment in seiner eigenen Welt, seinen eigenen Gedanken zu versinken. »Viel mehr interessiert mich, wann du uns endlich den Mann vorstellst, bei dem du beinahe deine gesamte Zeit verbringst.«

»Du weißt davon? Ich dachte, niemand würde bemerken, wenn ich das Haus verlasse.«

»Mein kluges Mädchen habe ich immer im Auge, das solltest du eigentlich wissen.« Er klopfte ihr liebevoll auf den Oberschenkel. »Mir entgeht rein gar nichts!«

Manon blickte aus dem Fenster und lächelte. Tatsächlich war sie überzeugt davon, dass Léandre und ihr Vater einander gernhaben könnten. Beide trugen eine unverwechselbare Leidenschaft für ihre Arbeit in sich. Beide liebten ihr Land und waren bereit, dafür Opfer zu bringen. Beide waren voller Güte und Großzügigkeit. Vielleicht war es tatsächlich an der Zeit, sie einander vorzustellen.

»So, da wären wir«, sagte Vater, als er vor Dr. Poupins Haus am Ortsrand von Grasse parkte und den Motor abstellte. »Soll ich dich begleiten?«

»Lieber nicht. Ich möchte das allein schaffen.«

»Und das wirst du … es schaffen! Ich warte hier auf dich.«

Manon drückte ihrem Vater einen Kuss auf die Stirn und stieg aus dem Wagen aus. Und noch während sie auf die pompöse Stadtvilla mit ihren hohen Fenstern zuging, dachte sie an die erste Begegnung mit Dr. Poupin. Es schien ewig her zu sein, dass sie die warme, weiche Hand des weißhaarigen Arztes gedrückt und in seine lächelnden Augen geblickt hatte. Und doch waren schon fast vier Jahre vergangen, seit sie damals um einen Ausbildungsplatz im Krankenhaus gebeten hatte. Sie konnte sich noch an seinen Blick erinnern, mit dem er ihre Kleidung, ihren Schmuck und ihr Auftreten gemustert hatte. Es war offensichtlich gewesen, dass er sie ungeeignet für die Arbeit als Krankenschwester gehalten hatte. Sie, die mit Gewissheit keine Ahnung davon hatte, was es hieß, einen bettlägerigen Menschen zu waschen.

Dennoch hatte er ihr eine Chance gegeben, hatte ihr eine Stellung als Lernschwester angeboten und war ihr mit derselben Aufmerksamkeit begegnet wie allen anderen. Allerdings hatte er ihr den Ratschlag erteilt, möglichst schlicht gekleidet im Krankenhaus zu erscheinen, um bei den Schwestern keinen unnötigen Neid zu entfachen. Diesem Rat war sie gefolgt und hatte auch rasch Anschluss gefunden.

Als sie an der Tür von Dr. Poupins Haus klopfte, hatte sie erwartet, von einem Bediensteten in Empfang genommen zu werden. Umso überraschter war sie, als der ärztliche Direktor persönlich die Eingangstür öffnete und sie nicht wenig verwundert ansah.

Als Manon in sein graues Gesicht mit den rot unterlaufenen Augen sah, wurde ihr bewusst, dass ihr Vorhaben, Dr. Poupin zur Rückkehr in den Dienst zu überreden, wenig aussichtsreich war.

Diesem Mann würde man nie wieder Verantwortung für ein gesamtes Krankenhaus übertragen können. Er war gebrochen, seine Haltung war zu gebückt, um Tessier in seine Schranken zu weisen, und seine zitternden Hände waren unfähig, ein Skalpell zu führen.

»Guten Tag, Dr. Poupin, wie geht es Ihnen?« Manons Stimme überschlug sich bei der Frage, deren Antwort sie in seinem leeren Ausdruck ablesen konnte.

Er schien in ihrem Gesicht nach ihrem Namen zu suchen oder nach einem Hinweis, woher sie einander kannten. Ein dumpfes Gefühl erfüllte ihren Brustkorb und erschwerte jeden Atemzug. Was war nur aus ihr geworden? Hatte sie es wirklich so nötig, sich an Tessier zu rächen, dass sie sogar in Kauf nahm, einen von Ausfallserscheinungen gequälten Alkoholiker als Waffe zu benutzen? Dr. Poupin war nur noch ein Schatten seiner selbst. Verschwunden war der hochgeschätzte Arzt, der sich stets milde lächelnd Zeit für die Sorgen seiner Patienten genommen hatte. Aufgeopfert hatte er sich und selbst dann noch seinen Dienst verrichtet, wenn sein Körper längst nach Ruhe verlangt hatte. Und nun stand er in der Tür und hielt sich am Türrahmen, um nicht das Gleichgewicht zu verlieren.

»Wir kennen einander aus dem Krankenhaus. Schwester Manon. Manon Linville aus Gourdon.«

»Ah!«, meinte er, doch sein ratloser Blick bestätigte, dass er sie nicht erkannte.

»Ich war in der Nähe und wollte fragen, ob ich etwas für Sie tun kann?« Manon streckte ihren Hals und blickte über Dr. Poupins Schulter in das Innere des Hauses. Kleidung und Schuhe lagen am Boden verstreut, alles wirkte unaufgeräumt, verloren, so wie Dr. Poupin selbst.

»Ich brauche nichts, danke.« Tiefe Falten furchten über seine Stirn, durch die Haut schimmerten rote Äderchen. »Aber ich glaube, ich erinnere mich an Sie. Sie sind die Schwester mit dem teuren Schmuck, nicht wahr?«

»Ja, die bin ich. Und ich bin hier, weil ich Ihnen sagen wollte, dass man Sie im Krankenhaus vermisst. Dr. Tessier ist ungerecht und arrogant.«

Dr. Poupin lachte kurz auf. »Ja, das war er schon immer. Aber er ist ein guter Arzt – hat den Blick und das Gespür für die Gesamtheit des Körpers.«

»Dennoch kann er Sie nicht ersetzen.«

»Das muss er auch nicht. Er ist jung und darf seinen eigenen Weg gehen.«

Manon hätte gerne erzählt, dass dieser eigene Weg beinhaltete, die Patienten herablassend zu behandeln und das Personal grundlos zu entlassen. Aber sie schwieg. Im Grunde hätte sie gar nicht erst herkommen sollen. Das Krankenhaus ging sie nichts mehr an. Und von ihren Rachegedanken sollte sie sich am besten für immer verabschieden, schließlich war Tessier in wenigen Monaten ihr Schwager. War das der Grund, warum sie ihn derart hasste? Weil er sich zu allem Überfluss auch noch in ihre Familie einschlich? Weil sie ihn fortan bei jeder Festlichkeit sehen würde? Und weil sie hoffte, dass Dr. Poupin ihn des Krankenhauses verwies, damit er in Mutters Augen nicht mehr der geeignete Schwiegersohn war? War sie tatsächlich derart durchtrieben und setzte das Glück ihrer Schwester aufs Spiel, nur um ihre gekränkte Eitelkeit zu befriedigen?

Vielleicht war es an der Zeit, ihren Frieden zu finden und das Krankenhaus gedanklich hinter sich zu lassen. Hatte sie nicht alles, was sie brauchte? Da war Léandre mit seiner unerschöpflichen Liebe, sein Landgut, auf dem sie mehr zu Hause war als an jedem anderen Ort. Und da war die Arbeit mit den Kräutern, die Zukunftspläne, die sie mit Léandre schmiedete. Sie brauchte nichts sonst. Und bestimmt schaffte sie es irgendwann, Estelle die lang ersehnte Ehe zu gönnen. Dr. Tessier würde sie aus dem Weg gehen oder familiären Feierlichkeiten einfach fernbleiben.

Alles würde sich fügen, wenn sie es nur zuließ. Sie war jung und der Weg vor ihr noch unbeschritten. Sie durfte neue Pfade durchwandern, das Leben entdecken und aus dem Vollen schöpfen.

»Vermutlich haben Sie recht, Dr. Poupin, und Dr. Tessier ist ein guter Arzt. Tut mir leid, wenn ich Sie gestört habe.« Mit einem angedeuteten Knicks verabschiedete sie sich von dem gezeichneten Mann und ging zurück zum Vater, der ihr aus dem Fenster seines Wagens zuwinkte.

Und während sie so dahinschritt, konnte sie förmlich fühlen, wie die dunklen Fenster von Poupins Haus ihr nachstarrten. Aus diesem Haus war das Licht längst gewichen und hatte den einst so angesehenen Arzt seinem Schicksal überlassen. Es tat ihr leid, dass sein mildes Lächeln für immer erloschen und seiner offensichtlichen Alkoholsucht zum Opfer gefallen war.

Das Leben ist nicht schlecht, dachte sie bei sich und winkte ihrem Vater zurück. Man durfte nur an manchen Stellen die richtigen Abzweigungen nicht verpassen.

Sobald sie daheim in Gourdon wären, würde sie aus der Seidenbluse und dem feinen Rock schlüpfen und sie eintauschen gegen ihre Baumwollhose und die Strickweste, die sie vor dem herbstlich kühlen Wind schützte. Ganz eng würde sie die Weste um ihre Taille schlingen und wohlig warm eingepackt den Weg hinunter zu Léandre antreten. Und irgendwann in naher Zukunft – das wusste sie – würde sie für immer dort unten bleiben.

Kapitel 18

ESTELLE

Gourdon, November 1936.

Die Korsage unter ihrem Abendkleid drückte mehr denn je. Jedes einzelne Fischbein schien sich in ihre Rippen zu bohren und sie peinigen zu wollen. Eigentlich hatte sie sämtliche Mieder längst aus ihrem Kleiderschrank verbannt, aber Mutter hatte für den heutigen Abend darauf bestanden. Schließlich sollte sie sich im besten Licht präsentieren.

»Deine Taille hat es dringend nötig!«, hatte Vienne ihr abschätzig vorgeworfen und die Bänder des Mieders fester gezogen.

Estelle blickte in die Runde, die sich am Esstisch in ihrem Elternhaus versammelt hatte. Neben Mutter und Vater hatten Rémis Eltern Platz genommen. Monsieur Tessier war hochgewachsen, trug sein dünnes Haar gescheitelt, und die Brille saß auf der Nasenspitze. Sein Doppelkinn schien ein Eigenleben entwickelt zu haben und wackelte bei jedem gesprochenen Wort aufgeregt über dem zugeknöpften Kragen. Sein Blick war freundlich, ständig lächelte er und schien entzückt über die Erscheinung seiner künftigen Schwiegertochter, die sein Sohn ihm an diesem Abend vorgestellt hatte.

Madame Tessier hingegen musterte Estelle mit einem abschätzigen Blick, der stark an den ihrer eigenen Mutter erinnerte.

Estelle rümpfte die Nase und nahm einen zu großen Schluck vom Weißwein.

Was für ein Glück, dass sie Madame Tessier niemals zu ihrer Familie zählen würde. Denn noch ehe die Hochzeit mit Rémi stattfinden würde, flanierte sie bereits mit Mathis durch die Gassen von Paris, schmiegte sich dabei an seine Schulter und ließ sich von ihm sämtliche Sehenswürdigkeiten zeigen. Estelle lächelte und atmete tief durch. Nur noch diesen einen Abend, dann hätte sie es geschafft. Gleich nach dem Essen würde sie sich das Mieder vom Körper reißen und sich auf den Weg nach Grasse machen, wo Mathis sie erwartete.

»Du siehst bezaubernd aus, *ma belle.*« Rémi griff nach seinem Glas Rotwein und prostete ihr zu. Dabei strahlte er, als hätte er sein gesamtes Leben lang nur von diesem einen Tag geträumt.

»Ich danke dir!«, antwortete Estelle und versuchte, seinen Blicken auszuweichen. Sie starrte auf ihren Suppenteller, auf dessen Boden noch wenige Bissen vom Seeteufel aus der Bouillabaisse auf ihren Verzehr warteten. Warum nur fiel es Mutter so schwer, Rücksicht auf ihre Vorlieben zu nehmen? Sie wusste doch, dass sie den langustenartigen Geschmack des Seeteufels nicht mochte, und trotzdem hatte sie ihn für die heutige Gesellschaft in Auftrag gegeben.

»Wir könnten später nach Nizza fahren und dort den Abend bei einer Flasche Wein ausklingen lassen«, flüsterte Rémi und legte seine Hand auf ihre. »Ins *Le Mondain* direkt am Strand. Dort hat es dir doch so gut gefallen beim letzten Mal, habe ich recht?«

Die Tatsache, dass Rémi so aufmerksam auf ihre Vorlieben achtete, schmeichelte Estelle. Und ja, noch nie hatte sie so erlesen gegessen und Wein getrunken wie vor ein paar Wochen im *Le Mondain.* Damals hatte ein frischer Rosé ihren Blick auf das Meer verklärt und eine angenehme Brise sie die Hitze des Tages vergessen lassen.

»Heute?«, fragte Estelle.

»Natürlich. Wir haben einen Grund zum Feiern.« Rémis Haar glänzte im Licht des kristallenen Kronleuchters. Kein einziges Härchen löste sich aus dem mit Pomade geglätteten Schopf. Beinahe hatte dieses Streben nach Präzision etwas Unheimliches, stellte Estelle zu ihrer eigenen Überraschung fest. War es nicht sie selbst, die bis vor wenigen Wochen ebenfalls der Perfektion verfallen gewesen war? Das teuerste Parfum, der hochwertigste Seidenschal, das modernste Automobil … Und heute stellte sie fest, dass sie diesem trügerischen Schein nicht mehr nachlief, dass sie nicht länger in die Falle der Reichen tappte, die noch vermögender sein wollten, noch angesehener, noch mehr respektiert.

Sie hatte ihr Glück an der Seite eines Straßenkünstlers gefunden, der sie Unbeschwertheit lehrte und ihren Blick auf das Leben verändert hatte.

»Wir haben Grund zum Feiern?«, fragte Estelle neugierig und lachte.

»Unsere Eltern scheinen glücklich über unsere Verlobung. Das war bei meiner Mutter weiß Gott nicht zu erwarten gewesen. Und darauf würde ich gerne noch das ein oder andere Gläschen mit dir heben.« Er schmunzelte und neigte fragend seinen Kopf.

Estelle war nicht sicher, was sie erwidern sollte. Schließlich hatte sie so gar nicht den Eindruck, dass Rémis Mutter mit seiner Wahl zufrieden war. Dennoch wollte sie ihm die Freude nicht verderben und nickte zustimmend.

»Also gut!«, sagte sie. »Dann begehen wir unsere eigene Verlobungsfeier in Nizza.« Der Gedanke an den weiten Ausblick aufs Meer ließ ihr Herz schneller schlagen. Sie mochte die kleinen Tische im *Le Mondain,* die das Personal mit so viel Liebe eindeckte und seine Gäste behandelte, als wären sie Könige.

Bestimmt würde Mathis Verständnis zeigen, wenn sie ihm morgen gestand, dass die Feier im familiären Kreis zu lange gedauert hatte, um eine Fahrt zu ihm nach Grasse zu unternehmen. Sie und Mathis würden den Rest ihres Lebens gemeinsam verbringen. Was machte es da aus, wenn sie diesen einen Abend ein letztes Mal noch den Luxus auskostete, den ihr nur Rémi bieten konnte? War sie das Rémi nicht sogar ein bisschen schuldig?

Schließlich würde sie ihn verlassen, sich aus seinem Leben schleichen, ohne sich ordnungsgemäß von ihm zu verabschieden. War es da nicht gerecht, dass sie diesen letzten Abend mit ihm verbrachte?

Plötzlich konnte sie es kaum erwarten, dass Madame und Monsieur Tessier ihren Nachtisch serviert bekamen und sich anschließend rasch verabschiedeten. Sie hatte genug von dieser eintönigen Runde, in der ihre Mutter bereits mehr als einmal betont hatte, wie stolz die Tessiers doch auf ihren erfolgreichen Sohn sein mussten, und diese dann überheblich lächelnd Geschichten von ihrem Leben rettenden Stammhalter zum Besten gaben, der bis weit über die Grenzen der Provence hinaus bekannt war. Tatsächlich ertappte Estelle sich mehr als einmal dabei, wie sie sich ihre Schwester Manon in die Runde wünschte. Gewiss hätte sie an den richtigen Stellen die Augen verdreht und die Tessiers über die überhebliche Art ihres Sohnes aufgeklärt. Aber Manon hatte sich schon vor Stunden zurückgezogen, um einer Begegnung mit ihrem ehemaligen Vorgesetzten aus dem Weg zu gehen. Und auch Estelle sehnte sich weit weg von hier. Sie sah sich bereits an ihrem Tischchen sitzen, den glatten Stiel ihres Weinglases zwischen den Fingern, den Blick auf die Wellen gerichtet, auf denen das Licht der Sterne wogte, das Rauschen des Wassers, das diese unsagbare Entspannung in ihr wachrief, und zu ihrer Rechten Rémi, der sie mit Komplimenten überhäufte und Pläne für die Hochzeit schmiedete.

»Ich dachte an eine Flugreise quer durch Europa. Was hältst du davon?«, fragte Rémi, als sie ein paar Stunden später an ihrem Tisch in ihrem Lieblingslokal in Nizza saßen und die Ruhe genossen, die der Blick aufs Meer mit sich brachte.

»Was?« Estelle verschluckte sich förmlich an ihrem Rosé, stellte ihr Glas ab und tupfte sich mit der Stoffserviette die Mundwinkel trocken.

Rémi lächelte triumphierend und lehnte sich genüsslich in seinen Stuhl zurück. »Dachtest du, wir verbringen unseren Honigmond hier?« Mit dem Kinn deutete er zum Meer hinaus und nahm dann einen kräftigen Schluck aus seinem Weinglas. »In Nizza lässt es sich aushalten, keine Frage, aber meiner frisch angetrauten Gattin möchte ich doch mehr bieten als eine alltägliche Reise durch Frankreich.«

Estelle schluckte und hing mit ihren Blicken gebannt an Rémis Lippen, die vom flackernden Licht der Tischkerzen umspielt wurden.

»Ich dachte an einen Flug nach London, Zürich und Berlin.«

»Berlin«, hauchte Estelle begeistert und sah sich in Gedanken bereits durch die monumentale Stadt flanieren.

»Dort wird es dir gefallen. Und wenn du Berlins überdrüssig bist, fliegen wir weiter nach London, bewundern die Sehenswürdigkeiten und kaufen teuren Schmuck und Kleider. Was hältst du davon? Die Reise ist das Hochzeitsgeschenk meiner Eltern.«

Estelle legte ihren Kopf in den Nacken und lachte auf.

»Du fragst ein Mädchen vom Land, ob es die Welt sehen will? Natürlich möchte ich das, Rémi, davon habe ich schon immer geträumt.« Sie legte ihre Hand auf seine und hielt seinen Blick fest. Ihr Herz schlug so schnell, dass sie für einen kurzen Augenblick vergaß, dass sie sich von dem Plan, Rémi zu heiraten, längst verabschiedet hatte. In wenigen Tagen würde sie Paris erkunden – Arm in Arm mit ihrer großen Liebe. Sie würden sich in versteckten Gassen küssen, eng umschlungen an den Ufermauern der Seine entlangspazieren und sich unter dem Eiffelturm ewige Treue schwören. Der Gedanke an Mathis erwärmte ihr Herz und ließ sie erleichtert aufatmen. Ja, sie liebte diesen Mann. Um an seiner Seite leben zu können, würde sie auf teuren Schmuck, luxuriöse Reisen und eigenes Dienstpersonal verzichten. Sie würde rasch lernen, wie man Wäsche wusch, Essen zubereitete und

Betten bezog. Sie würde glücklich sein, für immer … oder etwa nicht?

Verloren blickte sie hinaus aufs Wasser, das allwissend die Welt umarmte. Doch sosehr sie auch auf das glitzernde Wellenspiel starrte, es wollte sich dort keine Antwort auf die Frage ihres Herzens finden.

War sie ein schlechter Mensch, weil sie zögerte? Weil sie unsicher war, ob sie ohne den Luxus, der sie von Geburt an umgab, leben konnte? Was, wenn sie Mathis enttäuschte, wenn er erkannte, dass sie nicht die Frau war, die für Liebe und Armut geboren war? Was, wenn sie es war, die mitten im Künstlerviertel von Paris feststellen musste, dass sie die falsche Wahl getroffen hatte?

Ihr Herz begann zu rasen, schlug laut und drängend, übertönte das Lachen der Gäste und das Rauschen des Meeres. Mit zitternder Hand griff sie nach ihrem Weinglas und trank es gierig und ungestüm leer.

Was, wenn ich die falsche Entscheidung treffe? Diese Frage kreiste in ihrem Kopf wie ein Greifvogel über seiner Beute.

»Geht es dir nicht gut?«, fragte Rémi und beugte sich zu seiner Verlobten vor. »Deine Hände sind kalt, dein Atem ist flach und der Puls viel zu schnell«, sagte er, nachdem er sie sorgfältig befühlt hatte. »Am besten, ich bringe dich direkt nach Hause«, schlug er vor und stand auf. »Dir ist doch nicht übel, oder?«, fragte er und hielt inne. »Nicht, dass du dich in meinem Wagen übergeben musst.«

»Keine Bange«, erwiderte Estelle und folgte Rémi aus dem Lokal.

»Sonst wäre es vielleicht besser, ich besorge dir eine Droschke.«

»Wie bitte?« Estelle blieb stehen. Mit einem Mal war sie wieder im Hier und Jetzt. Die Zweifel um ihre Zukunft hatten sich gelichtet und boten freien Blick auf die einzig richtige Entscheidung. Ihrem Verlobten lag tatsächlich mehr an der Innenausstattung seines Wagens als an ihrem Wohlbefinden.

Wie hatte sie auch nur einen Augenblick daran denken können, Mathis den Laufpass zu geben und sich für eine lieblose Zukunft mit Rémi zu entscheiden?

Die Last und die Zweifel, die sie noch soeben gequält hatten, lösten sich auf, und es blieb nichts als ein Gefühl von Sicherheit und Leichtigkeit.

Sie würde zu Rémi in den Wagen steigen, sich von ihm nach Gourdon bringen lassen, wo sie sich von ihm verabschiedete und, ohne sich noch einmal nach ihm umzudrehen, ins Elternhaus ginge. Sie würde keinen Abschiedsschmerz verspüren, weder um ihn noch um ihre Eltern.

Sie würde ihre Kleider in die Reisetaschen packen und würde vor der Morgendämmerung nach Grasse fahren – zu Mathis, der sie zärtlich in die Arme schließen würde.

»Keine Bange, ich werde mich nicht übergeben.« *Auch wenn du mir die größte Übelkeit verursachst,* beendete sie den Satz in Gedanken.

In ihrem Zimmer angekommen, wühlte sie sich durch ihre Schränke, überlegte, welche Kleider und Schuhe sie in ihr neues Leben mitnehmen sollte. Beim Griff nach ihren aufwendigen Abendkleidern erfüllte sie ein Abschiedsschmerz, der tiefer ging als das Lebewohl von Rémi. Jedes einzelne der pailletten- und perlenbestickten Kleider rief eine Erinnerung an eine durchtanzte Nacht oder eine feine Abendgesellschaft in ihr wach. Hing an dem mintfarbenen Kleid noch der Duft von Champagner und Kaviar?

Sie erinnerte sich an den jungen Herzog von Mortemart, der sie einst um einen Tanz gebeten hatte und der sie so schwungvoll und dennoch elegant über das Parkett gewirbelt hatte wie kein anderer. Damals war Mutter vor Begeisterung in eine Starre gefallen, die sie den restlichen Abend ihrer Sprache beraubt hatte. Und auch wenn sie es nicht laut ausgesprochen hatte, so war Mutters Wunsch nach einer Vermählung mit dem Adelshaus förmlich spürbar gewesen.

Ohne genau zu wissen, warum, trübten Tränen ihre Sicht auf die farbenfrohe Garderobe. Schluchzer drängten aus ihrer Kehle – erst kaum hörbar, dann immer lauter. Weinte sie, weil sie vorhatte, ihre Heimat zu verlassen, oder weil ihr in diesem Augenblick klar wurde, dass sie Mathis nicht nach Paris begleiten würde?

Estelle konnte es nicht sagen, sie wusste nur, dass ein unbändiger Schmerz in ihrem Brustkorb tobte und brüllte. Er brannte so sehr, dass sie glaubte, sich nie wieder fassen zu können. Warum gönnte ihr das Schicksal keinen wohlhabenden Mann, der so galant war wie Mathis? Warum durfte sie nicht beides haben: Geld und Glück? Warum musste sie sich für das eine entscheiden und sich gleichzeitig vom anderen abwenden?

Rémi wollte ihr ein Leben in Reichtum und Luxus bieten – ihr Herz zu berühren, vermochte er allerdings nicht. Und Mathis brachte ihr Innerstes zum Singen, hatte dafür aber weder ein Haus noch Geld für eine gesicherte Zukunft.

Estelle trat vom Schrank zurück und blickte in den bodentiefen Spiegel vor sich. Zerronnene Schminke umrandete ihre verweinten Augen und ließ sie krank und verletzlich erscheinen. Aber sie wollte nicht verletzlich wirken. Sie wollte stark sein und ihr Leben selbstbestimmt bestreiten – wie ihre Schwester. Warum konnte sie nicht ein klein wenig so sein wie sie? Vielleicht hätte sie gut daran getan, mehr Zeit mit Manon zu verbringen, anstatt sie immerzu abwehrend von sich zu stoßen.

Eine große Sehnsucht nach ihrer Schwester erfüllte sie. Eine Sehnsucht, von der sie nicht sagen konnte, woher sie rührte und wie sie zu befriedigen war.

Wie gerne würde sie sich genau jetzt mit jemandem austauschen und um Rat bitten, eine andere Meinung zu ihrem Gefühlschaos hören … doch da war niemand. Bis vor Kurzem war ihre

Mutter ihre ständige Begleiterin gewesen. Von ihr hatte sie sich Rat erbeten, wenn er denn nötig gewesen war. Aber nun musste sie feststellen, dass sie mit sich und der Welt allein war. Es gab keinen Menschen, der ihr zuflüsterte, dass sie auf ihr Herz hören sollte. Ja, nicht einmal ihr Herz war bereit, mit ihr zu sprechen, und ließ sie in der Leere der Ungewissheit hängen.

Müde setzte sie sich auf die Bettkante und blickte hinab auf ihre Brüste, die noch immer vom Korsett in eine unnatürlich spitze Form gepresst wurden. Langsam begann sie, die Knopfleiste ihres Kleides zu öffnen, ließ die Träger von den Schultern gleiten, schälte sich aus dem versteiften Mieder und holte tief Luft.

Und als sie völlig nackt auf ihrem Bett saß und über ihre Oberarme strich, wusste sie mit einem Mal, wo ihr Weg sie hinführte. Wo er sie unweigerlich hinführen *musste,* weil er ihr seit frühster Kindheit vorgegeben war. Für kurze Zeit hatte sie geglaubt, dass sie eine andere Abzweigung einschlagen, ihre vorgezeichnete Richtung missachten könnte. Aber nun, da sie ganz und gar entkleidet im schwachen Licht ihrer Deckenlampe dasaß und die Konturen ihres Spiegelbilds nachfuhr, da wurde ihr bewusst, dass sie nackt nicht überleben könnte, dass sie die Beachtung vermissen würde, die man ihr in ihren teuren Kleidern schenkte. Sie würde die Beachtung noch mehr vermissen als die sanften Berührungen von Mathis. Seine Küsse waren Trost, hatten sie erlöst, befreit, doch die Wahrheit war, dass sie den gesellschaftlichen Rahmen brauchte. Sie konnte nicht leben ohne die inhaltsleeren Gespräche mit ihrer Mutter, ohne die Einkaufsbummel, bei denen sie sich Wünsche erfüllte, die sie nie gehabt hatte. Sie wollte nicht wissen, wie sich ein Leben anfühlte, das man nicht in teurem Champagner ertränken konnte. Und sie wollte nicht wissen, wo man Brot und Käse erstand, wenn man doch einfach nur nach dem Dienstmädchen rufen musste und jeden Wunsch erfüllt bekam. Wie töricht war sie gewesen, zu glauben, sie könnte mit einem Straßenkünstler aus Paris durchbrennen und ein wildes und ungezähmtes Leben an seiner Seite führen.

Ihre Kehle war wie zugeschnürt und trocken. Ihre Gedanken standen still, während sie sich selbst in die Augen starrte – ungläubig, weil sie diese Entscheidung gefällt hatte, von der sie wusste, dass sie sie eines Tages bereuen würde. Und doch würde sie Mathis gehen lassen. Er musste allein nach Paris zurückkehren, durch sein Künstlerviertel streifen, pfeifend, lachend, seinen Freunden zuwinkend. Er würde seine Baskenmütze lüften, wenn er einer vollbusigen Mademoiselle begegnete, und er würde keine Gelegenheit ungenutzt lassen, um das Herz einer jungen Französin zu brechen.

Eifersucht brodelte sofort in ihrer Brust, brachte sie in Wallung. Ihr war danach, laut zu schreien, ihren Spiegel zu zerschlagen, damit sie ihr feiges Ebenbild nicht länger anzusehen brauchte. Ja, sie war feige, das war nicht zu leugnen. Sie hatte sich für den einfachen Weg entschieden, für die Hochzeit mit dem aufstrebenden Oberarzt, für die Flugreise durch Europa, den überfüllten Kleiderschrank und das Dienstmädchen, das sie jeden Morgen in die Form presste, in der sie Rémi am hübschesten fände. Ihr war danach, sich zu ohrfeigen, weil sie ihr Glück verraten würde für ein gefülltes Bankkonto. Es gab keine Ausreden, nichts, das ihren Entschluss in ein annehmbares Licht rückte. Sie war erbärmlich. Sie hasste sich.

Der Gedanke an Mathis, der allein in den Zug stieg und wehmütig auf den leeren Sitz neben sich blickte, zerriss ihr das Herz.

Noch konnte sie ihre Entscheidung widerrufen, konnte ihre Taschen packen, konnte sich für immer in Mathis' Arme stürzen – und doch wusste sie, dass sie es nicht tun würde. Sie würde hierbleiben, morgen zur Anprobe des Hochzeitskleides fahren und eine Auswahl treffen für den Brautstrauß, den sie wie eine schwere Last durch die Kirche tragen würde.

Sie würde Mathis für immer vermissen, und dennoch war sie zu feige, um ihr gewohntes Leben hinter sich zu lassen.

Mathis. Er liebte sie, das wusste sie. Das fühlte sie. Er würde nicht böse sein mit ihr, sondern traurig, enttäuscht, gebrochen – und das war unerträglicher als sein Hass.

Kapitel 19

MATHIS LEBRUN

Gourdon, November 1936.

Mathis saß auf der Treppe vor Léandres Haus und skizzierte die Sommerlinde, unter der der kleine Daniel begraben lag. Groß und mächtig stand sie da und würde dem Jungen mehr Schutz bieten, als er selbst es je vermocht hatte. Aus dem Haus hörte er Léandre, wie er in der Küche hantierte, und aus dem Stall drang das Gemecker der Ziegen.

Wie unglaublich ruhig es hier war. Mathis legte Block und Bleistift beiseite und ließ mit geschlossenen Augen die Ruhe auf sich wirken. Mit tiefen Atemzügen sog er die kühle Luft in sich auf und wünschte sich, er könnte diesen Augenblick für immer in sich festhalten. Er wünschte sich, dass die Kälte in seinen Lungenflügeln den Schmerz in seinem Herzen verdrängen konnte.

Tagelang hatte er in Grasse auf das Kommen von Estelle gewartet. Wie getrieben war er durch die Straßen gehastet, ununterbrochen Ausschau haltend nach ihrem honigblonden Haar, das ungezähmt unter einem Hut hervorlugte. Er hatte sie auf ihrem Platz gesucht, draußen vor den Stadtmauern von Grasse, wo sich die ruhenden Blumenfelder auf das nächste Jahr vorbereiteten. In jedem Lokal hatte er nach ihr Ausschau gehalten und in jeder Parfümerie nach ihr gefragt.

Doch gefunden hatte er sie nicht. Dennoch konnte er nicht glauben, dass sie sich letzten Endes gegen ihn entschieden hatte. Ihre Gefühle waren echt gewesen, das hatte er am beseelten Schimmer ihrer Augen erkannt. Er hatte ihren Worten geglaubt und ihrem Entschluss, gemeinsam mit ihm nach Paris zu gehen.

Es war seine Schuld – wie immer. Er hatte es noch nie geschafft, Frauen von seinen Gefühlen zu überzeugen. Stets waren sie der Meinung, er spiele nur mit ihnen. Und meist hatten sie recht. Doch mit Estelle war es anders. In ihr hatte er bei der ersten Begegnung etwas erkannt, das ihm vertraut war. Sie waren miteinander verbunden, durch ein unsichtbares Band, das von seinem Herzen zu ihrem reichte. Wie zart und weich sie in seiner Umarmung zerschmolzen war. So, als gäbe es keinen Ort auf dieser Welt, an dem sie sich wohler fühlte.

Und nun sollte er sich damit abfinden, dass sie nicht mit ihm nach Paris wollte. Sich gegen ihn entschieden hatte, ohne ein Wort des Abschieds.

Eine Bewegung am Rande seines Blickfelds lenkte ihn von seinen Gedanken ab. Er wandte den Kopf der steilen Wiese zu, die hinaufführte zum Park von Léandres wohlhabenden Nachbarn.

Eine Frau spazierte flotten Schrittes den Hang herab, direkt auf ihn zu. Ihre Statur war zierlich, das Haar schulterlang, die Haltung aufrecht. Beinahe erinnerte sie ihn an Estelle und brachte mit ihrem Anblick sein Herz zum Stolpern. Beinahe. Je näher sie kam, desto augenscheinlicher wurden die Unterschiede zwischen den beiden Frauen. Ihre Gesichtszüge waren etwas feiner als die von Estelle, ihr Haar um Nuancen dunkler und die Lippen voller. Um den Hals trug sie einen gewebten Wollschal, Estelle zog bei Kälte einen Mantel mit Pelzkragen vor. Auch hatte er Estelle noch nie in Hosen gesehen, wobei er es durchaus ansprechend fand, wenn Frauen zu Männerkleidung griffen und damit ein gewisses Durchsetzungsvermögen an den Tag legten.

Mathis rieb seinen Nacken, den Blick immer noch auf die Fremde geheftet.

Direkt vor ihm blieb sie stehen und musterte ihn wortlos.

»Mathis, hab ich recht?«, fragte sie und legte den Kopf leicht schief.

»Ja, aber woher wissen Sie …?« Er lachte kurz auf und schmunzelte.

»Mein Name ist Manon Linville. Ich bin … eine Freundin von Léandre. Und da er von Ihnen erzählt hat, habe ich einfach geraten.« Manon legte beim Lächeln ihre strahlend weißen Zähne frei und reichte ihm die Hand.

»Linville?«, fragte Mathis und war für einen Moment so ratlos, dass er vergaß, die ihm gereichte Hand zu ergreifen.

»Ja, Manon Linville. Sind wir uns denn schon einmal begegnet?«

»Nein, verzeihen Sie«, antwortete Mathis und versuchte, seinen Blick von ihrem Gesicht abzuwenden.

»Der Tee ist fertig. Kommt herein!« Mathis war erleichtert, als sein Freund die Situation auflöste, und folgte ihm gemeinsam mit Manon ins Haus.

»Ihr habt euch schon bekannt gemacht?«, fragte Léandre und reichte beiden eine dampfende Tasse. Manon schnupperte genüsslich mit geschlossenen Augen an ihrem Kräutertee und nahm einen vorsichtigen Schluck.

Estelles Schwester!, ging es Mathis durch den Kopf. Sie mussten Schwestern sein, anders war die Ähnlichkeit nicht zu erklären. Warum hatte Estelle sie mit keinem Wort erwähnt?

»Du wolltest etwas mit mir besprechen, Mathis?«

»Ja, das wollte ich, aber ich denke, es wäre besser, wenn wir dabei unter uns wären«, antwortete Mathis und blickte zu Manon.

»Manon darf alles wissen. Wir gehören zusammen.« Léandre legte einen Arm um ihre Taille und nickte ihr lächelnd zu.

»Wie schön«, meinte Mathis. »Ich freue mich für euch. Dann darf ich also ganz offen reden. Es geht um die Liebermanns. Von einem Kontaktmann habe ich erfahren, dass sie Portugal erreicht haben. Ohne weitere Schwierigkeiten.«

»Schwierigkeiten hatten sie ja leider schon zur Genüge«, flüsterte Manon und blickte in ihre Tasse, aus der dampfend der Tee in ihr Gesicht stieg und es für einen kurzen Moment umfing wie eine Nebelwolke.

»Manon ist die Krankenschwester, die bis zum Schluss um Daniels Überleben gekämpft hat.«

»Krankenschwester?« Mathis blickte konzentriert auf Manons Hände und sah sie förmlich vor sich, wie sie dem kranken Jungen die Stirn mit einem feuchten Lappen gekühlt hatte.

»Umso besser«, meinte Mathis und lehnte sich in seinen Stuhl zurück.

»Was meinst du?«, fragte Léandre verunsichert.

»Wir würden gerne mehrere deutsche Juden nach Marseille und weiter nach Portugal auf den Weg schicken. Und wir möchten deinen Hof als Station einplanen.«

An Léandres Schweigen erkannte Mathis, dass er seinen Freund überrumpelt hatte und er ihm etwas Zeit geben musste. Ratlos blickte Léandre von seiner Tasse hoch zu Manon, dann zu Mathis und hinaus zum Fenster, hinter dem in einiger Entfernung Daniels Grab lag.

»Wie viele?«, fragte Léandre, ohne seinen Blick vom Fenster zu wenden.

»Es werden immer mehr, Léandre. Ganze Züge voller Flüchtlinge verlassen Deutschland Richtung Paris, wo sie leider von Rechtsradikalen in Empfang genommen werden. Wir müssen wissen, ob wir uns auf dich … auf euch verlassen können.« Mathis blickte in Manons Gesicht, deren Miene schwer einzuschätzen war.

Léandre griff nach ihrer Hand und drückte sie zärtlich.

»Wir machen das nur, wenn du es willst.«

»Ich weiß«, antwortete Manon selbstbewusst und schien abzuwägen, was das Beste war. »Wir werden keine Hilfesuchenden abweisen. Und dieses Mal werden wir vorbereitet sein. Wir werden Notbetten aufbauen und Nahrungsmittel auf Vorrat einlagern.«

Mathis lauschte überrascht den klaren Anweisungen, die Manon von sich gab, als hätte sie schon längst mit einem derartigen Auftrag gerechnet.

»Ab wann können wir mit neuen Geflüchteten rechnen?«, fragte sie an Mathis gerichtet. »Bleiben Sie in Kontakt mit uns, oder begleiten Sie die Deutschen bis hierher zu uns?«

»Wir werden eine Möglichkeit finden, um in Kontakt zu bleiben, ohne dass ein Verdacht auf Léandres Hof fällt.«

»Sie könnten Briefe an meine Adresse im Elternhaus schicken.«

Mathis spitzte seine Lippen und nickte zustimmend.

»In Ihrem Elternhaus würde niemand Verdacht schöpfen, wenn Post aus Paris kommt?«

»Niemand«, versicherte Manon.

Mathis drängte es heftig, endlich zu fragen, was er seit dem Moment ihrer ersten Begegnung hatte fragen wollen.

»Kann es sein, dass Sie eine Schwester haben, Mademoiselle Linville?«

»Warum fragen Sie?« Manon stellte ihre Tasse auf den Tisch.

»Ich glaube, sie zu kennen.«

»Estelle? Woher sollten Sie einander kennen?« Sie kniff die Augen zu schmalen Schlitzen zusammen, schien ihn förmlich durchleuchten zu wollen.

»Unsere Wege haben sich ganz zufällig in Grasse gekreuzt. Sie wollte wiederkommen, hat sich aber nicht an die Verabredung gehalten. Geht es ihr denn gut?«, fragte Mathis und spürte ein unterdrücktes Beben in seiner Stimme.

»Ich denke, sie ist mit den Vorbereitungen für die Verlobungsfeier beschäftigt«, erklärte Manon und schien über Mathis' Interesse an ihrer Schwester überrascht zu sein.

»Sie ist verlobt?«

Manon nickte und suchte förmlich in Mathis' Augen nach einem Grund, warum er sich für das Liebesleben ihrer Schwester interessieren könnte. Ohne weitere Fragen zu stellen, stand Mathis vom Tisch auf und ging hinüber zum Fenster, das Ausblick auf die weitläufigen Kräuterfelder bot. Mit beiden Händen krallte er sich an der Fensterbank fest und versuchte, sein inneres Zittern unter Kontrolle zu bringen.

Was hatte er auch erwartet? Eine Frau wie Estelle war nicht gemacht für einen Straßenkünstler, der ihr nichts zu bieten hatte. Er hätte es besser wissen müssen. Er war nicht gut genug für eine Frau wie sie.

»Mit wem ist sie denn verlobt, wenn ich fragen darf?« Er schluckte schwer und wusste, dass er die Antwort nicht hören wollte. Sie würde ihm nur einen weiteren Pfahl ins Herz rammen, sein Gefühl der Belanglosigkeit noch breiter treten.

»Sie wird einen Oberarzt aus dem Krankenhaus in Grasse heiraten. Und so, wie es aussieht, wird er in Kürze sogar das Amt des ärztlichen Direktors übernehmen. Dann hat er die Leitung des gesamten Hauses inne.«

Ja, da war er, der befürchtete Pfahl, der ihm sagte, wie kümmerlich sein Dasein war. Seine Schultern sackten nach unten, und auch sein Kopf fühlte sich plötzlich viel zu schwer an.

»Warum fragen Sie, Monsieur Lebrun?« Manons Stimme schien über seinen Rücken zu streicheln, ihn zu ermutigen, wo kein Trost der Welt helfen konnte. Er hatte versagt. Zumindest in der Liebe hatte er sich falschen Hoffnungen hingegeben. Alles in ihm drängte danach, die Wiese hochzusteigen und an Estelles Tür zu klopfen. Sie zur Rede zu stellen und anzuflehen, ihm eine Chance zu geben. Aber Mathis wusste, dass er davon absehen würde. Er hatte nicht das Recht dazu, Estelle zu kompromittieren. Ihre Entscheidung war gefallen. Gegen ihn.

Vielleicht war es gut so. Auf diese Weise konnte er sich voll und ganz seiner neuen Aufgabe widmen. Die deutschen Flüchtlinge brauchten seine Hilfe. Ja, Manon, Léandre und er würden unzähligen Juden zu einem angstfreien Leben verhelfen, sie so weit wie möglich, von Deutschland wegbringen.

Und er, Mathis, musste sich von seinem gebrochenen Herzen verabschieden, es hierlassen in Gourdon, wo es ihn nicht behinderte bei der Arbeit, die vor ihm lag.

»Ich werde gleich morgen zurück nach Paris reisen und sämtliche Vorkehrungen treffen. Sobald sich die ersten Flüchtlinge auf den Weg nach Gourdon gemacht haben, schicke ich Ihnen, Manon, ein verschlüsseltes Telegramm nach Hause, damit Sie zur rechten Zeit auf dem Bahnhof Ausschau halten können.«

Manon stand vom Tisch auf und nickte. Sie trug ihr Kinn höher als noch vor wenigen Minuten – so als wäre sie an der übertragenen Verantwortung gewachsen. Und vielleicht war sie es auch.

»Wir wissen, was wir zu tun haben«, sagte sie bestimmt und blickte ihm so tief in die Augen, dass Mathis glaubte, sie könne seine Gedanken lesen.

»Tun Sie mir einen Gefallen, Mademoiselle Linville?«

»Ja, natürlich.«

»Sagen Sie Ihrer Schwester bitte Grüße von mir. Sagen Sie ihr, dass ich gewartet habe und dass ich sie verstehe.«

Mathis blickte wieder aus dem Fenster. Ein Habichtsadler kreiste mit gespreizten Flügeln über dem Lavendelfeld, war vermutlich auf der Suche nach einem Wildkaninchen. Unablässig drehte er seine Runden, war nicht abzubringen von seinem Ziel.

»Ach, wissen Sie was?«, meinte Mathis. »Bestimmt ist es das Beste, Sie sagen gar nichts zu Ihrer Schwester.«

Ja, bestimmt war es das Beste, dachte er und ging zurück zum Esstisch, um seinen Tee zu trinken, der inzwischen abgekühlt war.

Kapitel 20

MANON

Gourdon, Dezember 1936.

Estelle sah entsetzlich aus – und das auf ihrer eigenen Verlobungsfeier. Aus dunkel umschatteten Augen starrte sie auf das Blumenbouquet, das Tessier ihr in die Hände gedrückt hatte. Fast wirkte sie, als hätte jemand sie ihrer Lebenskraft beraubt, sie ausgesogen, bis nur noch diese fahle Hülle übrig geblieben war.

Nachdenklich nippte Manon an ihrem Glas Champagner, der aufgeregt prickelnd ihren Gaumen kitzelte. Sie stand allein in der Menge von Menschen, die sich scheinbar alle zum engsten Familien- oder Freundeskreis zählten. Es wurde schrill gekichert, Gläser klirrten, Seidenkleider raschelten, Tessier wurde unzählige Male auf den Rücken geklopft, und Estelles Wangen mussten eine endlose Folge an Küsschen über sich ergehen lassen.

Das war es also, das glückliche Paar, das im kommenden Sommer heiraten würde. Manon schmunzelte. Eigentlich hatte sie sich geschworen, dieser Feier fernzubleiben, doch Léandre hatte sie davon überzeugt, teilzunehmen. Schließlich war es ihre Schwester, und auch wenn ihr Zukünftiger ein verachtenswerter Mensch war, so würde sie es ja doch nicht schaffen, ihn ein Leben lang zu meiden.

»Du hast ja recht«, hatte Manon gesagt und mit den Augen gerollt. »Ich gehe zur Verlobungsfeier, aber nur, wenn du mich begleitest!«

»Ich?« Er hatte laut aufgelacht. »Weder habe ich einen Anzug noch das Auftreten, um mich in so einer feinen Gesellschaft nicht zu blamieren. Man würde mich abschätzig belächeln. Ich bin ein Bauer, Manon, und als solcher fühle ich mich wohl.«

Léandres Worte hallten noch immer in ihr nach. Ja, er war ein Bauer und lebte für seine Felder, die Kräuter und die Tiere – und genau für diese Bodenständigkeit liebte sie ihn. Für ihn wäre es eine Qual, sich hier zwischen den wohlhabenden und fein betuchten Menschen zu bewegen, das hatte sie verstanden und dabei verschwiegen, wie gerne sie ihn ihrem Vater vorstellen würde.

Und wenn sie heute ihre Schwester beobachtete, dann hatte sie den Eindruck, dass der Abend auch für sie eine Qual war. War die Ehe mit einem reichen Gecken wie Tessier nicht immer ihr einzig wahres Ziel gewesen? Warum schlich sie dann zwischen ihren Gästen umher wie ein Geist? Manon stellte ihr Glas beiseite und verschränkte die Arme. Fast hatte sie das Bedürfnis, Estelle an sich zu drücken und sie zu trösten und ihr Kraft zu spenden.

»Linville! Mit dir hatte ich heute gar nicht gerechnet!« Tessiers Stimme riss sie aus ihren Gedanken. Seitdem er sie aus dem Krankenhaus entlassen hatte, waren sie einander nicht mehr begegnet. Natürlich hatte sie gewusst, dass es heute Abend kein Entkommen gäbe, ein direktes Gespräch hatte sie dennoch nicht erwartet.

Sie sah ihm ins Gesicht. Seine Haut glänzte vor Schweiß und der Aufregung, der stickigen Luft, die durch den Raum waberte und sich vollsog an den Gerüchen der Gäste und Speisen. Offensichtlich strengte es ihn an, sich ihr gegenüber gelassen zu geben, dennoch gelang es ihm nicht. Manon erkannte am Zucken seiner Mundwinkel, dass ihre Nähe ihm Unwohlsein verursachte.

»Wie könnte ich Ihrer Verlobungsfeier fernbleiben? Wo Sie und meine Schwester mich derart herzlich eingeladen haben!«

Tessier schluckte und rang sich ein Lächeln ab. »Natürlich bist du willkommen. Jetzt, da wir bald eine Familie sind.«

»Familie!« Manon lachte kurz auf und richtete ihren Blick auf das Getümmel der Gäste. Die Kleider der Damen schillerten, und die Anzüge der Herren übertrafen sich an Eleganz und Schneiderkunst, die nur für ein geübtes Auge sichtbar waren.

»Ja, Familie«, wiederholte Tessier. Seine Stimme wirkte nun ruhiger, weniger aufgesetzt. »Und aus diesem Grund dachte ich, wäre es angebracht, wenn ich meine Entlassung zurücknähme.«

Was für ein Glück, dass Manon ihr Glas bereits weggestellt hatte, denn nun wäre es ihr gewiss aus der Hand geglitten und am Boden in tausend Splitter zerbrochen.

»Die Entlassung zurücknehmen?«, wiederholte sie Tessiers Worte. Der Raum um sie begann sich zu drehen. Hatte sie zu viel Champagner getrunken, oder lag es am Zustand der Verwirrung, der ihre Sinne beeinträchtigte? Ihre Gedanken schienen sich zu verknoten, machten es ihr unmöglich zu antworten. Was sollte sie auch sagen? Die Entlassung hatte sie in ein schwarzes Loch geworfen, und nun, da sie sich mühsam daraus befreit und ihren Alltag umgestaltet hatte, kam Tessier und versuchte mit seiner Arroganz, ein weiteres Mal sämtliche Schrauben in ihrem Leben zu verstellen. Bilder vom Krankenhaus blitzten vor ihrem inneren Auge auf. Oberschwester Georgia, die sie an ihrem ersten Tag als Lernschwester durch das Gebäude führte und sie in ihre täglichen Aufgaben einwies. Sie erinnerte sich an ihre erste Nacht im Schwesterntrakt, in der sie kaum eine Stunde Schlaf gefunden hatte, weil die Geräusche des Krankenhauses aus allen Richtungen auf sie einhämmerten. Sie dachte an Annie, an deren Seite sie wahre Freundschaft erfahren hatte. Dann waren da die vielen Patienten, die teils dankbar, teils zeternd ihren Alltag bereichert hatten, die in ihrem Beisein genasen oder verstarben. Sie hatte um Heilung gebetet, wenn die Medizin zu versagen drohte, hatte geweint, gehofft, gelacht. Das *Hôpital de Vincent* war ihre Heimat geworden, die Tessier ihr einfach genommen hatte. Die klaffende Wunde, die dieser Abschied hinterlassen hatte, hatte sich nur langsam geschlossen.

Jedes Mal, wenn ihr Blick über das Bücherregal in ihrem Zimmer streifte, war es, als pulsierte die schlecht verheilte Wunde, als rissen die Buchrücken der medizinischen Fachbücher von Neuem an der Narbe.

Nein, sie konnte nicht mehr zurück ins Krankenhaus. Wie sollte sie nach so vielen Monaten dort anknüpfen? Würde ihr das Anlegen eines Verbands noch immer so leicht von der Hand gehen wie damals? Oder würde Ekel in ihr aufsteigen, wenn sie einen Patienten auf die Bettpfanne setzen müsste?

Nein, Manon wusste es besser. All die Handgriffe, die sie mit so viel Sorgfalt erlernt und beherrscht hatte, gingen ihr gewiss sofort wieder flüssig von der Hand. Sie bräuchte nicht zu überlegen, ab wann ein Patient einen Aderlass benötigte, oder ab welchem Wert der Blutdruck gesundheitsgefährdend war. Sie trug all das Wissen in sich, es pulsierte durch ihren Körper, war mit jeder einzelnen Zelle verschmolzen. Und genau dieses Wissen würde ihr in Zukunft die Arbeit mit den Flüchtlingen aus Deutschland erleichtern. Sie würde jedem von ihnen die benötigte Hilfe zukommen lassen, sich kümmern und Trost spenden. Das war nun ihre Aufgabe, der sie sich nur zu gerne stellte. Es konnte kein Zufall sein, dass man diese Herausforderung gerade jetzt an sie herantrug. Es war Schicksal. Und es war an der Zeit, dass sie sich in einer neuen Aufgabe beweisen durfte. Seite an Seite mit Léandre würde sie voller Hingabe für die Bedürftigen da sein. War das nicht so viel mehr, als die Arbeit im Krankenhaus ihr je geben konnte? Sie liebte Léandre, wollte ihre Zukunft mit ihm verbringen, neben ihm aufwachen und an seiner Seite einschlafen, mit ihm über seine Felder spazieren und am Abend am Fenster stehend Tee schlürfen und dabei den Sonnenuntergang beobachten. Ja, das Leben hatte sich gewandelt und eine Form angenommen, die so viel schöner war, als sie je zu träumen gewagt hätte.

»Estelle hat mich darum gebeten, und meiner Verlobten kann

ich keinen Wunsch abschlagen«, erklärte Tessier und holte Manon aus ihren Grübeleien zurück ins elterliche Anwesen.

Estelle? Wie von selbst hellte sich Manons Miene auf. Sie stellte sich auf die Zehenspitzen und suchte in der Menschenmenge nach dem Gesicht ihrer Schwester. Noch nie zuvor hatte Estelle sich für ihre Bedürfnisse interessiert. Warum also jetzt? Wollte sie Manons Liebesglück mit Léandre zerstören? Wohl kaum, bislang wusste niemand aus ihrer Familie von der Beziehung. So gerne sie Léandre ihrem Vater vorgestellt hätte, der Gedanke an Mutters verächtlichen Blick, wenn sie von der Liebe zu einem Bauern erfuhr, trübte ihr Vorhaben. Sie wollte sich nicht rechtfertigen müssen für etwas, das so kostbar war wie die Liebe dieses Mannes.

»Ich verstehe nicht …«, stammelte sie, um Zeit zu gewinnen. Das Durcheinander von ungestellten Fragen summte in ihr wie ein aufgeregter Bienenschwarm.

»Keine Bange, Linville, du kannst es dir ein paar Tage überlegen.« Er tätschelte ihr freundschaftlich auf den Oberarm und ließ sie allein zurück. »Aber nicht zu lange!«, rief er noch über die Schulter und verschwand dann im Gewirr der Gäste.

Während ihr Blick an Tessiers Hinterkopf haftete, atmete sie tief aus und lehnte sich erschöpft gegen die Wand. Die Seidentapete schabte unangenehm an ihrem Arm, und die stickige Luft raubte ihr förmlich den Atem. Sie musste raus hier, weg von der lauten Musik und dem aufdringlichen Gelächter.

Zielstrebig bahnte sie sich ihren Weg durch hochgesteckte Frisuren und wulstige Nacken, griff im Vorbeigehen nach einem gefüllten Champagnerglas und war froh, als sie endlich die Terrassentür hinter sich geschlossen hatte und der Lärm nur noch gedämpft zu ihr nach draußen drang.

Stille. Wohltuende Stille, die sich anfühlte wie Fingerspitzen, die über ihre Arme strichen und ihr Gänsehaut verursachten.

Manon ging ein paar Schritte und lehnte sich dann gegen die

Balustrade, deren bauchige Säulen den Park von der Terrasse trennten. Ihr Blick erreichte nur nächtliche Schwärze. Selbst der wolkenverhangene Himmel behielt seine glitzernde Sternenpracht für sich.

... dachte ich, wäre es angebracht, wenn ich meine Entlassung zurücknähme.

Je öfter sie diesen Satz wiederholte, desto irrwitziger klang er für sie. Ohne Genuss trank Manon das Glas in einem Zug leer und stellte es auf der Balustrade ab.

»Manon?«

Manon wandte sich um und erkannte im schwachen Licht, das durch die Fenster fiel, ihre Schwester, die sich zu ihr in die Stille geflüchtet hatte.

»Na, genug getanzt?«, fragte sie Estelle. Ihre Stimme überschlug sich, wie immer, wenn sie unsicher war.

»Hat Rémi mit dir gesprochen?«

»Hat er.«

»Gut.«

Die Einsilbigkeit beider Schwestern legte offen dar, wie weit sie sich längst voneinander entfernt hatten. Aber warum? Hätten sie nicht als Kinder gemeinsam den Eltern Streiche spielen sollen und nachts unter einer Decke von der Zukunft träumen? Stattdessen war eine von ihnen der Mutter zugetan und die andere Vaters Liebling. Anstatt eine Einheit zu bilden, gingen sie nebeneinanderher, ohne der anderen ins Gesicht zu blicken oder nach ihren Gefühlen zu fragen.

»Warum hast du ihn darum gebeten, die Entlassung zurückzunehmen?« Manons Stimme war klar. Vielleicht war es noch nicht zu spät, zueinanderzufinden, sich zu öffnen und einander die Hand zu reichen.

»Ich sehe doch, wie bedrückt du bist. Und ich dachte, wieder im Krankenhaus arbeiten zu können, würde dich glücklich machen.«

»Tessier hasst mich, deshalb hat er mir meine Arbeit genommen.«

»Er hasst dich nicht. Er hat nur manchmal Schwierigkeiten, nett zu sein.«

Manon lachte auf.

»*Schwierigkeiten, nett zu sein?* Und diesen Mann willst du heiraten?« Sie verschränkte die Arme vor ihrem Oberkörper und starrte in Estelles Augen, die in der Dunkelheit kurz aufblitzten. Sie waren beide nur Schatten, einander ähnlicher als je zuvor, und doch konnten sie die Barrieren zwischen sich nicht überwinden.

»Er kann durchaus liebenswert sein.« Estelles Stimme klang wenig überzeugt. »Du hast für das Krankenhaus gelebt. Warum kannst du dann das Angebot nicht annehmen?«

»Du denkst, ich nehme es nicht an?«

»Ich weiß es nicht.« Estelle klang ratlos. Sie neigte den Kopf zu Boden, als könnte sie vom nachtschwarzen Natursteinboden die passenden Worte ablesen.

Und mit einem Mal verstand Manon ein wenig, was es hieß, stets Mutters Wünschen Genüge tun zu müssen. Ihr täglich beweisen zu müssen, dass man ihre Liebe verdiente. Das gesamte Leben, die Kleidung und jede Vorliebe nach ihr auszurichten, um sie zufriedenzustellen. Hatte Estelle je eigene Wünsche geäußert, oder war sie seit jeher nur das Echo ihrer Mutter?

»Es tut mir leid«, flüsterte Estelle. Ihre Stimme war zerbrechlich, dünn, kaum hörbar schwebte sie durch die Dunkelheit an Manons Ohr.

»Was tut dir leid?«

»So vieles …«, hauchte sie und zog sich langsam zurück, wandte sich ab und ging zum Haus.

»Was ist mit Mathis?«, fragte Manon, bevor ihre Schwester die Terrassentür öffnete. Wie erstarrt verharrte Estelle, schien den Atem anzuhalten und um Fassung zu ringen.

»Was?« Estelle drehte sich um und blitzte Manon durch die Dunkelheit an. Ihre Augen funkelten, so als hätte Manon mit der Erwähnung dieses Namens eine Grenze überschritten.

»Woher kennst du Mathis?« Estelles Stimme überschlug sich.

»Woher kennst *du* Mathis?«, gab Manon die Frage zurück.

»Wir haben uns in Grasse kennengelernt, haben geplaudert, mehr nicht.«

»Es machte den Eindruck, als hegte er tiefe Gefühle für dich.« Manon wusste, dass sie mit ihrer Mutmaßung zu weit ging – zumal Mathis sie gebeten hatte, zu schweigen. »Bist du sicher, dass du die richtige Entscheidung getroffen hast?«, fragte Manon, obwohl ihr bewusst war, dass sie damit endgültig zu weit ging.

Estelle starrte sie an. Unverwandt. Schweigend.

»Es tut mir leid«, flüsterte Manon und näherte sich ihrer Schwester einen Schritt, streckte die Hand nach ihr aus, doch Estelle wich zurück. Mit dem Handrücken tupfte sie ihre Wangen trocken und verschwand dann ohne ein weiteres Wort durch die Terrassentür nach drinnen.

Wieder allein mit sich, ihren Gedanken und der Dunkelheit, schloss Manon die Augen und lauschte tief in sich hinein, versuchte, das Durcheinander an Gefühlen zu entwirren und Klarheit zu schaffen in dieser turbulenten Nacht.

»Es tut mir leid«, wiederholte sie ihre Entschuldigung an Estelle und sehnte sich nach Léandre und seinem gelassenen Blick auf das Leben. Er würde sie an sich drücken und ihr Halt geben.

Beim Gedanken an Léandres Wärme und Güte durchfuhr sie ein erleichterter Seufzer.

Das Leben war verrückt – und das war auch gut so.

Kapitel 21

ESTELLE

Grasse, Dezember 1936.

Ein kalter Wind strich Estelle über die Wangen. Rasch wickelte sie den pelzbesetzten Kragen enger um den Hals und zog ihren rostroten Glockenhut tiefer in die Stirn. Ihre Finger waren klamm von den niedrigen Temperaturen und machten ihr wieder einmal bewusst, wie sehr sie den Winter hasste. Und Weihnachten. Seit Stunden irrte sie durch die Läden von Grasse – auf der Suche nach einem passenden Geschenk für ihren Verlobten. Aber was schenkte man einem Mann, der bereits alles besaß? Der sich sein Renommee hart erarbeitet hatte und nicht angewiesen war auf die Großzügigkeit seiner Mitmenschen. Der umgeben von Luxus aufgewachsen war und der keine Ahnung hatte, was es bedeutete, einen unerfüllten Wunsch im Herzen zu tragen.

Estelle hielt inne und schürzte die Lippen. Sie war ungerecht. Schließlich stand der Luxus, in dem sie selbst lebte, dem von Rémi in nichts nach. Mutter hatte ihr stets jeden Wunsch von den Augen abgelesen.

Von ihren Mitschülerinnen hatte sie erfahren, dass es durchaus nicht üblich war, einfach so ein Pony geschenkt zu bekommen, oder ein Himmelbett mit Spitzenvorhängen. Die Kinder aus der Dorfschule waren an ländliche Einfachheit gewöhnt, die durch die Wirtschaftskrise zusätzlich verschärft worden war und an Armut grenzte, und hatten sie naserümpfend beäugt, wenn sie ohne besonderen Anlass ein neues Kleid zur Schau getragen hatte.

Heute wusste sie, dass eine ehrliche Freundschaft ein größerer

Luxus war als eine neue Puppe oder ein Welpe vom namhaftesten Züchter. Und während ihre Mitschüler in kleinen Gruppen das Schulgebäude verlassen hatten, um gemeinsam den Heimweg anzutreten, war sie allein zurückgeblieben – unbeachtet und unerwünscht.

So würde es nie wieder sein, dachte Estelle und setzte ein gequältes Lächeln auf. Von nun an hatte sie Rémi, der ihr treu zur Seite stünde, der sie liebte und sie in wenigen Monaten vor den Traualtar führte.

Umso wichtiger war es, ihm zum ersten gemeinsamen Weihnachtsfest ein besonderes Geschenk zu überreichen. Vielleicht eine dieser teuren Armbanduhren von Rolex? Oder ein Portemonnaie aus Schlangenleder?

Gedankenverloren blieb sie vor einem Schaufenster stehen und starrte auf die ausgestellten Artikel. Erst nach einer Weile wurde ihr bewusst, dass es ein Laden für Künstlerbedarf war und ihr verträumter Blick auf Malpinsel, Lederetuis, in denen verschiedenfarbige Tuben mit Ölfarben sortiert lagen, und Zeichenmappen aus hochglanzpoliertem Leder ruhten.

Ein lautes Seufzen entwich ihr bei dem Gedanken an Mathis, der inzwischen längst in Paris war und sich dort in seinen Alltag vertieft gewiss nur noch selten an die gemeinsame Zeit mit ihr in Grasse erinnerte.

Es war, als hätte Mathis ihr die gesamte Lebensfreude aus dem Herzen gerissen und sie mit sich genommen nach Paris in sein geliebtes Künstlerviertel. Und immer wieder quälte sie der Wunsch, in den Zug zu steigen und sich zurückzuholen, was ihr gehörte. Und wenn sie sie erst zurückhätte, ihre Lebensfreude, dann würde sie bei Mathis bleiben und sich jeden Tag an seinem Lächeln sattsehen.

Manon hatte recht mit ihrem Vorwurf, die falsche Entscheidung getroffen zu haben. Konnte sie so je glücklich werden, da sie doch ihre Liebe verraten hatte? Tag für Tag fiel es ihr schwerer, Rémi die heitere Verlobte vorzuspielen, jedes Lächeln strengte sie an, jeder Kuss kostete Überwindung. War das nun das Leben, von dem sie geträumt hatte?

Estelle beschloss, die Suche nach einem passenden Weihnachtsgeschenk aufzugeben und lieber zur Schneiderin Mademoiselle Soucy in der Rue des Sœurs zu gehen. Vielleicht munterte es sie auf, wenn sie mit ihr den Entwurf für das Hochzeitskleid besprach und sich Stoffproben ansah? Entschlossen marschierte sie in die Rue des Sœurs. Die Aussicht, der grazilen Schneiderin zu begegnen, erweckte in ihr neue Lebensgeister.

Vor dem Schneideratelier angekommen, hielt sie inne und warf einen Blick durch das Schaufenster. Auf Puppen drapierte Stoffe, farblich abgestimmt mit passendem Zubehör, schmückten die Auslage. Estelle drückte die Nase an die Glasscheibe, um einen Blick ins Innere zu erhaschen. Hatte Camille gerade Kundschaft, oder arbeitete sie an einem Auftrag? Der Laden schien leer zu sein. Langsam öffnete sie die Tür und erfreute sich am lebhaften Klirren des Windspiels aus Capiz-Muscheln über ihrem Kopf. Mit geschlossenen Augen nahm sie den herben Duft der Wollstoffe in sich auf, unter den sich das blumig leichte Parfum von Camille Soucy mischte.

»Ich komme schon!«, erklang es aus einem der hinteren Räume. Estelle nickte und schlenderte entlang der Regale voller Stoffballen nach hinten. »Mademoiselle Linville, wie schön, Sie zu sehen! Hatten wir denn für heute einen Termin vereinbart?« Camille legte den Zeigefinger ans Kinn und schien in Gedanken ihren Terminkalender abzurufen.

»Nein, keine Bange. Ich war nur zufällig in der Gegend und wollte mit Ihnen mein Hochzeitskleid besprechen.«

»Ah, Sie sind wegen des näher rückenden Termins aufgeregt, habe ich recht?«

Nein, haben Sie nicht, dachte Estelle und zog verlegen die Schultern hoch.

»Ich habe Zeit. Wenn Sie mögen, zeige ich Ihnen ein paar Entwürfe, die ich mir an Ihnen vorstellen könnte.«

Die Art, wie Camille ihren Körper taxierte, gab Estelle das Gefühl, etwas Besonderes zu sein.

»Kommen Sie!«, meinte die Schneiderin und winkte sie nach hinten zu einem kleinen Tisch, auf dem in einer Vase ein Strauß roter Rosen seinen Duft verströmte und zum Verweilen einlud.

»Legen Sie Ihren Mantel ab und machen Sie es sich gemütlich. Darf ich Ihnen eine Tasse Kaffee anbieten? Bestimmt, oder?« Mit diesen Worten war Camille bereits im Nebenraum verschwunden und hantierte scheppernd mit ein paar Tassen. Estelle setzte sich an den Tisch und musste sich eingestehen, dass ihre Laune sich seit Betreten des Schneiderateliers deutlich gebessert hatte. Camilles lebendige und fürsorgliche Art machte es einem leicht, sich wohlzufühlen.

Durch den Türspalt erhaschte Estelle einen Blick auf die Schneiderin. Wie immer trug sie weit geschnittene Hosen – heute aus weißem Crêpe, der fließend ihre schmalen Hüften umspielte. Dazu eine hellblaue Bluse, deren Schnitt sehr geradlinig, beinahe maskulin war. Ihr blondes Haar trug sie kinnlang und streng hinter die Ohren gekämmt. Ein dunkler Lippenstift betonte die vollen Lippen. Die Augenbrauen waren auffallend schmal gezupft. Mit jeder Bewegung, jedem gesprochenen Wort und jedem Blick überzeugte sie ihr Gegenüber davon, dass sie völlig eins war mit sich. Diese Frau war zufrieden mit sich, ihrem Aussehen, ihrem Beruf. Sie war kaum älter als Estelle und hatte dennoch schon so viel mehr geschaffen als sie.

»So, hier kommt Ihr Kaffee.« Camille reichte Estelle ein zimtfarbenes Tässchen und stellte dazu eine kleine Kanne mit Milch auf den Tisch.

»Während Sie Ihren Kaffee trinken, zeige ich Ihnen ein paar Entwürfe, die Ihrer Figur schmeicheln würden, ja?« Mit diesen Worten eilte sie zu einem Regal, in dem sich Zeitschriften türmten. Für einen Außenstehenden mochten die Stapel ungeordnet erscheinen, Mademoiselle Soucy allerdings griff zielsicher nach zwei Heften und setzte sich wieder zu Estelle an den Tisch.

»Der Schleier aus Brüsseler Spitze – so wie hier, sehen Sie?« Camille befeuchtete ihre Finger an der Unterlippe und blätterte zur gewünschten Seite. »Das Kleid aus schillerndem Satin, lange Ärmel und dezentes Dekolleté. Dafür sehr eng geschnitten, damit Ihre schmale Figur und Ihre Rundungen für Aufsehen sorgen. Etwa so. Was halten Sie davon?«

Estelle griff nach ihrer Tasse und nippte daran.

»Ist das nicht zu gewagt? So eng?«

»Wir Frauen müssen mutig sein. Die Zeiten sind vorbei, in denen man uns hinter Schichten von Tüll versteckt hat wie eine Puppe. Mit einem Kleid wie diesem zeigen Sie der Welt, dass Sie bereit sind, Ihren Platz in der Gesellschaft auszubauen, dass Sie es wert sind, wahrgenommen zu werden.«

»Ich fürchte, ich bin für eine Vorreiterrolle wenig geeignet.« Estelle schob ihre scharf gelegten Wellen aus der Stirn und mied den Blickkontakt mit Camille.

»Doch, das sind Sie. Wenn Sie sich mit meinen Augen sehen könnten, dann wüssten Sie das.« Camille legte eine Hand auf die von Estelle. Diese Annäherung löste einen wohligen Schauder in ihr aus, und kurz war Estelle unsicher, ob sie sich dem Genuss dieser Berührung hingeben durfte. Sie besah die ebenmäßige Haut an Camilles Handrücken, die wie Porzellan wirkte. Und für einen Moment war sie versucht, die Hand an ihre Lippen zu drücken, um sie ganz und gar zu fühlen und zu schmecken. Was für ein Trost das sein müsste.

»Geht es Ihnen nicht gut?«, fragte Camille. Estelle riss sich vom

Blick auf Camilles Hand und von den Gedanken, die damit einhergingen, los und griff nach ihrer Tasse, um wenigstens irgendwo Halt zu finden.

Die Schneiderin fuhr mit ihren Vorschlägen fort, blätterte durch die Zeitschrift, präsentierte Stoffproben in unzähligen Weißtönen. Lilienweiß, Perlweiß, Schneeweiß, Elfenbeinweiß … Für Estelle sahen alle gleich aus. Und egal, für welchen dieser Töne sie sich entschied, Camille würde daraus ein Gefängnis nähen, in dem sie sich vor den Traualtar schleppen würde – angestrengt lächelnd, damit niemand erkannte, dass ihr Herz für einen kleinen Künstler in Paris schlug.

»Ich verlasse mich ganz auf Sie, liebe Mademoiselle Soucy. Ich bin mir sicher, dass Sie für mich das schönste Brautkleid entwerfen werden.«

Ein unangenehmer Druck breitete sich in ihrer Brust aus. Sie wollte weg von den weißen Stoffen, die ihre Zukunft prophezeiten. Ihr war danach, Alkohol zu trinken, ihre Sinne zu benebeln und die Tatsache zu verdrängen, dass sie in ihrem Leben stets die falschen Entscheidungen traf.

»Verlassen Sie sich ganz auf mich. Kommen Sie einfach in zwei Wochen zur ersten Anprobe, Sie werden staunen.« Camille lächelte geheimnisvoll und schien in Gedanken bereits ein genaues Bild vor Augen zu haben, wie Estelle ihren Weg zum Traualtar antreten würde.

»Und haben Sie ein schönes Weihnachtsfest«, meinte sie, während sie hinter Estelle stand und ihr in den leichten Wollmantel half. »Ihr Verlobter wird Sie gewiss nach allen Regeln der Kunst verwöhnen, habe ich recht?« Camilles Stimme war nahe an ihrem Ohr, weich, süß und doch bestimmt und selbstbewusst, wie immer. Estelle bräuchte sich nur ein kleines Stück zurückzulehnen, damit ihre Wange Camilles Lippen berührte.

»Das wird er gewiss«, antwortete Estelle und entfernte sich

einen Schritt, brachte sich in Sicherheit vor dieser Nähe, die ihre Gefühle noch mehr verwirrte, als Mathis und Rémi es bereits getan hatten.

»Dann sehen wir uns in zwei Wochen«, meinte Estelle, als sie zur Tür ging. »Ich wünsche Ihnen von Herzen schöne Weihnachten.« Mit diesen Worten verschwand sie aus dem Atelier und war froh, wieder in die kalte Dezemberluft eintauchen zu können. Als sie sich auf den Weg zum Wagen machte und dabei durch die Straßen von Grasse flanierte, glaubte sie immer wieder, Camilles Atem an ihrem Ohr zu spüren oder ihre Stimme zu hören. Kopfschüttelnd versuchte sie, die Gedanken an die Schneiderin abzuschütteln. War es möglich, dass Mademoiselle Soucy ihr mit Absicht so nahe gekommen war? Hatte Camille sie schon öfter derart auffordernd angesehen und sie dabei ungeniert berührt, als machte sie ihr den Hof? Estelle griff sich ans Herz und atmete tief durch. Sie hatte weiß Gott keine Zeit, sich Gedanken um das Gefühlsleben ihrer Schneiderin zu machen. Sie hatte genügend eigene Probleme. Und um wenigstens eines von ihnen aus der Welt zu schaffen, ging sie in den nächsten Laden, um Rémi ein Geschenk zu kaufen, bevor die Verkäufer ihre Türen schlossen, um sich selbst auf den Heiligen Abend einzustimmen.

Als Estelle Stunden später zu Hause eintraf und das Kaminzimmer betrat, fand sie dort ihre Mutter vor, die mit letzten Handgriffen den Weihnachtsbaum schmückte, während Manon am Boden kniete und Moos in die Krippe legte. Ihre Schwester summte dabei ein Weihnachtslied, dessen Melodie Estelle in die Vergangenheit entführte. Damals, als sie an Heiligabend kaum erwarten konnte, dass *Papa Noël* die Geschenke unter den Baum legte.

»Estelle, Kind, da bist du ja!«, rief Vienne und stellte den roten Karton mit den gläsernen Kugeln beiseite. »Wir sind schon fast fertig. Du siehst schrecklich aus! Du solltest dich dringend frisch machen, bevor dein Verlobter zum Aperitif und dem festlichen Abendessen kommt.«

Estelle griff sich an die Wangen. War ihr die Verzweiflung über ihr Liebesunglück anzusehen? Wenn ja, wie sollte sie die Weihnachtsfeiertage im Kreis der Familie überstehen, ohne sich zu verraten?

Manon blickte ihr ernst entgegen, wandte sich aber rasch wieder der Krippe zu. Mit einem scharfen Messer schnitt sie das Moos zurecht und bedeckte damit das Dach des kleinen Stalls.

»Sieht hübsch aus!«, sagte Estelle leise zu ihrer Schwester gewandt.

Noch vor dem opulenten Abendmahl würden sie die handgroßen geschnitzten Figuren in die Krippe stellen, wobei Vater großen Wert darauf legte, das Jesuskind eigenhändig in der Mitte der Weihnachtskrippe zu platzieren.

Der Duft von Fischterrine und Truthahn mit Kastanienfüllung zog durchs Haus, und Estelle ertappte sich dabei, wie sie ihn genüsslich und voller Vorfreude schnupperte, während sie hinauf in ihr Zimmer ging. Vielleicht könnte sie ihre trübsinnigen Gedanken für ein paar Stunden verdrängen, um die Feier im Kreis der Familie zu genießen, Wein zu trinken und über Vater zu lachen, wenn er beim gemeinsamen Vortragen der Weihnachtslieder die schiefsten Töne laut und voller Inbrunst zum Besten gab.

Für den heutigen Heiligabend hatte sie sich das smaragdgrüne Kleid aus Crêpe mit den unterlegten Spitzeneinsätzen an der Brust frisch aufbügeln lassen.

Als sie angezogen an ihrem Schminktisch saß, griff sie nach einem Lippenstift, dessen Farbe an den von Camille Soucy erinnerte. Estelle sah das ansteckende Lachen der Schneiderin vor sich, die vollen Lippen, die ebenmäßigen Zähne. Mit wem sie wohl den heutigen Abend verbrachte? Legte eine moderne Frau wie sie überhaupt Wert auf ein Fest wie Weihnachten, oder saß sie lieber auf ihrer Couch und las bei einem Glas Wein in Gustave Flauberts *Madame Bovary?*

Trotz der geschlossenen Fenster hörte Estelle den Wagen von Rémi über den Kies heranrollen und sprang auf. Dass ihr Verlobter am Weihnachtsmahl im Hause Linville teilnahm, verdankte sie natürlich ihrer Mutter, die darauf bestanden hatte, ihren künftigen Schwiegersohn an diesem wichtigen Abend bei sich am Tisch zu haben und mit sämtlichen Köstlichkeiten zu verwöhnen.

Rasch eilte Estelle die Stufen hinab, um Rémi aus den Fängen ihrer Mutter zu retten.

»Wie schön, dass Sie es geschafft haben, liebster Rémi«, schmeichelte Vienne und ließ sich von ihm die Hand küssen. Wie peinlich Vienne doch sein konnte. Sie biederte sich an, als wäre sie es, die vom jungen Oberarzt hofiert wurde.

»Natürlich! Ich tue alles, um meiner Liebsten nahe zu sein.« Das Augenzwinkern galt Estelle. Sofort wandte er sich von Vienne ab und hauchte seiner Verlobten einen Kuss auf die Wange.

Arm in Arm schritten sie hinüber ins Esszimmer, wo bereits alles für den festlichen Abend gedeckt war. Kerzen flackerten, das Grammofon kratzte an einer alten Weihnachtsschallplatte, und der harzige Duft des Christbaums erfüllte das ganze Haus.

Estelle nahm sich vor, den Abend in vollen Zügen zu genießen. Warum auch nicht? Sie hatte es verdient, endlich wieder zu lachen und sich auf die schönen Seiten ihres Lebens zu besinnen. Mathis würde es gewiss nicht anders machen und im Kreise seiner Freunde auf das Fest anstoßen.

»Meine Tochter hat dieses besondere Strahlen, wenn Sie an ihrer Seite sind«, meinte Vienne und schaffte es tatsächlich, Tränen der Rührung aus ihren Augenwinkeln zu pressen.

»*Maman,* bitte!«, sagte Estelle peinlich berührt. Wie konnte ihre Mutter es wagen, sie derart plump bloßzustellen?

Rémi lachte laut auf, Vater rollte mit den Augen, und Manon

wandte ihren Blick der Krippe zu, als fände sie dort die ersehnte Rettung.

»Meinetwegen kann Ihre Tochter gerne öfter strahlen«, sagte Rémi geheimnisvoll und kniff Estelle leicht in ihre ohnehin schon gerötete Wange.

»Heißt das, Sie wollen uns öfter besuchen kommen?« Der Glanz in Viennes Augen verriet, wie sehr sie Rémis Gesellschaft genoss und dass sie es am liebsten sähe, wenn er ganz auf dem Anwesen einzog.

»Nein«, antwortete Rémi kurz angebunden. »Aber wenn Sie es gestatten, Monsieur Linville, fände ich es erstrebenswert, wenn meine Verlobte bereits vor unserer Hochzeit in meine Villa in Grasse einzöge.«

Stille. Estelle blickte in die verwunderten Gesichter ihrer Eltern. Vienne schluckte laut und konnte ihr gekünsteltes Lächeln nicht länger aufrechterhalten.

»Bei dir einziehen?«, fragte Estelle erschrocken. »Jetzt schon?«

»Warum nicht? Es würde vieles einfacher machen. Die Planung der Hochzeit zum Beispiel. Und du müsstest nicht mehr jeden Abend bis nach Grasse fahren, um ein wenig Zeit mit mir zu verbringen.«

Ja, vielleicht hatte Rémi recht und ihr Umzug brächte nur Vorteile mit sich.

»Aber was werden die Leute denken?«, fragte Vienne und fasste sich mit beiden Händen an die Wangen.

»Dass ich eine moderne Frau bin?«, meinte Estelle und war selbst überrascht über ihre Aussage. Aber ja, genau das war eines dieser Zeichen, von denen Camille heute gesprochen hatte. Einer Frau war es erlaubt, für sich und ihre Bedürfnisse einzustehen. Sie brauchte sich nicht zu verstecken hinter althergebrachten Konventionen, durfte frei über sich und ihren Körper entscheiden. Und wenn sie und Rémi es richtig fanden, bereits vor der Eheschließung die gemeinsame Villa zu beziehen, dann brauchte sich niemand daran zu stören.

»Was sagst du dazu, Papa?«, fragte Estelle, und alle Blicke wanderten von ihr zu Calvin, der gedanklich bereits am Esstisch zu sitzen schien, wo er vor einem üppig gefüllten Teller sein Glas mit dem Aperitif zum Wohle der Familie erhob.

»Warum nicht?«, meinte er einsilbig und zwirbelte zur Untermalung seinen Schnurrbart. »Wir leben in modernen Zeiten. Es gibt keinen Grund, einer Liebe im Weg zu stehen, die in wenigen Monaten ohnehin vor Gott besiegelt wird.«

Vienne seufzte laut auf und ballte ihre Hände zu Fäusten.

»Du machst uns zum Gespött, Calvin. Aber das ist dir ja seit jeher egal«, fauchte sie und presste die Lippen zusammen.

»Liebste Madame Linville, wenn es Ihnen derart widerstrebt, mir Ihre Tochter vor der Eheschließung anzuvertrauen, dann nehme ich meine Bitte selbstverständlich zurück.«

»Rémi!« Estelle kniff ihren Verlobten in den Oberarm. Wie konnte er es wagen, sein Angebot zurückziehen zu wollen, nun, da sie sich in einer Vorreiterrolle sah und es kaum erwarten konnte, in seiner Villa zu walten und von den abschätzigen Blicken der Nachbarinnen verfolgt zu werden, wenn sie am frühen Vormittag im Morgenmantel bekleidet auf dem Balkon stand und ihren Kaffee schlürfte.

»Vielleicht hat mein Mann ja recht«, meinte Vienne kleinlaut.

Estelle triumphierte innerlich. Schon in wenigen Tagen würde sie ihr Elternhaus für immer verlassen. Dann führte sie ihr eigenes Leben, fernab der Wünsche ihrer Mutter und der Lieblosigkeit ihres Vaters.

Estelles Blick fiel auf Manon, die sie aus großen Augen anstarrte. War es möglich, dass sie ebenso empfand wie sie? Dass sie wehmütig an die verpassten Gelegenheiten dachte, in denen sie sich als Schwestern hätten annähern können? Und dass die Aussichten, eine Beziehung zueinander aufzubauen, für immer verloren waren?

Nein, Estelle musste sich irren. Gewiss war Manon einfach nur erleichtert, Rémi und ihr in Zukunft nicht mehr begegnen zu müssen.

»So, nun lasst uns aber endlich am Esstisch Platz nehmen«, meinte Calvin und machte den Anfang. »Heute ist Weihnachten, und mein Magen knurrt dementsprechend gierig.«

Und während Estelle die Betriebsamkeit im Esszimmer beobachtete, fragte sie sich, ob es tatsächlich möglich war, dass sie ihren Platz im Leben gefunden hatte – fernab von Mathis. Vielleicht hatten sich der Kummer und die Entsagung letztendlich gelohnt und sie würde schon in wenigen Wochen lachend zurückblicken auf die Zeit, in der sie dem Straßenkünstler all ihre Liebe geschenkt hatte.

Nein, Estelle wusste es besser. Diese Gefühle würden nie verblassen, sondern ihr für den Rest ihrer Tage vor Augen halten, dass sie ein von Geldgier verdorbener Mensch war.

Kapitel 22

MANON

Gourdon, März 1937.

Sie kommen!«, schrie Manon, als sie die Wiese hinunterrannte. Von Weitem sah sie Léandre, der auf dem Lavendelfeld stand und die Blütentriebe aus dem Vorjahr zurückschnitt, um die Pflanzen möglichst kompakt zu halten. Als er ihre Stimme hörte, richtete er sich auf und streckte den Rücken durch. Die Temperatur war angenehm, dennoch bereute Manon nicht, ihre Jacke angezogen zu haben.

»Sie kommen!«, wiederholte sie und wedelte ihm mit dem Stück Papier in ihrer Hand zu. Léandre schien zu verstehen und steckte die Ernteschere in die Seitentasche seiner Jacke, bevor er Manon entgegeneilte.

»Fünf!«, schnaufte Manon und rang nach Luft. »Sie kommen zu fünft.«

Léandre stellte sich eng neben sie, damit sie gemeinsam das Telegramm lesen konnten.

»Heute fünf auf den Weg geschickt. Kommen morgen an«, zitierte Léandre die knappen Zeilen.

»Morgen. Sind wir für fünf Personen ausgestattet?«, fragte Léandre und faltete das Papier zusammen. Seine Stirn lag in tiefen Sorgenfalten. Manon hob die Hand und strich mit den Fingerkuppen über die Furchen. Seine Haut war erhitzt von der Arbeit und blass vom Winter. Nicht mehr lange, dann würde er wieder braun gebrannt über seine Felder stapfen und an heißen Tagen seinen zerfledderten Sonnenhut tragen.

»Das sind wir, mach dir keine Sorgen. Der Schuppen ist längst leer geräumt und sauber. Auf den Feldbetten liegen frische Decken bereit, und wenn nötig, kann ich noch welche besorgen«, zählte Manon auf und dachte an Dr. Soulard, den sie hatte überreden können, ihr heimlich einige Lazarettbetten aus dem Speicher zu überlassen, die seit dem Ersten Weltkrieg dort oben verstaubten und keine Verwendung mehr fanden. Dabei hatte er mehr als einmal erwähnt, welche Schwierigkeiten er bekäme, wenn man ihn erwischte. Erst als Manon ihn für seinen Wagemut und seine unbeschreibliche Hilfsbereitschaft gelobt hatte, hatte er seine Bedenken eingestellt und sogar angeboten, jederzeit wieder behilflich zu sein, wenn sie etwas benötigte.

»Was für ein Glück, dass wir bereits März haben. Im Winter hätten wir niemanden im Schuppen einquartieren können«, meinte Léandre. »Und abends werde ich den kleinen Holzofen anfeuern, damit unsere Gäste es gemütlich haben.«

»Sie werden es dir danken.« Manon lächelte. Wie sehr sie diesen Mann doch liebte. Um nichts in der Welt hätte sie an einem anderen Ort sein wollen als hier bei ihm.

»Wir werden es machen wie mit Mathis besprochen. Die Arbeit auf den Feldern müssen wir weiterführen, um kein Aufsehen zu erregen. Deutsche ohne Papiere werden in ihr Heimatland abgeschoben. Dann wären die ganzen Strapazen, die sie auf sich genommen haben, umsonst gewesen.«

»Ja, wir machen alles so wie besprochen. Es wird bestimmt gut gehen. Wir holen sie vom Bahnhof und fahren direkt hierher zurück. Kein Mensch käme je auf die Idee, beim verschrobenen Kräuterbauern nach illegalen Deutschen zu suchen.« Manon lachte. Ihr Herz setzte vor Aufregung ein paar Schläge aus. Sie konnte es kaum erwarten, die Flüchtlinge am nächsten Tag in Empfang zu nehmen und sich um sie zu kümmern. Endlich hatte sie wieder einen Auftrag, eine Aufgabe, die Leben schützte und rettete. Aufrecht stand sie da und stemmte beide Hände in die Taille. In

Gedanken ging sie den Plan für morgen ein letztes Mal durch. Sie hatten genügend Essensvorräte, Geschirr und Kleidung zum Wechseln, falls benötigt. Sie hatte noch das Blutdruckmessgerät und das Stethoskop, das sie damals für Daniels Untersuchung aus dem Krankenhaus geschmuggelt hatte. Und es gab einen ausreichenden Rest Aspirin, wobei Manon hoffte, dass Mathis nur gesunde Flüchtlinge auf die lange Zugreise geschickt hatte. Alles andere würde sich finden, schließlich war sie nicht allein, sondern konnte sich in allem auf Léandre verlassen.

Am späten Nachmittag ging Manon durch die Scheune, die sauber und ruhig dalag. Sie kontrollierte ein weiteres Mal die Ausrüstung. Sie konnte es kaum erwarten, am nächsten Tag loszulegen. Viel zu lange hatte sie stillgehalten, hatte sich hier unten zwischen Léandres Kräutern vor der Welt versteckt. Doch das würde sich nun ändern.

Am nächsten Tag machten sie sich gemeinsam auf den Weg zum Bahnhof und warteten dort auf das Eintreffen des Zugs aus Paris. Léandre ging nervös auf und ab, während Manon geruhsam am Bahnsteig verharrte, die Hände im Rücken gefaltet und den Blick in die Ferne gerichtet.

»Zu euch schicken wir nur die, die keine Papiere mehr haben. Innerhalb Frankreichs finden in den Zügen keine Kontrollen statt. Noch nicht«, erinnerte Manon sich an Mathis' Worte. »Das letzte Wegstück müssen sie zu Fuß antreten, da auf dem Endbahnhof in Marseille durchaus mit Ausweiskontrollen zu rechnen ist. Aber die Strecke ist in zwei Tagen zu bewältigen, zudem verlassen sie euch frisch gestärkt. In Marseille werden sie an einem geheimen Treffpunkt in Empfang genommen und auf eine der Fähren geschleust. Aber das braucht euch nicht mehr zu interessieren. Seht nur zu, dass ihr ihnen genügend Proviant mitgebt.«

Der nahende Zug trug einen leichten Wind vor sich her, der

Manon durchs Haar wirbelte und sie aus ihren Gedanken riss. Um möglichst kein Aufsehen zu erregen, trat sie ein paar Schritte zurück und wartete gelassen, bis der Zug unter dröhnendem Lärm zum Stehen kam. Manon konnte Léandre hinter sich spüren, die Aufregung, die er mit einer Wucht ausstrahlte, dass sie sogar auf sie selbst übersprang. Sie griff nach seiner Hand und drückte sie.

»Wir schaffen es schon!«, flüsterte sie, ohne sich zu ihm umzudrehen.

Nur wenige Reisende verließen den Zug. Ein paar Herren, Geschäftsleute vermutlich, die mit raschen Handgriffen die Knitterfalten aus den Anzügen strichen und ihre Hüte gerade rückten.

Aus dem hintersten Waggon stiegen vier Kinder in Begleitung einer jungen Frau.

»Kinder?«, hauchte Manon und drückte Léandres Hand fester als gewollt. Sie atmete tief ein und taxierte die fünf mit fachmännischem Blick. Dem ersten Anschein nach wirkten sie gesund. Blass zwar und mit hängenden Schultern, aber das konnte an der langen Reise und den Verlusten liegen, die sie erlitten hatten.

Und erst jetzt wurde ihr bewusst, warum Léandre derart geplagt war von der Aufregung. Die ankommenden Flüchtlinge brachten die vergessen geglaubten Erinnerungen an Daniel zum Vorschein. Seit der Abreise der Liebermanns hatten sie nicht wieder über den tragischen Tod des Kindes gesprochen.

»Sie machen einen gesunden Eindruck«, versuchte Manon, ihm die Angst zu nehmen. Léandre nickte, seine Miene war jedoch wie versteinert, und seine Kiefer mahlten.

»Willkommen in Gourdon«, sagte Manon dann und reichte der Frau die Hand. Bei näherer Betrachtung konnte sie kaum älter als zwanzig Jahre sein. Die Kinder waren ein bis zwei Köpfe kleiner als sie. Drei Mädchen ein Junge. Sie waren sauber und für eine Zugfahrt angemessen gekleidet.

»Guten Tag!«, erwiderte die Fremde und versuchte sich an einem Lächeln. Müde sahen sie aus, die Haut blass, fast durchsichtig, die Augen dunkel umschattet, die Schultern hängend, der Blick mutlos.

»Habt ihr kein Gepäck?«, fragte Manon und erkannte an den ratlosen Gesichtern, dass keiner von ihnen der französischen Sprache mächtig war.

»Kommt erst einmal mit!«, schlug Manon vor und gab ihnen einen Wink, mit ihr zu gehen. Müde folgten die Deutschen der Aufforderung und gaben sich Mühe, sich alle nebeneinander auf die Rückbank des Wagens zu drängen.

»Wir haben an alles gedacht«, sagte Manon, nachdem sie schon eine Weile gefahren waren. »Aber dass wir uns ein gewisses Grundwissen der deutschen Sprache aneignen sollten, das haben wir völlig außer Acht gelassen.«

»Du bist die Kluge von uns beiden. Du findest bestimmt eine Möglichkeit, rasch die wichtigsten Wörter zu lernen.« Léandre blickte immer wieder über den Rückspiegel in die fremden Gesichter der deutschen Flüchtlinge.

»Natürlich werde ich einen Weg finden«, antwortete sie und lehnte sich entspannt in ihrem Sitz zurück.

Auf Léandres Hof angekommen, versorgten sie die Ankömmlinge mit Getränken und einer warmen Mahlzeit. Zufrieden beobachtete Manon die Kinder dabei, wie sie ihre Teller leer löffelten und sich ihre Wangen mit jedem Bissen rosiger färbten.

»Ich bin Manon, wie heißt ihr?«, fragte Manon und deutete mit großen Gesten erst auf sich und dann auf die Kinder. Tatsächlich verstanden sie und nannten schüchtern ihre Namen. Hans, Marion, Edith, Gertrud, und die junge Frau stellte sich als Christel vor. Die erste Mauer schien überwunden, und es entstand ein vorsichtiges Gefühl der Verbundenheit. Bei einem gemeinsamen Spaziergang über Léandres Wiesen versuchte Manon, von Christel zu erfahren, wie ihre Reise weiter geplant war. Diese öffnete die obersten Knöpfe ihrer Bluse und holte einen Brief hervor. Manon entfaltete ihn und fand stichwortartige Informationen darin. Alles in deutscher Sprache. Mathis musste in Paris Leute haben, die sämtliche Mitteilungen für die Flüchtlinge übersetzten. Naheliegender war allerdings, dass seiner politischen Bewegung Deutsche angehörten. Sollte sie in nächster Zukunft die Möglichkeit haben, sich umfangreicher mit Mathis auszutauschen, würde sie ihn um einen gewissen Grundstock an deutschen Vokabeln bitten, damit der Austausch mit den Flüchtlingen einfacher verlief.

Christels Schreiben schien eine detaillierte Wegbeschreibung von Gourdon bis zum Treffpunkt in Marseille zu beinhalten. Dazu eine genaue Uhrzeit, wann sie dort einzutreffen hatten. Was, wenn die Kinder den Weg nicht bis zum angegebenen Zeitpunkt schafften? Wenn sie die Fähre nach Portugal verpassten? Wären sie dann in Marseille auf sich gestellt? Bekämen sie die Möglichkeit für eine weitere Überfahrt?

Manon blickte in die Gesichter der Kinder. Wer hatte nur diese waghalsige Idee gehabt, sie ohne Begleitung eines Ortskundigen auf den Weg zu schicken? Sie faltete das Papier ordentlich und überreichte es Christel, die es wieder in ihrer Bluse versteckte.

»Ihr könnt euch hier frei bewegen«, erklärte Manon mit ausladender Handbewegung, als sie wenig später bei den Ziegen waren. Léandre reichte den Kleinen getrocknetes Brot, um die Tiere zu füttern.

»Das gefällt ihnen«, meinte Manon, als verhaltenes Kichern ertönte.

»Dem Charme von Emma ist bis jetzt noch jeder erlegen.« Léandre lachte.

Die Kinder waren schweigsam, wichen Manons Blicken aus, zogen sich abends rasch in ihre Betten zurück und schienen in einen erschöpften Schlaf zu fallen. Doch als Manon vor ihrem

Heimweg ein letztes Mal zu den Kindern in das Nebengebäude sah, hörte sie verhaltenes Schluchzen unter einer Decke. Wenn sie doch nur mit ihnen reden, ihnen ihre Sorgen, ihre Erlebnisse abnehmen könnte. Warum waren sie nicht gemeinsam mit ihren Eltern angereist? Warum hatte Mathis ihnen keinen genaueren Hintergrund zu den Kindern erzählt? Wusste er womöglich auch nicht mehr? Waren die fünf Geschwister? Oder nur Nachbarn oder Bekannte?

Der Wunsch, so schnell wie möglich ein bisschen Deutsch verstehen und sprechen zu lernen, wurde immer drängender und erfüllte sie mit einem Wissensdurst, wie sie ihn seit ihrer Arbeit im Krankenhaus nicht mehr verspürt hatte.

»Ich würde über Nacht bleiben, aber es gibt da etwas, das ich erledigen muss«, sagte sie zu Léandre, nachdem sie die Tür zur Scheune geschlossen hatte.

»Mach dir keine Sorgen. Ich bin ja hier und kümmere mich um alles.« Er drückte ihr einen sanften Kuss auf die Lippen und umfasste ihre Taille mit beiden Händen. Der Wunsch überkam sie, ihr Vorhaben zu vertagen und bei Léandre zu bleiben, doch dann drang erneut Schluchzen aus dem Inneren des Nebengebäudes und erinnerte sie an ihren Plan.

»Wir sehen uns morgen«, hauchte sie ihm ins Ohr und knipste ihre Taschenlampe an, um den Weg durch die Dunkelheit zu finden.

Als sie allein war mit sich und der Nacht und Léandres Hof nur noch ein kleiner, schwach leuchtender Punkt in der Ferne war, erinnerte sie sich an ihre eigene Kindheit. Im Gegensatz zu ihrer Schwester hatte sie die Finsternis schon immer faszinierend gefunden. Wie konnte es sein, dass die Sonne, die alles in warmes Licht tauchte, sich zur späten Tageszeit auf den Weg in ein anderes Land machte? Und wie war es möglich, dass es Tiere zu geben schien, die genau auf diesen Zeitpunkt warteten und erst dann zum Leben erwachten, wenn alle anderen sich zur Ruhe begeben hatten? Fledermäuse, Eulen, Ginsterkatzen, sie alle trotzten der Schwärze der Nachtstunden und schlichen wie Gespenster durch die Finsternis.

Der schmale Lichtkegel der Taschenlampe leistete gute Dienste und warnte Manon vor jeder Wurzel und jedem Stein. Sie erschrak weder vor dem Knacken eines Astes noch vor dem Ruf einer Zwergohreule. Als hinter den dicken Stämmen der Eichen, Buchen und Eschen die Lichter von Vaters Arbeitszimmer und Mutters Salon auftauchten, hielt sie inne und leuchtete hoch zu den Ästen, die in den schwarzen Himmel ragten. Sie konnte nicht sagen, was es war, das ihr in diesem Moment dieses unermessliche Gefühl von Einsamkeit vermittelte. Noch nie zuvor hatte sie sich derart allein gefühlt. Rührte das Empfinden von den Kindern her, die schutzlos einer neuen Heimat ausgeliefert waren? Sie sah die traurigen Augen der kleinen Edith vor sich. Hatte die Zöpfe noch ihre Mutter in Deutschland geflochten, bevor sie ihr Kind in den Zug gesetzt hatte, von dem sie hoffte, er brächte es in eine sorglose Zukunft? Aber würde sich ein Kind nicht immer und in jedem Fall für ein Leben an der Seite der Eltern entscheiden – egal, welche Entbehrungen es auszuhalten gälte? Sie ging weiter, näherte sich dem hellen Schein, der aus Vaters Arbeitszimmer drang und ihr den Heimweg erleichterte.

Im Haus war es still. Seit Estelles Auszug vor ein paar Wochen sogar unangenehm still. Und hatte Manon sich an manchen Tagen nichts mehr herbeigesehnt als genau diese Ruhe ohne die schrille, alles beherrschende Stimme ihrer Mutter, so musste sie heute eingestehen, dass sie mit dieser öden Lautlosigkeit ebenso wenig anfangen konnte.

Ja, Mutter war leise geworden, seitdem sie keine Zukunftspläne mehr zu schmieden hatte für ihre Lieblingstochter. Es war, als hätte Tessier sie ihrer Lebensaufgabe beraubt. Eine Lebensaufgabe, die sie aufrecht durch den Alltag hatte schreiten lassen und ohne die sie nun eingefallen wirkte wie ein knorriger Apfelbaum im Winter – nur noch eine Erinnerung an das strahlende und üppige Leben im Hochsommer, wenn er an seinen Ästen Früchte trug, deren Backen sich in der Sonne jeden Tag ein bisschen mehr röteten.

Nun war alle Farbe aus Vienne gewichen. Da gab es nichts mehr zu tun in ihrem Leben. Und auch wenn Manon es nie für möglich gehalten hätte, so empfand sie Mitgefühl für ihre Mutter. Immerhin wusste Manon nur zu gut, wie es sich anfühlte, wenn man seiner Lebensaufgabe beraubt wurde.

Leise, um die Stille im Haus nicht zu stören, klopfte sie an die Tür von Calvins Arbeitszimmer.

»Darf ich?«, fragte sie und steckte den Kopf durch den Türspalt.

Calvin blickte vom Tisch hoch, und sofort hellte sich seine angestrengt konzentrierte Miene auf und zeigte ein höchst erfreutes Lächeln.

»Setz dich zu mir, mein Mädchen«, sagte er und kam ihr bis zum Kamin, an dem zwei gepolsterte Stühle vor dem prasselnden Feuer standen, entgegen. »Dich sehe ich kaum noch, meine Schöne, meine Kluge.«

Mit einem Schlag waren Manons Sorgen um die deutschen Kinder vergessen, und sie setzte sich zu ihrem Vater und ließ sich von ihm die Hand halten, während sie überlegte, wie sie ihre Frage am besten formulierte.

»Wo bist du nur jeden Tag? Du verschwindest nach dem Frühstück und kommst erst spät am Abend zurück«, fragte der Vater mit gekräuselter Stirn.

»Die meiste Zeit bin ich auf meinem Zimmer und studiere, das weißt du doch.«

»Nein, ich dachte zu wissen, dass du mich nicht anlügst, aber nun …« Er löste seinen zärtlichen Griff um ihre Hand und zog sich ein Stück weit von ihr zurück.

»Und glaub ja nicht, dass ich dich nicht im Auge hätte. Du bist mein Mädchen, ich muss doch wissen, wo du deine Zeit verbringst.« Calvins Satz klang mehr nach einer Drohung als nach einer Feststellung. Manon blickte ihm offen ins Gesicht und suchte nach einem Anhaltspunkt, der verriet, was genau er wusste.

»Verfolgst du mich?«, fragte sie und versuchte, ihr Unbehagen mit einem Lächeln zu zerstreuen.

»Natürlich nicht.« Calvins Blick wirkte wehmütig. Manon verspürte die Sehnsucht, ihn zu umarmen, ihm zu sagen, dass sie immer sein Mädchen wäre, aber dass die Zeiten, in denen sie gemeinsam mit den Hunden durch den Park gelaufen waren, Stöckchen geworfen und sich voreinander versteckt hatten, schon lange und unwiederbringlich vorbei waren.

»Ich hätte nicht gedacht, dass es mir Probleme bereiten würde, wenn du eines Tages einen Mann kennenlernst«, fuhr er leise fort, und sein Blick sagte deutlich, dass er keine weiteren Ausflüchte duldete und es Zeit war, auf die Wahrheit zu setzen.

»Tut mir leid«, hauchte sie und griff nach seiner Hand. »Ich wusste nicht, wie ich es dir erzählen sollte. Es kam so plötzlich, und auch wieder nicht. Eines kann ich dir versichern: Du wirst ihn mögen. Er ist fleißig, ehrlich, gutmütig und großherzig.«

»Ein Märchenprinz also.« Calvin schmunzelte und blickte ins prasselnde Feuer. »Dann soll er doch morgen zum Abendessen kommen und sich mir vorstellen.«

»Morgen«, wiederholte Manon und überlegte, ob sie die Flüchtlinge so lange allein auf Léandres Hof lassen konnten. Die Kinder hatten im Moment den höchsten Stellenwert, dennoch fiele es ihr schwer, ihrem Vater eine Absage zu erteilen.

»Deine Mutter wird staunen, das kannst du mir glauben.«

»Ja.« Manon blickte ins Feuer und versuchte, den Gedanken an den morgigen Abend zu verdrängen. Viennes abschätzige Blicke, wenn Léandre ohne Anzug und Krawatte das Haus beträte und ihre gängigen Themen nicht bedienen konnte, weil er nicht wusste, welche Stücke im Theater von Nizza aufgeführt wurden und welches Lokal gerade das angesagteste war. Ein dicker Knoten drückte in ihrer Kehle. Sie wünschte, sie könnte Léandre diese Begegnung ersparen, aber das war wohl unmöglich.

»Papa?«

»Ja, mein Mädchen?«

»Kennst du zufällig jemanden, der Deutsch spricht?«

»Warum fragst du?«, entgegnete Calvin und tippte mit dem Finger an sein Kinn.

»Nur so, Papa. Ich bräuchte da ein paar Informationen, weißt du? Und ich dachte da an dich, weil du doch durch deine Arbeit als Bankdirektor mit so vielen Menschen zu tun hast.«

»Ja, das ist schon richtig. Und es gibt natürlich einige Verbindungen in unsere Nachbarländer. Wenn ich dir mit meinen Grundkenntnissen aushelfen kann, dann sehr gerne.«

»Du? Du sprichst Deutsch?« Manons Augen wurden groß. »Bring mir alles bei, was du weißt. Bitte!«

»Als könnte ich meinem Mädchen eine Bitte abschlagen. Aber komm, lass uns ein Gläschen Pernod dazu trinken, damit meine Kehle nicht verdorrt.« Selig lächelnd stand er auf und ging zum Barwagen, um sich und seiner Tochter zwei Gläser einzuschenken.

Nach einer schlaflosen Nacht machte Manon sich bereits vor dem Frühstück auf den Weg zu Léandre und den Kindern. Über der Wiese hing leichter Nebel, der den Boden vor dem nahenden Sommer zu schützen versuchte. Sachte bedeckte er jeden Grashalm, hüllte ihn ein, benetzte ihn, um ihm Kraft zu spenden für die Monate unerträglicher Hitze, die unausweichlich bevorstanden. Ihre Baumwollhose klebte feucht und kalt an ihren Waden. Mit beiden Händen klopfte sie sich auf die Arme, um sich ein bisschen aufzuwärmen.

Das Gespräch mit ihrem Vater hatte gutgetan. Sie hatte ganz vergessen, wie sehr sie seine Nähe immer genoss. Stets fand er die richtigen Worte. Worte, die ihr ein gutes Gefühl vermittelten, sie in ihrer Entscheidungsfindung vorantrieben und ihr Sicherheit verliehen.

Und ja, sie hatte eine Entscheidung getroffen. Zwar wusste sie, dass sie Léandre nicht gefallen würde, aber dennoch war ihr entschlossenes Handeln jetzt nötiger denn je. Sie würde sofort mit ihm sprechen, ihm ihren Plan mitteilen und ihm klarmachen, dass es daran kein Rütteln gäbe.

Manon fühlte sich groß, so als würde sie über die Wiese hinabschweben. Niemals hätte sie geahnt, dass das Leben außerhalb des Krankenhauses so viele Möglichkeiten für sie bereithielt. Sie blickte zum Himmel hoch. Vom Morgenrot getönte Wolkenfetzen zogen zartrosa ihrer Wege. Jeder für sich und doch alle in dieselbe Richtung, so als hätte eine unsichtbare Macht sie zu sich gerufen.

Manon blieb stehen und verfolgte die Reise der Wolken eine Weile, dann ging sie weiter – schließlich hatte sie keine Zeit zu verlieren. Es gab viel zu tun.

Kapitel 23

ESTELLE

Gourdon, März 1937.

Manons fassungsloser Gesichtsausdruck verriet unmissverständlich, dass sie nicht mit dem Erscheinen ihrer Schwester und deren Verlobtem gerechnet hatte. Fast tat sie Estelle leid, weil es für sie bestimmt ein wichtiger Abend werden sollte. Immerhin würde sie heute den Eltern den Mann vorstellen, mit dem sie wohl schon vor einer Weile ein enges Band geknüpft hatte.

Seltsam, wenn Estelle an ihre Schwester dachte, hatte sie sie immer allein vor Augen, ohne Mann an ihrer Seite. Dass Manon sich verlieben und womöglich sogar eine Familie gründen könnte, hätte sie nie für möglich gehalten. Schließlich hatte sie doch stets nur für ihre Arbeit im Krankenhaus gelebt.

Aber die hat Rémi ihr genommen, ging es Estelle durch den Kopf.

»Ich wusste nicht, dass ihr kommt«, sagte Manon schließlich, als Estelle an ihr vorbei ins Esszimmer ging.

»*Maman* hat uns eingeladen«, erwiderte Estelle über die Schulter hinweg und goss sich ein Glas Rotwein ein. Natürlich hatte Vienne sie eingeladen. Die ganze Familie sollte heute versammelt sein, wenn Manon ihren Zukünftigen vorstellte. Und Estelle wusste auch, warum ihrer Mutter derart daran gelegen war, dass sie und Rémi diesem Anlass beiwohnten. Sie brauchte jemanden, eine Verbündete, mit der sie sich über Manons Liebe lustig machen konnte. Denn eines war für Vienne gewiss von Anfang an klar gewesen: Sie würde diesen Mann mit aller Kraft ablehnen.

Und schlimmer noch, sie würde Manon spüren lassen, dass sie mit ihrer getroffenen Wahl nicht zufrieden war. Und um das zu verdeutlichen, brauchte sie Estelle, mit der sie hinter vorgehaltener Hand tuscheln konnte – gerade laut genug, dass Manon und ihr Freund es hören konnten.

Estelle leerte das Glas in einem Zug und füllte sich sofort nach. Sie hatte keine Lust auf Viennes gehässige Spielchen. Warum sollte Manon nicht auch ihr Glück finden dürfen? Was war sie doch froh, nicht mehr hier im elterlichen Anwesen leben zu müssen. Unten in Grasse in Rémis geräumiger Villa, unweit ihrer geliebten Einkaufsstraßen, fühlte sie sich zu Hause. Dort gehörte sie hin.

Mit den Hochzeitsplanungen kam sie gut voran, besser als mit Viennes Hilfe – oder ihrer Bevormundung. Endlich oblag es ihr, Estelle, die Farbe für das Gedeck auszusuchen, oder den Blumenschmuck für die Kirche, die Vorspeisen und Weinsorten. Alles durfte sie entscheiden. Rémi interessierte sich nicht für dergleichen und ließ seiner Verlobten freie Hand.

Rémi. Ob er es schon bereute, sie bereits vor der Hochzeit zu sich geholt zu haben? An manchen Tagen machte es zumindest den Anschein. Estelle senkte den Kopf und blickte in ihr Glas, an dem sich Vaters kostbarer Wein in einem dünnen öligen Film abgesetzt hatte. Ja, Rémi konnte schroff sein und in manchen Situationen sogar beleidigend. Gewiss entsprang diese Wut den Strapazen seiner harten Arbeit im Krankenhaus. Sie würde schon noch lernen, ihn an solchen Tagen zu beruhigen – oder ihm aus dem Weg zu gehen.

»Wann kommt denn unser Ehrengast?«, fragte Estelle ihre Mutter.

»Wenn er pünktlich ist, sollte er in wenigen Minuten eintreffen«, war Viennes Antwort. Sie rümpfte die Nase und warf einen Blick auf den eingedeckten Esstisch. Estelle folgte dem Blick ihrer

Mutter und stellte fest, dass Vienne es nicht für nötig gehalten hatte, das teure Porzellan mit dem Golddekor aufdecken zu lassen.

»Er wird schon pünktlich sein«, sagte Estelle und ging zum Fenster. Sie zog den Vorhang ein Stück beiseite und starrte hinaus. Wer er wohl war, dieser geheimnisvolle Mann, der Manons Herz für sich erobert hatte?

»Er kommt!«, rief Manon erleichtert aus und eilte zum Eingang. Ihre Wangen waren gerötet, ihr Atem ging hastig. Ganz egal, wer in wenigen Augenblicken durch die Türe kommen würde, Estelle nahm sich vor, ihrer Schwester nicht in den Rücken zu fallen. Sollte Mutter ihre Bösartigkeiten allein versprühen, sie hatte keine Lust mehr, ihre Marionette zu spielen.

Alle standen sie in Reih und Glied vor dem Esstisch, als Manon und ihr Begleiter tuschelnd durch den Flur kamen. Estelles Herz pochte vor Aufregung. Was, wenn ihre Schwester eine bessere Partie gemacht hatte als sie? Freilich war Rémi Oberarzt, und die Beförderung zum ärztlichen Direktor des Krankenhauses stand unmittelbar bevor. Trotzdem gäbe es noch lohnendere Partien – einen Politiker von hohem Rang oder einen Adligen mit großen Ländereien und einem Titel, der mit der Hochzeit an sie überging. Was würde Mutter sagen, wenn ausgerechnet Manon einen Mann von hoher Stellung in die Familie brächte? Würde sich ihre Aufmerksamkeit mit einem Mal auf die ungeliebte Tochter richten? Vermutlich, aber das spielte keine Rolle. Estelle lebte nun ihr eigenes Leben, fernab der Kontrolle ihrer Mutter.

»Papa, darf ich dir Léandre Bocherau vorstellen?«

Estelle hielt die Luft an und musterte Léandre. Sein Haar war zwar gekämmt, machte aber einen ungepflegten Eindruck. Seine Haut war wettergegerbt wie die eines Bauern, seine Hände waren rau wie die eines Arbeiters. Sein Hemd war weiß Gott nicht maßgeschneidert und entsprach weder der Mode dieses Jahres noch der des letzten Jahrzehnts. Seine Schuhe waren poliert, aber ausgetreten. Doch als er Vaters Hand schüttelte, überzeugte er Estelle mit einem Lächeln, das so charmant war, wie sie es bisher nur einmal gesehen hatte. An Mathis. Ein kalter Schmerz breitete sich in ihrer Brust aus. Ein Schmerz, den der schwerste Rotwein nicht zu lindern vermochte.

Mathis. In den letzten Wochen hatte sie ihn manches Mal erfolgreich aus ihren Gedanken verdrängt. Und wenn er sich doch durchgekämpft hatte durch ihre Hochzeitsplanung, die Suche nach einem neuen Parfum oder die Abende mit Rémi, dann hatte sie ihn weggeschickt, die Erinnerungen an die gemeinsame Zeit verscheucht und immer öfter zum Alkohol gegriffen, wenn keine Ablenkung erfolgreich war. Und wenn ihr Blick in die Welt getrübt und ihre Gefühle schwammig waren, dann war es erträglicher – zumindest für kurze Zeit.

Doch nun, da dieser Léandre die Erinnerung an ihr Glück direkt in diesen Raum befördert hatte, fühlte sie sich schutzlos ausgeliefert. Sie griff nach Rémis Arm und hielt sich daran fest. Estelle fühlte sich seltsam entrückt, als würde sie die kleine Gesellschaft aus einem anderen Raum und einer anderen Zeit beobachten. Als wäre sie in einem dieser modernen Kinosäle und sähe sich auf der großen Leinwand einen Film an, auf dessen Handlung sie keinerlei Einfluss hatte. Sie konnte nur zusehen und hoffen, dass ihre Gefühle sie nicht völlig überrollten.

»Setzen wir uns doch und trinken einen Aperitif«, meinte Calvin strahlend. Er schien den jungen Mann zu mögen, klopfte ihm wohlwollend auf die Schulter und wies ihm den Platz neben sich am Esstisch zu. Eine Geste, die er Rémi bislang versagt hatte. Natürlich.

»Manon erzählte, dass Sie den Grund von Monsieur Vallee bewirtschaften«, sagte Vater und nippte an seinem süßlichen Muskateller. »Und zwar ganz allein?«

»Ja, Monsieur Linville, so ist es. Es gibt einiges zu tun, das Landgut war in schlechtem Zustand, als ich es erstanden habe, aber ich wage zu behaupten, dass ich auf einem guten Weg bin.«

»Ich werde Ihnen in den nächsten Tagen einen Besuch abstatten, wenn Sie erlauben. Monsieur Vallee hatte diesen vollmundigen *Chartreuse* in seinem Keller, wie ich mich erinnere.«

»Du wirst dich mit Sicherheit nicht unnötig mit Kräuterlikör betrinken. Ich erinnere mich noch gut an deinen letzten Besuch bei Monsieur Vallee. Damals hast du den Weg durch den Park nicht mehr gefunden und hast unter freiem Himmel geschlafen.« Mutters Miene war streng, und Estelle wusste, dass sie es nur der Anwesenheit von Rémi und Léandre verdankten, dass sie sich halbwegs im Zaum hielt.

»Keine Bange, Madame Linville, meine Keller sind frei von Alkohol. Über einen Besuch von Ihnen würde ich mich dennoch freuen, Monsieur.«

Estelle hing an den Lippen des jungen Bauern. Er wirkte so ungezwungen und frei. Und es war, als sei es ihm völlig egal, wie Vienne über ihn dachte. Vermutlich hatte Manon ihn bereits vorgewarnt und ins Bild gesetzt über die familiären Verhältnisse. Was sie wohl über sie, Estelle, erzählt hatte? Léandre schien ein Gespräch mit ihr oder Rémi zu meiden.

»Wie sind Sie dazu gekommen, Monsieur Vallees Anwesen zu kaufen?«, fragte Estelle. »Wenn ich Ihrem Akzent glauben darf, sind Sie nicht aus der Gegend.«

»Einem Akzent darf man immer glauben, nicht wahr?« Léandre lachte verlegen. »Sie haben recht, Mademoiselle Linville, ich bin nicht von hier. Ich bin in Montrouge aufgewachsen. Mein Vater hat dort in einer der Druckereien gearbeitet. Nach seinem Tod sind meine Geschwister und ich mit *maman* aufs Land zu ihrer Schwester gezogen. Dort habe ich alles gelernt, um ein eigenes Kräutergut bewirtschaften zu können.«

»Sie sind in einem Vorort von Paris aufgewachsen?« Ohne eine Antwort zu erwarten, lehnte Estelle sich in ihrem Sessel zurück und blickte auf die hellblauen Rosen, die in aufwendigem Kreuzstich die Tischdecke zierten. Hatte Mathis nicht erwähnt, dass er einen Freund in Gourdon besuchte? War es möglich, dass Léandre der besagte Freund war? Estelle hob den Blick und betrachtete Léandre plötzlich mit anderen Augen. Natürlich. Deshalb hatte Manon mit Mathis gesprochen. Wie hatte ihr diese Verbindung nur so lange Zeit entgehen können?

»Das war sicher nicht einfach, Montrouge zu verlassen. Bestimmt hatten Sie dort viele Freunde.«

Manon zog die Augenbrauen hoch und blickte über den Tisch zu ihrer Schwester. Sie schien sich zu wundern, warum Estelle Léandre mit derart unsinnigen Fragen bedrängte.

»Hatten Sie denn nie das Bedürfnis, mehr aus sich zu machen als einen Bauern?« Viennes Stimme hieb mitten in die ohnehin angespannte Stimmung und hinterließ ein Durcheinander aus aufgerissenen Augen und Mündern.

Estelle wandte sich Manon zu und erwartete, dass diese zu schreien begann oder aus dem Zimmer stürmte. Doch sie blieb auf ihrem Platz und kämpfte offensichtlich gegen das Beben ihrer Lippen.

»Hören Sie nicht auf meine Frau, Monsieur Bocherau, sie würde sich wundern, wenn die Welt voller Ärzte, Anwälte und Adliger wäre und sie ihre Kleider selbst nähen müsste, weil niemand sich dazu herabließe, es für sie zu tun. Und sie wäre die Erste, die verhungern würde«, sagte Calvin und zeigte mit dem Finger unverhohlen auf seine Frau. »Aber lassen wir das, reden wir lieber über Hitler und seinen Einmarsch ins Rheinland.«

»Nein, Papa, bitte keine Politik. Wir wollten doch einen gemütlichen Abend verbringen«, schmollte Estelle und verdrehte die Augen.

»Einen gemütlichen Abend, ja? Sollen wir so tun, als ob es die Remilitarisierung im Nachbarland nicht gegeben hätte? Mit dem Einmarsch seiner Wehrmacht ins Rheinland hat Hitler die Hoffnung auf einen lang anhaltenden Frieden in Europa zerstört.«

»Auslöser für den Einmarsch war die Ratifizierung eines sowjetisch-französischen Beistandspakts im Februar. Die Nazis betrachteten diesen Pakt als Bruch der Verträge von Locarno«, erklärte Rémi.

»Mit der Besetzung des Rheinlandes brach Hitler sowohl den Versailler Vertrag als auch die Verträge von Locarno. Ich wäre für einen sofortigen militärischen Eingriff. Aber unsere Politiker vertreten lieber die Strategie, Hitler zu beschwichtigen, indem sie ihm geben, was er verlangt. Und ich sage euch, dass Hitler es als Freifahrtschein sieht, wenn sich ihm niemand entgegenstellt.« Calvin war laut geworden, seine Wangen und sein Hals tiefrot, und in seinen Augen schien ein Feuer zu lodern.

»Papa, bitte«, sagte Manon und legte eine Hand auf seine. Diese Geste brachte Calvin dazu, tief durchzuatmen. Er blickte in die Runde und bemerkte wohl, dass er mit seinen politischen Ausführungen zu weit gegangen war.

»Du hast recht, meine Liebe. Dieser Abend gehört dir und deinem Léandre.« Er nahm einen großen Schluck vom Muskateller und tupfte sich dann mit der cremeweißen Serviette die Mundwinkel trocken. »Und ich wollte den jungen Mann ordentlich unter die Lupe nehmen, nicht wahr?« Calvin lachte und klopfte Léandre auf die Schulter.

Vienne war die Verärgerung anzusehen. Sie hatte sich den Abend wohl völlig anders vorgestellt, hatte geglaubt, Manon und ihren Freund bloßstellen zu können. Bloßgestellt worden war allerdings nur sie. Ihre Mutter hätte es besser wissen müssen: Sie hatte zwar die längeren Krallen, aber Calvin war dafür schlagfertiger. Der Graben zwischen den beiden war inzwischen unüberwindbar, das wusste Estelle, doch seit ihrem Auszug spielte das für sie keine Rolle mehr. Und bald würde auch Manon wegziehen, dann hätten die beiden nur noch einander. Vielleicht fänden sie einen Weg, ihren Zwist beizulegen, wenn ihre Töchter das Haus verlassen hätten und es keinen Grund mehr gäbe für Besitzansprüche und Eifersüchteleien.

Estelle wünschte es ihren Eltern von Herzen, dass sie sich versöhnten. Wie schlimm musste es sein, mit einem Menschen verheiratet zu sein, den man nicht liebte, sondern vielmehr verachtete. Sie blickte hinüber zu Rémi, der nur Augen für seinen gefüllten Teller hatte. Wie immer schlang er sein Fleisch hastig und ohne Genuss hinunter.

»Wenn du zur ersten Anprobe deines Brautkleids fährst, dann gib mir Bescheid, ja?«, meinte Vienne, um das Thema in die gewünschten Bahnen zu lenken. »Das würde ich mir nur ungern entgehen lassen.«

»Tut mir leid, *maman,* die Anprobe hat bereits letzte Woche stattgefunden.« Estelle erinnerte sich an den Termin bei Mademoiselle Soucy und wie überwältigt sie von dem Kleid gewesen war, das die Schneiderin entworfen hatte. Mit sorgsamen Handgriffen hatte sie ihr ins Hochzeitskleid geholfen und es mit Stecknadeln an der Rückseite geschlossen. Estelle glaubte noch immer, Camilles Atem in ihrem Nacken zu spüren. Und noch immer verursachte ihr dieses Gefühl ein Prickeln, das seltsamerweise durch ihren Unterleib flutete. Wie war es möglich, dass die Hände von Mademoiselle Soucy mit einer Zärtlichkeit über ihre Haut glitten, die nicht zu vergleichen war mit Rémis Ruppigkeit? Trotz der innigen Berührung und dem Schauder, den sie verursachte, hatte Estelle sich angemessen zu verhalten gewusst. Sie hatte die Schneiderin über die Maßen für die vortreffliche Arbeit gelobt und sich nach der Anprobe mit einem Händeschütteln verabschiedet.

Estelle würde nicht zulassen, dass ihr Herz noch mehr litt. Nach Mathis' Abreise hatte es in tausend kleinen Splittern am Boden gelegen und sich nur langsam wieder erholt.

Nein, sie würde die Schneiderin auf Abstand halten und in wenigen Wochen Rémi zum Mann nehmen. Nach unzähligen Abwägungen und Gedankenspielen war dies am Ende immer die einzig richtige Entscheidung gewesen.

Estelle blickte über den Tisch zu ihrer Schwester, die mit Léandre tuschelte und lachte.

Wie konnte das Leben nur so ungerecht sein? Sie, Estelle, verzehrte sich nach einem Mann, den sie aus gesellschaftlichen Gründen nicht heiraten konnte, und sie fühlte sich zu einer Frau hingezogen, in deren Armen sie nie liegen würde. Freilich durfte sie Rémi ihren Verlobten nennen, aber dieser Mann war weiß Gott nicht die Erfüllung ihrer Träume.

Und dann war da Manon, die einfach neben Léandre saß und glücklich war.

Estelle wollte nicht so sein wie ihre Mutter, dennoch kam sie nicht umhin, ihrer Schwester diese Liebe zu missgönnen. Der Wunsch nach Manons Nähe wich dem plötzlichen Drang, ihre Beziehung zu zerstören.

Estelle unterdrückte ein Schluchzen und griff nach ihrem Rotweinglas, um es in großen Schlucken zu leeren. Sie brauchte mehr Wein, mehr Alkohol. Und weniger Realität.

Doch als sie nach der Weinkaraffe greifen wollte, hielt Rémi sie davon ab. Er fasste nach ihrer Hand und legte sie auf seinen Oberschenkel.

»Ich denke, du hast für heute genug«, flüsterte er und lächelte dabei so liebevoll und strahlend, dass es für die anderen aussehen musste, als machte er ihr ein Kompliment. Aber da irrten sie sich. Rémi machte keine Komplimente. Und wenn, dann nur sich selbst.

»Du willst mir verbieten, ein Glas Wein zu trinken?«, fragte Estelle flüsternd und lachte auf.

»Ja, unbedingt. Du willst uns doch in dieser Runde nicht blamieren, habe ich recht?«, zischte er zurück.

Ja, er hatte recht. Nichts empfände Estelle als demütigender, als am heutigen Abend in ihrem Unglück präsentiert zu werden. Also trank sie artig das Glas Wasser, das Rémi ihr zuschob, und verhielt sich möglichst unauffällig.

»Zur zweiten Anprobe deines Hochzeitskleides nimmst du mich aber mit. Immerhin bin ich die Brautmutter und möchte wissen, wie meine Tochter vor den Altar tritt. In gewisser Weise fühle ich mich verpflichtet dazu.«

»Ist ja schon gut, *maman*. Beim nächsten Termin bist du dabei. Selbstverständlich.« Die Worte kamen wie ein Spott über ihre Lippen. Abwertend und enerviert. Ihr war danach, den Raum zu verlassen, aus dem Haus zu laufen und in den Wagen zu steigen. Mit durchgedrücktem Gaspedal würde sie die Serpentinen nehmen und erst wieder anhalten, wenn sie die Basilika Sacré-Cœur strahlend weiß am Montmartre in Empfang nahm. Sie würde durch die engen Gassen eilen, ihn suchen, bis sie ihn gefunden hatte. Und dann würde sie sich an ihn drücken, ihn um Verzeihung bitten und ihm ewige Liebe schwören.

Aber was, wenn er sie nicht mehr wollte? Wenn er sein Herz bereits einer anderen geschenkt hätte? Nein, der Weg nach Paris war versperrt. Sie selbst war es, die sich diese Möglichkeit verbaut hatte.

»Dorette!«, rief Estelle dem Dienstmädchen zu, das gerade dabei war, die Gläser nachzufüllen. »Bring mir doch bitte einen *Boulevardier*. Aber spar bloß nicht am Roggenwhisky, hörst du?«

»Natürlich, Mademoiselle Linville. Sofort.«

Mit diesen Worten verschwand das dürre Dienstmädchen aus dem Esszimmer. Estelle glaubte, Rémis Zorn spüren zu können.

Er schien förmlich aus ihm heraus- und auf sie überzuschwappen und sich an ihr festzusaugen wie schwarze Tinte auf ein weißes Tischtuch. Dennoch verhielt Estelle sich gelassen. Sie mied den Blick ihres Verlobten und starrte stattdessen auf ihren Verlobungsring, der glänzend ihren Finger umschloss.

»Ein wunderschöner Ring, nicht wahr?«, meinte Vienne stolz.

»Ja, der schönste von allen«, erwiderte Estelle und tupfte sich unauffällig die Augen trocken.

Kapitel 24

MANON

Gourdon, März 1937.

»Du musst mich nicht begleiten«, sagte Léandre, nachdem er das Haus der Linvilles verlassen hatte, um sich auf den Heimweg zu machen.

»Oh doch, ich brauche frische Luft.« Manon warf sich ein Schultertuch um und griff nach der Taschenlampe, die auf der Kommode neben der Haustür stand.

»So schlimm war es doch gar nicht«, meinte Léandre, nachdem sie ein paar Schritte durch den Park gegangen waren.

»Findest du?«, fragte Manon und war froh, dass Léandre nicht sah, wie sie mit den Augen rollte.

»Alle waren genau so, wie du es mir prophezeit hast. Deine Mutter herablassend, dein Vater wohlwollend, deine Schwester launenhaft und ihr Verlobter zu überheblich, um ein Wort mit mir zu wechseln.«

»Schön zusammengefasst.« Manon schmunzelte und hakte sich bei Léandre unter. »Und was ist mit mir?«, fragte sie.

»Du hast dich vorbildlich verhalten, und das, obwohl du der dickköpfigste Mensch bist, den ich je kennengelernt habe.«

»Ich bin nicht dickköpfig!«, entgegnete Manon und kniff Léandre in den Oberarm.

»Dann lass dich von mir überreden, dein Vorhaben nicht in die Wirklichkeit umzusetzen.«

Manons Miene verfinsterte sich. Weg war ihr Lächeln, ihre Leichtigkeit.

»Das kann ich nicht. Ich muss das tun, und das weißt du auch.«

»Es ist viel zu gefährlich.«

»Nicht für mich.«

Léandre stellte sich Manon in den Weg und fasste sie an beiden Oberarmen.

»Dann lass es uns gemeinsam machen.«

»Du musst hierbleiben, das haben wir doch schon besprochen.«

»Dann tauschen wir eben unsere Aufgaben, und du bleibst hier.«

»Mein Entschluss steht fest, Léandre. Ich werde die Kinder nach Marseille begleiten.«

»Das hat Mathis uns nie aufgetragen. Wir sollten sie nur verpflegen und sie dann auf den Weg schicken.«

»Einen gefährlichen Weg, den sie allein niemals hinter sich brächten.«

Léandre schüttelte den Kopf.

»Und du musst am Hof bleiben für den Fall, dass weitere Flüchtlinge eintreffen. Außerdem lebt in Marseille eine Freundin von mir aus dem Krankenhaus, die uns bestimmt helfen wird. Vertrau mir. Morgen nach dem Frühstück werden wir aufbrechen.«

Sie strich über Léandres Wange. Im Licht der Taschenlampe wirkte er älter, ernster.

»Ich werde Vater bitten, mir seinen Wagen zu borgen, und wenn alles gut geht, bin ich übermorgen wieder hier bei dir.«

»Ja.« Léandre nickte.

»Selbst wenn ich von der Polizei kontrolliert werde, kann mir nichts passieren. Schließlich begehe ich keine Straftat.«

»Aber die Kinder werden sofort nach Deutschland abgeschoben werden.«

»Und genau deshalb werde ich vorsichtig sein. Ich werde nur auf Nebenstraßen fahren und die fünf in Marseille an Mathis' Männer übergeben. Dann steht ihrer Überfahrt nach Portugal nichts mehr im Weg. Ich könnte den Gedanken nicht ertragen, dass sie völlig allein – nur mit einer schlechten Straßenkarte ausgerüstet – den Weg bis Marseille zu Fuß gehen müssen. Es sind Kinder. Deutsche Kinder, die unsere Sprache nicht sprechen. Sie brauchen Hilfe, und zwar mehr, als wir anfangs geglaubt haben.«

Léandre rieb sich den Nacken und schien in Gedanken weit weg zu sein. Bereute er es, Mathis zugestimmt zu haben, dass sein Hof weiteren Flüchtlingen offen stand? Falls dem so war, wollte Manon es lieber nicht wissen.

»Sie könnten doch auch einfach ganz hierbleiben. Hier sind sie sicher«, schlug Léandre vor, als Manon am nächsten Morgen mit dem Wagen ihres Vaters vor seinem Haus vorgefahren war.

»Warum nur machst du dir solche Sorgen? Ich kann gut auf mich und die Kinder aufpassen.«

Fast fühlte Manon sich von Léandre behandelt wie ein kleines unselbstständiges Mädchen, dem man ohne die nötige Aufsicht nichts zutrauen konnte.

»Ich hasse einfach den Gedanken, dass du in Schwierigkeiten geraten könntest.« Er drückte sie fest an sich und schnupperte an ihrem Haar. »Verzeih, du hast natürlich recht. Wenn jemand es schafft, unauffällig nach Marseille zu kommen, dann du.« Er lächelte, doch Manon wusste es besser: Er hatte Angst um sie.

»Wir haben alles mehrmals besprochen. Es gibt keine andere Möglichkeit.« Sie strich ihm über sein markantes Kinn und fragte sich, ob sie die Wahrheit sagte. Bestimmt fände sich ein anderer Weg, die deutschen Flüchtlingskinder nach Marseille zu bringen, aber wenn sie ehrlich war, dann konnte sie es kaum erwarten, sich auf den Weg zu machen. Der Ruf der weiten Welt war noch nie so laut gewesen wie jetzt. Wenn sie heute mit Hans, Marion, Edith, Gertrud und Christel losfuhr, dann würde sie ihre eigene Geschichte schreiben – so zumindest empfand sie es. Da war niemand, den sie um Erlaubnis bitten oder dessen Anweisungen sie befolgen musste, wie im Krankenhaus. Und da war niemand an ihrer Seite, auf den sie sich verlassen konnte, so wie auf Léandre. Wenn sie erst den Motor von Vaters Hotchkiss gestartet und die Einfahrt von Léandres Gehöft hinter sich gelassen hätte, dann gäbe es kein Zurück mehr.

Ein Prickeln breitete sich in ihrer Magengegend aus, von dem sie wusste, dass es Abenteuerlust war. Sie würde sich auf unbekanntes Terrain begeben, würde gewiss unzählige Male die falsche Abzweigung nehmen und wieder kehrtmachen. Aber sie würde es schaffen. Sie würde die Kinder in Sicherheit bringen und am Hafen von Marseille verweilen, bis die Fähre nach Portugal am Horizont verschwunden war.

»Sind sie bereit?«, fragte sie und ging hinüber zum Schuppen. Sie öffnete die schwere Holztür und trat ein. Und da saßen sie. Jeder auf seiner ordentlich gemachten Pritsche, die Augen groß, voller Angst – oder war es Hoffnung?

»Fahren wir?«, fragte Manon und zeigte auf den Wagen. Christel nickte und schickte die Kinder voran.

»Es wird alles gut«, sagte Manon in den deutschen Worten, die ihr Calvin beigebracht hatte. Noch nie zuvor hatte sie in einer ihr fremden Sprache gesprochen. Es fühlte sich seltsam an, so als ob sie sich überwinden müsste, um die kantigen Worte über ihre Lippen zu bringen. Wie musste es da den Kindern gehen, die seit Tagen in einem Land herumirrten, in dem sie sich mit keinem einzigen Menschen austauschen konnten? Weder kannten sie die Städte noch die Gepflogenheiten. Aus ihrer Heimat mussten sie fliehen, und hier schienen sie auch nicht dazuzugehören.

Tief seufzend blickte sie hinüber zu Calvins Hotchkiss, auf dessen Rückbank die vier Kinder brav aufgereiht saßen und darauf warteten, wohin sie das Schicksal als Nächstes treiben würde.

»Ja. Danke für alles«, erwiderte Christel und sagte noch ein paar Worte, die Manon nicht verstand.

»Komm.« Manon legte ihren Arm um Christels zerbrechliche Taille und begleitete sie zum Wagen.

»Wir sehen uns morgen«, sagte Léandre und umarmte Manon. Sie konnte förmlich fühlen, wie schwer es ihm fiel, sie gehen zu lassen, und doch tat er es. Er nickte ihr zu, öffnete die Wagentür für sie und schenkte ihr ein letztes Lächeln, bevor sie den Motor startete und den Wagen langsam anrollen ließ.

Die Stimmung im Wageninnern war still, gedrückt, fast nicht auszuhalten. Manon konzentrierte sich auf die Straße, die sich vor ihr ausbreitete, und versuchte, die Traurigkeit der Kinder, die sich um sie herum verdichtete, zu verdrängen. Der Asphalt auf den Nebenstraßen war rissig und wies immer wieder tiefe Schlaglöcher auf, die das teure Automobil ihres Vaters kräftig ins Holpern brachten.

»Natürlich kannst du meinen Wagen haben«, hatte er gesagt und ihr den Schlüssel in die Hand gedrückt. Und natürlich hatte er eine gewisse Sorge in seinem Ausdruck nicht verleugnen können. Bislang war sie nur selten selbst gefahren, hatte wenig Erfahrung mit dem Lenken eines so großen Fahrzeugs. Und dann wollte sie gleich die weite Strecke bis Marseille zurücklegen – nur um ihre Freundin Annie zu besuchen, wie sie ihm vorgeschwindelt hatte.

Manon beschloss, das Tempo gering zu halten, schließlich hatten sie keine Eile. Der geheime Treffpunkt war erst für den nächsten Tag vereinbart. Die Nacht würden sie im Hotel von Annies Tante verbringen und morgen früh pünktlich am Hafcn crschcinen. Sie konnte es kaum erwarten, ihre Freundin endlich wieder in die Arme zu schließen und mit ihr die ganze Nacht zu plaudern. Bestimmt roch ihr Haar salzig, und ihre Haut war trocken von der steten Meeresbrise.

Wie geplant mied Manon die Hauptstraßen und hielt sich an kleine Nebenstraßen, die vorbeiführten an üppig bewaldeten Hängen, kargen Felsen und kleinen Ansiedlungen.

Ein Blick über die Schulter bot ihr einen traurigen Anblick. Marion und Gertrud hielten einander in den Armen, Hans blickte wehmütig aus dem Fenster, während Edith mit den Tränen zu kämpfen schien.

Wie konnte sie den Kindern erklären, dass sie bald am Ziel ihrer Reise waren? Dass sie es dort, wo sie hinfuhren, gut haben würden? Ihr war danach, den Wagen anzuhalten und die Kinder in ihre Arme zu schließen. Wie machte man jemandem Mut, der einen nicht verstand?

Manon holte Luft, und dann begann sie zu summen. Nur ganz leise und vorsichtig. Ein Gutenachtlied mit dem Titel *Chère Nuit*, das ihre Großmutter gerne für sie und Estelle gesungen hatte. Ihr Brustkorb vibrierte unter den sanften, tiefen Tönen, und tatsächlich schienen sich die Kinder ein wenig zu entspannen. Marion lächelte und summte leise mit, Hans schloss die Augen und ließ sich in die Rückbank sinken.

»Schaut, das Meer!«, rief Manon aus, als sich zu ihrer Rechten die unendliche Weite des Wassers in der Sonne glitzernd auftat.

Staunende Geräusche, viel »Oh!« und »Ah!« erklangen von der Rückbank und zauberten Manon ein Lächeln auf die Lippen. Wenn das Hotel von Annies Tante tatsächlich direkt am Meer lag, dann könnten sie vielleicht noch einen kleinen Spaziergang wagen. Barfuß am Strand, mit den Zehenspitzen ins kalte Wasser, eine Sandburg bauen und Muscheln sammeln. Oder wäre es zu gefährlich, sich draußen herumzutreiben? Bestimmt war es sicherer, im Hotel zu bleiben.

»Gleich sind wir da«, sagte sie und spürte beim Gedanken an Annie heftiges Herzklopfen. Schon Tage vor der Abfahrt hatte sie begonnen, Vaters Straßenkarten zu studieren, und nun kannte sie den Weg bis zum Ziel beinahe auswendig. Nur manchmal hatte sie den Wagen am Straßenrand geparkt und in ihren Notizen geblättert. Kein einziges Mal war sie von ihrer geplanten Route abgekommen. Und nun, da sie ihrem Ziel so nahe war, glaubte sie, jede Weggabelung schon einmal abgefahren zu sein. Alles wirkte so vertraut. Die maritimen Farben, die Palmen, die die Promenade am Strand säumten. Alles wirkte so viel kräftiger, lebendiger. Die Luft füllte feucht und kühl ihre Lungen und hinterließ einen salzigen Geschmack auf der Zunge. Marseille erweckte für sie den Eindruck, dass alles möglich war.

Zielsicher steuerte sie die Rue des Braves an und parkte neben dem Haus, das sie bereits von Annies Fotos kannte. Es stand auf rauen Klippen, die von den Wellen umspült wurden. Ein schmaler Steg bot direkten Zugang zum Wasser, genau, wie Annie es beschrieben hatte. Das Hotel war ein zweistöckiges Gebäude mit kleinen Balkonen und meergrünen Fensterläden.

»Wartet hier«, sagte Manon und stieg aus dem Wagen. Sie streckte sich durch und rieb sich den Nacken. Dann erlaubte sie sich, kurz innezuhalten und den Ausblick aufs Meer zu genießen. Die Sonne stand hoch, und das Wasser glitzerte, als würden Sterne darauf tanzen. Eine salzige Brise stob ihr ins Gesicht und ließ sie erleichtert aufatmen. Sie hatten es geschafft. Tatsächlich. Wenn sie doch nur mit Léandre gemeinsam aufs Meer blicken könnte, sich an seine Schulter lehnen, um schweigend den Flug der Möwen zu beobachten, die gierig kreischend über dem Hafen kreisten.

Dann riss sie sich von der Unendlichkeit des Horizonts los und eilte zum Eingang des Hotels. Das Hotel war mit viel Liebe eingerichtet worden. Muscheln, Fischernetze und kleine Schiffe zierten den hellen Raum. Eine weiße Katze lag auf einer Fensterbank und genoss die wärmenden Sonnenstrahlen.

»Kann ich Ihnen helfen?«, fragte eine ältere Dame, die hinter dem Tresen stand und Post sortierte.

»Ich bin auf der Suche nach Annie Sechet«, meinte Manon.

»Annie? Die ist oben und macht die Zimmer sauber.«

»Darf ich?«, fragte Manon und zeigte zur Treppe hinter dem Tresen.

»Bitte«, sagte die Dame und wies ihr den Weg.

Als Manon die Treppe hochstieg, pochte hinter ihren Schläfen eine ungeahnte Freude. Sie erinnerte sich an das warme Lächeln ihrer Freundin, an den steten Zuspruch von ihr, den Zusammenhalt, die nächtlichen Gespräche über ihre Träume und Hoffnungen. Und sie erinnerte sich an den plötzlichen Abschied, der ihren Alltag im Krankenhaus unwiederbringlich verändert hatte. Und nun würden sie einander in die Arme schließen – nach so langer Zeit, in der sie nur Briefkontakt gepflegt hatten.

Oben an der Treppe angekommen, lauschte sie. Aus einem der hinteren Zimmer glaubte sie, Geräusche zu hören. Rasch setzte sie einen Fuß vor den anderen und hielt erst inne, als sie durch einen Türspalt ihre Annie sah, die gerade ein Kissen aufschüttelte.

Als Manon sich lautstark räusperte, drehte sie sich um. Sie hatte ein wenig an Gewicht zugelegt. Ihre Wangen waren prall und rosig, ihre Miene wirkte nicht so angespannt wie damals im Krankenhaus. Sie strahlte, als sie erkannte, wer sie bei der Arbeit störte.

»Manon! Du!« Ohne ein weiteres Wort fiel sie ihr um den Hals, drückte sie, schmiegte sich an sie und kicherte.

»Du bist es wirklich! Meine liebe Freundin.« Annie löste sich aus der Umarmung und trat einen Schritt zurück, um Manon von oben bis unten zu mustern. »Ohne Schwesterntracht hätte ich dich kaum erkannt«, meinte sie lachend. »Als ich deinen Brief erhalten habe, konnte ich es nicht glauben! Endlich besuchst du mich! Und du hättest keinen besseren Zeitpunkt erwischen können – zu dieser Jahreszeit haben wir kaum Gäste, ich habe also genügend Zeit, um mit dir ein paar Tage Marseille zu erkunden.«

Manon schwieg. Sie suchte nach den richtigen Worten. Natürlich hatte sie sich in dem Brief, den sie Annie geschickt hatte, angekündigt. Allerdings hatte sie verschwiegen, dass sie nicht allein anreiste.

»Setz dich«, bat sie Annie und wies auf einen Stuhl am Fenster. Sonnenstrahlen wärmten das Zimmer und brachten die maritimen Bilder an den Wänden zum Leuchten.

Manon setzte sich aufs frisch gemachte Bett und erzählte in knappen Worten von ihrer Entlassung aus dem Krankenhaus. Von ihrer Beziehung zu Léandre und von ihrem geheimen Auftrag, fünf Deutschen zur Flucht nach Portugal zu verhelfen.

Annie saß starr auf ihrem Sessel und blickte unverwandt auf Manons Lippen.

»Das ist doch nicht dein Ernst! Du arbeitest nicht mehr im *Hôpital de Vincent?* Das kannst du dir nicht gefallen lassen. Du musst etwas unternehmen!« Annie stand von ihrem Sessel auf und stapfte aufgeregt in dem kleinen Zimmer umher.

»Da gibt es nichts, was ich tun kann. Und so, wie die Dinge liegen, möchte ich auch gar nicht mehr zurück. Mein Platz ist nun anderswo.«

»Verstehe«, sagte Annie, doch ihr Blick verriet, dass genau das Gegenteil der Fall war. »Und was sind das für Kinder? Warum bringst du dich für sie in Gefahr?«

»Sie brauchen meine Hilfe. Und deine. Ich kann doch auf dich zählen, nicht wahr? Wir benötigen nur ein Zimmer für eine Nacht, mehr nicht.«

»Das ist unmöglich. Meine Tante würde das nicht wollen. Sie hasst die Deutschen. Ihre beiden Söhne sind in der Schlacht bei Verdun gefallen, ich kann es ihr also nicht verübeln, dass sie deutschen Urlaubern den Zutritt zu ihrem Hotel verwehrt.«

»Es sind keine Urlauber. Annie, da draußen in meinem Wagen sitzen Kinder, die ebenfalls auf der Flucht vor den Deutschen sind. Ich bitte dich doch nur um eine einzige Nacht. Und deine Tante muss nichts davon erfahren. Wir verhalten uns ganz still.« Manon hielt die Luft an und blickte ihrer Freundin tief in die Augen. Lass mich nicht im Stich, flehte sie schweigend mit ihrem eindringlichen Blick.

Annie wandte sich ab und sah zum Fenster hinaus. Draußen wogte das Meer ruhig und gleichmäßig gegen die Klippen, auf denen das Hotel thronte.

»Hier ist es wirklich wunderschön«, sagte Manon leise und ging auf ihre Freundin zu.

»Ich weiß.« Annies Blick schien am Horizont zu haften. In weiter Ferne trieb ein Boot mit geblähten Segeln auf dem offenen Meer.

»Also gut«, meinte Annie nach einer Weile, »nur für eine Nacht. Wir schmuggeln sie über den Hintereingang herein. Ihr müsst euch ein Zimmer teilen, damit meine Tante keinen Verdacht schöpft. Und die Kinder müssen sich absolut leise verhalten, hörst du?«

Manon nickte eifrig. »Versprochen! Totenstille! Und morgen, noch vor Sonnenaufgang sind wir weg.« In Annies Blick glaubte Manon einen Anflug von Traurigkeit zu erkennen. Vermutlich hatte sie sich den Besuch ihrer Freundin anders vorgestellt. Ausgedehnte Spaziergänge am Strand, Besichtigungen in Museen, ein Restaurantbesuch in der Altstadt …

Doch nun, da Annie erkannte, dass Manon nichts dergleichen mit ihr geplant hatte, wirkte sie niedergeschlagen, beinahe verbittert.

»Wir könnten einen Spaziergang machen. Heute. Was hältst du davon?«

»Wenn du nicht zu müde bist, dann gerne.«

Manon schwieg. Tatsächlich hatte die Fahrt und die damit einhergehende Aufregung sie sämtlicher Energien beraubt. Und nun, da die erste Anspannung von ihr abgefallen war, verspürte sie den Drang, sich auf das nächste Bett zu werfen und die Augen zu schließen.

»Komm, holen wir die Kinder.«

Arm in Arm gingen sie die Treppe hinunter und durch den Hintereingang hinaus zum Wagen.

»Das Schlimmste habe ich dir noch gar nicht erzählt. Tessier wird mein Schwager!«

Annie blieb stehen und blickte fassungslos in Manons Gesicht.

»Du machst Scherze, oder?«

Manon schüttelte den Kopf.

»Dann solltest du wohl eher zusehen, dass Tessier auf einer der Fähren nach Portugal landet.«

»Wie habe ich es nur so lange ohne dich ausgehalten?«, fragte Manon und drückte ihre Freundin fest an sich.

»… von einem Schlamassel in den nächsten bist du geraten.« Annie zog die Schultern hoch und sah zu, wie Manon ein Kind nach dem anderen aus dem Wagen holte.

Gemeinsam schlichen sie durch den Hintereingang und bezogen eines der abgelegensten Hotelzimmer. Edith und Marion ließen sich erschöpft auf das saubere Bett fallen, während Gertrud sämtliche Schränke und Kommoden im Zimmer untersuchte und Hans sehnsüchtig aus dem Fenster zum Meer hinausblickte. Christel setzte sich an den kleinen Schreibtisch und kramte in ihrer Tasche nach einem Zettel, den sie Manon reichte.

»Ist das weit von hier?«, fragte Manon und zeigte Annie dic Anschrift, die in ordentlicher Handschrift auf dem Papier vermerkt war.

»Basilique Notre-Dame-de-la-Garde«, las Annie laut vor. »Das ist ganz in der Nähe. Ich kann euch gerne begleiten.«

»Nein, ich möchte dich nicht noch mehr in die Angelegenheit verwickeln. Du erklärst mir den Weg, und den Rest mache ich, in Ordnung?« Manon faltete den Zettel und reichte ihn Christel, die ihn wieder sorgsam in ihrer Tasche verstaute.

»Machen wir dann noch einen Spaziergang?«, griff Annie Manons Vorschlag auf.

»Die Kinder sind müde, und ich möchte sie jetzt nur ungern allein lassen.«

Da war sie wieder, die Enttäuschung in Annies Gesicht. Manon fühlte sich schrecklich. Was hatte sie sich nur dabei gedacht, ihre Freundin in die Angelegenheit hineinzuziehen? Bestimmt hätte es eine Lösung gegeben, die ohne das Hotel von Annies Tante funktioniert hätte.

Andererseits wog die Rettung von vier Kindern schwerer als die Enttäuschung einer Freundin. Annie würde darüber hinwegkommen.

»Sei nicht böse, ja?«, meinte Manon und strich ihr über die Wange. »Ich komme bald wieder – ohne Kinder –, und dann holen wir alles nach, versprochen.«

Annie nickte und verließ das Zimmer. Allein mit den Kindern und Christel, überkam Manon plötzlich eine unsagbare Erschöpfung. Das Bett war randvoll belegt, also blieb ihr nur der Sessel am Fenster. Mehr brauchte sie auch nicht. Schließlich trat sie gleich morgen die Heimreise an und konnte sich daheim im eigenen Bett zur Genüge erholen.

»Morgen vor Sonnenaufgang müssen wir los«, flüsterte sie Christel zu, die eng an Marion geschmiegt am Bettrand lag und besorgt zur Zimmerdecke hochstarrte.

Christel nickte. Plötzlich befiel Manon eine drängende Sorge, die sie bereits vor ein paar Tagen verspürt hatte. Damals hatte sie für sich beschlossen, die Kinder nach Marseille zu begleiten. Und das hatte sie getan. Aber hier endete für sie die Reise, oder etwa nicht? Sie konnte nicht noch weiter gehen und sich morgen gemeinsam mit ihnen auf die Fähre schmuggeln.

Nein. Manon schüttelte energisch den Kopf und blickte ratlos aus dem Fenster. Sie musste zurück nach Gourdon. Léandre erwartete sie. Mathis verließ sich auf sie und hatte womöglich bereits die nächsten Flüchtlinge auf den Weg zu ihnen geschickt. Bestimmt war alles gut durchdacht, und die Kinder waren auf der Fähre in Sicherheit. In Portugal erwartete sie gewiss jemand, der sich um sie kümmerte, sie verpflegte, ihnen ein warmes Bett bot und ihnen Trost spendete, wenn sie sich nachts in den Schlaf weinten.

Ihre Aufgabe endete morgen, nachdem sie die Kinder und Christel an der Basilique Notre-Dame-de-la-Garde an Mathis' Männer übergeben hatte.

Ohne es zu wollen, schluchzte Manon laut auf. Die Besorgnis und die Zerrissenheit überwältigten sie.

»Es wird alles gut«, sagte sie in gebrochenem Deutsch zu Christel. Dann schloss sie die Augen und hoffte, wenigstens ein paar Stunden Schlaf zu finden.

»Manon! Wach auf!«

Es war Annie, die an ihrer Schulter rüttelte und immer wieder ihren Namen rief.

Manon schlug die Augen auf. Für einen Moment wähnte sie sich im Krankenhaus, wo man sie zu einem nächtlichen Notfall rief. Verwirrt blickte sie in Annies Gesicht. Das Mondlicht fiel durchs Fenster und tauchte ihre Haut in blasses Licht.

»Ich komme schon«, stöhnte sie und drückte sich ächzend aus dem Stuhl. »Was ist passiert? Weiß Tessier Bescheid?«

»Tessier? Manon, du bist bei mir in Marseille, und es ist höchste Zeit, wach zu werden!« Erneut fasste sie ihre Freundin an den Schultern und schüttelte sie aus Leibeskräften.

»Schon gut!«, fauchte Manon und befreite sich aus dem Griff. »Was ist los?« Sie blickte hinüber zum Bett, in dem die Kinder friedlich schliefen.

»Die Polizei ist auf dem Weg hierher!« Annies Stimme war so eindringlich, dass Manon keinen Augenblick an ihrer Aussage zweifelte.

»Aber warum?«, fragte sie. Sie war doch so vorsichtig gewesen, war nur über Nebenstraßen nach Marseille gefahren und hatte sich sofort mit den Kindern im Hotel verschanzt. Wie war es also möglich, dass die Polizei hinter ihnen her war?

»Frag nicht, sondern sieh zu, dass ihr hier wegkommt!«

Ohne weiter nachzuhaken, weckte Manon die Kinder, half ihnen in ihre Kleidung, packte ihre wenigen Habseligkeiten in die Taschen und eilte mit ihnen über die Treppe hinunter zum Hinterausgang. Das Licht im Treppenhaus war spärlich, und Manon hatte Sorge, dass eines der schlaftrunkenen Kinder stolpern könnte, wenn sie im Laufschritt über die Stufen hasteten. Doch dann ermahnte sie sich, dass dies weiß Gott nicht ihr größtes Problem war.

Die Polizei! Manon war fassungslos. Was, wenn man sie erwischte? Die armen Kinder und Christel müssten noch am selben Tag die Rückreise nach Deutschland antreten.

Verbissen presste sie die Lippen zusammen und hoffte inständig, dass alles gut ging. Wenn doch nur Léandre da wäre. Warum hatte sie sich auch mit den Kindern auf den Weg gemacht? Womöglich wären sie allein, ohne ihre Begleitung unauffälliger gewesen?

Vor dem Hintereingang angekommen, hielt Manon inne und atmete tief durch.

»Den Weg zu eurem Treffpunkt habe ich dir ja genau beschrieben«, meinte Annie im Flüsterton und setzte einen Fuß zurück ins Haus.

»Du kommst nicht mit?«, fragte Manon ungläubig.

»Nein. Tut mir leid, aber ich möchte in nichts Unrechtes verwickelt werden. Das ist deine Angelegenheit.«

Das ist deine Angelegenheit, hallte es durch Manons Kopf, und sie erinnerte sich an Tage, an denen niemals eine von ihnen die andere im Stich gelassen hätte. Am allerwenigsten, wenn es galt, geflüchtete Kinder vor der Polizei in Sicherheit zu bringen.

»Es ist finster draußen, und ich kenne mich hier nicht aus.«

»Du schaffst das, da bin ich mir sicher. Bald ist Sonnenaufgang, dann findest du dich besser zurecht. Und jetzt lauft!« Annie wedelte mit der Hand und schloss dann die Tür. Was Manon blieb, war das laute Pochen ihres Herzens und die vor Schreck geweiteten Augen der Kinder.

»Also gut, dann gehen wir«, sagte Manon und nahm Hans und Marion an den Händen, während Christel sich um Edith und Gertrud kümmerte.

Zu sechst machten sie sich auf den Weg, schlichen sich an den Mauern des Hotels entlang und rannten dann geduckt über die Straße hinüber zu einem kleinen Park, in dem sie sich hinter Büschen und Bäumen verstecken konnten.

»Wir nutzen die Dunkelheit und schleichen uns im Schatten der Häuser zur Kathedrale«, flüsterte sie, obwohl ihr bewusst war, dass niemand sie verstand. »Ich bin für euch verantwortlich! Ich lasse euch nicht im Stich! Bei Sonnenaufgang sind wir am vereinbarten Treffpunkt. Ich lasse euch nicht im Stich«, wiederholte sie ihr Versprechen eindringlich und verschaffte sich einen Überblick. Laut Annies Wegbeschreibung war es nicht weit. »Mit Vaters Hotchkiss wären wir zu auffällig. Besser, wir gehen zu Fuß«, überlegte sie im Flüsterton.

Die Straßen waren leer. Da war niemand, der ihnen begegnete – auch keine Polizei. Hatte Annie sich geirrt? Manon hielt inne und stellte sich Fragen, für die vorher keine Zeit gewesen war.

Woher hatte Annie ihre Information überhaupt? Hatte sie am Ende selbst die Polizei gerufen? Nein, das konnte und wollte sie nicht glauben. Zudem hätte Annie sie in diesem Fall wohl kaum gewarnt. Es musste also eine andere Erklärung geben, aber um die würde sie sich kümmern, sobald sie die Kinder sicher an die Kontaktperson übergeben hätte.

Geduckt schlichen sie durch die menschenleeren Straßen – immer auf der Hut, immer mit einem Blick über die Schulter. Edith begann zu weinen und wollte getragen werden, also nahm Manon sie auf den Arm und schmiegte das Mädchen eng an sich. Und als das zarte Gesicht an ihrer Schulter Schutz suchte und die kleinen Arme ihren Hals umschlangen, da wurde Manon in aller Deutlichkeit bewusst, dass sie in Kürze die Heimreise allein antreten würde, dass sie die Kinder nie wiedersehen und nie erfahren würde, ob sie heil in Portugal angekommen waren. In wenigen Stunden würden sie sich voneinander verabschieden – für immer. Und auch wenn sie kaum ein Wort miteinander gesprochen hatten, so war es doch die gemeinsame Unternehmung, die sie zusammengeschweißt hatte.

Mit der Linken strich Manon über Ediths Rücken und konnte fühlen, wie sie sich langsam entspannte und ihr Wimmern verklang.

Den Blick nach vorn gerichtet, marschierte Manon zielstrebig in die Richtung, in der sie die Kathedrale vermutete. Dabei hielt sie Ausschau nach dem mächtigen Turm, der von einer Anhöhe herab die Stadt überblickte wie ein majestätischer Wächter.

Als sie ihr Ziel erreicht hatten, blickten sie ehrfürchtig hoch zur goldenen Marienstatue, die auf dem Glockenturm thronte.

Manon glaubte, sich noch nie derart klein gefühlt zu haben. Und auch wenn sie im Krankenhaus stets von Nonnen umgeben gewesen war, so fühlte sie sich hier an diesem Ort Gott näher als je zuvor. Die aufgehende Sonne ließ die goldene Maria gleißend hell erstrahlen – fast, als würde sie brennen und als könnte sie ihre Flammen mit einem einzigen Wink über die gesamte Stadt ausbreiten.

»Es dauert nicht mehr lange«, flüsterte Manon Christel zu. »Wir bleiben einfach hier.«

Sie setzten sich unter einen Baum, aus dessen Ästen bereits zartes Grün spross. Der Boden war kühl, aber trocken. Manon lehnte ihren Kopf an den kräftigen Stamm und schloss die Augen. Langsam beruhigte sich ihr Atem. Ihre Muskeln in ihren Armen brannten vor Erschöpfung. Mit jedem Schritt war Edith schwerer geworden, und doch wollte sie das kleine hilflose Wesen nicht auf dem Boden absetzen, sondern hatte es weitergetragen durch die schmalen Gassen von Marseille, vorbei an den Häusern, in denen die Menschen friedlich schliefen, ohne je von den Kindern zu erfahren, die hier auf der Flucht waren und sich nach ihren Eltern sehnten.

Christel holte aus ihrem Beutel ein paar Scheiben Weißbrot, die Léandre ihr mitgegeben hatte. Jedes Kind bekam ein Stück und nahm es dankbar entgegen.

Schweigend saßen sie unter dem Baum und aßen ihr Brot. Manon strich Gertrud eine lose Haarsträhne aus dem Gesicht und lächelte, als sie sah, wie genussvoll Edith von ihrer Brotscheibe abbiss. Hans zeigte mit dem Finger hoch zur Kathedrale und stellte Christel unzählige Fragen, die sie geduldig beantwortete.

Die Sonne stand hinter der Kathedrale, als Manon ein unruhiges Kribbeln erfüllte. Wo waren Mathis' Männer? Wollten sie nicht bei Sonnenaufgang hier sein? Was, wenn sie nicht kamen? Sollte sie die Kinder wieder mit nach Gourdon nehmen und sie dort verstecken?

Noch ehe sie diese Gedanken fertig gesponnen hatte, schlenderten zwei Männer die Stufen von der Kathedrale herab.

Manon schluckte fest und hielt ihren Blick auf die beiden gerichtet. Sie trugen bequeme Hosen, die Schuhe waren nicht poliert, ihre Hemden sauber, aber nicht neu. Es waren bestimmt keine Urlauber, die zu dieser frühen Morgenstunde die Kathedrale besichtigt hatten.

Mit angehaltenem Atem erhob sie sich aus der Wiese. Sie hielt sich aufrecht und versuchte, selbstbewusst zu wirken, verschränkte die Arme vor dem Körper und hielt mit den Männern Blickkontakt. Einer der beiden musterte die Kinder, die hinter ihr unter dem Baum saßen und an ihrem Brot knabberten.

Unmittelbar vor Manon blieben sie stehen und grüßten freundlich.

»Kann es sein, dass wir verabredet sind?«, fragte einer der beiden. Sein Lächeln wirkte vertrauenerweckend, sein offener Blick erinnerte sie an Mathis.

»Möchten Sie mir vielleicht sagen, mit wem Sie verabredet sind?« Manon straffte die Schultern und hob das Kinn an.

»Mathis Lebrun schickt uns«, sagte der Kleinere der beiden und lüftete seine Mütze.

Mathis Lebrun. Der Klang dieses Namens befreite sie von ihrer Anspannung. Sie nickte den Männern zu und trat einen Schritt beiseite, um den Blick auf die Kinder freizugeben.

»Das ist Christel«, erklärte Manon und zeigte auf die junge Deutsche, die erschrocken zwei der Mädchen an sich drückte. »Die Kinder heißen Hans, Marion, Edith und Gertrud. Sie haben kein Gepäck, nur die Taschen, die sie bei sich tragen. Es gibt keine Papiere, aber das wissen Sie ja.«

»Keine Bange, Mademoiselle, wir übernehmen ab hier. Mathis hat uns nicht darüber informiert, dass die Deutschen in Begleitung von Ihnen unterwegs sind.«

»Tut mir leid«, meinte Manon und reichte den beiden die Hand. »Mein Name ist Manon Linville. Die fünf wirkten so verloren, dass ich es nicht über mich brachte, sie allein auf die weite Reise von Gourdon nach Marseille zu schicken. Sie werden doch bei Ihnen bleiben, bis sie in Portugal die Fähre verlassen, oder?«

»Natürlich.« Dieses eine Wort ließ Manon tief aufatmen. Die Kinder wären bald in Sicherheit, würden ein neues Leben beginnen, eine neue Sprache lernen und neue Freunde finden. Alles würde gut werden. Bestimmt.

»Wir müssen jetzt los.«

»Ja«, erwiderte Manon knapp und bedeutete den Kindern, aufzustehen.

»Gute Reise!«, sagte sie auf Deutsch und strich Marion und Edith durchs Haar. Ihre Stimme war brüchig, und in ihrem Hals schwoll etwas an, das ihr Schmerzen bereitete.

»Danke!«, sagte Christel und drückte Manons Hand. »Für alles.«

»Mademoiselle!«, meinte einer der beiden Männer und hob die Hand zum Gruß, bevor er die Kinder anwies, mit ihnen zu kommen. Artig folgten die fünf der Anweisung, so als ob es alltäglich wäre, mit fremden Menschen mitzugehen.

Bevor sie hinter der Kathedrale verschwanden, wandte Edith sich noch einmal zu Manon um und winkte ihr. Diese schlichte Geste berührte Manon und versetzte ihr einen Stich ins Herz, so als ob es ihr eigenes Kind wäre, das sich für immer von ihr verabschiedete.

Bestimmt konnte Mathis ihr mitteilen, wo die Flüchtlinge hingebracht wurden, und wer weiß, vielleicht besuchte sie sie eines Tages, um zu erfahren, wie es ihnen ergangen war.

Als sie hinter der Kathedrale verschwunden waren, legte Manon die Hände auf die Brust und schluchzte laut auf. Sie blickte hoch zur Jungfrau Maria, die ihr Kind auf dem Arm trug – stolz, würdevoll, innig.

Manon umschlang ihre Taille und wandte sich ab. Vor ihr lag der Weg zurück zum Hotel und zu ihrem Wagen, und in ihrem Kopf kreisten Fragen, von denen sie hoffte, dass Annie die passenden Antworten hätte.

Als sie sich dem Hotel näherte, wurden ihre Schritte langsamer. Etwas in ihr zog sie zurück zur Kathedrale, drängte sie, den Kindern nachzueilen und selbst für ihre sichere Überfahrt zu sorgen. Immer wieder tauchte Hans' Blick vor ihrem inneren Auge auf. Er hatte gelächelt. Aber warum? Er wusste nicht, was vor ihm lag, was ihn erwartete, wenn er die Fähre in Portugal verließ.

»Christel ist ja bei ihnen«, sagte sie zu sich selbst laut und bestimmt. Sie war nicht gut im Abschiednehmen und im Zurückblicken. Aber es würden noch viele Flüchtlinge kommen und wieder gehen. Sie durfte ihr Herz nicht an jeden Menschen hängen, der für kurze Zeit in ihr Leben trat. Léandre wartete auf sie, brauchte sie – dieser Gedanke linderte ihre Schwermut ein wenig.

»Manon!« Es war Annie, die aus dem Hotel geeilt kam und zu ihr über die Straße rannte, um sie innig zu umarmen.

»Ich hatte schon Angst, du würdest nicht mehr kommen.«

»Doch, ich bin hier!«, sagte Manon und löste sich aus ihrem festen Griff. »Kannst du mir bitte erklären, was los war?«, fragte sie energisch.

»Ich weiß es nicht!« Annie hob die Schultern und blickte sie aus großen Augen an.

»Du lügst!« Manon konnte sich nicht erinnern, wann sie zuletzt einen derart barschen Ton an sich gehabt hatte.

Annies Mundwinkel zitterten. Den Blick zu Boden gerichtet, rieb sie ihre Arme, als fröstelte sie auf einmal.

»Hast du die Polizei gerufen?«, fragte Manon.

»Nein!«, antwortete Annie entrüstet. »Niemand hat die Polizei gerufen.«

»Wie meinst du das?«

»Das ... das hab ich nur erfunden, damit du die deutschen Juden aus dem Haus schaffst.«

Für einen Augenblick glaubte Manon, dass ihre Knie nachgeben und sie zu Boden stürzen würde. Hatte sie richtig gehört? Annie hatte die Kinder mit einer Intrige aus dem Hotel verjagt? Und sie, Manon, war auch noch auf sie hereingefallen, hatte die Kleinen aus dem Schlaf gerissen und mitten in der Nacht durch die Straßen von Marseille geschleift.

»Aber ...« Manon fand keine Worte. Sie war enttäuscht, zornig, traurig. Sie wusste nicht, ob sie schreien oder weinen sollte. Also schwieg sie und eilte zu ihrem Wagen, der neben dem Hotel parkte.

»Versteh mich doch!«, rief Annie. »Ich hatte mich auf dich gefreut – auf dich! –, und dann hat sich alles um diese Kinder gedreht, die du nicht einmal kennst. Du hättest deine Zeit mit mir verbringen müssen, nicht mit denen.« Annie fauchte, sprühte vor Zorn, und Manon konnte sich nicht erinnern, ihre Freundin jemals so aufgelöst gesehen zu haben.

»Es waren Kinder!« Das war alles, was ihr über die Lippen kommen wollte, dann stieg sie in ihren Wagen und startete den Motor. Kurz hielt sie inne und krallte sich Hilfe suchend ans Lenkrad. Sollte sie ihre Freundin tatsächlich im Streit verlassen? Wer weiß, wann sie einander wiedersahen. Dann richtete sie ihren Blick auf Annie, die weinend und schluchzend vor dem Hotel ihrer Tante stand und offensichtlich alles tun würde, damit Manon ihr vergab. Aber das konnte sie nicht. Sie konnte ihr nicht verzeihen. Nicht jetzt und vermutlich auch nicht morgen. Sie dachte an Marion, die kleine Edith, Gertrud mit ihren Zöpfen, an den schelmischen Hans und die schüchterne Christel. Es war nicht nur Annies Hass auf diese unschuldigen Menschen, der Manon fassungslos machte. Es war der Hass aller rechtsradikalen Franzosen, aller Anhänger von

Hitler, der Menschen dazu zwang, zu fliehen – in eine ungewisse Zukunft, in ein fremdes Land.

Es war nicht recht, dass unschuldige Kinder ihr Zuhause verloren, auf der Flucht erkrankten und starben. Es war einfach nicht in Ordnung, nichts davon.

Heiße Tränen rannen über ihre Wangen und trübten ihren Blick. Trotzdem trat sie aufs Gaspedal und lenkte den schwerfälligen Hotchkiss auf die Rue des Braves.

Es war an der Zeit, heim nach Gourdon zu fahren. Hier hielt sie nichts mehr, und sie hoffte insgeheim, nie wieder nach Marseille zurückkehren zu müssen. So schön die Stadt auch war, sie würde sie immer mit Annies hinterhältiger Intrige verbinden – und mit dem Abschied von den Kindern und Christel.

Während sie die Straße entlangfuhr, glitt ihr Blick immer wieder hinaus aufs Meer zu ihrer Linken. Friedlich lag es da, das Wasser, und schien die ganze Welt zu umarmen. Vor ihr lag der Hafen, den die Fähre nach Portugal hoffentlich längst verlassen hatte.

Nun, da sie allein unterwegs war, brauchte sie keine Nebenstraßen mehr zu befahren. Umso schneller würde sie in Gourdon ankommen. Léandre würde sie erleichtert in die Arme schließen, Vater würde den Wagen in Augenschein nehmen und erst dann aufatmen, wenn er keinen Kratzer an ihm gefunden hätte.

Manon lächelte. Sie konnte es kaum erwarten, Marseille hinter sich zu lassen und in wenigen Stunden über die Wiese zu Léandre zu laufen und in die Stille seines Hofes einzutauchen. Er würde ihr Tee kochen und gespannt ihrem Bericht von der Reise lauschen. Alles würde er wissen wollen und stolz auf sie sein, weil sie es allein geschafft hatte.

Tatsächlich keimte in ihr selbst eine gewisse Art von Genugtuung auf. Nur eines erfüllte sie mit Traurigkeit: der Verlust ihrer Freundin Annie.

»Du hättest deine Zeit mit mir verbringen müssen, nicht mit denen.« Manon wusste, dass dies der letzte Satz war, den sie von Annie gehört hatte. Und sie wusste, dass er bis ans Ende ihres Lebens in ihr nachhallen würde.

Kapitel 25

MATHIS LEBRUN

Paris, März 1937.

Mathis lehnte an der schmiedeeisernen Brüstung der Pont d'Asnières und blickte hinab auf das dunkle Wasser der Seine. Auf der glatten Wasseroberfläche spiegelten sich die Wolken, die grau und bedrohlich über ihm am Himmel hingen. Es war ein trüber Tag – so wie gestern und am Tag davor und vermutlich wie all die Tage, die noch kommen würden.

Er fühlte sich verloren wie ein kleiner Junge, der sich im Wald verirrt hatte und langsam zu verstehen begann, dass er die Nacht inmitten der beängstigenden Wildnis verbringen musste.

Mathis schloss die Augen und versuchte, dem Wasser zu lauschen, zu den Wolken, dem Gurren der Tauben hinter sich, dem Rattern eines Fahrrads und dem Stimmengewirr der Spaziergänger, die in kleinen und großen Gruppen über die Brücke flanierten. Doch alles, was er hörte, war die Einsamkeit seines Herzens. Es war, als wäre er taub für alles andere, als wäre das Einzige, was ihm geblieben war, seine Trauer um eine Liebe, die nicht erwidert wurde.

Estelles Lachen, ihre ebenmäßigen Zähne, ihre Wärme, wenn sie ihn umarmte, ihre Haut, die mit seiner zu verschmelzen schien, ihre Fingerkuppen auf seinem Rücken, ihr schlanker Hals, den er mit Küssen bedeckte, ihr Flüstern an seinem Ohr, ihr unbezähmbares Haar an seiner Wange … All diese Erinnerungen wollten einfach nicht an Gewicht verlieren. Er hatte sich ihr geöffnet, sie in sein Herz gelassen und den Wunsch nach einer gemeinsamen Zukunft in sich keimen lassen. Und nun stand er hier, allein, nur mit der Erinnerung an ihren Duft in seiner Nase.

Monate waren inzwischen vergangen, seit er sie gesehen hatte. Monate, in denen er gehofft hatte, die Last seiner Gefühle abwerfen zu können, um sich wieder seiner Arbeit und seiner Berufung zu widmen. Doch alles, was er in Angriff nahm, gelang nur zur Hälfte. Weder konnte er sich auf seine Malerei konzentrieren noch die politische Bewegung vorantreiben. Freilich hatte er sich weiterhin der deutschen Flüchtlinge angenommen, hatte denen zu Wohn- und Arbeitsplätzen verholfen, die mit Papieren eingereist waren, und den anderen sichere Unterschlupfmöglichkeiten verschafft. Einzelne Personen ließen sich leicht unterbringen – Paris war groß und die Kontrollen zum Glück nicht allzu streng. Nur für die wenigsten suchten er und seine Leute nach einer Ausreisemöglichkeit in Drittländer. Elternlose Kinder ohne Papiere zum Beispiel wurden in keinem Waisenheim aufgenommen und würden in der Großstadt heillos untergehen.

Gerade um die Schwächsten sorgte er sich am meisten. Umso mehr war er erleichtert, als sein Freund Léandre angeboten hatte, zu helfen. Mathis dachte an die vier Kinder, die er gemeinsam mit einer jungen Frau vor Kurzem auf die Reise geschickt hatte. Inzwischen sollten sie sicher in Portugal angekommen sein. Bald würden weitere Kinder eintreffen, weitere Frauen, die in Deutschland ihren Beruf nicht mehr ausüben durften, weitere Männer, die aufgrund ihrer Arbeit als Journalist oder Schriftsteller oder Künstler verfolgt wurden. Es würde kein Ende nehmen. Umso wichtiger war es, hier in Frankreich aufzustehen für die Schwachen. Und heute war so ein Tag. Heute würde er dem Ruf der *Parti social français* Folge leisten und an der Kundgebung im Pariser Vorort Clichy als Gegendemonstrant teilnehmen. Es war an der Zeit, aktiv gegen die Massenbewegungen des rechtsextremen Nationalsozialismus vorzugehen. Die Stimmen der französischen Volksfront würden heute Léon Blums Anhänger übertönen und ein Zeichen setzen. Die innenpolitischen Auseinandersetzungen hatten längst die Form eines geistigen Bürgerkriegs angenommen. Nun war es an der Zeit, einen Schritt weiter zu gehen.

Mathis war bewusst, dass er sich als Gegendemonstrant einer rechtsextremen Kundgebung einer nicht ungefährlichen Situation aussetzte. War es das wert? Auf jeden Fall! Für die gute Sache zu kämpfen war alles, was ihm geblieben war.

Entschlossen stemmte er sich von der Brüstung ab und richtete seinen Blick auf das Arbeiterviertel Clichy, das sich direkt vor ihm ausbreitete. Aus der Ferne glaubte er, die Glocken der Église Saint-Vincent-de-Paul zu hören, die laut dröhnend in die Welt hinausriefen.

Rasch ging er zur Rue Gustave Eiffel, wo er sich mit seinen Freunden treffen wollte. Von Weitem hörte man schon den Tumult der Kundgebung. Bewaffnete Polizisten marschierten und ritten an ihm vorbei, machten sich auf den Weg, um den üblichen Ausschreitungen entgegenzuwirken.

An einer Kreuzung standen Cecile und Joseph, seine Freunde. Cecile winkte ihm mit beiden Armen zu, fast so, als gäbe es einen erfreulichen Anlass für ihr Treffen. Und doch erwärmte diese herzliche Geste sein Gemüt.

»Du bist spät«, meinte Cecile und umarmte Mathis zur Begrüßung.

»Ich bin genau richtig«, sagte er grinsend und strich mit seinen Fingern über ihre Wange. Wie vertraut ihm dieses Gesicht doch war. So viele Jahre begleitete Cecile ihn schon, spendete Trost, wenn er niedergeschlagen war, lachte mit ihm, wenn er guter Laune war, pflegte ihn, wenn er krank war, und zügelte ihn, wenn er einem seiner seltenen Anflüge von Blasiertheit erlag. Sie war ihm eine Freundin, eine Schwester und an manchen Tagen eine Mutter. Er liebte sie, und doch hatte er nie in Erwägung gezogen, eine Beziehung mit ihr einzugehen.

Ob es ihr ähnlich erging wie ihm? In ihren großen dunklen Augen fand er keine Antwort auf seine Frage.

»Du siehst müde aus«, stellte er fest und legte seinen Arm um ihre Taille.

»Wie sollte es auch anders sein, meine Schicht war vor kaum fünf Stunden zu Ende, und den Weg zum Bett habe ich noch nicht gefunden.«

»Vermutlich ist es an der Zeit, dir eine neue Arbeit zu suchen. Du wirst langsam zu alt, um nächtelang in zu wenig Kleidung und zu hohen Schuhen vor gierig stierenden Männern zu tanzen.«

»Zu alt für das Varieté?« Cecile gab Mathis einen freundschaftlichen Klaps auf die Schulter. »Sie lieben mich«, fuhr sie fort und tänzelte ein paar Schritte vor ihm her.

»Kommt, lasst uns gehen«, meinte Joseph und trieb seine Freunde an. »Sonst verpassen wir noch alles.«

Mathis nickte und ging voran, dem lauten Stimmengewirr entgegen.

»… ein hoher Prozentsatz der Kabinettsmitglieder und Verwaltungsspitzen der Volksfront sind Juden!« Die Stimme war laut, bedrohlich und verursachte Mathis einen kalten Schauder. Derartige Verleumdungen waren ihm nicht fremd, schließlich versuchten antisemitische Publizisten genau mit solchen Falschmeldungen, ihre Anhänger zusätzlich aufzupeitschen.

»Verdammte Lügner!«, schrie Cecile in die randalierende Menge.

Mathis rieb sich das Kinn und schüttelte angewidert den Kopf. Dabei überblickte er die Menge, welche die heutige Kundgebung wie ein Magnet angezogen hatte. Männer verschiedener Altersgruppen, Arbeiter, schlecht bezahlt, in miesen Lebensumständen vegetierend und somit schnell zu begeistern für Hass und Schuldzuweisungen. Mit drohenden Armen und wutentbrannten Mienen pflichteten sie dem Redner bei und schienen dabei zu übersehen, dass er keiner von ihnen war, dass er sie nur benutzte für die politische Stimmungsmache, der sich inzwischen sogar diverse Zeitungen angeschlossen hatten und Schmähungen gegen den jüdischen Ministerpräsidenten unter das Volk brachten.

Mathis blickte sich weiter um und erkannte unter den Gesichtern einige seiner Gleichgesinnten. Es würde nicht mehr lange dauern, dann würden sie sich zu erkennen geben, aufschreien und ihre Gegendemonstration starten.

»Ihr seid doch nichts als feige Lügner!«, wiederholte Cecile so laut, dass ihre Stimme sich überschlug.

Ehe Mathis reagieren konnte, drehten sich zwei der Männer vor ihnen um und stießen seine Freundin ohne Vorwarnung zu Boden.

»He, lasst sie in Ruhe!«, schrie Joseph und ging auf die beiden los. Aufgeheizt von der Kundgebung, dauerte es nicht lange, und sämtliche Gegendemonstranten eilten herbei und mischten sich unter den tobenden Pulk, der jede Beherrschung verlor und eine Massenprügelei vom Zaun brach.

Mathis versuchte, Cecile aus dem Gerangel zu befreien, half ihr hoch und drängte sich mit ihr durch die Menge. Dabei wurden sie gestoßen und gerempelt. Cecile fiel mehr als einmal zu Boden, Mathis drückte sie eng an sich und kämpfte sich gemeinsam mit ihr an den Schlägern vorbei.

»Das gerät hier außer Rand und Band!«, schrie Cecile über den Lärm hinweg zu Mathis.

»Du musst hier verschwinden!«, rief er eindringlich, als sie endlich die Menschenmasse hinter sich gelassen hatten.

»So etwas hab ich noch nie erlebt!«, sagte sie, ohne auf Mathis' Aufforderung einzugehen. Gemeinsam starrten sie fassungslos auf die ausufernde Prügelei. Blutüberströmte Gesichter, gezückte

Messer, Schreie und so viel Hass, dass es Mathis große Angst machte.

»Geh sofort in unsere Wohnung. Jetzt!«

»Und du?« In Ceciles Augen spiegelte sich der Schrecken, den sie soeben miterlebt hatte.

»Ich muss bei Joseph bleiben.« Mit diesen Worten wandte er sich von Cecile ab und stürmte wieder zurück ins Chaos der Schlägerei, die sich inzwischen weiter aufgebaut hatte.

»Joseph!«, schrie er und sah sich nach allen Seiten verzweifelt nach seinem Freund um. Das immense Gedränge machte es unmöglich, ihn zu finden, dennoch gab Mathis nicht auf, kämpfte sich durch die wütende Masse und wurde dabei mehr als einmal Opfer eines Schlagabtausches. Wie hatte es nur passieren können, dass das Aufeinandertreffen der Fronten derart eskalierte? Sollten nicht alle Franzosen für dieselbe Sache einstehen? Für Gerechtigkeit und Wahrheit?

Wenn Mathis sich heute umsah, musste er sich eingestehen, dass eine Annäherung unmöglich schien. Aus einer Kundgebung war ein Schlachtfeld geworden, das ihn hilflos zurückließ.

Er dachte an Estelle und sehnte sich genau in diesem Moment zu ihr zurück – zurück zu dem Moment, in dem er sie zum ersten Mal sah, mit ihrem dunkelroten Lippenstift und dem moosgrünen Kleid, zurück auf die Picknickdecke, auf der sie sich zum ersten Mal geliebt hatten, zurück zu dem Moment, in dem sie sagte, sie würde mit ihm nach Paris gehen.

Mathis blieb stehen und blickte sich um. Was gäbe er für eine letzte Umarmung, ein letztes Mal ihren Duft inhalieren, ihre Stimme hören und ihr Lachen.

Umgeben von aufgebrachten Männern, die ihn stießen und schlugen, fühlte er sich einsamer denn je.

Hatte er falsch gehandelt? Hätte er in Grasse bleiben und um Estelle kämpfen sollen? War er feige gewesen, als er allein in den

Zug gestiegen war, ohne in Erfahrung gebracht zu haben, warum sie nicht zum vereinbarten Zeitpunkt erschienen war? Was, wenn sie erkrankt war, oder verletzt, oder sich einfach nur verspätet hatte? Eine düstere Schwäche legte sich auf sein Herz und lähmte es mit einer Kraft, die ihm noch mehr Angst machte als das wütende Menschengewühl um ihn herum.

Er war kein Kämpfer – weder um die Liebe noch gegen einen anderen Mann. Bereute er es? Ja, das tat er. Allein die Vorstellung, dass er Estelle nicht hätte verlieren müssen, raubte ihm die Kraft zum Atmen.

Sollte er gleich morgen in die Provence reisen und sie zur Rede stellen? Sie bitten, ihm eine Chance zu geben?

Mathis senkte den Kopf. Er wusste, dass ihm dazu der Mut fehlte. Alles konnte er ertragen, aber zu erfahren, warum sie sich gegen ihn entschieden hatte, würde ihn seines letzten Funkens Lebenslust berauben. Und wenn er ehrlich war, dann kannte er den Grund. Er wusste es. Er war nicht gut genug für sie.

Mathis hob den Kopf. Fielen da Schüsse? Er blickte um sich. Tatsächlich stand die Polizei bewaffnet am Rand des Kampffelds und feuerte blindlings in die Menge.

»Ihr seid alle verrückt geworden!«, flüsterte er fassungslos.

Weitere Schüsse fielen, das Geschrei der Schläger verstummte, die Menge stob auseinander, rannte in alle Richtungen. Zurück blieben die Verletzten, die sich am Boden liegend vor Schmerzen krümmten.

Zu seinen Füßen lag ein junger Mann, dessen Hemd sich vollsog mit Blut und der flach atmend seine Schussverletzung abtastete.

»Die haben dich erwischt!«, rief Mathis und kniete sich auf den Boden. Rasch knöpfte er das Hemd auf, um die Schwere der Verletzung abzuschätzen. »Die Schweine haben dich angeschossen«, fluchte Mathis.

»Nicht nur mich«, stöhnte der Verletzte fast lautlos und streckte seine Hand aus. Mathis folgte dem Fingerzeig des Fremden und sah hinab auf seinen Bauch. Er schluckte schwer, als er das viele dunkle Blut an seinem Hemd und seiner Hose sah. Schockiert starrte er den jungen Mann vor sich an.

»Bitte nicht«, flüsterte er mit bebender Stimme. Eine unsagbare Schwäche lähmte ihn plötzlich und drückte ihn zu Boden. Sein Bauch schmerzte nicht, da war nur diese seltsame Kälte, die sich mit jedem Atemzug weiter in seinem Körper ausbreitete.

Mathis sah hoch zum Himmel, zu den dunklen Wolken, die grau und schwer über ihm dräuten. Wo sie wohl noch hinreisten? Und wie es wohl war, von da oben auf die Dächer von Paris herabzuschauen?

Wie gut, dass Estelle sich gegen ihn entschieden hatte. Er hätte sie nur unnötig in Gefahr gebracht. Heute. Hier. Das hätte sie nicht verdient. *Er* hatte sie nicht verdient. Er war nicht gut genug. Aber das spielte keine Rolle mehr.

Mathis versuchte zu schlucken, doch ihm fehlte es an Kraft. Sein ganzer Körper schien von einer matten Leere ausgefüllt zu sein. Kalt und müde. Tief und schwer, jede einzelne Pore seiner Haut.

Vielleicht brauchte er nur ein klein wenig Schlaf. Bestimmt käme bald ein Rettungswagen, dann würde man ihm helfen, ihn retten. Bis dahin konnte er sich ausruhen. Es würde nicht mehr lange dauern, dann wären sie da, die Ärzte und Krankenschwestern, und würden seine Verletzung begutachten, ihm einen Verband anlegen und ihn ins Krankenhaus transportieren. Gleich.

Vielleicht käme sogar Estelle angereist, um ihn zu besuchen und ihn zu schimpfen, weil er sich solcher Gefahr ausgesetzt hatte. Er würde ihr über die Wange streicheln und versprechen, dass er dergleichen nie wieder tun würde. »Nie wieder, ich schwöre es.«

Dann würde sie lächeln und Tränen der Erleichterung weinen.

Mathis schloss die Augen und spürte nur noch diese wohltuende Stille, die ihn in einen Schlaf trug, der ihn von jedem Schmerz erlöste.

Kapitel 26

MANON

Gourdon, März 1937.

Als Manon die Einfahrt entlangfuhr, dem Elternhaus entgegen, fiel von ihr eine riesige Last ab. Eine Schwere, die ihr sonst so sonniges Gemüt umfangen gehalten hatte wie eine grobe Fessel, die an den Gelenken zerrte und die Haut wund rieb.

Endlich war sie wieder da, wo sie hingehörte – in Gourdon. Sie würde nur schnell ihren Vater begrüßen und dann zu Léandre eilen. Gewiss ging es ihm wie ihr, und er konnte erst wieder aufatmen, wenn er sie in seine Arme schließen durfte.

Im Haus duftete es blumig süß – mehr noch als draußen vor den Blumenrabatten. Manon brauchte sich nicht umzusehen, sie wusste auch so, dass ihre Mutter den Frühling in unzähligen Blumenvasen gefangen hielt, ihn für sich beanspruchte. Ohne Mutters Arrangements auch nur einen Blick zu gönnen, eilte sie durch den Flur zu Calvins Büro.

Die Steinfliesen strahlten eine Kühle aus, die mehr an den Winter als an einen nahenden Sommer erinnerten. Je näher sie dem Büro ihres Vaters kam, desto stärker überlagerte der beißende Zigarrenrauch das Bouquet von Mutters Blumen. Es war, als lebten ihre Eltern in zwei verschiedenen Welten.

»Darf ich?«, fragte Manon durch den geöffneten Türspalt.

»Natürlich. Immer. Das weißt du doch.« Calvin legte seine qualmende Zigarre im Aschenbecher aus massivem Zinn ab und stemmte sich aus seinem gepolsterten Ohrensessel, dessen Stoff von den gemeinsamen Jahren mit Vaters massigem Körper abgewetzt war.

Als Calvin seine Tochter zur Begrüßung umarmte, sog sie seinen Geruch in sich auf. Vaters Arbeitszimmer roch nach ihm, oder er nach seinem Arbeitszimmer?

»Wie war es in Marseille?«, fragte er und begutachtete Manon, als hätte er sie eine Ewigkeit nicht gesehen. »Gut, dass du wieder da bist. Ich habe dich vermisst.« Liebevoll strich er mit seinen rauen Fingern über ihr Kinn. Am Glanz seiner Augen erkannte sie, dass er die Wahrheit sagte, und sie fragte sich, wie er wohl seinen Alltag gestalten würde, wenn sie eines Tages für immer auszog, um bei Léandre zu leben.

»Frag nicht«, antwortete sie. »Ich bin froh, wieder daheim zu sein.« Mit diesen Worten drückte sie ihm den Schlüssel zu seinem Wagen in die Hand und lächelte.

»Deiner Mutter steht der Sinn wieder sehr nach Blumen, halte also lieber die Luft an, wenn du keine Kopfschmerzen bekommen möchtest.« Calvin zwinkerte und machte sich auf den Weg zurück zu seinem Sessel und seiner Zigarre, deren Rauchfahne ihn förmlich zu sich winkte.

»Ist in meiner Abwesenheit ein Telegramm für mich gekommen? Oder andere Post?«

»Fast hätte ich es vergessen.« Calvin ging zu seinem Arbeitstisch und kramte in einem Stapel Papier, bis er fündig wurde.

»Dieser Brief kam heute Morgen für dich, meine Schöne.« Er reichte ihr das Kuvert und widmete sich dann endgültig seiner Zigarre.

Manon starrte verwirrt auf den Umschlag und suchte vergeblich nach einem Absender. Nichts. Auch die Schrift kam ihr nicht im Mindesten bekannt vor.

»Danke, Papa!«, sagte sie gedankenverloren und nahm sich vor, den Brief im Park, auf dem Weg zu Léandre zu lesen.

In eine Strickjacke gewickelt, machte sie sich auf den Weg und vergaß dabei völlig den Umschlag in ihrer Hosentasche. Sie dachte nur noch an Léandre und an sein Strahlen, wenn er sie erblickte. Sie konnte seine Lippen förmlich auf ihren spüren, seine Arme um ihre Taille, sein Gesicht in ihrer Halsbeuge vergraben, seinen Atem, der sie warm empfing und sie die kräfteraubende Reise nach Marseille vergessen ließ.

Den Park hinter sich, blickte sie hinab zu Léandres Hof, der ruhig dalag, völlig eins mit sich und seiner Umgebung – genau wie Léandre, der mit seiner Bodenständigkeit alles und jeden um sich herum zu erden schien.

Als sie jedoch die Wiese hinter sich gelassen hatte und sie nur noch wenige Schritte vom Haus trennten, spürte sie eine unangenehme Unruhe in sich aufsteigen. Es war, als strömte das kleine Gehöft etwas Schmerzhaftes aus. Manon kannte dieses Gefühl von ihrer Arbeit als Krankenschwester. Früher hatte sie oft schon vor Betreten des Krankensaals gewusst, dass es einem der Patienten schlecht ging, dass jemand dem Tod nahe war oder dringend ihrer Hilfe bedurfte. Es war eine Art übersinnliches Empfinden, das viele ihrer Kolleginnen im Laufe der Jahre entwickelten. Es war, als könnten Schmerz und Todesangst durch Mauern wandern, sich unaufhaltsam ausbreiten und alle Menschen befallen wie ein Virus.

Kurz hielt Manon inne, lauschte in sich hinein, ihrem Herzschlag, ihrem Atem. Dann eilte sie los, rannte ins Haus, ohne an die Tür zu klopfen.

»Léandre?«, rief sie durch die leeren Räume und die Treppe hoch. »Bist du da?« Sie hielt die Luft an, lauschte. Kam da von oben ein Stöhnen? Mit einer Hand fasste sie sich an die Brust und verdrängte den kalten Schauder, der sie lähmen wollte.

»Manon?« Die Stimme von Léandre drang verzweifelt von oben an ihr Ohr und zog sie förmlich die Stufen hinauf zu sich.

Als sie im Gästezimmer ankam, brauchte sie einen Moment, um sich einen Überblick zu verschaffen. Léandre kniete neben dem

Bett, auf dem wenige Monate zuvor Daniel gelegen hatte. Er presste ein blutgetränktes Tuch an die Schläfe eines Mannes, den sie noch nie gesehen hatte. Neben dem Bett kauerte ein weiterer Fremder, das Gesicht in den Händen vergraben.

»Da bist du ja endlich!« In Léandres Miene lag eine Erleichterung, die angesichts des schrecklichen Anblicks völlig unpassend war. Fast schien er zu lächeln. »Die beiden sind vor etwa einer Stunde angekommen. Ein Kontaktmann hat sie in einem Wagen gebracht, den Verletzten hatte er auf der Rückbank unter einer Plane versteckt. Du kannst dir meinen Schrecken vorstellen, als man den blutüberströmten Mann in mein Haus getragen hat.« Er stand auf und machte den Platz frei, damit Manon sich um den Mann kümmern konnte. »Ich wusste nicht, was ich tun sollte!« Léandre wischte seine blutverschmierten Hände an der Hose ab und stellte sich an das Fußende des Bettes, um auf Manons Anweisungen zu warten.

»Ich brauche sauberes Wasser und Leinentücher!«, ordnete sie an. »Und bring mir sämtliche Utensilien, die ich aus dem Krankenhaus geholt habe.«

Léandre nickte und machte sich auf den Weg. In der Zwischenzeit versuchte Manon, die Verletzung zu säubern, die nicht aufhören wollte zu bluten.

»Wann ist das passiert?«, fragte sie im Flüsterton den Verletzten, der stöhnend um jeden Atemzug rang.

Ihr fiel der Brief ein, den sie in ihrer Hosentasche hatte und der womöglich genau diese Ankunft hätte ankündigen sollen. Und sie ärgerte sich, dass sie ihre Deutschkenntnisse noch immer nicht verbessert hatte.

»Sind Sie gestürzt oder überfallen worden?«, fragte Manon, doch der Verletzte reagierte nicht. Besorgt öffnete sie ein Lid, um die Reaktion der Pupille zu kontrollieren.

»Der Mann ist bewusstlos«, sagte sie mehr zu sich selbst und atmete tief durch. Sie erinnerte sich an Etienne, den jungen Patienten, der nach einem Absturz in den Bergen von seinen Eltern ins *Hôpital de Vincent* gebracht worden war. Damals hatte Oberschwester Georgia erklärt, dass eine Ohnmacht durchaus mehrere Stunden währen konnte. Dass sie den Blutdruck kontrollieren und zudem den Puls und die Atmung im Auge behalten würde.

»Solange alles stabil bleibt, deutet nichts auf eine Schädigung des Gehirns hin«, wiederholte sie die Worte der Oberschwester. So würde sie es auch hier bei dem Fremden halten und dabei das Beste hoffen.

Sorge bereitete Manon allerdings die lang gezogene Platzwunde, die sich klaffend von der Schläfe bis über die Wange zog. Der Mann würde für immer entstellt bleiben, wenn die Verletzung nicht mit höchster Präzision genäht wurde.

Kurz schloss sie die Augen und machte sich dabei bewusst, dass sie diejenige war, die sich um die Naht zu kümmern hatte. Bis Léandre mit dem ärztlichen Besteck zurückkam, drückte sie das Tuch fachgerecht auf die Verletzung, um die Blutung möglichst in den Griff zu bekommen.

»Ich muss ins Krankenhaus und Dr. Soulard zu Hilfe holen«, sagte sie, nachdem Léandre den Raum betreten und sämtliches Arztbesteck auf das Nachtkästchen gelegt hatte.

»Nein, du gehst nirgendwohin. Du lässt mich nicht noch einmal allein mit dem Verletzten!« Seine Stimme war eindringlich, sein Blick beinahe drohend. Und da wurde ihr bewusst, dass sie es ihm schuldig war, zu bleiben. Vielleicht würde sie die Wunde nicht mit Tessiers oder Soulards Präzision schließen können, dennoch musste sie es wagen. Sie war allein. Tessier hatte ihr seine Einstellung Deutschen gegenüber offengelegt, und Soulards Stellung im Krankenhaus zu gefährden, das schaffte sie nicht. Der junge Arzt lebte für das *Hôpital de Vincent,* er würde eine Kündigung nicht verkraften.

Ja, sie – Manon – war allein, und es lag in ihrer Verantwortung, das Gesicht des Fremden zu versorgen. Und sie würde es schaffen.

»Was haben wir denn hier alles?«, fragte sie und verschaffte sich einen Überblick über die Instrumente und Mittel, die zur Verfügung standen: Nähmaterial, Klemmen, Pinzette, Skalpell, Desinfektionslösung und einiges an Verbandsmaterial. Nachdem sie ihre Hände vorschriftsmäßig gereinigt hatte, tupfte sie die Wunde noch einmal sauber und entspannte sich, als sie sah, dass die Blutung tatsächlich nachließ.

Sie versuchte, sich an die vielen Stunden zu erinnern, in denen sie, über ihre medizinischen Lehrbücher gebeugt, die zahlreichen Techniken zum Schließen einer Wunde studiert hatte.

»Wir haben keinen Äther, um ihn in Narkose zu halten. Hoffen wir also, dass er vorerst nicht aus seiner Bewusstlosigkeit aufwacht.«

»Du bist nicht alleine«, meinte Léandre und fasste ihr an die Schulter. Diese Berührung vermittelte für einen kurzen Augenblick so viel Halt, dass Manon zu wissen glaubte, wie sie vorzugehen hatte.

»Dann müssen wir ihn fixieren«, ordnete Manon an. Léandre nickte und holte Laken aus dem Schrank. Gemeinsam banden sie Arme, Beine und Kopf, so gut und so stabil es ging, am Rahmen des Betts fest.

»Im schlimmsten Fall können Ernst und ich ihn halten«, schlug Léandre vor und zeigte auf den jungen Mann, der auf dem Boden kauerte und der Dinge harrte.

»Ernst?«, fragte Manon und runzelte die Stirn.

»Tja, was soll ich sagen.« Léandre zuckte mit den Schultern und nickte dem Geflüchteten zu.

»Also gut, lasst uns keine Zeit verlieren«, meinte Manon konzentriert, griff nach der sterilen Nadel und begann, die Wunde zu schließen. Ihre Hände zitterten nicht mehr, und mit einem Mal wusste sie, dass sie sich nur auf ihren Instinkt zu verlassen brauchte. Freilich fehlte es ihr an Praxis, dennoch verfügte sie über die Kenntnisse, um das Schließen der Wunde korrekt durchzuführen.

Manon versetzte sich in ihre Arbeit als Krankenschwester zurück, vergegenwärtigte sich die Disziplin, die sie damals an den Tag gelegt hatte und die sie jede Müdigkeit überwinden ließ. Ohne Furcht war sie gewesen und ohne Zweifel. Mit einem Lächeln auf dem Gesicht dachte sie an Oberschwester Georgia, die bei allem hinter ihr gestanden und jeden ihrer Handgriffe überwacht hatte. Und auch wenn Manon es gehasst hatte, stets unter Aufsicht zu sein, so hatte sie sich dennoch beschützt gefühlt.

Und heute war sie ganz auf sich gestellt. Heute konnte sie nicht nach Tessier rufen lassen, um sich hinter seinem Wissen und seiner Erfahrung zu verstecken. Mit jedem gesetzten Stich wurde Manon ruhiger, ihre Atmung entspannter. Sorgsam führte sie die Nadel durch die Hautschichten und schloss die lang gezogene Wunde. Sobald sie fertig wäre, würde sie ihm einen Verband anlegen und täglich kontrollieren, ob die Wundnaht sich entzündete. Sie würde die Naht regelmäßig mit einem Antiseptikum betupfen und einen frischen Verband anlegen. Bestimmt würde Dr. Soulard ihr mit Nachschub an Desinfektionsmitteln und Verbandsmaterialien aushelfen – sie musste nur ihren Charme spielen lassen.

Als sie wenig später draußen am Brunnen stand und sich das Blut von den Händen wusch, schloss sie erschöpft die Augen und lauschte dem Wind, der mit dem frischen Laub der Bäume flüsterte. Müdigkeit legte sich über ihren Körper und weckte den Wunsch, sich gleich hier unter den Ästen der Platanen einzurollen und auf der kühlen Wiese Erholung zu suchen. Wie friedvoll müsste es doch sein, unter freiem Himmel zu schlafen, ohne Sorgen und ohne Gedanken.

Wie war es möglich, dass sie jahrelang ein völlig unbekümmertes Dasein geführt hatte und nun der Kummer der ganzen Welt über sie hereinzustürzen schien? Sie dachte an Christel und die Kinder, an die Liebermanns und an Ruben, der unweit von hier jeden Moment aufwachen würde. Und sie dachte an Annie – eine Freundin, die nun keine mehr war, weil sie sich für die falsche Seite entschieden hatte.

Als sie ihre feuchten Hände an der Hose abwischte, spürte sie den Brief, den sie vor Stunden dort verwahrt und ganz vergessen hatte. Sie zog ihn aus der Hosentasche und öffnete ihn. Müde lehnte sie sich an den Brunnenrand, strich ein paar lose Locken aus dem Gesicht und faltete den Bogen Papier auf, nicht wissend, wer die Nachricht auf die Reise zu ihr geschickt hatte. Um als Erstes das Rätsel um den Absender zu lösen, las sie die Unterschrift, die in schwungvollen Buchstaben den kurzen Text beschloss.

»Joseph«, flüsterte Manon und legte die Stirn in angestrengte Falten. Sie kannte keinen Joseph, hatte noch nie von einem gehört.

Hastig überflog sie die handgeschriebenen Zeilen. Dann ein weiteres Mal, diesmal langsamer, konzentrierter und doch voller Zweifel. Was sie da las, konnte nicht wahr sein – *durfte* es einfach nicht.

Manon hatte das Gefühl, dass etwas auf ihre Schultern drückte, sie klein machte, wund und verloren. Sie schluchzte laut auf und starrte aus tränenblinden Augen in die Ferne.

Sie hatte Mathis Lebrun kaum gekannt, aber heute und hier von seinem Tod zu lesen, erfüllte sie mit einer Trauer, die ihr alle Kraft raubte. Der Brief in ihren Händen wog mit einem Mal so schwer, dass sie ihn nicht zu halten vermochte und er ihr aus den Fingern glitt. Langsam, in sanften Bögen, segelte er heiter zu Boden wie ein Papierflieger. Er sorgte sich nicht um einen jungen Künstler, der im Kampf für die richtige Sache aus dem Leben gerissen worden war.

»Mathis«, schluchzte sie und suchte nach Worten, mit denen sie Léandre diesen Verlust erklären sollte. Aber wie überbrachte man eine solche Nachricht, die ein tiefes Loch, einen Krater, hinterlassen würde?

»Mathis«, wiederholte sie im Flüsterton und bückte sich nach dem Brief, der sich schwerelos auf die jungen Grashalme gelegt hatte, ohne sie auch nur zu krümmen. Und doch würde ebendieser Brief Léandres Leben für immer verändern, es umkehren, es einfärben mit seiner schwarzen Tinte.

Manon blickte über die Schulter zu Léandres kleinem Haus aus Sandstein und wünschte sich, sie hätte diesen Brief nie geöffnet.

Kapitel 27

ESTELLE

Grasse, März 1937.

Estelle lag wach im Bett. Von draußen hörte sie emsiges Vogelgezwitscher, das vereinzelte Rattern von Automobilen und Hufgeklapper. Es war ein herrlicher Frühlingstag, und dennoch konnte sie sich nicht dazu überwinden, die Augen zu öffnen oder das Bett zu verlassen. Am Nachmittag hatte sie einen Termin bei Mademoiselle Soucy, ihrer Schneiderin. Das Hochzeitskleid verlangte nach einer zweiten Anprobe, und dieses Mal hatte ihre Mutter es sich nicht verwehren lassen, sie zu begleiten.

Der Gedanke an Viennes abschätzige Blicke, wenn sie das Kleid sah, an dessen Entwurf sie nicht maßgeblich beteiligt gewesen war, drückte Estelle noch tiefer in ihr Kissen.

Seit Tagen lastete ein Gefühl auf ihrem Herzen, das sie nicht zuzuordnen wusste. Es war nicht der Kummer um die verlorene Liebe von Mathis, es fühlte sich anders an, schwerer, dunkler, untragbar. Jeder Handgriff raubte ihr eine Unmenge an Energie. Ihr war danach, den Termin bei der Schneiderin zu ignorieren und für den Rest des Tages hierzubleiben: in Rémis Bett, das nach seinem herben Haarwasser duftete. Und was, wenn es genau dieser Geruch war, der sie ihrer Kraft beraubte?

Das Zusammenleben mit ihrem Verlobten gestaltete sich jeden Tag anstrengender. Egal, was sie tat, es genügte ihm nicht. Sie trug das falsche Kleid, vertrat die falschen Meinungen, langweilte ihn im Bett und legte seiner Beobachtung nach täglich an Gewicht zu.

Hatte Estelle seine Launen anfangs auf die aufreibende Arbeit im Krankenhaus geschoben, so musste sie sich inzwischen eingestehen, dass es andere Gründe für seine Launenhaftigkeit gab. Sie war ihm nicht genug. Und um ehrlich zu sein, konnte sie ihm dies nicht einmal verübeln, denn schließlich reichte er ihr ja auch nicht. Sie wollte mehr, wollte Liebe, Leidenschaft, innige Verbundenheit. All das würde sie in der Ehe mit Rémi nicht finden, das wusste sie bereits. Und doch würde sie in wenigen Wochen vor den Altar treten und diesen Mann, der so unausstehlich sein konnte, heiraten. Warum nur? Warum verließ sie ihn nicht, zog wieder zu ihren Eltern und hielt Ausschau nach einer besseren Partie? War es wirklich so schwer, sich einen Fehler einzugestehen? War sie tatsächlich derart hochmütig?

Estelle atmete ein und atmete aus. Ein lautes Schluchzen riss sie aus ihrer Lähmung, und sie fragte sich, ob es von ihr kam oder von der Straße herauf durchs Fenster drang.

Mit aller Kraft stemmte sie sich aus dem Bett und schleppte sich hinüber ins Badezimmer. Der Anblick, den der großflächige Spiegel bot, war erschreckend. Wie konnte es sein, dass überhaupt irgendein Mann sich für sie interessierte? Ihre Haut war blass und fahl, und die Traurigkeit in ihren Augen schnürte ihr die Kehle zu. Das Haar, das sie im September hatte kurz schneiden lassen, war ein ganzes Stück nachgewachsen. Sie erinnerte sich an die erste Begegnung mit Mathis. Damals war sie aus dem Frisiersalon gekommen, um sich auf den Weg zu Rémi zu machen. Was genau war in diesem halben Jahr geschehen, dass sie äußerlich und innerlich all ihre Lebenslust verloren hatte? Wann hatte sie die falsche Abzweigung in ihrem Leben genommen? Und warum? Weil ihr Reichtum und Macht erstrebenswert erschienen waren? Weil ein kleiner Künstler ihr nicht gut genug gewesen war?

All die Hoffnungen, die sie einst ausgefüllt hatten, waren verschwunden und hatten sie leer zurückgelassen. Leer und leblos, so fühlte sie sich. Eine seelenlose Hülle, die nur noch vorgab, glücklich zu sein, die im Bett laut aufstöhnte, damit der Verlobte sich in seiner Männlichkeit bestätigt fühlte, die ein paar Bissen aß, um durch den Tag zu kommen, und zu viel Alkohol trank, um ihn zu überstehen.

Sie blickte sich in die Augen, sekundenlang, minutenlang, bis das Spiegelbild mit dem Rest der Welt verschwamm. Dann schloss sie die Augen und suchte in ihrem Innern nach einem Gefühl, einem Wort, einer Wahrnehmung, nach etwas, das sie an ihr altes, ausgefülltes Leben anknüpfen ließ.

Mathis! Dieser Name war alles, was ihre Seele ausspucken wollte. *Mathis,* und immer nur *Mathis!* Wäre sie diesem Mann doch nur nie begegnet! Sie wäre heute die glückliche Verlobte eines Oberarztes und könnte es kaum erwarten, ihn zu heiraten. Stattdessen schwirrten in ihrem Kopf nur die Erinnerungen an einen Künstler, an dessen Lächeln und seine zärtlichen Küsse. Erinnerungen, die sämtliche Ideale von früher ausgelöscht hatten und sie nackt und verzweifelt zurückgelassen hatten.

Ohne zu zögern, hob Estelle ihre rechte Hand und ohrfeigte sich selbst. Erst einmal, dann ein zweites Mal – ohne dabei den Blick von ihrem Spiegelbild zu nehmen. Ihre Miene veränderte sich kein bisschen, sondern blieb hart und kalt. Wie tot. Und vielleicht war sie das ja auch?

Ihre Lippen bebten, und Tränen suchten sich ihren Weg über ihre Wangen und ihren Hals.

»Ich will diesen Mann nicht heiraten!«, sagte sie zu sich selbst und spürte förmlich, dass es genau das war, was sie seit einer Ewigkeit über ihre Lippen bringen wollte.

»Ich will ihn nicht!«, wiederholte sie lauter.

»Ich will ihn nicht!« Ihre Stimme war ein Schreien, ein Kreischen, hilflos und doch bestimmt. Und ohne sich selbst kontrollieren zu können, griff ihre Hand nach Rémis Rasierwasser und warf es gegen den Spiegel, der knackend lange Risse zog. Doch anstatt erschrocken innezuhalten, ergriff sie gleich Rémis Haarwasser und schmetterte die Flasche mit aller Kraft zu Boden. Klirrend sprangen und glitten unzählige Splitter über die Fliesen. Beim Anblick des Chaos, das sie verursacht hatte, empfand sie eine gewisse Genugtuung. Leben regte sich in ihr, brachte eine heiße Flamme zum Züngeln, die nach mehr verlangte.

Estelle schob mit dem Unterarm sämtliche Utensilien vom Waschbecken. Seifen, Kamm, Rasierpinsel, einfach alles. Dann wandte sie sich um, riss Handtücher aus dem offenen Wandschrank und Kleider vom Wäschetrockner.

In ihr tobte und schrie es immer lauter, immer fordernder. Rasch eilte sie ins Schlafzimmer, schleuderte Decken und Kissen vom Bett, riss den Kleiderschrank auf und zog wahllos sämtliche Hosen, Pullover, Hemden, Krawatten und Socken aus den Fächern.

»Ich will dich nicht!«, schrie sie hysterisch, als sie seinen Hut zu Boden warf und darauf herumtrampelte, bis er flach und staubig unter ihren Füßen zurückblieb.

»Ich wollte dich nie!«, wimmerte sie leiser und spürte, wie ihre Wut langsam abflaute und ihre Gedanken sich klärten. Sie blickte durch das Schlafzimmer, als sähe sie das heillose Durcheinander zum ersten Mal. Als wäre nicht sie es gewesen, die es verursacht hatte.

Was würde Rémi sagen, wenn er heimkäme? Eine Frage, die ihr Angst einjagen sollte, die ihr aber nichts als ein schmales Lächeln auf die Lippen zeichnete. Es war ihr schlichtweg egal, wie Rémi auf ihre Zerstörungswut reagieren würde. Und es war ihr deshalb egal, weil sie es nicht miterleben würde. Wenn Rémi vom Krankenhaus käme, wäre sie längst weg.

Sie wäre weg und würde auch nicht wiederkommen. Als dieser Entschluss sich in ihren Gedanken manifestierte, war es, als löste sich etwas wie ein lautes Donnergrollen in ihr, eines, das den Himmel geklärt zurücklässt. Mit einem Mal sah sie ihn deutlich vor sich, ihren weiteren Weg. Und er führte sie direkt nach Paris. In diesem Moment spielte es keine Rolle, ob Mathis sie noch liebte oder verschmähte. Wichtig war nur, dass sie die Verlobung mit Rémi löste und alles tat, um ihre Liebe zu retten.

Hastig kramte sie in ihrem Schrank nach einer Tasche und stopfte ein paar Kleider hinein. Dann holte sie ihre Schmuckschatulle, ein paar Parfumflakons und ein wenig Kosmetik, kleidete sich an und machte sich hastig auf den Weg zu ihrem Wagen.

Sie war noch nicht weit gefahren, da entdeckte sie Vaters Hotchkiss in einer Seitengasse unweit des Krankenhauses. Neugierig nahm sie den Fuß vom Gaspedal und ließ den Wagen ausrollen. Was machte ihr Vater hier in Grasse? Oder war er mit Mutter unterwegs?

Estelle parkte ihren Wagen direkt hinter dem Hotchkiss und stieg aus. Als sie ihre Eltern weder im Fahrzeug noch auf der Straße entdeckte, entschied sie, sich wieder auf den Weg zu machen. Bestimmt war es besser, dass sie ihre Mutter nicht antraf. Die würde es im schlimmsten Fall schaffen, sie von ihrer Fahrt nach Paris abzubringen, und sie dazu überreden, Rémis Wohnung sauber zu machen, um die Verlobung zu retten. Estelles Entschluss stand fest, und doch hätte sie nicht zu behaupten gewagt, sich den Anweisungen ihrer Mutter mit letzter Sicherheit entziehen zu können.

»Estelle?«

»Manon?«

Als die Schwestern einander plötzlich gegenüberstanden, schien sich jede von beiden ertappt zu fühlen.

»Was machst du hier?«, fragte Estelle, obwohl sie zugeben musste, dass es sie eigentlich nicht sonderlich interessierte. Sie sah an Manon hinab und entdeckte, dass sie einen prall gefüllten Stoffbeutel in den Händen hielt und sich daran festkrallte, als hinge ihr Leben von dessen Inhalt ab.

»Nichts Besonderes. Und du?«, fragte Manon. Ihre hohe Stimmlage verriet, dass sie log, dass sie etwas Wichtiges zu erledigen hatte und es ihr unangenehm war, entdeckt worden zu sein.

»Ich habe es eilig«, meinte Estelle, um sich aus der beklemmenden Situation zu retten.

»Wo willst du denn hin?«, fragte Manon und warf einen Blick auf die Taschen auf der Rückbank.

Manon war klug, ihr hatte man noch nie etwas vormachen können. Aber war jetzt der richtige Augenblick, um ihr zu gestehen, dass sie recht gehabt hatte? Dass Rémi die falsche Entscheidung gewesen war? Dass ihr Herz sie nach Paris drängte, wo sie sich eine Zukunft an der Seite von Mathis erhoffte?

»Ich muss mir über einiges klar werden, und dazu brauche ich Abstand.«

»Abstand?«, wiederholte Manon skeptisch. Der Blick ihrer mandelförmigen Augen versuchte förmlich, in Estelle einzudringen.

»Geht es dir gut?«, fragte Manon überraschend fürsorglich.

Nein, hätte Estelle gerne geantwortet und sich ihrer Schwester anvertraut. Hätte ihr gerne von dem Sturm erzählt, der in ihr wütete und der Rémis Haus verwüstet hatte. Oder von der Einsamkeit, die sie bei Tag und Nacht umgab wie ein dicker Panzer, den ihre Mutter mit eigenen Händen geformt hatte. Gerne hätte sie ihr erzählt, wie sehr sie es an manchen Tagen bereute, den Weg zu ihr, ihrer Schwester, nie gefunden zu haben, und wie sehr sie befürchtete, es könnte heute zu spät sein.

»Ich habe so viele falsche Entscheidungen getroffen, dass ich Angst habe, den richtigen Weg nicht mehr zu finden«, sagte Estelle und war überrascht über ihre eigene Offenheit.

Manons Miene wurde sanfter. »Es ist nie zu spät für Veränderungen«, erwiderte sie und nahm die Hand ihrer Schwester.

Estelle konnte sich nicht erinnern, von Manon je so fürsorglich berührt worden zu sein. Es war, als ließe diese Annäherung jedes zänkische Wort und jede Geste der Abneigung zwischen ihnen schmelzen.

»Das möchte ich – mein Leben verändern«, sagte Estelle und lächelte.

»Meinst du damit auch die Verlobung mit Tessier?«, fragte Manon.

Estelle blickte in die Augen ihrer Schwester. Hatte sie bislang stets den Eindruck gehabt, Manon wäre die Größere von ihnen beiden, so empfand sie sich in diesem Moment völlig ebenbürtig mit ihr. Sie glichen sich – und das womöglich in vielerlei Hinsicht, was ihr bis heute nicht bewusst gewesen war.

»Meine Verlobung?« Estelle war nicht sicher, was sie antworten sollte. Bis vor einer Stunde hatte sie selbst nicht gewusst, dass sie sich aus dieser Verbindung lösen würde. Es nun laut auszusprechen, verunsicherte sie. Aber wer weiß, vielleicht war heute der Tag, an dem sie alte Brücken einreißen und neue aufbauen sollte.

»Ich möchte Rémi nicht mehr in meinem Leben haben«, sagte Estelle klar und deutlich und seufzte laut auf. »Ich liebe ihn nicht – habe ich nie getan. Mein Herz gehört einem anderen.«

Manon lachte auf. Ihr Gesicht strahlte dabei so hell, als wäre sie es, die die Verlobung zu dem egozentrischen, überheblichen Oberarzt löste und den Schritt in ein neues Leben wagte.

»Du liebst einen anderen?«, fragte Manon.

»Ja, und du kennst ihn sogar. Es ist Mathis Lebrun.«

»Mathis …« Manons Lippen verloren ihr Lächeln, wurden blass und schmal. »Aber Mathis … er ist …«

»Was ist mit Mathis? Was weißt du?« *Hat er eine andere, ist er verlobt, verheiratet, hasst er mich?* All diese Fragen behielt sie für sich, verschwieg sie, weil sie Angst hatte vor der niederschmetternden Wahrheit. Sie liebte Mathis, und sie wusste, dass sie ihn ungerecht behandelt hatte, ihn und seine Liebe nicht verdiente.

Aber heute war dieser besondere Tag – ein Tag des Neubeginns. Und vielleicht durfte man an solchen Tagen auf Wunder hoffen, sich fallen lassen und jede Sorge verdrängen, weil das Leben es gut mit einem meinte.

»Mathis wurde bei Ausschreitungen in Paris erschossen.« Manon flüsterte diesen Satz, so als ob er leise gesprochen an Wucht und Brutalität verlöre. Ihre Augen füllten sich mit Tränen, ganz langsam, und doch unaufhaltsam, bis sie auf die cremefarbene Bluse tropften, auf deren Stoff sie sich dunkel abzeichneten.

»Hast du mich gehört, Estelle?« Manon kam einen Schritt näher, fasste die Schwester am Oberarm – so fest, dass es schmerzte.

»Aber …« Estelle brach ab, wusste nicht, was sie sagen sollte, fand keine Worte, keine Widerrede, kein Schluchzen und kein Aufbäumen. Es war, als hätte dieser eine geflüsterte Satz ihren Kopf leer gefegt, ihn befreit von allen Gedanken, Träumen und Hoffnungen.

Hatte sie nicht eben nach Paris fahren und Mathis ihre Liebe gestehen wollen? Und nun sollte das Ziel ihrer Reise ein Grabstein sein?

»Du musst dich irren!« Estelles Ton war abschätzig, so als könnte sie Manon nicht trauen.

»Nein, leider nicht. Ein Freund von Mathis – ein gewisser Joseph – hat mir geschrieben.« Manon kramte aus ihrer Tasche einen Brief hervor und hielt ihn ihr zögernd entgegen. Ebenso zögernd griff Estelle danach. Er wog leicht in ihrer Hand, kaum mehr als eine Feder. Die Ecken des Umschlags waren abgestoßen, geknickt, von der langen Reise, von den vielen Händen, durch die er gewandert war. Vorsichtig lugte sie durch die aufgerissene Kante auf das handbeschriebene Papier. Die Schrift war schwungvoll, künstlerisch fast. Langsam entnahm sie den Bogen und entfaltete ihn.

Schon nach den ersten gelesenen Worten begannen ihre Finger

so heftig zu zittern, dass sie die Schrift kaum noch entziffern konnte.

»Soll ich dir helfen?«, fragte Manon und nahm Estelle den Brief ab.

»Liebe Manon, lieber Léandre«, begann Manon zu lesen. Ihre Stimme war gefasst, so als hätte sie den Inhalt der Nachricht bereits unzählige Male gelesen.

»Es tut mir so leid, euch heute mitteilen zu müssen, dass unser lieber Freund Mathis bei einer Kundgebung am 16. März auf tragische Weise ums Leben gekommen ist …«

16. März. Estelle überlegte, wo sie an diesem Tag gewesen war, was sie unternommen hatte. Wo hatte sie sich aufgehalten, als Mathis um sein Leben gekämpft hatte? Bei der Anprobe ihres Brautkleids? Bei einem schicken Abendessen mit Rémi? Hatte sie in der Parfümerie an Duftproben geschnuppert oder sich über Blumenarrangements für die Hochzeit den Kopf zerbrochen? Manons Stimme klang seltsam weit entrückt, war kaum mehr wahrnehmbar für Estelle. Ihre Lippen waren kalt und gefühllos. Ihre Knie schienen sie nicht länger tragen zu wollen, und auf ihren Schultern lastete ein Druck, der so viel stärker war als sie.

»Ich muss …« Estelle brach ab – erschrocken über ihre eigene Stimme, die laut in ihrem Kopf hallte. Ja, was musste sie denn? Was konnte sie jetzt noch tun? Wohin fahren, mit wem sprechen? Ihre Gedanken hatten sich vor ihrer Trauer verflüchtigt und ließen sie orientierungslos zurück.

»Komm!« Manon legte ihren Arm um Estelles Taille und führte sie zu Vaters Wagen. Fürsorglich half sie ihrer Schwester auf den Beifahrersitz und lud das Gepäck in den Kofferraum des Hotchkiss um.

»Wo soll ich denn jetzt hin?«, fragte Estelle gedankenverloren.

»Wir fahren nach Hause, dort kannst du dich am besten erholen und über deine Zukunft nachdenken.«

»Ich habe Rémis Haus verwüstet.«

»Du hast *was?*« Manon lachte schadenfroh auf.

»Dort sieht es aus wie auf einem Schlachtfeld. Ich kann nicht wieder zu ihm zurück.«

»Willst du das denn überhaupt?«

»Nein«, hauchte Estelle und beobachtete die Häuser, die an ihr vorüberzogen, als Manon den Wagen durch die Gassen lenkte. Nein, sie wollte nicht zurück zu Rémi. Aber sie wollte auch nicht zurück zu Vienne.

»Mach dir wegen Mutter keine Gedanken. Ich werde dafür sorgen, dass sie dich für ein paar Tage in Ruhe lässt. Und ich werde mich um dich kümmern.«

Ohne den Blick von der Straße zu wenden, strich Manon in sanften Bewegungen über den Oberarm ihrer Schwester, und fast war es, als nähme diese Berührung etwas von Estelles Schmerz. Sie lehnte sich zurück, und als sie die Augen schloss, war es nicht dunkel. Alles, was sie sah, war Mathis, der blutüberströmt auf einer Straße in Paris lag, schmerzgekrümmt und allein.

»Ich hätte bei ihm sein müssen«, hauchte sie und konnte nichts mehr gegen den Schmerz machen, der wie eine grollende Woge von ihr Besitz ergriff. »Ich hätte seine Hand halten und ihn trösten müssen. Bis zum Ende.«

Verzweifeltes Schluchzen zuckte durch ihren Körper, er bäumte sich auf und sackte gleich wieder zusammen.

»Alles habe ich falsch gemacht!«, wimmerte sie. »Alles. Immer.«

Manon parkte den Wagen am Straßenrand und schaute ihr tief in die Augen.

»Ich fühle deinen Schmerz!«, hauchte Manon und hatte vermutlich keine Ahnung, wie tröstlich dieser Satz für Estelle war.

Kapitel 28

MANON

Gourdon, April 1937.

»Lass mich sofort zu ihr!« Vienne tobte, ihre Stimme überschlug sich, ihr Gesicht färbte sich tiefrot. Manon rechnete beinahe damit, dass ihre Mutter die Krallen ausfuhr wie ein Drache, der sie mit einem Hieb niederzustrecken vermochte.

»Mutter, sei leise! Estelle braucht Ruhe!«, versuchte Manon, sie zu beschwichtigen, und bewegte sich nicht einen Schritt von Estelles Zimmertür weg. Sie würde hier stehen bleiben, bis Vienne verstanden hatte, dass sie ihre jüngere Tochter im Moment nicht sprechen konnte.

»Seit wann interessierst du dich denn für die Bedürfnisse deiner Schwester«, spuckte Vienne ihr förmlich ins Gesicht. »Noch vor ein paar Tagen wäre dir nicht im Geringsten daran gelegen, wenn sie im Straßengraben liegend um Hilfe gebettelt hätte.«

»Was für eine maßlose Übertreibung!« Manon rollte mit den Augen und verschränkte die Arme vor der Brust. »Die Einzige, der daran gelegen war, einen Pflock zwischen uns zu treiben, warst du. Aber diese Zeiten sind vorbei.« Manon wunderte sich über ihren eigenen Tonfall. Noch nie zuvor hatte sie es gewagt, sich derart ihrer Mutter entgegenzustellen. Aber Estelle brauchte Hilfe, und sie, Manon, würde sie ihr nicht verweigern. Sie würde für sie da sein, sie trösten, umarmen, ihre Tränen trocknen und ihr zuhören. Sie würde versuchen, all die Jahre gutzumachen, in denen sie ihre Schwester ignoriert und oft sogar verachtet hatte. Heute glaubte Manon zu wissen, dass ihre Sichtweise sehr einseitig gewesen war. Aber sie hoffte auch, dass nun der Zeitpunkt gekommen war, um die Kluft zwischen ihr und Estelle zu schließen und einen Neuanfang zu wagen.

»Gib ihr einfach Zeit, *maman!* Wenn sie so weit ist, wird sie dir die Tür öffnen, glaub mir«, versuchte Manon es in versöhnlichem Ton. Wer weiß, vielleicht war die Zeit gekommen, um auch mit der Mutter Frieden zu schließen und den Gram und die Distanz der vergangenen Jahre hinter sich zu lassen.

»Was für ein Unsinn!« Viennes Stimme war wie ein bedrohliches Gewitter, das Knurren eines bissigen Jagdhundes, das Schnauben eines wutentbrannten Bären. Sie bäumte sich auf, schien zu wachsen bis hoch zur Decke, und auf Manon herabzublicken, als wäre sie ein unbedeutender Zwerg.

Doch dann passierte etwas, womit Manon nicht gerechnet hatte: Vienne machte kehrt und verschwand im Flur.

Es dauerte eine Weile, bis sich die hitzige Atmosphäre im Haus beruhigt hatte und Manon es wagte, tief Luft in ihre Lungen zu holen. Und doch war es, als hätte sie eine Schlacht gewonnen. Und es war eine wahrhaft bedeutende Schlacht gewesen. Eine, von der sie noch ihren Enkelkindern erzählen würde. Manon lächelte und trat in Estelles Zimmer.

»Wie geht es dir?« Beim Anblick ihrer auf dem Bett kauernden Schwester schien ihr diese Frage überflüssig, und doch wünschte sie sich eine Antwort, die Hoffnung auf Besserung ihres Zustands erlaubte.

»Danke«, antwortete Estelle, ohne detailliert auf die Frage einzugehen. »Ich fühle mich kraftlos und müde.«

»Natürlich tust du das.« Manon setzte sich an die Bettkante und strich über Estelles Arm. Ihre Haut fühlte sich dünn an wie Papier.

»Ich werde jetzt zu Léandre gehen, aber wenn du noch etwas brauchst …?«

»Geh ruhig«, sagte Estelle matt und schloss die Augen.

»Oder möchtest du mitkommen? Frische Luft würde dir bestimmt guttun.«

»Ein anderes Mal gerne«, meinte Estelle, ohne die Augen zu öffnen.

Als Manon sich wenig später auf den Weg zu Léandre machte, hielt sie in ihren Händen den Beutel, der gefüllt war mit Medikamenten aus dem Krankenhaus. Natürlich war ihr bewusst, dass es nicht rechtens war, die Gutmütigkeit von Dr. Soulard auszunutzen, aber wenn sie ehrlich war, hatte sie gar keine andere Wahl. Sie konnte nie wissen, wann genau die nächsten Flüchtlinge bei Léandre eintrafen und in welchem gesundheitlichen Zustand sie waren. Und war es nicht ihre Pflicht, sich bestmöglich um diese Menschen zu kümmern? Im Krankenhaus würde man den Verlust verschmerzen und vermutlich nicht einmal bemerken.

Und vermutlich war die Großzügigkeit Dr. Soulards nicht nur seiner Gutmütigkeit, sondern auch seinen Gewissensbissen geschuldet, weil er damals ihr Vertrauen missbraucht und Tessier vom kleinen Daniel erzählt hatte. Angeschwärzt hatte er sie, verraten – und damit ihre Kündigung besiegelt.

Manon glaubte zu wissen, dass Soulard seinen Verrat von damals bereute, dass er ihn wiedergutzumachen versuchte, indem er für sie, ohne es lange zu hinterfragen, die erbetenen Medikamente aus dem Krankenhaus schmuggelte und sie ihr ein paar Straßen vom Krankenhaus entfernt übergab. Gewiss hatte Dr. Soulard sich längst eine Meinung gebildet, was es mit dem Medikamentenbedarf auf sich hatte, und doch stand er ihr ohne Wenn und Aber zur Seite, wenn sie ihn brauchte.

Nur eines hatte sie bislang nicht gewagt. Aber auch dazu würde sie sich in naher Zukunft durchringen müssen: Sie würde Dr. Soulard bitten, ihr als Arzt zur Seite zu stehen, wenn sie eine Verletzung nicht mehr allein zu versorgen vermochte.

Oder lag sie falsch mit der Einschätzung? Was, wenn er ihre

und Léandres geheime Machenschaften doch aufdeckte und der Polizei meldete? Wohin sollten dann die Deutschen gehen, um sich zu sammeln für die nächsten Schritte ihrer Flucht? Und was würde mit ihr und Léandre passieren?

Wäre es am Ende fahrlässig, sich einem Arzt anzuvertrauen, den sie kaum kannte? Und hatte Léandre am Ende recht, wenn er behauptete, dass sie mehr in ihre eigenen Fähigkeiten vertrauen durfte? Dass sie keine ärztliche Unterstützung brauchte, sondern in der Lage war, nahezu jede Verletzung, jede Krankheit zu versorgen?

»Und was ist mit Daniel?«, hatte sie ihm entgegnet.

»Erstens ist Daniel im Krankenhaus gestorben, und zweitens hatte er ein Herzleiden, das niemand zu heilen vermocht hätte.«

Vielleicht hatte Léandre recht. Sie hielt inne, blickte hoch zu den Zweigen, die wie zur Begrüßung im Wind sachte winkten. Hier im Park verloren sich ihre Sorgen. Immer. Hier war sie in Sicherheit – umgeben von den hochgewachsenen, tief verwurzelten Bäumen, die jede Gefahr von ihr abschirmten. Hier fand sie zu sich, konnte ihre Gedanken klären und ihre Sorgen aus einer anderen Perspektive betrachten.

Es war, als gäbe es den Park gar nicht für die Vögel, Füchse und Käfer, sondern als wären die Bäume nur gepflanzt worden, um ihr einen Ort zu schenken, an dem sie Klarheit finden konnte. Einen Ort, an dem sie ihre Sorgen und ihre Ängste zurücklassen durfte. Und wie immer, wenn sie den Park verlassen hatte und die Wiese betrat, die Blick auf Léandres Gehöft bot, fühlte sie sich befreit von ihren Lasten, die ihr jeden Atemzug erschwert und auf ihren Schultern gelastet hatten.

Heute ging sie leichten Fußes über die Wiese, denn heute würde sie Ruben die Fäden ziehen und ihm erlauben, sich bald schon gemeinsam mit Ernst auf den weiteren Weg nach Marseille zu machen. Seine Wunde war gut verheilt und würde ihm keine Beschwerden mehr verursachen, da war sie völlig sicher.

Und als die beiden Deutschen sich wenig später tatsächlich auf den Weg machten, setzte sie sich gemeinsam mit Léandre auf die Stufen vor der Eingangstür und blickte den Männern hinterher. Gemächlich, so als hätten sie alle Zeit der Welt, stapften sie über die Felder, und ihre Silhouetten wurden dabei immer kleiner, bis sie schließlich ganz verschwunden waren.

»Ich kann dir gar nicht sagen, wie erleichtert ich bin«, seufzte Manon und lehnte sich an Léandres Schulter.

»Ha!«, stieß dieser aus und schmunzelte. »Niemand versteht deine Erleichterung besser als ich.«

»Ein paar Tage lang hatte ich tatsächlich Angst, dass Rubens tiefe Wunde sich entzünden könnte.«

Manon blickte zu Léandre, der in die Ferne starrte und nickte. Vermutlich hatte er Bilder von Ruben vor Augen, der sich stöhnend in seinen Laken wälzte und gegen seine Schmerzen ankämpfte. Tag für Tag hatte sie ihm Aspirin eingeflößt, seine Hand gehalten und ihm Mut zugesprochen.

Und nun waren sie weg, zogen einer Zukunft entgegen, von der sie sich Frieden erhofften.

»Denkst du, dass noch weitere Flüchtlinge zu uns kommen, nun, da Mathis …?« Manon ließ die Frage unbeendet in der Luft stehen. Sie wusste, wie sehr Léandre seinen Freund vermisste.

Mathis schien überall zu fehlen. Egal, wo sie hinging, begegnete sie der Trauer um ihn. Wenn sie an ihre Schwester dachte, verspürte sie eine gewisse Hilflosigkeit.

Léandre schien in sich gekehrt, nachdenklich. War es, weil sie Mathis zur Sprache gebracht hatte? War es ein Fehler, ihn immer wieder zu erwähnen? Nein, war es nicht. Im Gegenteil, Mathis hatte es nicht verdient, aus den Gedanken seiner Freunde ausgeschlossen zu werden. Sie würde nicht damit aufhören, über ihn zu reden. Aber was, wenn Léandre im Moment genau das brauchte?

Sie lehnte sich gegen seinen Oberarm und schmiegte ihren

Kopf an seine Schulter. Sie würde da sein für Léandre, ganz egal, welche Hilfe er in seiner Trauer benötigte. Sie würde ihm helfen, über diesen Verlust hinwegzukommen.

»Du warst unvergleichlich«, sagte Léandre und riss sie aus ihren Gedanken. »Verzeih mir, wenn ich dich das frage, aber hast du je darüber nachgedacht, Ärztin zu werden?«

»Ärztin?« Manon war plötzlich hellwach. »Wie kommst du darauf?«

»Ich habe dich beobachtet. Immer wieder. Die Behandlung, die Zuwendung, die du deinen Patienten zuteilwerden lässt, ist erstaunlich. In meinem Leben habe ich noch nicht oft die Dienste eines Arztes benötigt, aber wenn, dann waren die nicht so fürsorglich und gewissenhaft wie du.« Das Lächeln, das Léandres Gesicht erhellte, war voller Wertschätzung und ließ keinen Zweifel daran, dass er seine Worte ernst meinte.

»Ich bin nur eine kleine Krankenschwester«, erwiderte Manon und strich ihm durchs Haar.

»Bist du nicht«, versicherte Léandre und küsste sie zärtlich. »Was, wenn du zu Höherem berufen bist? Was, wenn du Medizin studieren solltest, um noch mehr Menschen heilen zu können?«

»Da gibt es einiges, was gegen ein Medizinstudium spricht.«

»Was zum Beispiel?« Sein Blick war auffordernd, was es ihr erschwerte, die wahren Beweggründe anzusprechen. Und doch musste sie es tun.

»Ich bin eine Frau.«

»Das weiß ich.«

»Frauen an Universitäten sind die Ausnahme.«

»Dann sei du die Ausnahme.«

»Das ist eine Männerdomäne, in der man mich anfeinden würde. Nein, ich bin nicht dazu geboren, um zu studieren. Ich bin genau da, wo ich mich am wohlsten fühle: bei dir!«

»Es geht nicht immer darum, das zu tun, womit man sich wohlfühlt, Manon. Manche Entscheidungen muss man treffen, weil sie richtig sind.«

»Wovon sprichst du eigentlich? Möchtest du mich loswerden?« Manon lachte. Es war kein ganz ehrliches Lachen. Vielmehr befürchtete sie, dass Léandre recht haben könnte und dass sich ihr Leben erneut verändern würde. Aber wollte sie das? Sich schon wieder verändern? Die Provence hinter sich lassen, um völlig unbekanntes Terrain zu betreten?

Sie atmete schwer auf.

»Das Leben verändert sich ständig«, sagte Léandre leise und legte seinen Arm um ihre Schulter.

»Ist es, weil du mich nicht mehr hier haben möchtest?«, fragte sie und spürte, wie ihre Unterlippe zitterte. Sie krallte sich mit beiden Händen an ihrer Stoffhose fest, um Léandres Antwort besser zu ertragen. Sie liebte diesen Mann, wollte bei ihm sein, mit ihm eine gemeinsame Zukunft aufbauen. Und doch war er es, der ihr Leben in neue Bahnen zu lenken versuchte.

»Niemals!« Seine Stimme war rau, kraftlos. »Noch nie brauchte ich jemandes Nähe so sehr wie deine.« Er griff nach ihrer Hand, drückte sie fest. »Meine Angst ist, dass du irgendwann selbst begreifst, welche Chancen du nicht ergriffen hast – *meinetwegen* nicht ergriffen hast, weil du glaubtest, der Duft von Lavendel und ein verschrobener Kerl, der mit Ziegen redet, genügten dir. Doch irgendwann wird dir das nicht mehr genügen.« Er deutete mit dem Kinn auf die Landschaft, die ausgebreitet wie ein Teppich vor ihnen lag. »Ich könnte es nicht ertragen, dir nicht mehr zu genügen«, sagte er und seufzte.

»Und deshalb hast du beschlossen, mich lieber gleich wegzuschicken?« Manon rückte ein Stück von ihm ab. »Wie lange möchtest du mir diese Frage schon stellen?«

»Eine ganze Weile schon. Versprichst du mir, darüber nachzudenken?«

Manons Arme und Beine füllten sich mit einer seltsamen Schwere. Seit einer Ewigkeit hatte sie darauf gewartet, dass Léandre ihr eine andere Frage stellte. Dass er ihr einen Heiratsantrag machte. Und nun musste sie ihm versprechen, darüber nachzudenken, ihn zu verlassen? Alles, was sie wollte, war hierzubleiben. Bei ihm. Oder etwa nicht? Sie war nicht der Mensch, der in eine große Stadt zog, um an einer Universität zu studieren.

Wie kam Léandre nur auf diese Idee? Und warum stellte er ihr nicht endlich die richtige Frage und bat sie, seine Frau zu werden?

»Ich muss über nichts nachdenken«, sagte sie und stand auf. »Aber vielleicht solltest du dir darüber im Klaren werden, warum du die Frau, die du angeblich liebst, von dir wegschiebst.« Mit diesen Worten stieg sie die Treppen hinab und machte sich auf den Weg zur Wiese.

»Manon! Du verstehst mich völlig falsch.«

Nein, das tu ich nicht, dachte sie bei sich und tauchte mit den Füßen in das knöchelhohe Gras, das ihre Haut kühl umspielte. Vielleicht waren weder sie noch Estelle für die große Liebe gemacht. Vielleicht war es ihnen beiden vorherbestimmt, einen anderen Weg zu gehen. Weiter, als jede Ehefrau es könnte. Und ja, womöglich hatte Léandre recht und ihr Schicksal war es, Ärztin zu werden und Leben zu retten. Sie dachte an die vielen Fachbücher in ihrem Zimmer. Aus welchem Grund hätte sie jedes Einzelne von ihnen gelesen, wenn nicht mit dem Hintergedanken, das Wissen eines Tages in ihr Leben zu integrieren – als Ärztin?

Manon hielt inne, drehte sich um und blickte hinab zum kleinen Gehöft, das sich in der Frühlingssonne zu rekeln schien. Was würde aus ihr werden, wenn dieser Weg nicht mehr zu ihrem Leben gehörte?

Manon zwang sich, derartige Gedanken abzuschütteln. Nur weil Léandre diese Idee in ihren Kopf gepflanzt hatte, musste sie sie nicht weiterspinnen.

Léandre. Was war wohl der Grund dafür, dass er sie mit diesem Vorschlag konfrontierte? Er liebte sie … zumindest war sie bis eben fest davon überzeugt gewesen. Er wollte nur ihr Bestes, da war sie sicher. Und vermutlich war es genauso, wie er gesagt hatte: Er hatte Angst, dass sie eines Tages bereute, nicht mehr aus sich gemacht zu haben.

Alles, was sie demnach tun musste, war, ihn davon zu überzeugen, dass sie nach Gourdon gehörte und es keinen Platz gab, an dem sie glücklicher sein konnte. Sie brauchte kein Studium, um sich und der Welt etwas zu beweisen.

Warum nur fiel es ihr mit jedem Schritt schwerer, selbst daran zu glauben? Und warum tauchten mit einem Mal Bilder vor ihrem inneren Auge auf – Bilder von Hörsälen, von Büchern, über denen sie nächtelang brütete, von einem Universitätsgelände, das geradezu einlud, ihr Wissen zu bereichern? Und dann war da noch dieses Bild von ihr in einem weißen Arztkittel.

Was hatte Léandre nur angerichtet? Es wäre so viel einfacher gewesen, wenn er seine Gedanken verschwiegen und ihr den Traum vom Glück zwischen Kräutern und Lavendel gelassen hätte.

Kapitel 29

ESTELLE

Gourdon, April 1937.

Es ist noch nicht zu spät, deine Verlobung zu retten!« Mutter ging in Estelles Zimmer aufgeregt auf und ab, starrte mal hoch zur Decke, dann wieder hinab auf ihre Schuhspitzen. Meistens allerdings bedachte sie ihre Tochter mit Blicken, die sich tief in ihr Gewissen bohren sollten. Schließlich hatte sie die vielversprechende Verbindung mit dem Oberarzt abgebrochen, hatte ihn verlassen und sich wieder im Elternhaus eingenistet.

Estelle saß auf ihrem Bett. Heute war der erste Tag, an dem sie die Kraft gefunden hatte, um in ein Kleid zu schlüpfen und sich für den Tag zurechtzumachen. Sie wollte nach Grasse fahren, um bei ihrer Schneiderin das Hochzeitskleid abzuholen und zu bezahlen. Ein Kleid, das sie nun nie tragen würde.

Doch vorher musste sie Mutters Vorwürfe über sich ergehen lassen, die dazu führen sollten, dass sie, Estelle, sich noch heute auf den Weg machte, um Rémi auf Knien um eine zweite Chance anzuflehen. Aber das würde nicht geschehen. Sie wusste das. Nur Mutter wollte um jeden Preis an ihrem Traum von der Arzthochzeit festhalten und glaubte, mit genügend Druck an ihr Ziel zu gelangen.

»Zieh dich hübsch an, leg etwas Lippenstift auf, steck den Verlobungsring an und frisier dich. Und dann machen wir uns auf den Weg nach Grasse. Zuerst versuchen wir es bei seiner Villa, und falls er nicht dort ist, fahren wir zum Krankenhaus. Wichtig ist, dass wir handeln und nicht noch mehr Zeit verstreichen lassen.«

Noch mehr Zeit verstreichen lassen. Für Estelle konnte gar nicht genug Zeit zwischen heute und dem Tag liegen, an dem sie Rémis Haus verwüstet und den Entschluss gefasst hatte, ihn zu verlassen. Es war der Tag gewesen, an dem sie von Mathis' Tod erfahren hatte. Ein Tag, den sie zu vergessen versuchte. Oder etwa nicht? War es wichtig, ihn als Mahnmal aufrechtzuerhalten? Sich daran zu erinnern, dass sie nie wieder zurückkehren wollte in die Oberflächlichkeit, die sich noch bis vor wenigen Wochen in jede Hautpore und an jeden ihrer Gedanken gekrallt hatte wie eine Harpune? Sie fühlte sich wie eine Süchtige, die nie mehr Hand an ihr Rauschmittel legen wollte, um den klaren Blick, den sie erlangt hatte, nicht wieder einzubüßen.

Und vermutlich war es an der Zeit, endlich für sich einzustehen, Stellung zu beziehen für ihr Leben und ihre Zukunftsträume.

Estelle wandte den Blick von ihrer Mutter ab und ließ ihn über den orientalischen Teppich wandern. Dabei verlor sie sich in den Ornamenten, die ineinander verschlungen ein endloses Ganzes bildeten.

»Nein, *maman,* ich werde nicht mit dir nach Grasse fahren. Rémi gehört nicht mehr zu meinem Leben«, hauchte sie, ohne dabei das farbenfrohe Blütenmuster aus den Augen zu lassen.

»Was redest du!«, fauchte Vienne. »Sieh dich an. Du bist am Boden zerstört. Egal, was Rémi getan hat, ich sehe doch, dass du ihn vermisst. Wir bekommen das wieder hin, Schatz!«

»Nein, tun wir nicht«, erwiderte Estelle und erhob sich von der Bettkante. Ohne weiter auf das Gezeter ihrer Mutter Rücksicht zu nehmen, griff sie nach ihrer Handtasche und ihrem zweireihigen Mantel aus dünner Baumwolle und machte sich auf den Weg zu ihrem Wagen.

Wie gut es doch tat, sich aus Viennes Fängen zu befreien und mit ihrem Cabriolet die Serpentinen hinunter nach Grasse zu fahren. Die angenehmen Temperaturen erlaubten ein geöffnetes Verdeck, der Fahrtwind strich ihr ungezähmt durchs Haar, und die Sonne wärmte ihr Gemüt. Fast glaubte sie, ein Lächeln in ihrem Gesicht zu spüren. Was für ein herrlicher Tag. Viel zu schön, um ihn an die letzte Anprobe des Hochzeitskleides zu verschwenden. Natürlich war es inzwischen egal, ob das Kleid perfekt saß oder nicht. Sie würde es nie tragen. Dennoch war sie es Mademoiselle Soucy schuldig, die Anprobe ordnungsgemäß durchzuführen und ihr für die gewissenhafte Arbeit ausreichend Lob und Honorar zukommen zu lassen.

Es fühlte sich seltsam an, diesen Termin wahrzunehmen, nun, da es keine Hochzeit geben würde. Trotzdem versuchte Estelle, sich ein Lächeln abzuringen, als sie das Atelier betrat und der Duft von Wolle und Seide sie umfing.

»Sie sehen heute blass aus, wenn ich das sagen darf«, meinte die Schneiderin nach einer kurzen Begrüßung. Sie nahm Estelle den Mantel ab und hängte ihn ordentlich über eine der leeren Schneiderpuppen, die wie stille Beobachterinnen im Raum standen. Einige waren großbusig, üppig und breitschultrig, andere so schmal, dass man an ihnen die Hemden für Knaben anprobieren konnte.

»Tja, die letzten Wochen waren sehr anstrengend«, antwortete Estelle vage und kniff sich die Wangen, um ihnen die gewünschte Farbe zu entlocken.

»So geht es allen Bräuten. Die vielen Vorbereitungen können einem schon mal über den Kopf wachsen, nicht wahr? Vergessen Sie dabei nur nicht, dass es der schönste Tag in Ihrem Leben werden soll.« Mademoiselle Soucy legte die Hand auf Estelles und ließ sie unerwartet lange dort verweilen. Estelle wich Mademoiselle Soucys Blick aus. Sie schaffte es nicht, sich einzugestehen, wie sehr sie die Nähe zu dieser Frau genoss.

»Es wird keine Hochzeit geben«, sagte Estelle und musste zugeben, dass diese Tatsache sich immer besser anfühlte, je öfter sie sie laut aussprach. Sie rief sich nur noch selten das aalglatte Gesicht von Rémi in Erinnerung, sie verdrängte es, ließ es verblassen, wollte sich nicht mehr mit ihm und seinen Beleidigungen auseinandersetzen. Sie hatte ihn abgestreift wie eine Schlange ihre zu eng gewordene Haut und war weitergezogen, ohne sich darum zu kümmern, wo er verblieb und wie er mit seinem gekränkten Stolz umging.

»Das tut mir sehr leid«, meinte Mademoiselle Soucy und legte ihre sonst so makellose, milchig weiße Haut an der Stirn in tiefe Falten.

Estelle hätte gerne gesagt, dass es ihr nicht leidzutun brauchte, dass die Trennung ihr eigener Wunsch gewesen war. Aber eigentlich wünschte sie sich nichts sehnlicher, als sich auch Mademoiselle Soucys Gegenwart zu entziehen. Sie wollte nicht länger in dem Atelier verweilen, in dem sie alles an ihre unglückliche Wahl erinnerte. Hier drinnen roch es förmlich nach ihrer aufgeregten Hochzeitsplanung, nach ihren Träumen von Reisen und teuren Opernbesuchen an Rémis Seite.

Und sosehr sie sonst die Nähe zu dieser Frau genossen hatte, sosehr erkannte sie heute, dass Mademoiselle Soucy zu dem Teil ihrer Vergangenheit gehörte, den sie hinter sich gelassen hatte. So oft hatte sie sich gefragt, wie ein Kuss dieser vollen Lippen schmecken würde, doch heute war es ihr egal. Die einzigen Lippen, nach denen sie sich sehnte, waren die von Mathis – und die waren für immer unerreichbar fern.

»Ich möchte das Kleid nicht mehr anprobieren«, sagte sie, um das Geschäft so rasch wie möglich abzuwickeln. »Ich bezahle Ihre Arbeit und die Materialien, aber wenn Sie gestatten, lasse ich das Kleid hier.«

»Sie wollen es nicht mitnehmen?« Mademoiselle Soucy trat einen Schritt an sie heran, streckte erneut ihre Hand nach ihr aus. Doch dieses Mal wich Estelle zurück und ließ keine weitere Berührung zu.

»Also gut«, meinte die Schneiderin und zog ihre Hand zurück. Die zwei Frauen standen einander gegenüber, beide in ihre Gedanken versunken. Estelle fragte sich, ob Camille an den Kuss dachte, den sie sich nie gegeben hatten? Oder war sie die Einzige, die in manchen einsamen Augenblicken von dieser Nähe geträumt hatte?

Als sie wenig später die Tür des Ateliers öffnete und über ihr die Capiz-Muscheln aufgeregt klirrten, konnte sie Camilles Blick förmlich in ihrem Nacken spüren. Dennoch wandte sie sich nicht um, sondern verließ zielgerichtet das Geschäft und marschierte zurück zu ihrem Wagen. Hier in Grasse gab es nichts mehr, das sie noch hielt. Doch wo genau zog ihr Herz sie hin? Sie fühlte sich heimatlos, verloren. Der einzige Mensch, der ihr im Augenblick Sicherheit geben konnte, war ihre Schwester.

Estelle lachte kurz auf. Manon. Niemals hätte sie damit gerechnet, in ihr eine Verbündete zu finden. Eine Vertraute. Jemand, an dessen Schulter sie sich anlehnen konnte.

Als sie auf der gegenüberliegenden Straßenseite Rémi unter den Passanten erkannte, erstarrte sie. Natürlich hatte sie damit rechnen müssen, ihn in Grasse anzutreffen, insgeheim hatte sie dennoch gehofft, er wäre zu dieser Tageszeit im Krankenhaus. Und nun stand er keine zehn Meter von ihr entfernt und starrte in das Auslagenfenster eines Juweliers. Estelle versuchte, seine Körperhaltung zu deuten. Hingen seine Schultern etwa? Wirkte er verzagt, mutlos? Sollte sie zu ihm gehen, ihn ansprechen, oder sich besser umdrehen, ehe er sie entdeckte?

Wie würde er auf sie reagieren? Würde er ihr zornig begegnen? Verdient hätte sie es, schließlich hatte sie sein Zuhause verwüstet und ihn wortlos verlassen. Keine Abschiedsworte, keine Erklärung, kein Brief, kein Anruf, sie war aus seinem Leben verschwunden und nicht wiedergekehrt. Bestimmt war er völlig durcheinander gewesen, als er das Chaos in seinem Haus entdeckt hatte. Womöglich hatte er einen Einbruch vermutet und sich um sie gesorgt. Wie lange hatte er wohl gewartet, ehe er zu verstehen begann, dass sie nicht wiederkam? Bestimmt hatte er ihre letzten Gespräche immer und immer wieder bis ins Detail zerlegt, um herauszufinden, wann sie damit begonnen hatte, sich von ihm zu entfernen. In Gedanken sah sie ihn, wie er die Kleidungsstücke wieder in den Schrank räumte, das Bett ordentlich machte und die Scherben im Bad entsorgte. Beinahe empfand Estelle Mitleid für ihn. Es war nicht alles schlecht gewesen an der Beziehung mit Rémi, er hatte sie auch zum Lachen gebracht, sie verwöhnt und ihr die Welt zeigen wollen. Hatte sie überreagiert? Nein, hatte sie nicht. Gut, seinen Flakon mit dem teuren Rasierwasser zu zerschmettern, mochte unnötig gewesen sein, aber ihn zu verlassen, war die einzig richtige Entscheidung gewesen. Gewiss hätten sie ein paar akzeptable Monate oder gar Jahre miteinander verbracht, aber irgendwann hätten sie einander nur noch geduldet und sich wenig später abgrundtief gehasst.

Sollte sie zu ihm gehen? Sich verabschieden und entschuldigen? Oder war es dafür zu spät? Hatte am Ende die Zeit schon alles für sie geregelt und sie würde nur unnötig bereits verheilte Wunden bei ihm aufreißen? Estelle verharrte, starrte Rémi auf den Hinterkopf, als könne sie so seine Gedanken lesen, seine Gefühle erspüren. Und noch bevor sie sich die Frage beantwortet hatte, ob sie ihn ansprechen sollte oder nicht, wandte er sich zu ihr um. Ihrer beider Blicke trafen sich, verhakten sich ineinander, taxierten die Gefühlslage des jeweils anderen. Rémi verharrte auf seiner Straßenseite, Estelle auf ihrer. Sekunden verstrichen und verstrichen doch nicht. Die Zeit schien stillzustehen, und doch eilte das Leben der anderen an ihnen vorüber. Estelle wollte einen Fuß vor den anderen setzen, schaffte es aber nicht. Und dann, ehe sie sich aus ihrer Starre befreit hatte, löste Rémi sich aus den Verschlingungen ihrer Blicke und ging. Ohne ihr noch einmal Beachtung zu schenken, marschierte er geradewegs an ihr vorbei, dabei nahm er keine

Rücksicht auf Passanten. Das Kinn hochgereckt, der Mund verbissen – das war das letzte Bild von ihm, das sie einfangen konnte. So würde sie ihn in Erinnerung behalten und sich jeden Tag zu ihrer Entscheidung beglückwünschen. An der Seite dieses Mannes hätte sie ihr Glück nicht gefunden.

Er war längst in der Menschenmenge verschwunden, da machte auch sie sich weiter auf den Weg zu ihrem Wagen. Ein wenig war sie erleichtert über dieses unerwartete Wiedersehen. Eines Tages hatte es ja kommen müssen. Warum dann nicht heute, an dem Tag, an dem sie auch ihr Hochzeitskleid im Atelier zurückgelassen hatte?

Zielsicher lenkte sie ihr Cabriolet nach Gourdon. Allerdings bog sie nicht zum elterlichen Anwesen ab, sondern fuhr zu Léandres Gehöft. Die Zufahrtsstraße war schmal und mit Gras überwuchert. Vermutlich verirrte sich nicht oft jemand hierher. Zu beiden Seiten des Weges wuchsen Korkeichen, die ihr mit ihrem knorrigen Geäst die Richtung zu weisen schienen. Kurz vor ihrem Ziel parkte sie den Wagen, um das letzte Stück des Weges zu Fuß zu gehen. Sie hatte Zeit, nichts drängte sie. Und wer weiß, vielleicht fand sie im Gesang der Vögel und im Flüstern des Laubes die innere Ruhe, die sie so sehr vermisste.

Ihr Schuhwerk war nicht passend für einen Spaziergang über einen Wiesenpfad, doch daran störte sie sich nicht. Es gab Schlimmeres als etwas Erde an den Sohlen. Sie erlaubte sich, ihre Gedanken zu Mathis reisen zu lassen. Hier unter den Bäumen, die schon viele Generationen überdauert hatten, schien ihr der Kreislauf des Lebens völlig natürlich. Man musste sich nur treiben lassen und nicht gegen den Sog ankämpfen, dann tat es nicht so weh.

Estelle legte eine Hand auf die Brust und fühlte das stete Schlagen ihres Herzens. Gleichmäßig, verlässlich, immerzu.

»Du musst ihn loslassen«, flüsterte sie zu sich selbst und schloss die Augen. »Wir haben es beide verdient, frei zu sein.« Ihre schmerzende Kehle sagte ihr, dass noch ein langer Weg vor ihr lag, bis sie Mathis endgültig loslassen könnte. Aber Estelle würde keine Umwege mehr gehen, sondern ihr Schicksal annehmen, auch wenn das bedeutete, den Rest ihrer Tage an einer Liebe festzuhalten, die nicht hatte sein sollen.

»Estelle? Was machst du denn hier?«, fragte Manon verdutzt.

Ohne es zu bemerken, war sie bei Léandres Haus angekommen. Es war überraschend klein, machte aber einen gepflegten Eindruck.

»Ich wusste nicht, wo ich sonst hingehen soll«, antwortete Estelle ehrlich. »Mutter ertrage ich heute nicht mehr. Aber wenn ich dich störe, kann ich wieder gehen.« Estelle hob beschwichtigend die Hände. Nichts wollte sie weniger, als ihrer Schwester zur Last zu fallen.

»Unsinn, du kannst bleiben. Ich hatte nur nicht mit dir gerechnet. Wir sind hier nicht an Besucher gewöhnt.«

Manon blickte über Estelles Schulter, so als wolle sie sich vergewissern, dass ihre Schwester allein gekommen war.

»Aber wenn du schon hier bist, möchte ich dir etwas zeigen.« Manon fasste sie an der Hand und marschierte gemeinsam mit ihr los.

»Wo gehen wir hin?«, fragte Estelle und musste sich eingestehen, dass die Art, wie Manon sie hinter sich herzog, nicht den Eindruck einer Hausbesichtigung machte. Sie steuerten geradewegs den Schuppen hinter dem Wohnhaus an.

»Was ich dir jetzt zeige, muss unbedingt unter uns bleiben, hörst du?« Manons Miene war eindringlich, und ihr erhobener Zeigefinger unterstrich den Ernst der Situation.

»Wovon sprichst du eigentlich?«

»Versprich mir, dass alles, was du jetzt sehen wirst, unter uns bleibt. Für immer!«

Estelle schüttelte verwirrt den Kopf. Sie konnte sich nicht annähernd vorstellen, welches Geheimnis das unscheinbare Gehöft von Léandre bergen konnte.

»Du weißt, dass Léandre und Mathis Freunde waren, nicht wahr?«

Estelle nickte.

»Du würdest Mathis' Erbe niemals zerstören, hab ich recht?«

»Wovon sprichst du?«

Manon zögerte, schien immer noch abzuwägen, ob ihre Schwester vertrauenswürdig war.

»Ich schwöre, dass jedes deiner Geheimnisse bei mir sicher ist!«

»Also gut.« Mit diesen Worten wandte sie sich ab und öffnete die Tür zum Schuppen. In Estelles Fingern erwachte ein Kribbeln, das sie daran erinnerte, dass sie immer noch lebte. Ihr Herz hüpfte vor Aufregung, als sie auf Zehenspitzen stehend einen Blick ins Innere des Gebäudes zu erhaschen versuchte.

Als das Tor offen stand und Manon sie anwies, einzutreten, atmete sie tief durch und folgte ihrer Schwester. Im Inneren angekommen, brauchten ihre Augen eine Weile, um sich an die veränderten Lichtverhältnisse zu gewöhnen. Und dann sah sie sie. Kinder. Auf ihren klapprigen Feldbetten liegend oder sitzend. An ein staubiges Kuscheltier geklammert oder schlafend. Das Haar struppig, die Gesichter voller Furcht.

»Wer sind die?« Estelle erschrak über ihre eigene schrille Stimme und legte eine Hand auf die Lippen.

»Was sind das für Kinder?«, wiederholte sie ihre Frage nun leiser und hielt dabei Blickkontakt mit einem honigblonden Mädchen. »Wo kommen sie her, und was machen sie hier?«

»Das sind Gela, Samuel, Zilla und ihre Mutter Gisela. Der Vater der Kinder ist Jude, weswegen die Eltern beschlossen haben, Deutschland zu verlassen. Auf der Flucht wurde die Familie unglücklicherweise getrennt, weshalb nun weder die Mutter noch eines der Kinder über Papiere verfügt. In Frankreich können sie also nicht bleiben und befinden sich auf der Durchreise.«

»Aber …« Estelle erinnerte sich, dass Mathis von einem deutschen Kind erzählt hatte, das gestorben war. Daniel. Sie war der Meinung gewesen, dass er nur diesem einen Kind, dieser einen Familie zur Flucht nach Portugal verholfen hatte. Aber scheinbar hatte sie sich geirrt.

»Mathis war Teil einer Hilfsorganisation, die sich für jüdische Flüchtlinge einsetzt. Er war es, der immer wieder dafür gesorgt hat, dass etliche von ihnen auf ihrer Durchreise zu uns kommen. Wir versorgen sie mit Medikamenten und Proviant, bevor sie sich auf die Weiterreise nach Marseille machen. Manchmal sind sie erschöpft oder krank, dann bleiben sie, bis sie wieder bei Kräften sind.«

»Und du …?«

»Ja, ich versorge sie medizinisch, wenn nötig.«

Estelle fühlte, wie erneut Tränen ihre Augen füllten. Wie sehr sie sich doch für ihre Schwäche hasste. Sie wollte stark sein und ihr Schicksal mit Würde tragen. Aber zu erfahren, dass Mathis sich für heimatlose Kinder eingesetzt hatte, dass er sich um sie gesorgt, sich für sie verantwortlich gefühlt hatte, erfüllte sie mit tiefer Traurigkeit. Warum nur musste ausgerechnet dieser anbetungswürdige Mensch sterben? Das hatte er nicht verdient!

»Warum weihst du mich in euer Geheimnis ein?«, fragte Estelle und putzte wenig damenhaft mit dem Handrücken ihre Nase.

»Weil wir Hilfe brauchen …«, antwortete Manon prompt, »… und du einen neuen Lebensinhalt.«

»Aber ich kann kein Blut sehen oder Erbrochenes.« Angewidert hielt Estelle eine Hand vor den Mund und schüttelte vehement den Kopf.

»Das weiß ich doch!« Manon lachte und gab ihr einen sanften Schubs gegen die Schulter. »Ich kann mich noch erinnern, wie eines unserer Kätzchen die soeben getrunkene Milch auf mein Bett gespuckt hat. Damals hast du …«

»Hör bloß auf!«, rief Estelle aus und erinnerte sich bildlich daran, dass sie ihren gesamten Mageninhalt neben den des Kätzchens ergossen hatte. Das Dienstmädchen hatte sie beide fluchend auf ihre Zimmer geschickt, und Vienne hatte ihnen strikt verboten, noch einmal Tiere ins Haus zu bringen.

»Keine Bange, niemand wird dich mit der Pflege eines Flüchtlings betrauen. Diese Aufgabe liegt bei mir.«

»Aber?«, fragte Estelle und fing erneut den Blick des Mädchens auf, das auf seinem Bett saß und die Decke bis hoch zur Nase gezogen hatte.

»Wir brauchen eine verlässliche Person, die Kinder und Frauen von Paris her zu uns begleitet. Die Fahrt mit dem Zug ist inzwischen zu gefährlich und der Fußweg zu beschwerlich. Du besitzt einen Wagen. Für dich wäre es ein Leichtes, Kinder und deren Mütter zu uns zu bringen.«

»Von Paris zu euch?« Estelle konnte den Gedanken nicht fassen. Das alles war zu viel für den Moment. Noch nie zuvor hatte sie Verantwortung für das Leben anderer übernommen. Für Manon war das eine Selbstverständlichkeit. Sie hatte sich seit ihrer Kindheit für Menschen aufgeopfert, ohne zu hinterfragen, welchen Sinn es hatte.

»Ja, von Paris zu uns nach Gourdon. Niemand zwingt dich, aber es wäre schön, wenn du darüber nachdenkst.«

Manon brauchte sie. Noch nie zuvor hatte irgendjemand sie gebraucht – außer einmal, aber diesen Menschen hatte sie von sich gestoßen. Das würde ihr kein zweites Mal passieren, schwor sie sich und sah sich in Gedanken bereits hinter ihrem Lenkrad sitzen, auf der Rückbank eine Handvoll Kinder, die auf ihre Hilfe angewiesen waren.

»Ich lasse dich nicht im Stich, versprochen«, hauchte Estelle und fühlte sich von ihrer eigenen Entscheidung berührt. War es das, weshalb Manon sich für andere Menschen opferte? Dieses warme Gefühl im Brustkorb, das einen zu Freudentränen rührte und einen ein Stück weit den Sinn des Lebens erfassen ließ?

Manon lächelte, strahlte und griff nach ihrer Hand. Für einen Moment hatte Estelle den Eindruck, sie und ihre Schwester bildeten eine Einheit. Sie sah auf ihre Hände und konnte nicht mit Sicherheit sagen, wo ihre Haut endete und die von Manon begann.

Als sie sich in die Augen blickten, fasste Estelle diesen einen Gedanken, der weich und warm war und sie mit Liebe und Geborgenheit erfüllte …

Wir sind Schwestern!

Kapitel 30

MANON

Gourdon, April 1937.

Bist du aufgeregt?«, fragte Manon, als sie ihre Schwester dabei beobachtete, wie sie ein paar Habseligkeiten in eine kleine Reisetasche packte.

»Ja, ganz fürchterlich«, antwortete sie, und doch strahlte sie wie schon lange nicht mehr.

»Es wird alles gut gehen. Du hältst dich an den Plan, den wir besprochen haben, ja?«

»Wenn ich die Nacht durchfahre, müsste ich morgen früh in Paris sein.«

»Versprich mir, ausreichend Pausen zu machen, ja?« Manon umarmte ihre Schwester. Plötzlich war sie nicht mehr sicher, ob es richtig war, sie allein auf die weite Reise zu schicken. Was, wenn ihr etwas zustieße? Wenn sie einen Unfall erlitt oder überfallen wurde?

»Ich werde genügend Pausen machen, mir die Beine vertreten und Kaffee aus der Thermosflasche trinken.« Estelle lachte und griff nach der leicht verbeulten Flasche von Léandre.

»Soll ich dich lieber begleiten?«, fragte Manon besorgt.

»Nein, niemals. Du hast deinen Auftrag zu erfüllen und ich meinen.«

Estelle hatte recht. Spätestens übermorgen würde auch sie sich auf den Weg machen und die drei Kinder mit ihrer Mutter Gisela nach Marseille bringen. Alles war für die Überfahrt nach Portugal geplant, eine Änderung des Plans war unmöglich. Dieses Mal würde sie einiges anders machen als bei ihrer ersten Fahrt mit

Christel und den vier Kindern. Sie würde keine Übernachtung in Marseille einplanen, sondern direkt zum Treffpunkt fahren.

Sie dachte an Annie und daran, wie schmählich sie sie verraten hatte. Tatsächlich hatte Annie ihr noch einen Brief geschrieben, in dem sie sich entschuldigt hatte. Doch Manon hatte ihn unbeantwortet in eine Schublade gelegt. Vielleicht würde die Zeit kommen, in der sie über ihren Schatten springen und der früheren Freundin verzeihen konnte, doch dieser Tag lag wohl noch in weiter Ferne.

»Worüber denkst du nach?«, fragte Estelle ihre Schwester und verschloss die Reisetasche.

»Nichts. Mir ist nur eben ein Satz eingefallen, den Großmutter kurz vor ihrem Tod zu mir gesagt hat. Sie meinte, ich solle nicht traurig sein, wenn ein Mensch aus meinem Leben verschwindet, weil der lediglich Platz macht für einen neuen.«

»Das hat sie gesagt? Hatte sie denn recht?«

»In diesem Fall ja«, antwortete Manon und gestand sich ein, dass die Verbindung zu Estelle viel tiefer war als die zu Annie früher, und wie gut es war, dass ihre Schwester die angebliche Freundin abgelöst hatte.

»Das ist schön.« Estelle lächelte wehmütig.

»Ja, denn das bedeutet, dass auf dich ebenfalls irgendwo ein Mensch wartet.«

»Ja, bestimmt.« Estelles Stimme klang tränenerstickt, und Manon bereute es, den Verlust von Mathis angesprochen zu haben.

»Komm, ich helfe dir«, sagte Manon und griff nach der Reisetasche, um sie zum Wagen zu tragen.

»Versprichst du mir auch etwas?«, fragte Estelle, nachdem sie das Gepäck auf der Rückbank verstaut hatte.

»Kommt darauf an …«, meinte Manon und stemmte ihre Hände in die Taille. Es fühlte sich nach wie vor seltsam an, derart vertraut mit ihrer Schwester zu reden, obwohl sie einander doch das ganze Leben aus dem Weg gegangen waren. Und immer wieder, wenn Estelle ihr zulächelte, war es, als könnte das Lächeln unmöglich ihr gelten.

»Kümmere dich nicht immer nur um andere Menschen, sondern auch um dich selbst.«

»Wie meinst du das?« Manon legte ihren Kopf schief und kniff ihre Augen zu.

»Vergiss deine eigenen Träume nicht. Und sag jetzt nicht, dass du deinen Traum lebst, denn das stimmt nicht. Ich kenne dich dein ganzes Leben lang, und niemals hast du etwas von einer Lavendelfarm erzählt, auf der du dich krumm arbeiten möchtest. Dein Traum liegt dort oben auf deinem Zimmer in Form von unzähligen medizinischen Fachbüchern.« Estelle zeigte mit dem Finger hoch zu Manons Fenster. »Du bist vielleicht eine gute Krankenschwester, aber als Ärztin wärst du herausragend, das weiß ich! Du solltest überlegen, ob es nicht an der Zeit wäre, deine geheimsten Träume zu erfüllen.«

Ohne auf Antwort zu warten, drückte Estelle ihrer Schwester einen Kuss auf die Wange und stieg in ihren Wagen.

Manon stand in der Einfahrt, der Abendwind frischte die Temperaturen auf, und die untergehende Sonne tauchte die Baumwipfel des Parks in rotgoldenes Licht. Estelles Wagen war schon längst aus ihrem Blickfeld verschwunden, da stand Manon noch immer vor ihrem Elternhaus und starrte auf das weit geöffnete schmiedeeiserne Tor am Ende der Einfahrt, das sie beinahe aufforderte, hinaus in die weite Welt zu spazieren.

War es Zufall, dass man sie nun bereits das zweite Mal auf ihren angeblich schon ewig gehegten Traum von einem Medizinstudium hinwies? Erst Léandre und nun Estelle. Warum nur waren die beiden der Meinung, sie in eine Richtung drängen zu müssen, in der sie sich nicht ernsthaft sah. Oder etwa doch? Hatten sie recht und sie hatte sich die unzähligen Wälzer nur gekauft und gelesen, weil sie insgeheim gewusst hatte, dass ihr Herz eines Tages nach mehr verlangte als dem Beruf der Krankenschwester?

Manon verdrängte den Gedanken und machte sich auf den Weg zu Léandre. Seit ihrer Auseinandersetzung vor einigen Tagen hatten sie noch keine Zeit für ein klärendes Gespräch gehabt. Aber heute würde sie ihn darum bitten. Sie würde sich bei ihm entschuldigen, weil sie ihn mit Vorwürfen überhäuft hatte – und das, obwohl er es gewiss nur gut mit ihr gemeint hatte. Sie musste ihm die Angst nehmen, dass er ihr nicht genug sein könnte, dann würde alles wieder wie vorher werden.

Zielstrebig marschierte sie die Wiese hinab und bemerkte erst nach einer Weile, dass ihre Schritte immer langsamer wurden, bis sie schließlich ganz innehielt.

Eine unangenehme Unruhe ergriff von ihr Besitz, ein Gefühl, dass sie es war, die nicht genügte. Zwei der Menschen, die ihr nahestanden, hatten ihr innerhalb weniger Tage eröffnet, dass sie ihren Traum leben solle. Was, wenn sie beide recht hatten? Sie liebte die Medizin und hatte sich bis zu ihrer Entlassung aus dem Krankenhaus nichts Erfüllenderes vorstellen können, als Menschen zu pflegen, zu umsorgen, zu heilen.

Im *Hôpital de Vincent* hatte man ihr den Beruf der Krankenschwester verwehrt. Und vielleicht war das allein schon ein Wegweiser gewesen, den sie nicht hatte erkennen wollen. Aber nun hatte sie ihre Augen geöffnet.

Das Gras wogte im Wind und umspielte ihre Waden. Manon lachte leise auf. Was war das Leben doch für eine Wonne. Gleich heute würde sie Léandre in die Arme schließen und ihm für seine Aufmerksamkeit danken. Sie würde ihm versprechen, wenigstens über die Möglichkeit eines Medizinstudiums nachzudenken, und sie würden gemeinsam überlegen, welche Änderungen das für ihre Beziehung brächte. Vermutlich würden sie einander nur noch alle paar Wochen sehen, aber auch das würden sie schaffen.

Sie gehörten zusammen und würden zueinanderstehen, voller Liebe und Vertrauen.

Wenig später betrat sie Léandres Haus und traf ihn in der Küche an, wo er gemeinsam mit den Kindern Abendessen zubereitete. Die Mädchen saßen am Esstisch und schnitten Salat und rote Zwiebeln, während Samuel Butterbrote schmierte. Léandre holte Teller aus der Kommode und pfiff dabei ein lebhaftes Chanson.

Als er sie sah, lächelte er, stellte das Geschirr beiseite und kam auf sie zu. Wortlos umarmte er sie und küsste sie innig.

»Wie geht es dir?«, fragte er und machte den Eindruck, als wäre zwischen ihnen längst alles in Ordnung.

»Gut«, antwortete sie und strich mit ihrem Daumen über sein stoppeliges Kinn. »Ich möchte mit dir reden, sobald du Zeit hast.«

»Jederzeit. Jetzt!«, meinte er. Seine Hände lagen warm auf ihrer Taille, und sein Blick sagte, dass er zu ihr gehörte. Immer. »Ich möchte auch mit dir reden.«

»So, möchtest du das?«, fragte sie neckisch und schmiegte sich an seine Schulter.

»Ja. Ich wollte …« Er trat einen Schritt von ihr zurück und umfasste sanft ihre Oberarme. »Es tut mir leid, dass ich dich mit meiner irrsinnigen Idee eines Medizinstudiums überrumpelt habe.«

»Irrsinnig?«, fragte Manon und schluckte schwer.

»Ja, ich weiß doch, dass du in Gourdon daheim bist, dass du hierhergehörst. Wir haben so viele gemeinsame Pläne geschmiedet für unser Landgut, wie konnte ich da glauben, dass du von einem Studium in Paris träumst.«

»*Unser* Landgut?«

»Ja, unser …«, meinte Léandre und streichelte ihr über die Wange. »Ich weiß, ich hätte dich längst fragen sollen, aber aus verschiedenen Gründen habe ich es nicht geschafft. Aber heute, heute schaffe ich es.«

Manon blickte zu den Kindern, die neben ihr am Esstisch das

Gemüse schnitten und weder auf das Gespräch der Erwachsenen erpicht waren noch überhaupt ein Wort davon verstanden. Sie blickte hinaus zu den Ästen der Platanen, die durch das Fenster winkten. Sie starrte auf ihre Schuhspitzen, die von der feuchten Wiese schmutzig waren.

»Manon?«

Sie hob den Kopf und blickte in Léandres Augen. Sie wusste, dass es kein Entkommen gab. Sie musste sich seiner Frage stellen, auch wenn sie alles in den Hintergrund rücken würde, was ihr auf dem Weg hierher durch den Kopf gegangen ist.

»Ich war ein Dummkopf. Verzeih, dass ich dir unterstellt habe, hier nicht glücklich zu sein.« Er griff nach ihrer Hand und strich über ihre Fingerknöchel. »Möchtest du mich heiraten und endlich hier bei mir einziehen? Für immer?«

In Manons Kopf überschlugen sich die Gedanken. Natürlich wollte sie ihn heiraten und hier leben. Sie liebte ihn, alles an ihm. Und ja, sie liebte ihn so sehr, dass sie die aufkeimenden Träume von einem Medizinstudium unterdrücken, oder vielleicht sogar für immer vergessen konnte.

»Ja«, antwortete sie etwas weniger überschwänglich, als Léandre womöglich erwartet hatte. »Ja«, wiederholte sie, umarmte ihn und sog dabei seinen herben Duft tief in sich ein. Den Duft, den sie jeden einzelnen Tag ihres Lebens um sich haben wollte.

Kapitel 31

ESTELLE

Paris, April 1937.

Rue Norvins 18. Estelle hätte nicht sagen können, wie lange sie bereits auf das Türschild des dreistöckigen Wohnhauses starrte. Ihre Augen brannten, und die weiße Schrift verschwamm immer wieder.

Natürlich war Estelle bewusst, dass sie nach Paris gekommen war, um an genau diese Tür zu klopfen, aber nun, da es so weit war, versuchte eine innere Stimme, ihr einzuflüstern, dass sie es nicht schaffte, dass sie zurück nach Gourdon fahren und sich in ihrem Zimmer verkriechen solle.

Erschöpft von der langen Fahrt, war sie versucht, dieser Stimme nachzugeben. Aber die Vorstellung, wie Manon reagieren würde, wenn sie unverrichteter Dinge wieder zurückkäme, hinderte sie an ihrem Vorhaben.

»Also gut«, flüsterte sie und stieg aus ihrem Cabriolet aus. Ihr Rücken schmerzte vom langen Sitzen, und ihr Rock hatte sich in einem Meer aus Falten aufgelöst. Aber das spielte keine Rolle, weder für sie noch für die Menschen, die sie gleich treffen würde.

Schleppend langsam trat sie durch die Eingangstür und stieg die Treppen in die zweite Etage hoch.

Mathis Lebrun – Cecile Merle stand auf einem verblichenen Schild an einer Tür. Estelle strich mit der Fingerkuppe über die geschwungenen Buchstaben und fragte sich, ob es Mathis' Handschrift war.

Nachdem sie zögerlich an der Tür geklopft hatte, war ihr bewusst, dass es nun kein Zurück mehr gab und sie in wenigen

Augenblicken Mathis' Wohnung betreten würde. Umfangen von seinem Duft, seinen Erinnerungen, seinem Leben. Im Schrank hingen seine Hemden, und in der Küchenkommode wäre das Geschirr verwahrt, aus dem er gegessen und getrunken hatte. Im Bad stünden sein Rasierpinsel und im Flur seine Schuhe. Mathis wäre so greifbar, dass ihr Herz erneut daran zerbräche.

Trotzdem hob sie ihre Hand und pochte erneut an die Tür. Während sie wartete, war ihr, als erstarrte ihr gesamter Körper zu Stein. Bewegungslos und unfähig zu atmen, verharrte sie im muffigen Treppenhaus und lauschte den Geräuschen aus den verschiedenen Wohnungen.

Erst als sich Schritte der Tür näherten und jemand von innen aufschloss, schaffte sie einen tiefen Atemzug.

»Estelle?«, fragte eine junge Frau und streckte ihren auffallend sehnigen Arm nach ihr aus. Natürlich, Mathis hatte erzählt, dass sie Tänzerin im Varieté war. Grazil und schlank stand Cecile vor ihr und taxierte sie unauffällig und schnell. Bestimmt hatte Mathis nach seiner Rückkehr von seiner unerfüllten Liebe berichtet. Von ihr, Estelle, die ihn herzlos verlassen hatte. Und nun würden alle sie hassen.

»Ja«, erwiderte Estelle und griff nach Ceciles Hand.

»Wie schön, dass du da bist. Wir haben bereits auf dich gewartet. Komm!« Nichts an dem, was Cecile sagte oder tat, wirkte vorwurfsvoll. Das Gegenteil war der Fall. Die Begrüßung war herzlich und machte es Estelle leicht, sich willkommen zu fühlen.

»Wie war die Fahrt?«, fragte Cecile, während sie Estelle aus dem Mantel half.

»Lange«, antwortete Estelle gedehnt und lachte. Tatsächlich hatte sie nicht damit gerechnet, die Strecke von Gourdon bis Paris mit nur einer einzigen Pause hinter sich zu bringen. Die leeren Straßen waren neben den vielen Gedanken, die sich in ihrem Kopf getummelt hatten, treue Begleiter gewesen.

»Komm! In der Küche wartet frischer Kaffee auf dich!« Cecile huschte leichtfüßig durch den Flur und verschwand durch eine Tür.

Langsam folgte Estelle ihr. Sie ließ sich Zeit und verschaffte sich einen Überblick. An den Wänden hingen wenige Malereien. Ob die von Mathis waren oder von befreundeten Künstlern? Die Dielen unter ihren Füßen knarrten bei jedem Tritt, und Estelle fragte sich, wie oft Mathis genau dieses Knarren gehört hatte. Mit geschlossenen Augen setzte sie einen Fuß vor den anderen und versuchte dabei, Mathis' Schritten nachzufühlen. Sie stellte sich vor, dass er direkt vor ihr durch den Flur ging, ihr über seine Schulter hinweg zuzwinkerte, sie an der Hand nahm, um gemeinsam mit ihr in sein Schlafzimmer zu gehen. Sie sah es förmlich vor sich, dieses schelmische Lächeln, das jeden trüben Gedanken auszulöschen vermochte.

In der Küche angekommen, fand sie Cecile vor, die dampfenden Kaffee in eine Tasse goss und für sie bereitstellte. Zwei Männer saßen bereits am Tisch, erhoben sich aber, als Estelle den Raum betrat, schüttelten ihr die Hand, stellten sich als Joseph und Benoît vor und boten ihr einen Stuhl an.

Immer wieder drifteten Estelles Gedanken ab, flatterten durch den Raum, suchten nach etwas, das eine Verbindung zu Mathis aufbaute, etwas, das sie berühren konnte, um sich ihm nah zu fühlen.

»Wie schön, dass du kommen konntest. Léandre sagte, du würdest mit deinem Wagen den Transport von Kindern nach Marseille übernehmen?«

»Ja, genauso ist es.« Estelle riss sich von ihren Gedanken an Mathis los und holte sich selbst zurück in die Küche, an den Esstisch, an dem drei Augenpaare auf sie gerichtet waren und auf ihre Antwort warteten. Sie richtete sich auf und hob das Kinn an. »Ich bin hier, weil ich helfen möchte.«

»Gut«, sagte Joseph und nickte anerkennend.

»Morgen am Abend geht es los. Zwei Geschwister müssen dringend raus aus Paris.«

»Wie alt sind sie?«, fragte Estelle.

»Das Mädchen ist vier Jahre alt und der Junge gerade mal fünf Tage.« Joseph kräuselte die Lippen und hielt die Luft an.

»*Tage?*« Estelle verschluckte sich am heißen Kaffee. »Tage?«, wiederholte sie ungläubig.

»Ja«, meinte Benoît, dessen Haar auffallend blond war. Seine Augenbrauen und sein Bartwuchs hingegen schimmerten rötlich. »Die Mutter ist schwanger mit der Tochter geflüchtet. Wenige Stunden nach der Geburt ist sie gestorben.« Benoît klang abgeklärt, so als berührte ihn das Schicksal der Kinder nicht. Und vielleicht war es auch tatsächlich so.

»Entschuldigt, dass ich frage, aber wie soll ich mit einem kleinen Mädchen und einem Neugeborenen alleine durch Frankreich fahren?« Estelle nahm wieder am Esstisch Platz und blickte fragend in die Runde. Anfangs ging sie noch davon aus, dass man ihr einen ausgeklügelten Plan offenbarte, dass man lachte und sie aufklärte, dass selbstverständlich eine Begleitperson die Pflege für das Neugeborene übernahm, aber die drei schwiegen und wichen ihren Blicken aus.

»Warum können die Kinder nicht hier in Paris bleiben?«, fragte Estelle. Benoît bedachte sie mit einem Blick, der ihre Intelligenz in Zweifel zu ziehen schien.

»Ich weiß, es liegt an den fehlenden Papieren«, fuhr Estelle fort. »Aber in diesem außergewöhnlichen Fall sollte man doch eine Ausnahme machen, oder etwa nicht?«

»Die Kinder sind hier nicht in Sicherheit. Es gibt niemanden, der sich ihrer annimmt, und in ein Waisenhaus können wir sie wohl kaum bringen, oder? Das Mädchen spricht kein Französisch und wäre schneller wieder in Deutschland, als sie nach ihrer toten

Mutter rufen kann.« Estelle war erschrocken über die gefühlskalte Art, mit der Benoît von den Waisen sprach.

»Soll ich jede Stunde haltmachen, um dem Kind die Brust zu geben?«, erwiderte Estelle ebenso roh. Vielleicht drang sie zu Benoît nur durch, wenn sie seine Sprache teilte.

»Wir haben ein Fläschchen besorgt, mit dem man das Neugeborene füttern kann. Und es gibt Milchpulver, das mit Wasser angerührt wird und eine vollwertige Mahlzeit ergibt«, erklärte Cecile und versuchte, beruhigend ihre Hand auf die von Estelle zu legen. Doch die zog ihren Arm zurück. Sie war nicht bereit für eine solche Berührung. Das ganze Vorhaben erschien ihr mit einem Mal völlig verrückt. Wie sollte sie ein Neugeborenes ohne Hilfe eine Strecke von beinahe tausend Kilometern transportieren?

»Das ist doch irre!«, rief sie aus und erhob sich so rasch vom Tisch, dass ihr Sessel umkippte.

»Ja, das ist es«, stimmte Cecile ihr zu. »Aber es sind Kinder, die unsere Hilfe brauchen. Und wir hatten gehofft, dass du diejenige bist, die das schafft.«

Cecile stand auf und stellte den Stuhl wieder an den Tisch. Dabei wirkte sie völlig ruhig, so als glaubte sie, mit ihrer Besonnenheit etwas an Estelles Entscheidung ändern zu können.

»Mathis hat an dich geglaubt, weißt du?« Ceciles Stimme war kaum mehr als Flüstern.

»Das ist es also«, sagte Estelle. »Das Wundermittel, mit dem du denkst, mich herumzukriegen.«

Die Blicke der Männer wanderten zwischen Cecile und Estelle hin und her, so als schlügen die beiden eine Schlacht, deren Ausgang sie auf keinen Fall verpassen wollten.

»Nicht ich bin es, die ein Wunder braucht, sondern die Kinder«, meinte Cecile und blickte ihr unbeirrt in die Augen.

»Und es gibt niemanden, der mich begleiten kann?«

»Nein, wir werden hier gebraucht.«

Estelle atmete tief durch und sah aus dem Fenster. Während der Fahrt nach Paris hatte sie davon geträumt, Mathis' Heimat kennenzulernen, die Plätze aufzusuchen, von denen er ihr erzählt hatte, sich ihm nahe zu fühlen an all den Orten, die sie eigentlich mit ihm gemeinsam bewundern hätte sollen. Und nun verlangte man von ihr, dass sie auf all das verzichtete, dass sie ihre Wünsche hintanstellte und dem Wohl der Kinder den Vorzug gab.

»Also gut. Ich versuche es.« Estelle nickte den dreien zu, blickte in ihre erleichterten Mienen. In die Augen, in die auch Mathis unzählige Male gesehen hatte. Völlig unerwartet erfüllte sie eine tiefe Verbindung zu ihm. Nun, da sie Teil seiner Bewegung war, etwas riskierte und das Leben fremder Kinder schützte.

Ein tiefer Seufzer erlöste sie von dem unendlichen Druck, der sich in den letzten Wochen in ihrem Brustkorb aufgebaut hatte. Laut entfuhr er ihrer Kehle und schien den gesamten Raum auszufüllen. Was in Estelle zurückblieb, war eine Leichtigkeit, die ihr Tränen in die Augen trieb. Es war wie ein schwerer Umhang auf ihren Schultern, der sie zu Boden gedrückt hatte und den man ihr nun endlich abgenommen hatte.

Hatte sie bis vor wenigen Minuten noch geglaubt, nur an Mathis' Lieblingsplätzen ihre Trauer stillen zu können, so wurde sie nun eines Besseren belehrt. Der Trost kam in Gestalt von zwei hilflosen Kindern.

»Wo sind sie?«, fragte Estelle. *Ich muss sie in die Arme schließen, ihnen sagen, dass ich sie beschützen und für sie da sein werde.*

»Sie sind bei meiner Mutter. Komm!« Joseph erhob sich von seinem Stuhl und baute sich zu seiner stattlichen Größe auf.

Wenige Minuten später holperte Estelles Wagen über das Kopfsteinpflaster der Rue Norvis. Ihr Rücken beschwerte sich über die erneute Fahrt mit dem Cabriolet, ihre Augen waren müde, und ihre Hände wollten das Lenkrad nicht länger halten.

»Es ist nicht weit«, meinte Joseph, der ihre Erschöpfung zu bemerken schien. »Du kannst dich bei uns ausruhen, schlafen und essen, bevor du morgen Abend aufbrichst.«

Estelle nickte und konzentrierte sich auf die Straße, die sich eng durch den Montmartre schlängelte. Zu Estelles Bedauern verließen sie die Innenstadt auf direktem Weg, und so bekam sie nicht einmal den Eiffelturm zu sehen.

Aber das würde sie ganz bald nachholen, nahm sie sich vor und sah sich in Gedanken bereits durch den Triumphbogen in Richtung Eiffelturm schlendern. Die Sonne würde ihr ins Gesicht scheinen und ihr ein Lächeln auf die Lippen zaubern. Sie würde jeden Baum, jede Straße, jedes Haus inhalieren und eins werden mit der Stadt, die Mathis so sehr am Herzen gelegen hatte. Sie würde an ihn zurückdenken und dabei kaum noch Schmerz empfinden, weil alles eine Wendung zum Guten genommen hatte. Sie würde immer wieder den Kopf in den Nacken legen und die Augen schließen, weil die Stadt zu kostbar war, um sie unentwegt in sich aufsaugen zu können. Sie würde lachen und dankbar sein für alles, was das Schicksal ihr geschenkt und genommen hatte. Und sie würde immer wieder über die Schulter blicken, in der Hoffnung, Mathis stünde hinter ihr und zwinkerte ihr breit grinsend zu.

Kapitel 32

MANON

Gourdon, April 1937.

Manon machte die Betten, in denen noch vor wenigen Tagen Gela, Samuel, Zilla und ihre Mutter Gisela geschlafen hatten. Die Laken rochen frisch nach Lavendelseife und waren bereit für die nächsten Ankömmlinge. Sie schüttelte die Kissen auf und strich die Decken glatt. Alles sollte ordentlich sein, wenn Estelle käme.

In Josephs Telegramm vom Vortag hatte gestanden, dass sie bereits auf dem Weg war. Demnach sollte sie eigentlich schon hier sein.

»Wo bleibst du nur?«, fragte sie in den Raum hinein und blickte durch den Türspalt nach draußen in den Hof. Nervös knabberte sie an ihren Nägeln und begann, die Betten von Neuem aufzuschütteln und glatt zu streichen. Seit Stunden wiederholte sie diesen Vorgang, und das, obwohl bereits nach dem ersten Mal jede Zudecke faltenfrei gewesen war.

Die Sorge um ihre jüngere Schwester zerfraß sie innerlich. Beim nächsten Mal würde sie Estelle begleiten und sie nicht wieder allein auf die weite Reise nach Paris schicken. Und ein nächstes Mal würde es geben, wenn sie den Berichten in Vaters Zeitungen Glauben schenken wollte. Immer mehr deutsche Juden strömten in die Nachbarländer oder kehrten Europa gänzlich den Rücken, um sich eine Zukunft in Amerika, Kanada, Brasilien oder Argentinien aufzubauen.

Wie groß die Welt geworden war. Bis vor Kurzem hatte es für Manon nur ihre Heimat Gourdon und das Krankenhaus in Grasse gegeben. Und nun transportierte sie deutsche Juden nach Marseille, wo sie Fähren bestiegen, um wenig später eins zu werden mit dem Horizont.

Draußen hörte sie Schritte. Bestimmt Léandre, der sich nach der harten Arbeit auf den Kräuterfeldern eine kleine Pause gönnte. Die Schritte wurden lauter, knirschten im Kiesel, nur um dann wieder leiser zu werden. Als Manon die Haustür am gegenüberliegenden Ende des Innenhofes knarren hörte, atmete sie erleichtert aus.

Im nächsten Augenblick war da dieser schmerzhaft stechende Kloß in ihrer Kehle, der ihr seit Léandres Heiratsantrag immer wieder Beschwerden bereitete. Es war, als hätte ihr dieser Antrag etwas geraubt, von dem sie noch nicht wusste, was es war und wie sie es zurückerlangen konnte.

Der einzige Weg war, mit Léandre zu reden. Er war der Mensch, der ihr am nächsten stand und sie in allem unterstützen würde. Es war nicht gerecht von ihr, ihm aus dem Weg zu gehen, das wusste sie. Bestimmt empfand er ihr Schweigen als unerträglich.

Aber was genau würde sie ihm erzählen? Dass der Wunsch nach einem Medizinstudium immer lauter wurde? So laut, dass er in manchen Momenten das Zirpen der Zikaden übertönte?

Ihr Platz war hier bei Léandre, und doch war da diese unübertreffliche Neugierde, die jeden ihrer Gedanken für sich beanspruchte und ihn umrankte wie wilder Efeu.

Manon wusste, dass sie ihren Frieden schließen musste, dass sie das Thema abhaken sollte. Schließlich war sie zu alt, um eine Universität zu besuchen.

Die lauter werdenden Schritte von Léandre rissen sie aus ihren Gedanken. Rasch machte sie sich bei einem der Betten zu schaffen, um möglichst emsig zu wirken, wenn er den Schuppen betrat.

»Sollen wir reden?«, fragte er, als er direkt hinter ihr stand. Seine Stimme klang betreten, war voller Sorge und Angst.

»Wir müssen nicht heiraten«, meinte er, ohne Manons Antwort abzuwarten. »Das war eine dumme Idee. Ich wollte dich nicht bedrängen.«

Seine Miene wirkte hilflos, betrübt, so als glaubte er seine Beziehung mit ihr längst verloren.

»Es war nicht der Heiratsantrag«, sagte sie, obwohl es nicht die Wahrheit war. »Zumindest nicht nur.«

»Was dann?«, fragte Léandre und trat einen Schritt an sie heran. Manon konnte fühlen, wie gerne er seine Hände nach ihr ausgestreckt hätte, und doch bewegte er sich nicht.

»Du hast etwas in mir ins Rollen gebracht, von dem ich nicht weiß, wie ich es wieder bremsen soll.«

»Was meinst du?« Nun streckte er doch seine Hand nach ihrer aus und umfasste sie vorsichtig.

»Was, wenn ich tatsächlich Ärztin werden möchte?« Manons Stimme zitterte unkontrollierbar.

»Das … das ist ganz wunderbar! Ich würde dich unterstützen. Immer. Das weißt du doch!« Léandre strahlte, so als wären mit Manons Eingeständnis alle Probleme gelöst.

»Deshalb warst du in den letzten Tagen so verhalten und bist mir aus dem Weg gegangen?«, fragte er und lächelte wehmütig.

»Das ist nicht so einfach. Wir wollten doch heiraten.«

»Ich bin mir sicher, wir schaffen beides. Wir beginnen mit der Hochzeit und arbeiten uns dann hoch zum Studium.« Er küsste sie auf die Nasenspitze. Obwohl er lachte, war seine Anspannung zu spüren, und Manon wünschte sich nichts sehnlicher, als sie ihm abnehmen zu können.

»Du möchtest nicht mehr heiraten, habe ich recht?«, fragte er und trat einen Schritt zurück.

»Doch«, sagte sie und meinte es so. Natürlich wollte sie seine Frau werden. Kein anderer Mann könnte je ihr Herz so berühren wie Léandre.

»Aber …?«

»Ich habe Angst, nicht beidem gerecht werden zu können. Wenn ich mich auf das Medizinstudium einlasse, dann werde ich jede Minute lernen müssen. Aber an meinen freien Tagen sollte ich doch auch zu dir nach Gourdon fahren und Zeit mit dir verbringen. Ich habe einfach Angst, dass ich immer etwas vernachlässigen werde. Entweder dich oder das Studium.« Erst jetzt bemerkte Manon, dass sie schluchzte und Tränen ihre Sicht trübten. Mit dem Handrücken wischte sie sich über ihre Wangen und die Nase.

»Du glaubst, immer alles perfekt machen zu müssen. Aber ich wäre auch mit weniger ausgekommen. Mir hätte es genügt, dich ab und zu hier bei mir zu haben und dich zu bekochen, zu verwöhnen, während du die Nase in deine Bücher steckst. Für dich hätte ich alles getan.« Léandre blickte auf die leeren Betten hinter ihnen.

»Hätte?«, fragte Manon und fühlte wieder dieses schmerzhafte Stechen in ihrer Kehle.

»Vielleicht ist es dir selbst nicht aufgefallen, aber in jedem deiner Sätze schwang die Entscheidung mit, die du bereits für dich getroffen hast.«

»Nein, ich habe noch gar nichts entschieden.« Manon biss sich auf die Unterlippe.

»Ich bin dir nicht böse. Alles, was ich für dich möchte, ist, dass du glücklich bist. Und zu wissen, dass du eines Tages durch ein Krankenhaus schreitest, einen weißen Kittel trägst und Leben rettest, das genügt mir vollkommen, glaub mir.« Léandre trat noch einen Schritt zurück, dann noch einen. Immer weiter entfernte er sich von ihr. Selbst wenn sie den Arm ausstreckte, könnte sie ihn nicht mehr berühren. Die Distanz zwischen ihnen war zu schmerzhaft, sie brannte und war doch eiskalt.

»Verlass mich nicht! Wir finden eine Lösung! Ich brauche dich!«

»Geh nach Paris, das ist deine Bestimmung. Und sieh nicht zurück, nicht wegen mir. Ich schaffe das schon.« Mit diesen Worten verschwand er durch den Türspalt. Manon lauschte seinen Schritten, die immer leiser wurden, bis sie ganz verklungen waren.

Sie drehte sich um und starrte auf die ordentlich gemachten Betten, während ihr Herz zerbrach. Und doch wusste sie, dass sie Léandre nicht nachlaufen würde, weil er recht hatte.

»Es geht nicht immer darum, das zu tun, womit man sich wohlfühlt, Manon. Manche Entscheidungen muss man treffen, weil sie richtig sind.« Diese Worte hatte Léandre vor Kurzem zu ihr gesagt. Damals hatte sie sie nur noch nicht verstanden.

Kapitel 33

ESTELLE

Gourdon, April 1937.

Vor dem schmiedeeisernen Tor des elterlichen Anwesens hielt Estelle ihren Wagen an. Sie konnte immer noch nicht fassen, dass sie diese Reise tatsächlich hinter sich gebracht hatte. Sie blickte über die Schulter auf die Rückbank, wo die kleine Judith, an die Wagentür gelehnt, schlief. In einem geflochtenen Korb daneben lag ihr Bruder Jacob, der sich ausnahmsweise ruhig verhielt.

Was war das für eine Fahrt gewesen! Wenn Jacob endlich satt und müde gewesen war, dann hatte Judith Bauchschmerzen bekommen oder weinte, weil sie ihre Mutter vermisste. In manchen Momenten war Estelle so weit gewesen, die Kinder einfach am Straßenrand abzusetzen und sich allein auf den Heimweg zu machen. In den Wahnsinn hatten sie sie getrieben mit ihrem Geschrei nach Milch oder nach einer Umarmung der Mutter. Auf Nebenstraßen war sie stehen geblieben, um das Milchpulver für Jacob anzurühren und um Judith zu helfen, ihre Notdurft zu verrichten. Sie, Estelle, die sich weiß Gott nie für Kinder interessiert hatte. Die waren nur laut und klebrig. Und nun hatte sie zwei davon in ihrem Wagen und fühlte sich so erleichtert wie noch nie zuvor in ihrem Leben. Ein Lächeln erhellte ihr Gesicht, verdrängte den erschöpften Ausdruck, die Kraftlosigkeit und den Rest ihrer Angst.

Sie hatte geschafft, was sie nie für möglich gehalten hätte. Dennoch kam es ihr völlig irrsinnig vor, sich allein mit den zwei Kindern auf den Weg gemacht zu haben. Was hatte sie sich nur dabei gedacht? Hatte sie bei den Freunden von Mathis Eindruck machen wollen? Ihr Herz begann bei dem Gedanken an die zurückgelegte Fahrt zu rasen. In den letzten beiden Tagen und Nächten war sie Retterin gewesen, Krankenschwester, Mutter und Chauffeurin in einer Person.

Was Manon wohl sagen würde, wenn sie ihr die Kinder präsentierte und ihr die verrückte Geschichte einer viel zu langen Fahrt erzählte? Bestimmt waren Léandre und ihre Schwester in Sorge, weil sie sich derart verspätet hatte. Aber wenn man die vielen Pausen bedachte, die es gebraucht hatte, um Judith oder Jacob zu beruhigen und satt zu bekommen, dann war sie eigentlich zufrieden mit ihrem Tempo.

Und natürlich war Estelle bewusst, dass sie die Kinder zu Léandres Hof bringen sollte, aber etwas in ihr sagte, dass sie diesen Plan ändern musste. Es war Irrsinn gewesen, die zwei Kleinen der Strapaze auszusetzen. Kinder brauchten Ruhe und Geborgenheit und keine harte Rückbank, auf der sie ohne Unterlass durchgeschüttelt wurden. Und diese Geborgenheit wollte sie den beiden jetzt zuteilwerden lassen. Sie sollten sich ausruhen können in einem weichen Bett, den versäumten Schlaf nachholen, bemuttert werden. Sie wollte mit Judith singen, ihr ein Stofftier schenken und Macarons kaufen. Und mit Jacob würde sie durch den Park spazieren, ihn auf dem Arm wiegen und an sich schmiegen.

Doch eines würde sie ganz bestimmt nicht tun: die beiden nach Marseille bringen, wo man sie auf eine Fähre verfrachtete und in ein weiteres fremdes Land brachte.

»Ihr bleibt bei mir!«, sagte Estelle entschieden und war selbst total verblüfft über die getroffene Entscheidung. Aber ja, es fühlte sich gut an. Es fühlte sich richtig an. Kinder brauchten ein Zuhause, brauchten Eltern. Judith und Jacob hatten beides verloren. Und vermutlich war sie, Estelle, nicht der ideale Mensch, um die entstandenen Lücken im Leben der Kinder zu füllen. Aber sie war hier, und sie würde ihr Möglichstes tun, um Judith und Jacob eine Heimat zu sein.

Womöglich war die Idee aus ihrer Trauer um Mathis heraus entstanden, dennoch würde sie daran festhalten. Was, wenn Manon recht hatte und jeder Mensch, der aus ihrem Leben verschwand, Platz machte für einen anderen? Und in diesem Fall wären es sogar zwei.

Estelle schüttelte den Kopf. Sie war verrückt, so viel war ihr klar. Was ihre Mutter wohl sagen würde? Erst ließ sie die Verlobung mit Rémi platzen, und dann brachte sie ihr fremde Kinder ins Haus? Insgeheim hoffte sie auf die Hilfe ihres Vaters, wenn es darum ging, die Vormundschaft für die beiden zu erhalten. Für sie als unverheiratete Frau würde es gewiss nicht einfach werden, aber sie war hartnäckig und würde sich von keiner Hürde abschrecken lassen. Alles war möglich, wenn man nur daran festhielt. Sie hatte ihr ganzes Leben im Schatten anderer gelebt, hatte geglaubt, einen wohlhabenden Mann zu brauchen, um jemand zu sein, aber das war jetzt vorbei. Wenn Mathis ihr etwas gezeigt hatte, dann, dass sie sehr wohl jemand war und sie für sich einstehen durfte.

Beim Blick auf die Rückbank überfiel sie ein warmes Prickeln. Sie erkannte sich selbst nicht wieder. Noch nie zuvor hatte sie so für jemanden empfunden. Da war diese unendlich große Sorge, die sie bis in alle Poren ausfüllte und sie nicht ruhen ließ, sie vorantrieb und hoffen ließ, dass Judith und Jacob nichts Böses widerfuhr.

Wie gerne hätte sie die Mutter der beiden kennengelernt, ihr in die Augen gesehen und ihr die Hand gegeben, um das Versprechen zu besiegeln, dass sie sich ihrer Kinder annehmen würde. Und obwohl sie dieser Frau nie begegnet war, spürte sie eine tiefe Verbundenheit zu ihr. Bestimmt waren ihre letzten Minuten von Angst geprägt gewesen, dass ihre Kinder schutzlos einem fremden Land und fremden Menschen ausgeliefert waren. Wie gerne hätte sie ihr diese Bedenken genommen.

Und wie gerne würde sie Mathis gegenübertreten und sich bei

ihm bedanken, weil er es gewesen war, der diesen Wandel in ihr vollzogen hatte.

»*Nein, meine Schöne, das warst du selbst*«, würde er sagen und sie zart auf die Stirn küssen.

»Fahren wir nach Hause!«, flüsterte sie und ließ ihren Wagen anrollen. Groß und mächtig thronte das Elternhaus vor ihr, und doch hatte es etwas von seinem Schrecken eingebüßt. Vienne hatte ihr ein Leben lang zu vermitteln versucht, dass sie erst zufrieden sein konnte, wenn sie selbst ein so prächtiges Haus ihr Eigen nennen durfte. Heute wusste sie es besser. Es war egal, wo sie wohnte. Wichtig war, wer bei ihr war.

Was würde sie dafür geben, wenn sie gemeinsam mit Mathis und Cecile in ihrer viel zu kleinen Wohnung am Montmartre leben dürfte. Sie würden sich ständig auf die Füße treten und hätten zu dritt kaum Platz in der Küche. Eng aneinandergedrängt, würde Mathis jede Gelegenheit nutzen, um sie zu berühren, ihren Hals mit Küssen zu überschütten und sie an sich zu drücken. Sie würde lachen und sich jedem einzelnen Kuss hingeben. Glücklich wäre sie, grenzenlos glücklich …

Mit einer flinken Handbewegung wischte sie sich die Tränen aus dem Gesicht. Sie hatte jetzt keine Zeit mehr für ihre Verzweiflung. Sie musste stark sein, für Judith und Jacob und für sich selbst. Ihr Leben war nicht vorbei. Es gab so vieles, das vor ihr lag. Sie würde aus dem Vollen schöpfen, den Kopf in den Nacken legen und sich mit dem Blick zu den Wolken um die eigene Achse drehen, so lange, bis sie trunken war vom Leben und vom Glück. Und Mathis wäre stets bei ihr. Immer. Jeden Tag, jede Sekunde.

Kapitel 34

MANON

Gourdon, Mai 1937.

Ich bin sehr stolz auf deine Schwester.«

Manon blickte von ihrer Lektüre hoch. Ihr Vater lehnte im Türrahmen und lächelte ihr zu.

»Ja, das bin ich auch«, antwortete Manon und legte ihr Buch beiseite.

»Sie hat einen Weg eingeschlagen, den ich ihr tatsächlich nie im Leben zugetraut hätte.«

»Ja, wer hätte das gedacht«, stimmte sie ihm zu und versuchte sich an einem Lächeln.

»Zwei Kinder, ganz allein. Wie sie nur darauf gekommen ist?«

»Ich denke, sie hat einfach auf ihr Herz gehört«, erwiderte sie und seufzte auf.

»*Einfach?* Tja, warum tust du es ihr dann nicht gleich?« Calvin verschränkte die Arme vor seinem Brustkorb und lächelte verstohlen.

Manon schwieg und strich über den Buchrücken, auf den in goldenen Lettern der Titel *Wörterbuch der medizinischen und chirurgischen Therapeutik* gedruckt war.

»Vielleicht, weil du im Moment nicht weißt, wofür dein Herz schlägt?« Calvin setzte sich zu ihr aufs Bett und drückte mit seinem Gewicht eine tiefe Mulde in die Matratze.

Die weiche Stimme ihres Vaters drängte all den Kummer in ihr hoch, den sie seit Tagen zu verdrängen versuchte. Ein lautes Schluchzen erfüllte den Raum, und als Calvin seinen Arm um ihre Schulter legte, konnte sie ihre Tränen nicht länger zurückhalten.

»Mein Mädchen!«, flüsterte Calvin und drückte seine Tochter eng an sich. »Ich seh dich noch als Mädchen durch den Park reiten mit deinem Pony. Die Tränen, wenn du damals gestürzt bist, waren leicht zu trocknen. Aber glaub mir, auch die von heute werden versiegen und Platz machen für neue Erkenntnisse.«

»Wenn es nur so einfach wäre!«, schluchzte sie und vergrub ihr Gesicht an Calvins Schulter.

»Tatsächlich ist es das. Du denkst nur falsch.«

»Wie meinst du das?«, fragte sie neugierig.

»Du bist der Meinung, dich für eine Sache entscheiden zu müssen. Aber was, wenn du beides haben kannst?«

»Wenn ich Medizin studiere, würden Léandre und ich uns nur noch selten sehen. Und wenn ich hierbleibe und ihn heirate, werde ich nie erfahren, ob in mir eine gute Ärztin steckt.«

»Mein Mädchen, das Leben ist einfacher, als du denkst. Du darfst dir nur nicht immer alles so zu Herzen nehmen, dann kommt der Rest von allein.« Calvin küsste sie auf den Scheitel und erhob sich ächzend vom Bett.

Manon blickte ihrem Vater hinterher. Wie schnell doch die Zeit verging. War es nicht erst vor ein paar Wochen, dass er mit ihr ums Haus gerannt war und ihr abends Schauergeschichten von der Burg erzählt hatte? Und nun war seine Haltung gebückt, der Gang von Schmerzen gezeichnet und das Haar schütter und grau.

Und im Zimmer nebenan weinte Jacob nach seinem Fläschchen Milch, das ihm Estelle im Eilschritt bringen würde.

Das war er wohl, der Lauf der Zeit, den niemand zu ändern vermochte und der einem aufzeigte, dass man im Leben nichts bereuen sollte. Schweren Herzens legte sie ihre Lektüre beiseite und machte sich auf den Weg zum weinenden Jacob. Auch wenn es den Eindruck erweckte, als habe Estelle alles im Griff, so war sie dennoch dankbar für jede Hilfe.

Sie hob den Säugling aus seinem Bettchen und legte ihn an ihre

Schulter. Dieses winzige Bündel Mensch, das so hilflos war, so ausgeliefert und schutzlos, und doch immer wieder ihr Herz öffnete, wenn sie es im Arm hielt. Sein feines Haar war weich wie eine zarte Umarmung und roch nach Liebe und einem Lächeln. Ganz tief sog sie diesen einzigartigen Duft in sich auf und ließ ihn in jeden Winkel ihres Herzens schlüpfen.

Ja, die zwei Kinder hatten das Leben hier auf dem Anwesen völlig durcheinandergebracht – und das war auch gut so. Während Jacobs Alltag aus Schlaf und unstillbarem Hunger bestand, brauchte Judith Raum und Zeit für sich. Sie zog sich gerne zurück auf ihr Zimmer, blätterte in Märchenbüchern und weinte in das Plüschfell ihrer Kuscheltiere. Estelle und Calvin waren sehr bemüht, ihr Geborgenheit zu geben, ihr zu zeigen, dass sie nun hierhergehörte und in Sicherheit war.

Vienne hatte wie erwartet mit großem Entsetzen und strikter Ablehnung auf die beiden neuen Mitbewohner reagiert.

Nach unzähligen »Wie konntest du nur!« und »Was hast du dir bloß dabei gedacht?«, die sie Estelle förmlich ins Gesicht geschleudert hatte, sah man sie nun immer öfter durch Jacobs Zimmertür lugen – leise und verstohlen.

»Oh, da kommt die gute Tante mit dem warmen Milchfläschchen«, sagte Manon in einem fröhlichen Singsang, als Estelle das Kinderzimmer betrat. Gleich im nächsten Moment bereute Manon, dass sie Estelle *Tante* genannt hatte. Schließlich wusste sie, wie sehr ihre Schwester darauf hoffte, die Kinder adoptieren zu dürfen, um endlich ihre Mutter sein zu können.

Estelle setzte sich auf den gepolsterten Sessel neben dem Bett und ließ sich von Manon den zappelnden Jacob reichen.

Manon zog sich etwas zurück, um die beiden nicht zu stören, beobachtete sie aber aus kleiner Entfernung. An den Fenstersims gelehnt, konnte sie sich gar nicht sattsehen, wie Jacob am Fläschchen nuckelte und Estelle ihn mit liebevollen Blicken bedachte.

»Gibt es denn Neuigkeiten von der Adoptionsbehörde?«, fragte Manon im Flüsterton.

Estelle schüttelte den Kopf. Es würde wohl noch eine Weile dauern, bis dieses Ansuchen erfolgreich abgeschlossen werden konnte. Calvin hatte seinen Anwalt eingeschaltet, um den Vorgang zu beschleunigen. Er würde keine Kosten und Mühen scheuen, um Jacob und Judith seine Enkelkinder nennen zu dürfen, so seine Worte.

»Und, gibt es bei dir Neuigkeiten?«, hauchte Estelle und löste ihren Blick von Jacobs flaumigem Haar.

Manon verschränkte die Arme vor der Brust. Ihr Lächeln erstarb.

»Nichts Neues.«

»Warum eigentlich nicht?«, fragte Estelle und hob dabei das Kinn an. Manon fühlte sich in die Ecke gedrängt. Glaubte ihre Schwester womöglich, dass sie sich vor einer Entscheidung drückte? Dass sie den Zustand der Schwebe unnötig in die Länge zog?

Für einen Moment war die Mauer, die sie seit ihrer Kindheit von ihrer Schwester getrennt hatte, wieder fühlbar. Kurz glaubte sie, dass der Groll, der Neid und die scheinbare Gleichgültigkeit zwischen ihnen erneut aufzulodern drohte. Doch dann senkte Estelle ihr Kinn, und ihre Züge wurden weich, fast mütterlich.

»Es tut mir leid, dass du diesen Zwiespalt durchleben musst. Ich kenne dieses Gefühl, zwischen Liebe und Vernunft zu stehen. Und ich kenne das Gefühl, sich falsch entschieden zu haben.«

»Estelle«, flüsterte Manon und ließ ihre angespannten Schultern sinken.

»Ich weiß, dass du Léandre von ganzem Herzen liebst. Und ich weiß, dass du für die Medizin brennst.«

»Ja, das tue ich … beides«, hauchte sie und griff sich an die Kehle, die sich anfühlte, als stecke sie in einem engen Strick.

»Hör auf dein Herz!«, meinte Estelle. In ihren Augen glänzten

Tränen. »Ein Leben lang habe ich mich vor meinem Herzen versteckt, seinen lauten Ruf verdrängt und mich lieber auf Mutters Stimme konzentriert. Doch dann trat Mathis in mein Leben, und seine bloße Nähe hat mich fühlen lassen.« Estelle schloss die Augen, so als wollte sie dem Moment nachspüren, ihn in ihrer Erinnerung erneut erleben.

»Hat mich fühlen lassen ...«, wiederholte sie leise und lächelte sanft.

»Es tut mir so leid«, flüsterte Manon so leise, dass ihre Schwester es unmöglich hören konnte.

»Lass niemals etwas zwischen dich und den Ruf deines Herzens kommen, hörst du? Vertrau darauf, denn es will dich weder manipulieren noch belügen. Das Herz sagt immer die Wahrheit.«

Estelles Schmerz, ihre Trauer um Mathis und ihr Zorn, weil sie die falsche Entscheidung getroffen hatte, waren förmlich greifbar, füllten den Raum aus und ließen ihn dunkler erscheinen, düster und kalt, obwohl die Sonne durchs Fenster schien.

»Versprichst du mir, auf dein Herz zu hören?«

Estelle wirkte klein, schmaler als sonst, ausgelaugt und farblos. Der neue Alltag hatte sie verändert. Ihre eigenen Entscheidungen hatten sie verändert. Nun galt es, Kraft zu schöpfen und sich wieder aufzuladen mit Gefühlen, mit Zuversicht und Mut. Doch die allumfassende Fürsorge, mit der Estelle den kleinen Jacob in ihren Armen hielt, ließ Manon nicht daran zweifeln, dass ihre Schwester es schaffen würde.

»Ich verspreche es dir!« Manon warf Estelle eine Kusshand zu und ging zurück auf ihr Zimmer.

Sie blickte durch den Raum. Jedes Bild, jeder Buchrücken, jede Vase und jedes Kräuterbüschel, jede Kerze und Porzellanfigur erzählte eine kleine Geschichte. Zusammen ergaben all diese Geschichten eine große – ihr Leben. Der Geruch, der diesem Raum innewohnte, war der ihrer Ängste, ihrer Hoffnungen und Träume. Kein anderes Zimmer auf der ganzen Welt würde auch nur annähernd so riechen wie dieses hier, und kein anderes würde ihr ein solches Gefühl von Heimat vermitteln.

Wehmut. Ja, es war Wehmut, die sie erfüllte, weil greifbar wurde, dass eine große Veränderung anstand. Sie konnte spüren, dass das Schicksal seine Hand ausstreckte und nach ihr zu greifen versuchte. Und sie wusste, dass es kein Entkommen gab. Egal, ob sie sich nun für die Heirat mit Léandre entschied oder ihr Studium in Paris, es würde sich alles verändern. Für immer. Unwiederbringlich.

Manon legte beide Hände auf die Brust, schloss die Augen und lauschte dem Klang ihres Herzens. Kräftig und gleichmäßig klopfte es gegen ihre Handflächen, als wollte es Manon drängen, endlich ihr Schicksal anzunehmen.

»Als ob das so einfach wäre«, flüsterte sie kaum hörbar. Ihr ganzes Leben war sie immer ihrem Instinkt gefolgt, hatte ein klares Ziel vor Augen gehabt, hatte hart dafür gearbeitet und es letztendlich erreicht. Nun, da sie sich in Léandre verliebt hatte, sah die Welt anders aus. Ihr Blickwinkel hatte sich verschoben und ihr eine neue Sichtweise eröffnet.

Hatte es früher nur die Medizin hinter ihrer Ziellinie gegeben, so hatte sich nun eine eigene Familie dazugesellt. Beides konnte sie nicht haben, das wusste sie. Aber welchen Traum aufgeben und welchen entflammen lassen?

Mit aller Hingabe lauschte sie ihrem Herzen. In endlosem Rhythmus wiederholte es die beiden kurz aufeinanderfolgenden Schläge. Und doch wollte es ihr scheinbar keine Antwort auf ihre Frage geben. Wie auch, das Herz war ein Hohlmuskel mit vier unterschiedlich großen Hohlräumen. Es gab den rechten und den linken Vorhof, Atrium genannt. Weiters wurde es unterteilt in die rechte und linke Herzkammer, auch Ventrikel genannt. Getrennt wurden die rechte und die linke Seite des Herzens durch eine Scheidewand – das Septum. Sie sah das Organ vor sich, könnte es mit verschlossenen Augen zeichnen, so oft und intensiv hatte sie die Abbildungen in ihren Fachbüchern studiert. Noch nie wäre sie dabei auf die Idee gekommen, dass dieser lebenserhaltende Muskel auch ein Problemlöser sein könnte.

»Hör auf dein Herz«, wiederholte sie Estelles Bitte und schüttelte dabei kaum merklich den Kopf.

Und dann wurde es ihr bewusst. Mit einem Mal sah sie ihre Zukunft direkt vor sich. Es gab für sie nur diesen einen Weg, er war ihr seit jeher vorgezeichnet, und sie würde nicht länger zweifeln, sondern ihn beschreiten.

Dann holte sie ihre Reisetasche aus dem Schrank und stopfte hinein, was sie für nötig erachtete. Dabei achtete sie nicht darauf, ob ihre Blusen zerknitterten oder ihre Schuhe sauber waren. Sie hatte schon viel zu lange gewartet. Die Zeit drängte, forderte sie auf, sich zu sputen, sich nicht mehr umzudrehen und ihrem Ziel entgegenzulaufen, ohne ein weiteres Mal zu zweifeln.

Und obwohl die Reisetasche schwer an ihrem Arm lastete, fühlte sie sich so leicht wie schon lange nicht mehr.

Jetzt, da sie ihre Zukunft so klar vor Augen sah, fragte sie sich, warum sie derart hilflos durch die Finsternis getappt war. Das Glück lag direkt vor ihr, sie hatte es nur nicht gesehen.

»Papa, *maman?*«, rief sie durchs Haus. Sie wollte sich verabschieden, sich bei ihrem Vater bedanken für seinen Rat.

»Das Leben ist einfacher, als du denkst«, hatte er gesagt. Jetzt, da sie ihren Entschluss gefasst hatte, wusste sie, dass er damit recht hatte.

Das Leben ist einfach, schön, unbegreiflich, unfassbar, und wenn man es aus dem richtigen Blickwinkel betrachtet, dann lässt es einen schweben.

Als Manon ihr Elternhaus verließ, lag ein Lächeln auf ihren Lippen. Ein Lächeln, das Abschied und Neubeginn gleichermaßen andeutete.

Die Sonne schien vom Himmel, tauchte die Baumkronen des Parks in warmes Licht. Manon blickte hoch zu den Wipfeln, reckte ihr Gesicht den wärmenden Sonnenstrahlen entgegen. Ihr Herz raste, und die Freude auf das Leben prickelte unter ihrer Haut.

»Ich komme ja schon«, flüsterte sie ihrer Zukunft zu und machte sich auf den Weg.

Epilog

F*aculté de Médicine* – in rotbraunen Großbuchstaben prangte der Schriftzug über zwei liegenden Löwen, die das Eingangstor der Universität zu bewachen schienen. Zu ihrer Linken thronte François Gigot de la Peyronie in lockerem Sitz in Bronze verewigt und erinnerte an sein Schaffen als Chirurg. Zu Manons Rechter starrte ihr die Statue von Paul Joseph Barthez entgegen und schien sie mit seinem starren Blick förmlich zu durchdringen.

Aber auch ohne die ehrwürdigen Herren, die den Eingang zierten, wusste Manon, welche Verantwortung sie tragen würde, sobald sie die Tür durchschritten und sich als Studentin eingetragen hätte.

Sie legte den Kopf in den Nacken und ließ die Ausstrahlung des Gebäudes auf sich wirken. Die hohen Türme der angrenzenden Kathedrale verliehen der Universität zusätzliche Autorität. Ehrfürchtig nickte sie den beiden Herren aus Bronze zu und krallte sich an ihrer Ledertasche fest. Das moosgrüne Tor stand weit offen und schien sie willkommen zu heißen.

Es war ein warmer Tag, die Sonne befand sich hoch am Himmel und schickte sommerliche Hitze durch die Straßen der Stadt.

Kurz dachte sie an Léandre, der um diese Zeit normalerweise auf seinen Feldern zugegen war und Unkraut zupfte, die Erde lockerte oder die Pflanzen nach Ungeziefer untersuchte. In Gourdon wehte jetzt gewiss ein angenehmer Wind. Die zarten Triebe des Lavendels würden aufgeregt mit der frischen Brise tanzen, um Schmetterlinge und Bienen anzulocken. Der Luftzug würde das Glockengebimmel der Ziegen mit sich tragen und in der Weite des Tals verteilen, bis es sich gänzlich verlor. Der Habichtsadler zöge über den Wiesen und Feldern seine Kreise, um Nahrung für seine Jungen zu suchen.

Ja, normalerweise wäre Léandre zu dieser Zeit auf seinen Kräuterfeldern zugegen. Nur heute, da war alles anders. Manon drehte sich um und lächelte, als sie in das vertraute Gesicht blickte.

»Du musst schon hineingehen«, sagte Léandre und winkte sie von sich weg. »Hier draußen gibt es nichts zu studieren.«

»Ich geh ja gleich«, erwiderte sie und fing seinen liebevollen Blick auf.

»Worauf wartest du denn?«, fragte er und klatschte auffordernd in die Hände. »Wenn du dich nicht beeilst, schneiden die sämtliche Leichen ohne dich auf.«

»Es findet sich bestimmt noch eine für mich, wenn es so weit ist.« Sie ging zu Léandre und drückte sich eng an ihn. »Danke!«, flüsterte sie und küsste ihn auf die frisch rasierte Wange.

Er antwortete mit einem Nicken und erwiderte ihren Kuss.

Heute, da sie vor der Universität in Montpellier stand und das alte Wissen, das bereits Nostradamus hier aufgesogen hatte, förmlich spüren konnte, fragte sie sich, warum sie das Offensichtliche nicht längst gesehen hatte. Warum nur war sie derart erpicht gewesen auf ein Studium in Paris? Nur weil sie der Meinung gewesen war, dort die Flüchtlingsorganisation weiterhin hilfreich unterstützen zu können? Heute konnte sie nicht mehr sagen, warum sie so blind gewesen war und sie ihren Fokus derart verbissen auf die Landeshauptstadt gelenkt hatte.

Manon lachte auf und dachte an den Moment, in dem ihr bewusst geworden war, dass ihre Tatkraft nicht nur in Paris vonnöten war. Hilfe brauchten die jüdischen Flüchtlinge überall. Und genau genommen war es von hier aus sogar einfacher, zu helfen, schließlich war Montpellier von ihrer Heimat Gourdon leicht zu erreichen und war zudem unweit von Marseille gelegen.

Sie könnte also relativ rasch bei Léandre sein, wenn dort ihre medizinischen Fähigkeiten gebraucht wurden, und sie war weiterhin in der Lage, Transporte zum Hafen von Marseille zu übernehmen.

»Verzeih mir bitte, dass mein Kopf und mein Herz sich überschlagen haben und ich eine Weile brauchte, um herauszufinden, wo ich hingehöre.« Manon griff nach seiner Hand und drückte sie sanft. »Letztendlich hätte ich mich immer für dich entschieden, das weißt du, oder? Kein Traum dieser Welt ist so wichtig wie deine Liebe.«

»Das weiß ich doch«, flüsterte Léandre und umfasste ihre Taille. In seinen Augen glänzte noch die Erinnerung an den Schmerz, den sie verursacht hatte und den sie sich nie im Leben verzeihen würde. Wie hatte sie nur an der Zukunft mit diesem Mann zweifeln können? Und wie hätte sie in Paris ihr Glück finden sollen, wenn ihre Gedanken bei den Kräuterfeldern von Gourdon weilten und sie um eine Liebe trauerte, die sie verloren hatte?

Sie umarmte ihn, schmiegte ihr Gesicht an seinen Hals und sog den Geruch ein, der so viel mehr war als Heimat. Und auch wenn sie bei dem Gedanken an ein Herz meist nur einen lebensnotwendigen Muskel vor Augen hatte, der in vier Kammern unterteilt Blut durch den Körper pumpte, so wusste sie doch, dass jeder einzelne Schlag ihres Herzens diesem einen Mann galt.

»Du wartest hier auf mich?«, fragte sie und strich durch sein Haar.

»Natürlich warte ich.« Mit diesen Worten entließ er sie aus seiner Umarmung und blickte über ihre Schulter zum Eingangstor der Universität.

Manon wandte sich um. Groß und mächtig tat sich der Eingang vor ihr auf, eröffnete ihr ein neues Leben, neue Chancen. Sie konnte es kaum erwarten, in das Wissen einzutauchen, es zu inhalieren, aufzusaugen, eins zu werden mit dem Wissen, das in steter Bewegung war, sich veränderte und die Heilungschancen der Patienten verbesserte.

Kurz dachte sie an Madame Delestre, an Daniel und all die anderen, die vielleicht nicht hätten sterben müssen. Und sie schwor sich, dass sie alles dransetzen würde, um ihren künftigen Patienten eine gute Ärztin zu sein – mitfühlend, ruhig, gerecht und achtsam.

Und sie dachte an Tessier, der missgünstig und blasiert auf seine Krankenschwestern herabschaute. Sie würde es besser machen, das schwor sie sich.

Und sie dachte an Estelle, deren Leben sich ebenso verändert hatte wie ihr eigenes. Beide waren sie gewachsen – über sich hinaus und noch weiter. Heute waren sie Schwestern, einander in Liebe zugetan und auf das Wohl der anderen bedacht. Es war Manon fast unmöglich, sich vorzustellen, dass es jemals anders gewesen war. Wenn sie heute an Estelle dachte, erfüllte sie eine tiefe Liebe und das Wissen, dass sich jeder Mensch dem Guten zuwenden konnte, wenn man ihm nur die Möglichkeit dazu bot.

Mit diesen Gedanken schritt sie ehrfürchtig durch die moosgrüne Tür, tauchte ein in ihre Zukunft, und konnte es kaum erwarten, in dem alten Gemäuer ihrer Bestimmung entgegenzutreten.

Danksagung

Mein Dank geht an …

… Irene Messner, Mathilde Hackmann und Mirjam Pointecker, die mir mit ihrem Fachwissen über die Geschichte der Pflege so umfangreich geholfen haben. Danke für die Telefonate und die unzähligen Fragen, die mit so viel Geduld beantwortet wurden.

… das gesamte Team von Knaur. Ich könnte mir keinen besseren Verlag für meine Geschichten vorstellen!

… Christine Steffen-Reimann, die diesen Roman überhaupt erst möglich gemacht hat. Es macht mich traurig, dass wir uns nicht mehr gemeinsam über das fertige Buch freuen können.

Eine große Lie
selbstlose Eir
jungen Kranke…

Provence, 1935. Manon lebt für ihren Beruf als Krankenschwester. Ihre engagierten Bestrebungen finden bei ihren Vorgesetzten nicht immer Zustimmung.
Unweit des Anwesens ihrer Eltern trifft sie eines Abends auf Léandre, der dort eine Kräuterfarm bewirtschaftet. Umgeben vom würzigen Duft seiner Rosmarin- und Thymianfelder, erlebt sie ihre Heimat völlig neu. Als Manon unerlaubt einen todkranken deutsch-jüdischen Jungen ins Krankenhaus schleust, kommt es zum Skandal, und sie wird aus dem Dienst entlassen. Ihre hart erarbeitete Unabhängigkeit scheint in Stücke zu zerfallen. Doch dann bietet sich ihr eine Gelegenheit, die alles verändern könnte, und Manon drängt sich die Frage auf, wie weit sie bereit ist für ihren Traum zu gehen.

9 783426 530412